KB266982

보이지 않는 세계로의 여행

보이지 않는 세계로의 여행
SEEN AND UNSEEN

E. 캐서린 베이츠 지음, 김지은 옮김

1　『보이지 않는 세계로의 여행』의 원제는 'Seen and unseen'이며, 1907년 7월에 발표되었다. 그리고 이 책은 이어서 같은 해 10월, 2쇄에 바로 들어갔다.

2　이 책의 저자, E. 캐서린 베이츠는 심령연구협회(Society for Psychical Research, SPR)의 회원이다.

3　이 책의 활용법을 일러두자면, 저자가 말해주는 실제로 겪었던 이야기에서 '보이지 않는 세계'를 유추할 수 있는 단서를 얻으라는 것이다. 때로는 저자가 살았던 시대적 제약과 특정한 종교적 신념 때문에 객관적 사실과 다른 이야기라고 보이는 내용들도 간혹 있다. 하지만 우리는 그런 자료들에서조차 '행간 읽기'를 통해 '저 너머의 세계'를 그려볼 수 있다.

책읽는귀족은
『보이지 않는 세계로의 여행』을
열세 번째 주자로 '디오니소스 프로젝트'를 이어간다.
'디오니소스'는 니체에게 이성의 상징인
아폴론적인 것과 대척되는 감성을 상징한다.
'디오니소스 프로젝트'는 고대 그리스 신화에서는
축제의 신이기도 한 디오니소스의 특성을
상징적으로 담아내려는 시도로,
우리의 창조적 정신을 자극하는 책들을 중심으로
디오니소스적 세계관에 의한, 디오니소스적 앎을 향한
출판의 축제를 한 판 벌이고자 한다.
니체는 디오니소스를 통해
세상을 해방시키는 축제에 경탄을 쏟았고,
고정관념의 틀을 깨뜨릴 수 있는 존재로
디오니소스를 상징화했다.
자기 해체를 통해 스스로를 극복하는 존재의 상징이기도 한
디오니소스는 마치 헤르만 헤세의
"새는 알에서 나오려고 발버둥 친다. 알은 새의 세계다.
태어나려고 하는 자는 하나의 세계를 파괴해야 한다"는
의미와 맞닿아 있다.
이제 여러분을 '디오니소스의 서재'로 초대한다.

언론의 평가

이 책은 〈리뷰 오브 리뷰스〉에 '이달의 책'으로 선정되었으며,
발항자인 W. T. 스테드는 다음과 같이 평했다.

'Seen and Unseen'은 놀라운 책이다. 누구든 책을 읽으면서 처음에는 신기하고, 흥분되고, 경멸 섞인 불신을 느끼면서 화가 났다가, 결국에는 자신이 경멸하는 이런 것들이 진실일지도 모른다고 인정할 수밖에 없는 경험을 원한다면 바로 이 책을 구입해야 한다. 분명히 말하지만 빌리지 말고 구입해야 한다. 다른 사람에게 빌려주고 싶은 책이며, 빌려주면 절대로 돌려받지 못할 책이기 때문이다. 빌려간 이가 또 다른 누군가에게 빌려주게 되거나, 도둑맞아서 새 책을 또 사야 할 것이다. 'Seen and Unseen'은 평범한 독자에게 가장 불편한 의심을 불러일으키는 능력이 탁월하다. 자신이 '세상 속 세상'에 살고 있으며, 그 세상에 대해 철저하게 무지하고, 이제껏 생의 마법과 신비에 관해 희미한 개념조차 없었던 게 아닐까 하는 의심 말이다.

단순하고 명료한 글에 저자의 견해와 역량과 진정성이 담겨 있는 이 책은 많은 이들의 가슴에 있는, 보이지 않는 세상과의 높고 두꺼운 담에 영구적인 구멍을 낼 것이다. 많은 이들이 우물 안 개구리 같은 자신의 철학과 모순되는 것을 보거나, 듣거나, 냄새 맡는 것을 두려워하며 그 담 뒤에 숨어 있다.

우리는 베이츠 양의 선의를 확신한다.

_〈이브닝 스탠더드(Evening Standard)〉

베이츠 양은 뛰어난 능력을 지닌 '심령 능력자'이다.

_〈처치 타임즈(Church Times)〉

지금껏 읽어본 것 가운데 가장 특별한 책이다.

_〈메소디스트 레코더(Methodist Recorder)〉

믿는 자도, 믿지 않는 자도, 비웃는 자도, 모두 읽어봐야 할 책이다.

_〈폴 몰 가제트(Pall Mall Gazette)〉

우리가 읽어본 가운데 가장 흥미로운 이 책은 진정성과 균형감을 잃지 않는다.

_〈모닝 리더(Morning Leader)〉

재미있는 사건들로 이루어진 베이츠 양의 자서전은 심령에 강한 믿음을 가진 자가 수집한 경험이라는 면에서 진정한 흥미와 가치를 지니는 작품이다.

_〈웨스트민스터 가제트(Westminster Gazette)〉

그녀는 눈에 보이는 지인들과, 보이지 않는 지인들 속에서 홀로 기독교 신자로 살아온 듯하다. 보이는 지인은 랭케스터 박사, 올리버 웬델 홈즈, 아서 호지슨 경, 레이디 케이스네스, 마이어스 씨, 스테드 씨 등이다. 보이지 않는 지인에는 니콜슨 장군과 조지 엘리엇이 속한다. 심령에 관심이 있는 사람이라면, 분별력과 유머가 뭔지 보여주는 이 책을 놓쳐선 안 될 것이다.

_〈더 뉴에이지(The New Age)〉

E. 캐서린 베이츠 양의 경험을 명확하고 단순하게 기록한 이 책은, 보이지 않는 세계로부터 출현한 것을 기록한 가장 흥미로운 책이다. 비록 그 내용에 불신을 느끼는 독자라고 해도, 서술 방식의 단순명료함과 그녀가 들려주는 이야기가 가진 매력에 빠질 수밖에 없다. 정말로 매혹적인 작품이다.

_〈리터러리 월드(Literary World)〉

찰스 베이츠 오빠에게

• • •

사랑했고 고통 받았던
그를 추모하며
저세상으로 떠난 그를, 그리고 다른 이들을
기쁘게 만나리라는
확고한 희망을 품고서.

이 세상의 것에 더 이상 궁금증이 사라질 때, '저 너머'로 호기심을 발동해 보자!

한때 〈매트릭스〉라는 영화가 많은 사람들을 열광시켰다. '우리가 살고 있는 이 세상이 어쩌면 가상현실이 아닐까?' 하는 느닷없는 질문에 모두들, 커다란 망치로 머리를 한 대 쾅 하고 얻어맞은 듯한 기분을 느꼈을 것이다. 그러나 사실 이러한 문제 제기는 동양에서 장자가 먼저 했다. 바로 그 유명한 '호접몽' 이야기 말이다. 『장자』의 「제물편」에 나오는 '나비의 꿈' 이야기는 장자의 핵심 사상을 품고 있다.

장자가 꿈속에서 자신이 나비가 되는 꿈을 꾸었다. 나비가 되어서 날개를 펄럭이며 꽃 사이를 즐겁게 날아다니는 꿈이었다. 너무 기분이 좋았는데, 꿈에서 깨어났다. 그 순간 장자는 생각했다고 한다.

'지금의 나는 진정한 나인가? 아니면 나비가 꿈에서 내가 된 것인가? 내가 나비가 되는 꿈을 꾼 것인가? 나비가 내가 되는 꿈을 꾸고 있는 것인가?'

자, 정말 우리는 실제로 존재하는 걸까? SF영화에 나오는 것처럼 우리가 실제라고 믿고 있는 이 삶은 가상현실 속 프로그램의 일부일지도 모르는 일이다. 이런 질문을 품고 세상을 바라본다면, 우리가 사는 세계 말고도, '저 너머'에 또 다른 세계가 존재한다고 주장하는 사람들의 말이 전혀 이상하게 들리지 않을 것이다. 마치 아주 오래 전 인류가 과학적 지식이 부족해 잘못된 사실을 진짜라고 믿었던 것처럼, 우리도 지금 단지 '몰라서' 이 세상만 존재한다고 믿는 것일지도 모른다.

옛날 사람들은 지구가 정육면체처럼 네모나게 만들어져 있어, 바다 끝까지 배를 타고 나가면 모두 떨어져 죽어버릴 것이라고 생각했다. 그 믿음을 깨뜨린 것이 바로 콜럼버스가 아닌가. 용기를 내어 지구를 한 바퀴 돌아보니 절벽처럼 떨어지는 것이 아니라, 다시 제자리로 돌아오는 진실을 마주했다.

마찬가지로, 이 책의 저자처럼 보이는 세계 말고도 '보이지 않는' 세계가 존재한다고 주장하는 사람들의 말이 단지 헛소리에 지나지 않는다고 장담하기엔 아직 이른 것 같다. 실제로 많은 사람들이 저 너머의 세계를 느끼고, 메시지를 받고 하는 능력을 갖고 있다. 그러나 그렇지 못한 사람들에 비해선 상대적으로 아주 소수다.

그래서 '과학적 증거'를 제시하라고 닦달하지만, 이미 사이코메트리 같은 시계나 사진 등 특정인의 소유물에 손을 대어, 소유자에 관한 정보를 읽어내는 심령적(心靈的)인 행위는 영국과 미국에서 과학 수사에도 적용을 한 적이 있다. 또 이 사이코메트리psychometry라는 용어 자체를 미국의 과학자 J. R. 버캐넌이 제창하기도 했다. 따라서 이미 '심령적'인 것은 과학의 영역에 발을 내딛은 것이며, 시간이 걸리겠지만 언젠가는 이 '보이지 않는 세계'에 대해 누구나 인정하는 때가 올지도 모른다.

이제 '접속'하라, '보이지 않는 세계'의 메시지와!

그런데 항상 이런 새로운 길을 먼저 가는 사람들은 주위의 이해를 받기가 힘들다. 이 책의 저자인 E. 캐서린 베이츠 역시도 그런 사람 중의 하나다. 영국에서 태어난 저자는 심령연구협회(Society for Psy-chical Research, SPR)의 회원이기도 하다. 캐서린 베이츠는 자신이 경험한 '보이지 않는 세계'에 대한 경험을 '보이는 세계'의 여행길과 함께 생생하게 풀어놓았다.

재밌는 점은, 이런 심령적인 이야기를 생각할 때는 저자가 좀 칙칙하거나 어두운 느낌일 것이라고 선입견을 가지게 되는데, 아주 생기발랄하면서 지적이고, 신중하고 검증적 자세로 접근한다는 것이다.

이 점이 더 새롭고 흥미롭다.

이처럼 『보이지 않는 세계로의 여행』은 저자가 직접 겪은 심령적 체험을 이야기해놓은 것인데, 언뜻 보면 소설 같은 형식이다. 설사 처음에는 심령적 이야기에 별 관심이 없는 사람들도 재치 있고 재기 발랄하며, '5월의 신부'처럼 상큼하고 환한 느낌이 드는 저자의 여행기를 따라가면서, 그냥 재밌는 소설 한 편을 읽는다는 기분이 들 것이다.

자, 마음의 준비가 되었는가. 이 재밌으면서 매력적이기까지 한 저자가 종달새처럼 재잘거리며 이야기해주는 '보이지 않는 세계로의 여행'을 떠날 채비를 마쳤는가.

이 책을 읽다 보면, 다양한 능력을 가진 사람들이 존재하고, 자신이 그것을 갖지 못했다고 완전히 '불가능하다'고 단정 짓는 것이 얼마나 위험하고 어리석은 일인지 알게 될 것이다. 마치 몽골 사람들의 시력이 4.0 이상이라, 시력이 0.5인 사람이 못 보는 것을 볼 수 있다고 아무리 설명하더라도, 자기 눈에는 안 보인다고 그 사실이 거짓말이라고 단정 짓는 게 위험한 일처럼 말이다.

그래서 많은 사람들이 심령적 체험을 다른 사람들에게 객관적으로 알리려고 노력하고 있는 것이다. 심령연구협회 같은 단체가 생긴 것도 그러한 이유일 것이다. 저자도 이러한 이유로, 자신이 체험한 사실을 정확한 날짜와 전후 관계를 소상하게 기록하고, 우리에게 전달해 주려 노력하고 있다. 그 노력이 무척 인간적이며 순수하면서 귀엽기까지 하다.

이 책을 읽고 있노라면, 저자가 얼마나 딱 부러지는 여성인지 파악하게 될 것이다. 그래서 저자가 말하는 이 경험담이 더 믿음이 가는지도 모르겠다. 그러나 항상 사람이 살아가는 곳에는 사기와 거짓이 진실과 뒤섞여 스며들어 있는 법이다. 그렇지만 신념을 가진 저자가 그 길을 요리조리 피해가려고 노력하는 모습이 더 이 이야기에 빠져들게 하는 것이다.

또한 이 책의 장점은 저자가 살던 시대의 역사에 대한 풍경들을 조각조각 맛볼 수 있다는 것이다. 우리가 단지 세계사로만 알던 사실을 저자의 주변인이나 지인들이 겪은 이야기들을 듣고 있노라면, 손에 잡힐 듯이 생생하게, 아주 세세한 부분까지 그 당시의 역사적 흐름을 체험해볼 수 있다는 것이다.

이러한 여러 가지 이유로, 이 책이 이제라도 우리나라에 처음으로 소개된 것을 아주 의미 있게 생각한다. 심령적인 소재의 책이 이렇게도 재미있고, 상큼하고, 깜찍할 수가 있는지 독자 여러분들도 많이 놀랄 것이다. 이건 유쾌한 경험이고, 또한 '저 너머'의 세계에 대해 선입견 없는 호기심이 생기게 해줄 것이다. '보이는 세계'와 '보이지 않는 세계', 이 모두를 알고 싶지 않는가. 우리는 너무 한쪽에만 집착해왔다. 과연 우리가 사는 이 세상이 실제일까, 저쪽 세상이 실제일까. 이 책의 저자는 그 두 세계 모두가 존재한다고 말한다.

마지막으로, 이 책의 국내 출판을 진행한 기획자로서 덧붙이고자 한다. 이 세상에 대해 너무 많이 알아버린 사람들이 더 이상 새로운 호기심의 대상을 못 찾고 있다면, 이제 '보이지 않는 세계'에 대해 알아보는 건 어떨까. 그 재미는 실제로 느껴본 사람만이 알 수 있을 것이다. 이제 '접속'하라, '보이지 않는 세계'의 메시지와! 그들이 무슨 이야기를 하는지 들어볼 수 있다면, 때로는 이 세계를 떠나버린 소중한 사람들과도 안부를 주고받을 수 있을지도 모른다. 마치 다른 곳에 여행을 가 있는 그들과 서신을 주고받듯이.

2017년 5월
- 기획자 조선우

우리 앞에 환히 펼쳐진
미지의 영역을 탐색하러 가보자!

옛날에 옥스퍼드에서 지낼 때였다. 얼마 전 학위를 취득한 아주 오랜 친구의 초대를 받아 강으로 소풍을 갔다. 정해진 목적지는 뉴웬햄이었던 것으로 기억한다.

불행히도 날씨가 궂어서 우산을 쓰고, 덮개도 없는 배를 타고 돌아오느라 비에 젖어서 후줄근한 몰골들이었다. 형이하학적 측면에서 보자면, 무더운 날씨를 예상하고 잔뜩 준비한 아이스커피 외엔 딱히 기운을 북돋울 만한 것이 없었다.

이런 고생스런 형편인데도 배에 동승한 사람들 덕분에 대단히 즐거웠던 기억이 난다. 우리를 초대한 친구는 영리하고 재미있는 사람이어서 유유상종이라는 말에 걸맞게 주위에 영리하고 재미있는 사람들이 많이 모였다. 어쩌다 보니 두 여성의 사이에 내가 앉았는데, 한 여성은 후에 저명한 주교가 되는 이의 아내였고(안타깝게도 지금은 미망인이 되었다.) 또 다른 여성은 그녀의 절친한 친구이자 둘도 없는 경쟁자로, 유명세에서도 뒤지지 않는 옥스퍼드대 교수의 아내였다.

쏟아지는 비를 맞으며 아이스커피를 마신 탓도 있겠지만, 내 우산 너머로 두 여성이 주고받는 대화는 분명히 교묘하게 날카로웠다.

우리는 배에서 시간을 때우느라 '스무고개' 놀이에 열중했다. 질문자인 주교의 미망인은 우리가 생각한 단어가 '잉걸불'-역사적으로 유명한 잉걸불-이라는 사실을 성공적으로 유도해내더니 마지막 스무 번째 질문을 할까 말까 망설였다.

"답은 잉걸불이에요. 사자왕 리처드의 말이 그 잉걸불 위로 쓰러졌죠."

그녀가 들떠서 말했다. 물론 우리 모두는 그녀가 잠시 착각했다는 것을 알았다. 그처럼 교육 수준이 높은 경우에는 누가 봐도 명백한 실수였다. 그러나 그녀의 '절친한 친구'는 그냥 넘기지 못하고 다정한 말투로 지적했다.

"내가 보기에는 네가 시대를 약간 착각한 것 같구나."

주교 미망인은 그날 소풍을 마칠 때까지 말 그대로 '다시는' 웃지 않았다. 그런데 더 강력한 한 방이 그녀를 기다리고 있었다. 글을 쓰거나 말을 할 때의 스타일에 관한 문제로 대화의 주제가 바뀌자, 그녀가 경쟁 상대인 친구에게 말했다. 아마 설욕을 해 볼 심산인 듯했다.

"나는 항상 느끼는데, 너는 말할 때 '그게'라는 말을 너무 자주 쓰더라. 그게 이랬다, 그게 저랬다, 이런 식으로 말이야."

"어머, 그러니? 참 이상하기도 하지. 내가 항상 느끼는 건 네가 '나(I)'라는 말을 끊임없이 쓰는 건데!"

이것이 내가 하려는 이야기의 요점이다.

흔히 '나는' 혹은, '내가'라고 말하는 것을 흉악한 범죄로 여기므로, 작가는 1인칭 시점으로 서술하지 않기 위해 조잡하건 말건 가리지 않고 온갖 방법을 동원한다. 이는 대단히 가식적이고 겉치레에 치중하는 자세이며 자전적인 글에는 도무지 어울리지 않는다고 생각한다.

'저자는 우연히 그곳에 갈 기회가 있어서~'라든지, '이 졸작의 집필자는 스코틀랜드로 여행을 간 적이 있는데~'라든지.

과연 이렇게 자의식이 밴 완곡어법에 인상을 찌푸려보지 않은 사람이 있을까? 이런 글을 몇 페이지 읽다보면 저절로 이렇게 외치게 된다.

"아니, 왜 그냥 '나'라고 쓰고 깔끔하게 넘어가지 않지?"

그래서 나는 진부하고 지겨운 대치어를 찾느라 시간을 낭비하지 않고, 그냥 '나'를 사용하면서 깔끔하게 넘어가려 한다. 그것이 이 글의 첫 번째 요지다.

두 번째는, 심령 체험을 기록하는 이 글에는 눈에 거슬리는 또 한 가지를 쓰지 않을 작정이다. 특정 에피소드에 등장하는 인물의 신분을 감추기 위해 계속 이름의 첫 글자만 쓴 뒤, 긴 줄을 붙이는 것 말이다.

의도는 훌륭하나, 방법은 정말 볼썽사납다.

사람은 누구나 자신의 경험에 비춰 판단한다. 나는 복잡한 심령 행위가 서술된 제법 복잡한 글을 읽을 때 Q—씨, B—양, C—씨, C—씨의 이모인 G—부인이 마구잡이로 등장하면 무의미한 이 글자들에 어떻게든 개성을 부여하려고 안간힘을 쓴다.

대개의 경우 그러하듯이 만약 체면을 지켜줄 요량으로 유령을 목격한 적이 있는 브라운 씨의 신분을 숨기려 한다면 W—에 사는 Z씨라는 식으로 표기하여 유령도 등장하기 전에 짜증부터 나게 하지 말고, 차라리 버킹엄서에 사는 스미스 씨라고 불러서 독자에게 뚜렷한 심상을 전달하는 것이 낫지 않을까?

여기까지 정리를 하고, 마지막 세 번째 요점으로 넘어가자.

대개 어떤 형태든 회고담을 쓸 때는 독자의 비평을 지레 걱정하고, 자신의 경험에 더 많은 관심을 끌어볼 생각으로 그 이야기의 가치를 깎아내리면서 일종의 거짓 겸손을 떨기도 한다. 건전한 상식에 근거한 사고방식인 것은 분명하지만, 자칫 과장으로 보일 위험이 있다. 물론 특정한 사람이나 그림, 누군가의 목소리, 한 편의 시 혹은 어떤 책에 친구들이 관심을 갖길 바라는 마음으로 대놓고 칭찬하는 것보다 어리석은 짓은 없다. 이런 시도는 그 대상을 직접 보거나 듣기도 전에 무의식적인 반감을 품게 만들기 십상이다. 그러나 모든 일에는 중용이 있는 법이며, 그런 뻔한 기술에 조종당할 만큼 독자의 지적 수준이

낮다고 보는 것은 예의가 아니다.

한 인간의 역사-진실하게 진술한 경우(그리고 제대로 이해한 경우)-는 매우 흥미롭고 가치가 높다고들 말한다. 만약 이것이 물리적·지적·정신적 측면을 다룰 때 사실이라면 심령 체험이라는 네 번째 측면을 다루는 경우에도 다른 세 영역과 마찬가지로 사실이라고 봐야 하지 않을까?

그렇다면 경험의 양이 제한적이라거나, 별로 재미가 없다고 애써 변명할 필요는 없을 것이다.

그런 부분은 상대적일 수밖에 없다. 예를 들어, 내가 경험한 일들은 내가 아는 몇몇 사람들에 비해 제한적이다. 그들은 심령과 관련된 능력이 더 뛰어나거나, 그런 능력을 더욱 연마하는 게 좋다고 여기거나, 단순히 그런 경험을 접할 기회가 많았던 이들이다. 반면, 이런 주제에 똑같이 흥미가 있어도 특별한 경험을 아예 못한 사람들도 있다.

지리적으로 말하자면, 나는 남다르게 운이 좋아서 인종과 기후와 여타 조건들이 서로 다른 여러 나라에서 심령 현상을 목격할 기회를 얻었다. 나도 투시력이나 투청력을 계발할 수 있다는 이야기를 수없이 들었고, 혼령의 체현을 돕는 영매가 될 수 있다고도 했다. 하지만 지금보다 더 깊이 들어갈 마음이 없었다. 소망하는 만큼 보았고, 소망하는 만큼 들었으니, 완벽을 추구하는 연습을 통해 이런 기회가 더욱 많아진다면 개인적으로 몹시 후회스러울 것이다.

이런 자세를 두고 비겁하다거나 믿음이 부족하다고 생각하는 사람도 있다. 이런 문제에 있어서 판단은 오롯이 본인의 몫이며, 믿음은 쉽사리 만용으로 변질될 수 있다.

'너와 대립하는 모든 이들보다 너를 위하는 그 한 분이 더욱 크시도다.'

내가 고수하는 태도에 반대하는 사람들을 보면 이 말을 되뇌고 또 되뇌었다. 내가 보기에 이런 문제는 개인의 판단에 맡겨야 하고, 공통적으로 적용되는 보편적인 기준은 없다.

어떤 이는 하루에 자전거로 80km를 달리고, 밤새도록 춤을 춰도 거뜬할 수 있다. 또 어떤 이는 똑같이 해도 체질이 다른 탓에 몸이 심하게 상할 수 있다. 심령 체험도 마찬가지다. 우리 몸의 체질이 제각기 다른 것처럼 우리 정신의 체질도 서로 다르다. 어느 쪽이든 혹사하면 결과는 비슷하다. 양쪽 모두 내재된 모니터가 최선의 지침을 제공하므로, 이를 무시하면서 보호받기를 바라거나 면역이 생기길 기대해선 안 된다.

마지막으로 경고하고 싶은 말은 '심령력을 키우려는 동기에 주의하라'는 것이다. 주변에 이름이 나는 것을 좋아하면서 그것을 진실에 대한 사랑이라고 오해하기 쉽다. 열의와 호기심으로 가득차서 '메시지'를 받고 싶어 하거나, '두드리는 소리'를 듣고 싶어 하거나, 다른 소소한 심령 현상을 보고 싶어 하는 무리는 늘 있는 법이다. 그리고 우리는 그들을 위해 기술을 쓰게 되기도 한다. 처음에는 심령 현상에 목말라하는 무리를 만족시키거나, 적어도 만족시킬 시도라도 하는 것이 신성한 의무인 양 느껴지지만 나중에는 경험에서 지혜를 얻게 된다.

한때는 친구들, 지인들을 모아놓고 이런 주제로 내가 알고 있는 전부를 이야기해줘야만 한다고 믿었다. 아메리카식으로 표현하자면 '느낌이 그래서' 그게 옳다고 확신했다.

그러나 나의 기운과 머핀을 헛되이 낭비했다는 사실을 깨닫는 날이 오고야 말았다. 보통 혼자 감당해도 될 정도로 너무 많지 않게, 이를테면 열 명에서 스무 명 정도 참석하는 티파티 형식으로 모였기 때문이다. 그들은 오후 4시 30분에 와서 저녁 8시쯤 되면 대부분의 참석자들이 7시 45분에 저녁을 먹었어야 하는데 늦었다는 사실을 떠올리고, "대단히 즐거웠다", "전부 너무나 흥미로웠다"는 인사를 남기고 돌아갔다.

이 일로 영구적인 이득을 얻은 게 있다면, '그때 끝났다'는 것이다.

장담하건대, 사람들이 이런 예민한 감각을 키울 준비가 되면 자발적으로 찾아올 것이다. 괜히 여기저기 돌아다니며 사람들을 불러 모을 필요가 없다. 그리고 스스로 찾아온다고 해도 그들은 머물지 않는다. 그럴 이유가 없지 않은가. '아직 멀었으니.' 전혀 마음에 들지 않는 비문이지만 더없이 정확한 표현이다.

혹시라도 그들을 당신의 지식과 경험에 편승시켜 데려가려 한다면 한동안은 그럴 수 있다. 그러나 결국 그들이 혼자 서려고 안간힘을 쓰게 되거나, 당신이 기진맥진해서 그들을 내려놓게 된다. 그러면 그들은 당신을 처음 만났던 지점으로 되돌아가서 그때부터, 혹은 어느 미래 시점이 되어서야 자신만의 발전을 이뤄나간다.

당신의 인내심이 바닥나는 경우는 말할 것도 없고, 그들의 흥미가 식어버리면 그들은 당신을 이상한 사람 취급하며 '그런 터무니없는 일에 인생을 낭비하는 것'을 매우 안타까워할 것이다. 그것이 이런 관계에서 당신이 얻을 몫이다.

이 사실을 아는 이유는 직접 겪어봤기 때문이다.

누구든 스스로의 마음으로부터 납득하도록 하되, 애써 설득하려 들지 말아야 한다. 굳이 설득하지 않아도 때가 되면, 그 사람이 당신에게 도움을 청하고 조언을 구할 것이다.

물론 사적인 관계에 국한된 이야기다. 강연이나 집회는 최고의 가치를 발휘할 수 있다. 그런 자리에선 어떤 사람에게 이야기를 하게 될지 모르니, 종종 의식하지 못하는 사이에 이미 받아들일 준비를 마친 토양에 씨를 뿌리는 격이 되기도 한다.

끝으로 하고 싶은 말을 요약하자면,

1. 반드시 선이 악을 이긴다는 확신을 가져야 한다. 그러나 여러 경험이 중첩되면 당장은 감당하기 힘든 상황이 유발되어서 개인적으로 매우 힘든 시기를 보낼 가능성이 있다는 사실 또한 유념해야 한다.

2. 말할 때와 침묵할 때를 알아야 한다.

3. 자연스럽게 자신에게 오는 것을 수용하되, 호기심에 이끌려 영
   적인 능력을 키우려는 우를 범해선 안 된다. 자신에게 주어진 특
   별한 과업을 완전히 이해하지 못하는 상태라면 과학적인 의무감
   에 떠밀려서도 안 된다.

이러한 세 가지 간단한 규칙을 머리에 새긴 다음, 용기와 냉정한 판
단력을 갖고 지금 20세기에 우리 앞에 환히 펼쳐진 미지의 영역을 탐
색하러 가보자.

– E. 캐서린 베이츠

Contents

재미있는 사건들로 이루어진 베이츠 양의 자서전은
심령에 강한 믿음을 가진 자가 수집한 경험이라는 면에서
진정한 흥미와 가치를 지니는 작품이다.

- 〈웨스트민스터 가제트(Westminster Gazette)〉

SEEN AND UNSEEN

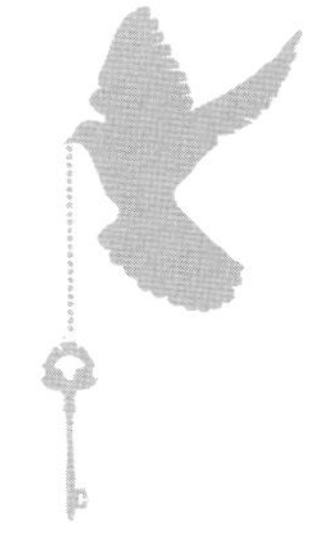

심령 현상에 관한 사적인 체험을 기록하려면 아이들 말처럼 '시작부터 시작해야' 할 것이다.

내 나이 겨우 아홉 살에 아버지-도버에 있는 크라이스트처치의 존 엘리슨 베이츠 목사-를 여의었고, 어릴 때 겪은 범상치 않은 경험은 전부 아버지와 연관된 것이었다. 그리 길지 않은 나의 어린 시절 내내, 아버지는 병치레가 잦아서 며칠씩 얼굴을 못 보고 지내기 일쑤였다. 그러므로 아버지가 마지막으로 보름 정도 앓아누워 있어도 내겐 별다를 게 없는 일이었다. 당시 집에 같이 있었던 유모와 오빠와 대모, 이 세 사람은 아버지가 위중하다는 걸 내가 알아차리지 못하도록 하인들 입막음을 철저하게 해두었다. 모두 지시를 잘

따랐으나, 아버지가 세상을 떠나기 사흘 전부터 나는 매일 아버지가 죽는 꿈을 꾸었다. 내게는 아버지인 동시에 어머니이기도 한 아버지를 몹시 사랑했기에, 그의 죽음으로 내가 받을 끔찍한 충격을 꿈에서 고스란히 느꼈다.

춥고 음산한 그 2월의 아침을 똑똑히 기억한다. 촛불에 의지해 누군가 서둘러 나에게 옷을 입혔고, 밤새 아버지의 병상을 지킨 늙은 유모가 들어와서 눈물을 흘리며 슬픈 소식을 전해주었다. 내게는 새로울 것이 없는 소식으로 들렸다. '꿈이 현실이 될까 두려워서' 그때까지 아무에게도 꿈 이야기를 하지 않았다. 한심하게도 어린 마음에 나만 입 다물고 있으면 재앙을 피할 수 있을 거라고 믿었다. 이전에 아버지가 숱하게 병치레를 해도 그 병으로 목숨을 잃는 꿈을 꾼 적은 없었다.

그 후 학교에 다니는 몇 년간 내가 가진 심령 능력은 전혀 발현되지 않았다. 인기 있는 그 학교에 다니는 동안 내 주위를 채운 건 재잘재잘 떠드는 친구들, 학교생활에 필요한 일상적인 용품들, 수업, 선생님들……. 그런데 문득문득 주변에 있는 모든 게 가짜 같고, 나 혼자만 실재하는 듯한 느낌을 자주 받았던 기억이 난다. 게다가 한동안 같은 느낌이 드는 기분 나쁜 꿈을 꾸면서 어서 꿈에서 깨고 싶어 하기도 했다. 이런 느낌은 그 당시, 그리고 한참 뒤까지도 자주 찾아온 또 다른 느낌과 확연히 구별되었다. 그것은 '예전에 전부 해봤다'는 느낌과, 누가 무슨 말을 하려고 하는지 미리 아는 것이었다. 아마 대부분

어릴 때 이런 두 가지 느낌을 받아보았을 테니, 둘 중 어느 쪽이 더 흔한지 알아보는 것도 흥미로울 듯싶다.

열아홉 살 무렵의 일이었다. 그 시절 북부 교구의 부주교인 대부의 집에 가서 몇 주 혹은 몇 달씩 머물곤 했다. 옥스퍼드에 다니던 대부의 손자는 나와 비슷한 또래였고, 지금으로 치자면 대단히 예민한 영매의 자질이 있었던 모양이다. 우리 둘이서 순전히 놀이 삼아 난생 처음으로 '탁자'에 앉았는데(탁자에 둘러앉아 혼을 불러내는 강신 의식 – 옮긴이 주), 모턴 프리어는 대단히 호기롭게 '영혼들'을 다루었다. 영혼들도 별로 싫어하는 것 같지 않았으며, 모턴은 그들을 상대로 뭐든 원하는 것을 얻어냈다. 이쯤에서 설명해두는 것이 좋겠다. 내가 이 글에서 '영혼들'이라고 말하는 것은 애매한 표현을 끊임없이 쓰는 걸 피하려는 목적이며, 편의상 의도적으로 '단정 지은' 경우가 허다하다.

그 시절 우리는 논리적인 설명을 찾느라 고민하지 않았다. 그저 모턴과 나, 단둘이 그 무거운 탁자를 움직이고, 평소 우리 힘으로 들기 어려운 다른 육중한 가구들을 손쉽게 움직일 수 있다는 사실을 발견하곤 무척 재미있어 했을 뿐이다. 그 힘의 원천이 이쪽 세상인지, 저쪽 세상인지 따지지 않았다. 평상시에는 둘이 젖 먹던 힘까지 짜내도 절대로 움직일 수 없다가, 어떤 기묘한 이유 때문인지 '탁자에 앉기'를 하고 나면 움직이는 게 가능해졌다. 인간 배터리를 만들어서 인체 전기의 힘을 끌어올린다거나 하는 여러 기발한 이론들이 지금처럼 보편화되기 전이었다. 그래서 우리는 이유를 알려고 애쓰지 않은 채,

그냥 보이는 대로 받아들였다.

대부님이 이따금 문 뒤에서 머리를 내밀었다가, 우리를 보고 고개를 절레절레 흔들곤 했다. 반은 농담이었지만 상당히 진지한 면도 있었다. 대부는 우리가 하는 놀이가 사리에 어긋나는 건 아닌지 심히 우려되었을 것이다.

그 시절 우리는 심령 법칙에 관해 쥐뿔도 모르고 더없이 순진했으니, 아마 그 덕분에 무사했던 것 같기도 하다. 요즘 초보자들이 실험에 참가하다가 겪는다는 끔찍하고 섬뜩한 일이 나에겐 한번도 일어난 적이 없기 때문이다.

그렇지만 후에 지식과 경험이 생기면서 로렌스 올리펀트가 남긴 유명한 말에 전적으로 동의하게 되었다. 그는 사람들이 무책임한 자세로 어설프게 '탁자를 통해 메시지를 받으려고' 둘러앉은 걸 보면, 천지 분간 못하는 어린애가 불붙은 성냥을 들고 화약고로 들어가는 장면이 연상된다고 했다.

대부의 집에 머물고 있을 때 친오빠가 잠시 그곳에 다녀간 적이 있었다. 인도에 있다가 휴가차 석 달간 아메리카에서 지낸 오빠는 그곳에서 여러 사람들을 소개받았다. 그리고 해군과 육군에 몸담고 있는 사람들의 초대로 워싱턴 아스날(포트 레슬리 J. 맥네어 **Fort Lesley J. McNair**의 옛 이름 – 옮긴이 주), 웨스트포인트 사관학교 등 여러 곳을 돌아보고 오는 길이었다. 이때 자상한 대부가 오빠에게 런던으로 돌아가는 길에 우리를 데려가라고 사정한 것이었다. 어느 날 오후, 모턴과 내가 오빠를 부추겨서 같이 '탁자'에 앉았다. 그러다가 아메리카에서 만난 신사들의 이름이 두세 개 나오자, 깜짝 놀라던 오빠의 얼굴이 선명하게 기억난다.

"여동생에게 보낸 편지에 그 사람들 이야기를 쓴 게 분명해."

오빠가 모턴을 돌아보며 말했다. 나는 그게 아니라는 걸 알아도 증명할 길이 없었다.

그래서 내가 이미 알고 있는 사실들이 배제된 '진정한 시험'을 해보자고 오빠가 제안했을 때 차라리 안도했다.

"인도에서 내가 한때 데리고 있었던 하인 이름을 말해보라고 해. 12년이나 같이 살았지. 내가 영국 휴가를 마치고 돌아가면 늘 돌아왔으니까. 그런데 마지막에 가서는 까닭도 없이 홀연히 사라져서 그 뒤로 감감무소식이야. 내 동생은 그의 이름을 들은 적이 없다는 걸 알아. 그러니 일종의 시험이 될 수 있지. 뭐, 물론 그 이름이 나오진 않겠지만 말이야."

오빠는 냉소적으로 덧붙였다.

철자를 알아내는 지난한 과정이 시작되었다.

탁자가 R에서 올라가고, 이어서 A에서 올라갔다.

"틀렸어!"

오빠가 의기양양하게 외쳤다.

"진짜 시험을 해보면 이럴 줄 알았지. 다행히도 완전히 틀렸군. 첫 글자도, 두 번째도 틀렸으니 억지로 답을 짜내긴 글렀어."

"괜찮아요, 베이츠 소령님."

모턴이 활달하게 말했다.

"어쨌든 끝까지 가보시죠. 그들이 뭘 말하려는지 알아보자고요."

다행히 그러기로 했고, 그 결과는 대단히 흥미로웠다. 결국 이름을 맞힌 것이다. 다만, 유럽식이 아니라 인도식 철자였다. 그 하인의 이름을 인도식으로 쓰자면 Rám Dín인데 유럽식으로는 Rham Deen이었다. 그런데 오빠는 A가 나오자 그 하인의 이름과 연관이 있다는 사실을 순간적으로 잊은 것이다. 이름의 철자가 끝까지 나오는 순간, 당연히 오빠도 기억났고 그때 표정이란!

"세상에! 이 이름이 맞아. 게다가 진짜 인도식으로 쓴 거야. A가 나와서 미처 생각을 못했는데!"

아마 오빠도 이후 몇 년은 심령 현상에 회의적인 태도를 고수하기 어려웠을 것이다.

지금 돌이켜봐도 그 사례는 의식적 텔레파시로도 설명될 수 없었다. 물론 포드모어 씨(심령연구협회Society for Psychical Research, SPR의 회원인 프랭크 포드모어. 영매의 강신술에 회의적이었다 – 옮긴이 주)라면 오빠 본인이 부인하더라도 인도식 철자가 오빠의 의식에 잠재되어 있었다고 주장할지도 모른다.

신기한 사건은 또 있었다. 생각 전달 이론Thought Transference Theory으로 설명하기에 더 어려운 그 일(지구상에 있는 모든 지역에서 모든 시간대에 이루어진 모든 생각이 다른 모든 사람들의 두뇌에 영향을 미친다고 범위를 확대해야 설명이 가능하다) 역시 대부의 집에서 일어났다.

비슷한 시기에 대부의 조카딸이 그 집에 와서 머무른 적이 있었다. 나보다 한참 연상이라서 나이든 여성이 예민한 어린 아가씨에게 보여줄 수 있는 다정하고 사려 깊은 태도로 내게 무척 친절하게 대해주었다. 나도 그녀를 많이 좋아하게 되었고, 감사하게도 서로에 대한 좋은 감정은 아직도 이어지고 있다. 당시 그녀는 서른이 되려면 아직 까마득한 나이였으나, 어린 내가 보기에는 이미 혼기를 놓친 노처녀였다. 30년도 더 지난 일이니, 나이를 보는 기준이 지금과 상당히 달랐다는 것을 염두에 두어야 할 것이다. 게다가 그 시절 여자에게 결혼이란, '가장 바람직한 길'이 아니라 '거의 유일한 길'이었다.

그러므로 어느 날 땅거미가 질 무렵, 모턴과 그녀와 같이 '탁자에 앉아' 내가 떨리는 목소리로 간절하게 말했다.

"모턴, 캐리가 결혼할 수 있는지 물어봐줘."

스물일곱이나 여덟이라는 늦은 나이에 그보다 더 절박한 일은 없는 것만 같았다!

'그렇다'는 흡족한 대답을 얻은 나는 어떤 불가사의한 이유(무엇이 있었는지 까맣게 잊었지만)로 헝가리나 폴란드 사람의 이름이 나올 거라고 굳게 믿었으나 그런 일은 생기지 않았다.

'탁자'는 먼저 'D'로 시작하여 이어서 E, H, A, V를 차례로 내놓았다. 이런 폴란드나 헝가리 이름은 듣도 보도 못해서 골을 낸 기억이 난다.

"어휴, 그만해, 모턴. 전부 엉터리야! 데하브Dehav라는 이름이 세상

에 어디 있어!"

이번에도 모턴은 차분하게 인내심을 발휘하여 아주 좋은 증거를 건졌다.

"잠깐만! 뒤에 뭐가 오는지 보자."

모턴의 말에도 나는 시큰둥했다. 그런데 이름이 완성됐다고 모턴이 판단했거나, 다음 철자를 알아내는 데 뭔가 혼동이 생겼다. 그렇다면 성급하게 마음이 돌아서버린 내 탓이 분명했다. 어쨌든 모턴이 이어서 말했다.

"그 사람이 지금 어디 사는지 물어보자."

즉시 나온 대답은 '프레시워터'였고, 홀아비라는 정보도 얻었다.

우리 중 누구도, 기혼이건 미혼이건 프레시워터에 사는 남자를 한 명도 알지 못했기에, 이 실험은 실패로 간주되었다.

그러나 몇 년이 흐른 뒤, 내 친구 캐리는 정말로 그 다섯 글자로 시작하는 이름(대단히 예쁜 이름이었다)을 가진 남자와 결혼했다. 그는 홀아비였고, 앞서 말한 시기에는 프레시워터에 있는 자기 소유의 집에서 살고 있었다. 캐리가 그를 만난 건 우리가 이 신기한 실험을 하고 나서 몇 년이 흐른 후였다.

비슷한 시기에 이번에는 영국 남부에서 있었던 일이다. 경마로 유명한 헤이스팅스 후작의 죽음과 연관된 이 경험으로 다시 심령 연구에 주목하게 되었다. 아직 어린 아가씨였던 나는 메이드스톤에 있는 모트 파크 근방에 살았는데, 지금은 레이디 롬니인 헤이스팅스 후작의 누이가 당시 레이디 콘스탄스 마샴으로 그곳에 살고 있었다. 그녀는 데이비드 데일 스튜어트 목사(나는 학교를 그만두고 메이드스톤의 교구 목사인 그의 집에 몇 년간 살았다.) 내외와 친해서 가끔 아침에 집으로 놀러 오곤 했다. 그때도 이런 경우로, 레이디 콘스탄스가 동부에 있는 자기 오빠 소유의 작은 사냥 오두막에 다녀온 직후였다. 스튜어트 부인은 그곳에 다녀온 게 레이디 콘스탄스에게 그리 좋은 영향을 끼친 것 같지 않다고 말했다. 레이디 콘스탄스의 안색이 좋아 보이지 않아서였다. 그 당시 레이디 롬니는 유난히 튼튼하고 건강한 젊은 여성이었다.

그녀가 다소 불안하게 말했다.

"실은 며칠 전에 아주 어이없는 짓을 했지 뭐예요. 그런 건 생전 해 본 적이 없는데 말이에요. 평생 처음으로 기절했답니다."

무엇 때문이었는지 묻자 그녀가 사연을 들려주었다. 어느 날 그녀는 남편과 같이 헤이스팅스 경 내외와 조용히 저녁을 먹고 있었다. 특정한 기차를 타고 오기로 한 손님 둘은 도착이 늦어졌다.

브래드쇼(철도 안내서 - 옮긴이 주)를 뒤져본 결과, 그 두 손님이 타야 하는 기차가 한밤중에나 또 있다는 것을 확인하고 네 사람이 먼저 식사를 했다. 스프와 생선을 맛있게 먹은 뒤에 집 앞으로 마차가 오는 소리를 듣고서, 다들 손님이 다른 방법을 찾아서 온 거라고 짐작했다. 헤이스팅스 경이 말했다.

"대령 내외에게 우리가 먼저 식사를 시작했다고 알리지. 도착 시간

이 많이 늦어질 줄 알았다고 말이야. 하지만 우리밖에 없으니 어서 와서 같이 드시자고 해."

하인이 그대로 전하려고 나가서 문을 활짝 열어젖혔다. 그러나 마차도, 말도 없었다! 분명히 거기 있는 사람들 모두 들었건만!

헤이스팅스 가문의 가장이 사망하기 직전에 말 두 필이 끄는 사륜마차가 집 앞으로 들어오는 소리가 들린다는 가문의 케케묵은 전설을 떠올리고, 레이디 롬니는 정신을 잃고 말았다. 스스로도 놀라고 창피스러웠다. 그때나 지금이나 그녀는 어떠한 미신도 믿지 않는, 보기 드물게 합리적인 여성이었기 때문이다.

나는 이 이야기를 들으면서 몹시 기이하다고 느꼈으나 곧 그런 느낌은 희미해졌다. 며칠 후 버킹엄셔에 사는 친구를 만나러 간 김에 이 이야기를 해주었더니, '그런 터무니없는 일을 진지하게 생각하다니 미신에 사로잡혀 있다'고 큰 웃음거리가 되었다.

"말발굽 소리, 마차 바퀴 소리를 들었다고 다 같이 착각한 거지요. 뻔하잖아요!"

3주 후 여전히 그 집에 머물고 있던 어느 날, 신문이란 신문은 모조리 헤이스팅스 후작의 긴 부고로 채워졌다. 대단히 흥미진진한 기사라서 친구의 남편은 〈더 타임즈〉에 실린 두 번째 칼럼을 읽고 있었다. 전에 코웃음을 치며 들었던 내 이야기는 그때까지 아무도 기억해내지 못했다. 그러다 퍼뜩 생각이 나서 내가 외쳤다.

"오웬! 마차 이야기 기억나요? 당신이 그때 나를 놀렸잖아요!"

그들은 마지못해 '이상한 일인 건 분명하다'고 인정했다. 심령 현상에 문외한인 사람들이 주로 그런 표현으로 현실로부터 도피하곤 하지 않는가!

기억의 만화경을 흔들어보니, 조금 더 개인적인 사건 하나가 떠오른다.

아프간 전쟁이 발발한 1878년 가을, 나는 오랜 친구와 옥스퍼드에 살고 있었다. 람딘 일화에 등장한 오빠는 또 인도에 가 있었는데, 당시 펀자브의 부총독이었던 로버트 에저튼 경의 부관으로서 몇 해 전부터 라호르에서 근무하고 있었다.

전쟁이 터지자, 오빠는 당연히 참전하기 위해 자대로 복귀했다. 그러나 내가 특별한 경험을 한 그 시간에 오빠가 벌써 전지에 도착해 있기란 불가능하고, 나도 그 사실을 잘 알고 있었다.

오빠는 훌륭한 군인답게 실전에 참여하길 좋아했고, 군사 작전 경험도 풍부했기에 나는 오빠 걱정은 손톱만큼도 하지 않았다. 게다가 오빠가 조국을 위해 싸우려고 부관직을 사임하자, 로버트 에저튼 경이 써준 훈훈한 편지도 막 읽은 이후였기 때문이다.

바로 이런 시점에-인간의 기준에서 보자면 특별히 불안해 할 까닭이 전무한 때- 어느 날 아침 눈을 뜨자, 다름 아닌 오빠와 관련된 우울하고 끔찍하게 불길한 느낌이 엄습했다. 오빠는 이전에도 인도, 중국, 아비시니아(에티오피아의 옛 이름 – 옮긴이 주) 등 여러 곳에서 참전했으나, 내가 이런 기분을 느낀 건 처음이었다.

오빠에게 뭔가 큰 재앙이 닥쳤다는 확신이 더없이 강했다. 그 시간에 오빠가 벌써 위험한 지역에 도착하는 건 불가능하다고 내 친구가 아무리 간곡하게 조언해도 원인 모를 공포는 사라지지 않았다.

"오빠가 어디에 있든 뭔가 나쁜 일이 생긴 걸 난 알아. 죽지 않았을지 몰라도 끔찍한 일을 당했어."

나는 절망의 나락에 빠져서 종일 눈물을 흘리면서 오빠에게 보내는 편지에도 나의 불길한 확신을 언급했다. 퀘타와 옥스퍼드의 시차를 고려하면, 내 마음에 불행한 소식이 전해진 그 시간에 행군하는 중이던 오빠는 퀘타에서 채 50km도 떨어지지 않은 곳에서 갑작스럽게 마비 증상을 일으키며 막사에서 쓰러졌다. 그 바람에 이후 오빠는 28년 동안 의자에 갇힌 고통의 세월을 살게 되었다.

아마 지금이라면 정신적 메시지의 흐름에 대해 훨씬 더 많이 알고 있으니, 재앙의 성격을 더 구체적으로 전달받았을지도 모르겠다. 그러나 그때도 재앙이 일어난다는 사실만은 더할 나위 없이 또렷하고 분명하게 느꼈다.

그날 나는 너무나 참담한 심정이어서 아무것도 못한 채, 그저 오빠 걱정에 발만 동동 구르며 애통해했다. 유일하게 내가 한 일은 앞서 말한 대로, 나의 기이하고 이 비통한 경험을 오빠에게 알리는 편지를 쓴 것뿐이다.

시간이 흐르자 강렬한 첫 느낌은 자연스럽게 약해지고, 곧이어 오빠가 보낸 활기찬 편지가 당도했다. 물론 비극의 날이 닥치기 전에 쓴 편지였다. 옥스퍼드에서의 이 경험은 1878년 12월 4일 아침 일이었다. 1879년 1월까지 이어진 이 불길한 느낌은 모르는 사람으로부터 받은 편지 한 통으로 설명되었다. 전쟁 탓도 있지만 가여운 오빠가 거동은 물론이고, 말도 하지 못했다. 그래서 연락이 더욱 늦어지다가, 결국 시간이 한참 흐른 뒤에야 겨우 고향에 있는 가족의 주소를 글자로나마 알려줄 정도가 되었던 것이다.

Ⅰ.

앞 장에 기술한 사건으로부터 7년이라는 세월이 흐른 뒤, 처음으로 아메리카를 방문했다. 1885년 가을이었다. 그동안 특이한 체험은 아예 없었으며 그런 걸 바라지도 않았다.

모턴 프리어와 탁자를 돌리던 일은 과거의 추억이 되어서 어쩌다 돌아보면 그저 유치한 놀이 이상의 의미는 없었다. 내 인생에 다른 홍밋거리들이 생겼으니 말이다. 특히 문학과 음악에 관심이 많았다. 유령이니 심령술이니 하는 것은 생각해본 적도 없었고, 심령술에 관해 제대로 알지도 못했다. 그레이트말로의 부목사에게 S. C. 홀 선생의 연구에 관해서 들은 적은 한 번 있었던 게 사실이다. 아마 친절한 그 노신사를 소개도 받은 모양이다. '숙녀 친구(그가 이 부분을 유난히 강조하는 게 재미있었다.)'와 같이 가서 은발에, 두상이 잘생기고, 주름 장식이 있는 멋진 흰 셔츠를 입은 노신사를 만났기 때문이다.

그는 유일하게 신뢰할 수 있는 영매라고 자기 친구인 '젠켄 부인'을 들먹였다. 그리고 젠켄 부인의 능력을 빌어 '사랑하는 그의 아내'로부터 받은 메시지라면서 상형문자로 가득한 종이 몇 장도 보여주었다.

그때는 도통 무슨 이야기인지 알아들을 수 없었다. 다만 그 노인이 얼마나 쓸쓸한지 여실히 보이는데다가, 아내와의 추억을 애지중지하는 모습에 진심으로 연민을 느꼈다. 그래서 동행한 사람과 함께 서섹스 주에 있는 그 집을 나와서도 노신사의 유별난 망상을 웃음거리로 삼는 건 꺼려졌다.

이후 런던에서 몸이 불편한 오빠를 돌보면서 랭케스터 부인과 그녀의 딸들과 같이 2년간 살았다. 그 무렵 내 심령 능력은 앞서 말한 것처럼 철저하게 잠재되어 있었다. 그러나 설령 심령력이 활발하게 발휘되었다고 해도 마찬가지였을 것이다. 부인의 아들인 레이 랭케스터 교수는 심령현상에 매우 회의적이었는데, 그와 이 집에서 자주 만난 게 심령력을 키우려고 의도된 것은 아니었다는 해명은 굳이 여기서 할 필요는 없을 것이다.

랭케스터 교수와, 자주 같이 오던 돈킨 박사로부터 '슬레이드 폭로 사건(헨리 슬레이드가 영혼의 메시지를 받는 과정이 사기라고 랭케스터와 돈킨이 〈런던 타임스〉에 기고했다 – 옮긴이 주)'에 대해 귀가 닳도록 들

었다. 1885년 아메리카로 여행갈 준비를 하는 나에게 랭케스터 부인은 친절하게도 오랜 지인인 에드나 홀 부인을 소개해 주었다. 슬레이드의 재판이 진행되는 내내 랭케스터 부인의 집에서 기거했다는 홀 부인은 평생을 보스턴에서 살고 있는 미국인이었다. 그린로우 양과 나를 처음으로 교령회(산 사람들이 혼령과 교류를 시도하는 모임 – 옮긴이 주)에 데려간 사람이 다름 아닌 홀 부인이라는 사실은 앞서 기술한 상황에 비춰볼 때 생각할수록 기이하다.

홀 부인은 랭케스터 부인의 소개를 받고 간 나를 환대해 주었다. 그러나 워낙 바쁜 사람이어서 마음처럼 우리를 도와주기 어려운 터라, 또 다른 친구인 마리아 포터 부인을 우리에게 소개해주었다. 포터 부인은 눈길을 사로잡는 외모와 명석함과 강한 개성으로 1980년대 보스턴 사회에서 유명한 인물이었다.

이 두 여성은 '베리 자매'를 보러 가는 우리와 동행했다. 홀 부인은 교령회에 대한 환상 같은 건 없는 사람이었다. 우리를 그곳에 데려가는 이유는 아메리카 삶의 한 단면이니 놓쳐선 안 되기 때문이라고 솔직하게 말했다. 그러면서 인간이 얼마나 쉽게 속는지 보는 것만으로도 꽤 재미있을 거라고 했다.

사람은 누구나 현재 품고 있는 신념에 근거하여 과거 경험을 해석하는 경향이 있다. 다행히 나는 그 시절에 일기를 써두어서 무슨 일이 있었는지, 그리고 내가 어떤 인상을 받았는지 기록한 신빙성 있는 자료를 갖고 있는 셈이다.

보스턴에서 참석한 교령회와 나중에 뉴욕에서 겪은 일에 관한 기록은 『A year in the great republic』이라는 제목으로 출간된 저서에서 '아메리카의 심령주의'에 관해 기술한 장을 일부 발췌한 것이다.

우선 보스턴의 교령회에 관해선 이렇게 적혀 있다.

나는 매우 적대적인 마음가짐으로 '베리 자매'를 보러 갔다. *전부다 사기라고 미리 결론지어 놓은 것이다*(최근에 이탤릭체로 바꿨다.) 동행한 친구들의 회의적인 태도 역시 더하면 더했지 덜하지 않았다.

그 뒤에는 일반적인 캐비닛에 대해 묘사되어 있고, 다음과 같은 내용이 이어진다.

그때 노령의 이집트인이 나타났다. 내 친구 그린로우 양 옆에 줄곧 앉아 있던 남자가 가까이 가서 이집트인에게 말을 걸고 '옆에 앉아 있던 숙녀분'도 가까이 오라고 부르자 그린로우 양이 다가갔다. 하지만 그녀는 어떠한 형체도 분간할 수 없었으며, 그저 온기가 있는 축축한 손이 자신의 손을 덮는 것만 느꼈다고 단언했다. 그린로우 양은 그 다음에 젊은 남자 영혼에게 불려나갔다. 그 영혼은 그린로우 양을 포옹하고 싶어 했으나, 옆에 앉은 다른 여성의 죽은 친구로 밝혀졌다. 그린로우 양은 잔뜩 화가 나서 원래 자리로 돌아오더니, 그렇게 기분 나쁘고 험하게 생긴 건 난생 처음 봤다고 잘라 말했다.

포터 부인은 간간히 등장하는 형체들을 자세히 살펴보려고 과감하게 나섰으나, 의식을 관장하는 사람이 매번 손사래를 쳐서 돌려보냈다.

"거기 숙녀분 좀 앉아주시겠어요? 이번 영혼은 당신을 만나러 온 게 아니에요. 이 영혼은 자기 친구들과 소통하길 바라는데, 당신이 자꾸 분위기를 깨니 영혼이 다시 캐비닛으로 돌아갈 수밖에 없는 거예요."

경험이 많아 노련한 사람들도 여럿 있어서, 기회가 왔다 싶으면 바로 발딱 일어나서 한 마디씩 던졌다.

"오, 찰리 삼촌, 삼촌이세요?"

"반갑다, 젬!" 등등.

모브캡(18~9세기에 여자들이 쓰던 가벼운 면 모자 – 옮긴이 주)과 검은 드레스 차림으로 나타난 한 노부인은 보스턴에 있는 세인트 피터스 스쿨에서 학생들을 가르치던 마거릿 수녀라고 소개되었다. 수녀가 만나러 온 제자라는 한 아가씨는 영어를 가르친 마거릿 수녀의 체면이 구겨질 정도로 엉망인 문법으로 심령 체험담을 들려주었다.

그 아가씨는 옛 스승을 만나고 싶은 마음이 줄곧 간절했으며, 선생님이 교령회에 몇 번 나타난 적은 있지만 옛날처럼 수녀복을 입은 모습은 못 봤다고 말했다. 그래서 어느 날 밤, 간곡하게 바랐더니 마거릿 수녀가 모브캡과 드레스 차림으로 나타났다는 것이다.

"내 옷이 보이지? 네 소원이라서 이렇게 입고 왔단다."

수녀의 말에 아가씨가 대답했다.

"네, 소원을 들어주셔서 고마워요."

그리고 이렇게 덧붙였다.

"그때 이후로 심령술을 굳게 믿는답니다."

젊은 프랑스 아가씨는 질질 끌리는 검은 옷을 입고, 검은 머리는 수북하게 산발을 하고 나타나서 불어로 대화할 상대를 찾느라 우리 사이를 마구 돌아다녔다. 내 친구 홀 부인이 먼저 다가갔고, 이어서 나한테도 가까이 가서 말을 걸어보라고 시켰다. 나는 그녀의 손을 잠시 꼭 잡았다. 평범한 사람의 손 같았는데, 힘을 빼니 희한하게 길쭉해지는 것처럼 보였다.

얼굴은 무척 핼쑥했고 마치 시간에 쫓기는 사람처럼 말이 빨랐다. 영어를 조금 알아듣긴 해도 말할 줄은 모른다고 했다. 자기 어머니는 프랑스 인이었고, 아버지는 '용감한 남자'라는 이름의 인디언이었다고 했다.

숱한 키스와 포옹이 계속되는 듯 보였다. 나이가 지긋한 반백의 신사는 계속 캐비닛에 다가가서 하얀 형체의 포옹을 받았다. 불빛이 흐려서 그의 목에 감기는 두 팔만 겨우 보였다(이곳의 불빛은 뉴욕의 스토더트 그레이 부인과 할 때보다 훨씬 침침했다).

유일하게 재미있었던 일은 우리가 그곳을 떠나기 전에 벌어진 작은 소동이었다. '총체적 사기극'에 갈수록 심사가 사나워진 포터 부인이 한참 뒤에 부름을 받았을 때가 사기극의 정점이었다. '어떤 젊은

남자가 그녀와 이야기하고 싶어 한다'고 했다. 포터 부인은 '끔찍하게 생긴 가짜 같은 얼굴이 씩 웃으면서 귀에다 쉭쉭거린다'고 말했다.

그 집의 주인은 영혼이 무슨 말을 하고 싶어 하는지 잘 들어보라고 사정했다. 그러나 부인은 완강하게 "싫어요, 싫어요, 싫어요"라고 하면서 자기 자리로 돌아가는 바람에, 여기저기서 웃음소리가 새어나왔다.

마지막으로 캐비닛 근처에 앉아 있는 여자의 어린 세 딸이 체현materialization하길 원한다고 했다. 그런데 거기 모인 이들 중에 어린 아이가 없어서 어렵다고 했다.

어머니는 딸들을 보고 싶어 난리였으나, 갑자기 불빛이 환해지더니 교령회가 끝났다. 한 편의 사기극에 참으로 느닷없는 결말이 아닐 수 없다.

이 발췌문은 내가 조사를 시작할 때 어떤 마음가짐이었는지, 그 마음가짐의 결과가 뭔지 보여주기에 모자람이 없다. 아마 포드모어 선생이라 해도, 그 첫날 저녁의 나를 보았다면 철저하게 이성적이라고 생각했을 것이다. 포터 부인이 적대적인 마음으로 분위기를 깨고, '아메리카를 체험하는 것'이라며 우리를 데려간 홀 부인마저 냉소적인 미소를 머금고 있었던 것이다. 바로 이런 부분이 내가 가진 선입견에 더해졌음이 분명하다.

지금은 베리 자매도 결국 '폭로'되어 다른 모든 유명한 영매들과 같은 운명이 되었다는 사실을 알고 있다. 그러나 그 이후 내가 경험한 것들에 비춰볼 때, 만약 그날 내가 저세상에서 오는 방문객을 열린 마음으로 맞을 자세를 갖추었더라면 어땠을까. 개인적으로 의미 있는 증거를 얻었을 거란 확신이 든다.

내 일기에서 발췌한 다음 내용은 뉴욕에 도착하고 며칠 뒤에 참석한 교령회 이야기다. 앞서 기술한 보스턴 교령회로부터 2, 3주 뒤의 일이다.

보스턴에서는 원래 계획했던 보름보다 체류가 석 달이나 길어졌다. 그곳에서 올리버 웬델 홈즈 박사와 웬트워스 히킨슨 대령을 비롯해 보스턴에 있는 옛 회원들을 소개받는 좋은 기회를 얻었다. 우리를 위해 준비된 연회가 몇 차례 있었으며, 그해 겨울 여러 지역 신문에 내 이름이 수차례 실렸다. 그러므로 베리 자매가 우리에 관해 뭔가 알아내려고 들면 일도 아니었으니, 이 정보를 이용하여 문학 등 나의 관심사에 대해 유창하게 떠드는 가짜 영혼을 적당히 등장시킬 수도 있었다. 우리가 처음으로 교령회에 참석한 건 보스턴을 떠나기 겨우 1, 2주 전이므로, 그곳에 석 달이나 머문 이후인데도 그런 일은 일어나지 않았다. 욕을 많이 먹고 있는 베리 자매에게도 그런 정직함은 있었다고 인정해줘야 할 것이다. 우리를 아는 사람이 아무도 없는 대도시 뉴욕에서, 그것도 도착한 지 겨우 며칠 만에 참석한 첫 교령회가 증거를

얻는 면에서 훨씬 성공적이었다는 사실은 정말 신기하다.

다음은 1886년에 쓴 일기장에서 발췌한 내용이다. 그때 찾아간 영매는 지금은 고인이 된 캐드웰 부인이다.

우리는 인기 없는 구역의 조그만 연립 주택에 사는 그 영매에 관해 아는 바가 없었다. 고작 8명 정도 되는 사람들이 손바닥만 한 좁은 방에 모였다. 모두 나와 그린로우 양이 모르는 사람들이었지만, 한 숙녀의 모습이 일전에 본 적이 있는 비처 스토우 부인의 사진과 닮아 보였다. 그래서 혹시 그녀가 아닌지 물어봤더니 내 추측이 맞다고 했다. 캐비닛을 놓을 공간이 없어서 좁은 벽감에 커튼이 드리워져 있었다. 그런 방에서 흔히 볼 수 있는 아치형 공간이었다.

교령회가 시작되기 전에 여자 영매와 같이 커튼 뒤로 들어가 보니, 너무 비좁아서 두 사람이 돌아서기도 힘들었다. 커튼 양쪽의 양탄자는 한 장이었다. 따라서 비밀문 같은 장치를 만들 수도 없었다. 그렇거니와 행여 그런 게 있다고 해도, 벽감과 60cm 거리에 우리가 쥐 죽은 듯 조용히 앉아 있는 가운데 들키지 않고 사용하긴 어려웠다. 이 방은 옥스퍼드 테라스나 캠브리지 테라스 같은 거리에 있는 런던의 평범한 하숙집에 딸린 자그마한 식당 정도 넓이였다.

영매는 우선 우리와 같이 앉아 있다가, 잠시 후 소위 말하는 '접신' 상태가 되자 커튼 뒤로 들어갔다. 몇 해 전, 5살 나이로 사망한 영매의 어린 딸이 영의 체현을 돕지만, 커튼 밖으로 모습을 드러내진 않았다. 그 아이가 자기 모습으로 나타나면 다른 영혼이 체현하는 것을 도울 수 없었다. 이런 내용들은 내가 들은 그대로 기록하면서 사적인 의견은 달지 않고, 일단은 심령주의자들이 말하는 방식으로 표현했다. 그렇게 한 다음 일어난 일을 사실대로 편견 없이 서술하는 것만이 이런 주제를 다루는 공정한 방식일 것이다.

교령회에 모인 사람들의 생각이 너무 집중되면 영매에게 방해가 된다는 이야기를 누차 들었다. 이런 모임에 음악이 빠지지 않는 이유가 바로 그 때문이다. 음악은 둥글게 모여 앉은 사람들이 조화를 이루도록 하고, 과도하게 집중되는 생각을 적당히 풀어주면서, 유감스럽게도 가끔은 부정직한 영매의 행위를 가려주는 역할도 한다.

이런 경우에도 우리가 노래를 부르는 동안에만 체현이 이루어졌다고 미루어 짐작해선 안 된다. 만약 그랬다면 '비밀문 이론'의 가능성이 농후해진다. 물론 여러 집이 따닥따닥 붙어 있는 도시에서, 아래층에 사는 이웃이 그런 걸 순순히 용납해줘야 한다는 어려움이 있다. 하지만 사실 우리는 새로운 '영혼'이 나타날 때 숨소리도 크게 내지 않고 앉아 있던 경우가 많았다.

사람들의 생각이 너무 집중되면 영혼에게 방해가 된다는 주장은 입증할 증거가 있었다. 커튼 뒤나 캐비닛 안에서 "사람들이 너무 우리만 생각하지 않도록 해주세요. 우리한테 너무 집중하고 있으면 아무것도 할 수가 없어요." 이런 목소리가 새어나오는 걸 몇 번이나 내 귀로 들었기 때문이다. 영혼들에겐 생각이 이승에서의 물리적 장애물

과 같은 듯했다.

처음 나타난 영혼(내 옆에 앉아 있는 노신사의 딸)은 몸에 두를 흰 베일을 만들어내는 걸 도와달라고 자기 아버지를 통해 내게 넌지시 청했다. 완전히 투명한 베일이긴 해도 영혼들이 이 세상의 영향력을 차단하는 데 꼭 필요했다. 아마 눈부신 햇빛으로부터 눈을 보호하려고 색안경을 쓰는 것과 같은 이치가 아닐까 싶다.

그녀는 벽감에서 나와 두 손을 앞으로 내밀더니 앞뒤로 돌려서 아무것도 감추고 있지 않다는 사실을 내게 확인시켰다. 몸에 달라붙는 부드러운 재질로 된 드레스는 어깨 높은 곳에서 끝나므로 소매를 고려할 필요도 없었다. 나는 가까이 서서 내 드레스를 펼쳐 들고 있었다. 그녀가 양손을 앞뒤로 비비자, 레이스나 그물처럼 생긴 하얀 물질이 마치 거품처럼 손에서 흘러서 내가 그녀 앞에 들고 있는 치맛자락에 내려앉았다.

나는 그 물질을 만져보고 두 손에 들어보았다. 손에 만져지는 질감은 있으나, 거미줄처럼 가벼워서 어느 상점에서도 비슷한 물건을 본 기억이 없었다.

가장 근접한 걸 찾자면 노령의 할머니가 그들의 할머니에게서 물려받았다며 보여주는 부들부들하고 얇디얇은 망사를 들 수 있을 텐데 그마저도 딱 들어맞는 설명은 아니다.

베일이 충분히 길어지자, 그녀가 집어 들더니 잘 펼쳐서 머리에 쓰고 우아하게 "고마워요" 하고 내게 인사했다.

이제 다른 영혼들도 나타나서 그 방에 있는 다른 이들과 낮은 소리로 대화했다.

이런 영혼들은 분명히 이전에도 체현한 적이 있었으며, 따라서 상당히 수월하게 말을 했다. '천사 어머니'(영매의 어머니)라고 불리는 한 영혼은 미국식 발성으로 영혼 세상에 대한 질문에 답해주면서 상대가 남자건 여자건 매번 "자, 들어보렴" 하고 다정하게 말문을 열었다. 그녀의 대답은 상당히 날카롭긴 해도 별로 깊이가 없었고, 종종 핵심을 벗어나기도 했다.

'넬스 시모어'라고 이곳에서 활동하는 일종의 크리스티 민스트럴 공연단(백인들이 흑인 분장을 하고 노래하며 춤추던 쇼 – 옮긴이 주) 같은 곳의 단원은 한 신사에게 줄곧 농담을 던졌다. 나쁜 의도는 아니라도 너무 경박해서 영혼과는 전혀 어울리지 않는 분위기였다. 심지어 여자들도 덩달아 그 품위 없는 유희에 끼어들어 '말장난'이 벌어지곤 했다.

이따금 들려오는 어린 아이의 목소리가 분위기를 바꿨다. 아이는 짤막짤막하고 어린애다운 영어로 말하면서 표현은 어른스러웠다. 아이가 설명하기론 몇몇 영혼들이 오기 위해 '애를 뜨고'(애를 쓰고) 있지만, 그러기엔 기운이 부족하다고 했다.

점차 나른해지고 모임이 약간 지겨워지려는 찰나, 정신이 확 나는 이야기를 들었다. 이마에 다이아몬드별을 달고 있는 무척 아름다운 여자 영혼이 나타나서 이승에 살 때 나와 친했다고 대화하길 원한다

는 것이다.

이런 내용은 어린 아이의 목소리가 말해주었고, 그 여자 영혼은 커튼 안에서 아직 나오지 않았다. 그러나 영매의 남편이 커튼 뒤를 보고 다이아몬드별이 영혼 세계에서 '지위' 같은 것이라고 알려주었다.

그 친구가 누구인지 짐작도 하지 못한 채, 나는 이야기를 나누러 가기 전에 좀 더 자세한 정보를 알려달라고 부탁했다.

"5년쯤 전에 세상을 떠났고, 독일에서 그랬답니다."

영매의 남편이 커튼 뒤에서 대화를 나누고 나서 전해주었다.

조금 더 구체적인 이야기라서 처음으로 그 영혼이 누구인지 짐작가는 사람이 있었다. 그러나 이름을 듣기 전엔 가지 않으려고 자리에서 일어나기 전에 이름을 물어보았다.

같이 여행하는 그린로우 양은 최근에 사귄 친구라서 5년 전 독일에서 사망한 그 인물에 대해 이야기해준 적이 없었다. 꼬마는 그 영혼이 자기를 통해 이름을 알려줄 거라고 말했는데 그 과정이 유별났다. 이름을 통째로 알려주거나 철자를 불러주는 대신, 아이들이 보는 책에서 커다란 대문자를 선의 생김새로 설명하듯이 철자를 하나씩 설명했다. 아이의 설명을 듣고 그 아버지가 글자를 추정하여 나에게 첫 글자가 맞는지 물었다. 맞긴 했지만, 나는 답해주지 않았다. 이름을 다 말하고 난 뒤에 대답하겠다고 했다.

얼마간 시간이 흐른 뒤, 여섯 글자(뮤리엘Muriel이라고 해두자)가 정확하게 나왔다. 더 이상 그 영혼과의 대화를 거부할 이유가 없었다.

커튼 앞으로 걸어가니 그녀가 커튼 앞에 모습을 드러냈다. 사람들은 자주 이렇게 묻곤 한다.

"이름을 못 들었어도 그 친구를 알아봤을까요?"

한 치의 모자람도 없이 진실하자면 그 질문에 대답하긴 어렵다. 그 이유는 이러하다. 내가 본 영혼의 '체현'은 얼굴이 산 사람과 꼭 같았던 적이 한 번도 없다. 가면을 쓰거나 그럴 듯하게 '꾸미는' 개념이 아니라, 단시간에 급히 하나의 몸을 형성하여 잠시 그 몸을 하고 있는 것이라는 이론을 수용할 수 있다면, 결과는 그런 상황에서 기대할 수 있는 딱 그만큼이다.

생전에 내 친구는 안색이 무척 창백하고 이목구비가 조각처럼 섬세했는데, 그때 내가 보고 있던 영혼의 얼굴도 같은 이미지였다. 신장도 대충 비슷했고, 말로는 설명되지 않는 우아하고 청아하고 품위 있는 분위기도 그 영혼의 체현이 유사하게 갖고 있었다. 그 이상은 설명할 재간이 없다. 아무튼 인간의 원래 모습과 완전히 똑같이 체현된 영혼은 본 적이 없다.

두렵진 않았지만 창피했다. 그녀를 선뜻 인정하지 못하고, 까다롭게 구는 것처럼 보였을 테니 당연한 일이었다. 그녀도 이런 사실을 인식하고 있는 듯, 마주하자마자 곧바로 자기 손을 살펴보라고 내밀면서 이렇게 말했다.

"내 손 기억나지 않아요? 나한테 이 손이 얼마나 큰 자랑거리였는지!"

내 친구의 손이 특별히 아름다웠던 건 사실이었다. 하지만 그녀는 지각 있고 현명해서 드러내놓고 자랑하는 법이 없었으며, 아무리 허물없는 친구 사이라도 그 손의 아름다움을 화제로 삼지 않을 만큼 고상한 여성이었다.

게다가 내 눈 앞에 내밀고 있는 손은 손가락이 길고 모양도 보기 좋았으나, 얼굴이 사람의 얼굴과 다른 것처럼 손도 살아 있는 사람의 손과 달랐다.

무슨 말을 할까 궁리하다가 처음 떠오른 게, 그녀가 너무나 사랑했던 하나밖에 없는 여동생이었다. 이미 결혼했고 내 친구이기도 한 그 여동생 이야기를 조심스럽게 꺼냈다.

"당신이 정말로 내 친구라면 혹시 여동생에게 전할 말이 없나요?"

그녀는 곧 아무런 망설임도 없이 말했다.

"가여운 제시에게 전해줘요."

그러면서 신통하게 사실과 잘 들어맞는 이야기를 했지만, 여기 공개하기에는 너무 사적인 내용이었다.

그런 다음 곧바로, 내가 어떤 언질을 준 것도 없이 그녀가 덧붙여 말했다.

"가여운 제시! 내가 너무 갑작스럽게 죽어서 그 아이는 크나큰 고통을 겪어야 했어요."

내 친구는 외국에서 사망했고 그 사정이 유난히 비통했다. 그녀는 젊고 아름다운데다 교양이 높아 누구나 알 만한 그 도시에서 유명인

사로 몇 번의 겨울을 그곳에서 보냈다. 그런데 돌연 사망하는 바람에 그날 오후에 집에서 열 예정이었던 큰 모임도 취소할 여유가 없었다. 그 여동생은 불행 중 다행으로 영국을 떠나 두어 달 언니 집에서 기거하는 중이었다. 이 모든 특별한 사실들은 그 여동생으로부터 자연스럽게 들었으며, 혹시 외국에서 사망한 또 다른 친구가 있다고 해도 그런 사정이 똑같이 일어난 경우는 찾기 힘들 터였다.

그 영혼은 기어들어가는 목소리로 힘겹게 말했다.

"기운이 많이 없어요."

나는 그녀의 아버지(몇 달 전에 사망)도 같이 있는지 물었다.

"아직은 아니에요."

그녀가 부드럽게 말했다.

"하지만 아버지가 건너오셨다는 건 알아요."

그러고 나서는 내 손에 키스하고 눈앞에서 사라졌다. 커튼(내가 서 있는 곳 바로 옆) 뒤로 돌아간 게 아니라 연기처럼 서서히 사라졌다.

열흘 정도 뒤에 내 친구와 다시 같은 집에서 밤에 열리는 교령회에 갔더니, 지난번과는 다른 사람들이 모여 있었다. 어떤 아둔한 여자가 막무가내로 의심하며 쓸데없는 제안을 자꾸 하는 바람에 조화로운 분위기가 깨어졌다. 매번 말로는 '절대로 방해하려는 게 아니라'고 주장하면서 실제로는 그러고 있었다.

'천사 어머니'가 다시 왔다가 원을 이룬 사람들 가운데 비논리적이고 짜증나는 한 남자 때문에 화가 난 것 같았다. 그는 본인이 무슨 말

을 하는지 제대로 알지도 못하고 심령 세계에 관한 패러데이(전자기 유도법칙으로 유명한 물리학자 마이클 패러데이를 가리키는 것으로 짐작된다 – 옮긴이 주)의 견해를 끈질기게 늘어놓았다. 지난번에 언급한 '넬스 시모어'가 이번에도 나타나서 내 손을 잡고 키스했다. 하지만 '지배령'이라서 캐비닛을 떠나진 않았다. 이날이 자신이 죽은 지 11주기가 되는 날이라면서 자기 '생일'이라고 불렀다.

또 매우 아름다운 여자 영혼이 체현하여 내 무릎에 앉기를 제안하기에 단번에 그러라고 했다.

키는 170cm 정도였고 발육이 좋은 큰 체격이었다. 그녀가 바닥에 발을 대고 실제 체중을 숨길지도 몰라서, 앉는 순간 내 발을 바닥에서 들어올렸다. 높은 의자에 앉아 있어서 쉽게 그럴 수 있었다.

그녀는 이 자세로 몇 분 머무르며 쉬느라 체중을 전부 내 다리에 실었으나 새끼고양이나, 작은 팔토시가 유행하던 시절의 토시 하나 정도 무게였다. 분명 감지할 수 있을 정도이긴 해도 어느 아기를 안아 봐도 그처럼 가벼운 적은 없었다.

이번에도 같은 방식으로 베일이 체현되는 걸 내 친구가 가까이에서 지켜보았다.

죽은 내 친구의 영혼도 다시 나타났는데 이번에는 좀 더 강했다. 여럿이 모이는 교령회이다 보니, 당연히 자기 지인들과 소통하려는 사람이 많아서 한 사람이 독점할 수 있는 시간은 고작 몇 분이었다. 따라서 시간에 쫓기며 대화를 하려니, 마치 호텔의 공공 독서실에서 절친한 친구와 대화할 때처럼 그다지 만족스러운 수준은 아니었다.

가족이 연관된 사연 가운데 가장 뛰어난 증거라고 할 수 있는 이야기를 한 가지 더 소개하겠다. 아메리카를 주제로 하는 나의 저서 『미국에서의 1년』에 이미 기술했으니, 그 책에서도 볼 수 있을 것이다.

같은 집에서 열리는 체현 교령회에 세 번째로 참석한 날이었다. 흥분을 잘하는 이탈리아 친구 하나가 이런 모임에는 처음 참석해서, 보스턴에서의 나처럼 편견에 사로잡혀 적대적인 태도로 분위기 조성을 방해했다. 이 친구는 영어가 부족하고 내 이탈리아어는 빈약하므로 제대로 설명하기도 어려웠다. 원을 이룬 사람들 사이의 조화가 깨어지고 다들 무거운 분위기였다. 그래도 체현이 계속 이루어지는 가운데 그 친구가 자신이 본 것이 전부 *physiquement impossible mon ange*(물리적으로 불가능해요)'라고 잘라 말하며 자리를 박차고 나가자, 개인적으로 마음이 푹 놓였다.

그런데 그렇게 느닷없이 가 버리는 바람에 생각이 짧다고 욕을 잔뜩 먹었다. 원에서 갑자기 사라지면 '집단의 힘이 깨어지고' 잘못하면 '영매를 죽일 수도 있다'는 것이다.

남은 사람들은 그 위협에 눌려 끝까지 자리를 지키고 앉아 있다가, 결국 아직 접신 상태인 영매를 두고 나왔다. 영매의 남편과 아들이 그 옆에서 어찌나 걱정하던지, 혹시라도 연기였다면 가히 배우 뺨치는

실력이었다.

한편, 뉴욕에서 지내는 동안 대단히 아름답고 매력적인 한 여성을 소개 받았다.

그녀는 비극적이고 범상치 않은 이력의 소유자였다. 눈길을 사로잡는 미모와 더불어 강한 정신력을 지녔고, 오스트리아 공주라는 높은 신분도 내가 알기론 타고난 것이었으며, 어린 시절을 외국의 궁궐에서 보냈다.

이러한 사실들은 그녀를 만나기 전에 우리 둘을 다 아는 친구에게서 들은 것이고, 그 외 가족사는 알지 못했다. 형제자매가 있는지, 살았는지 죽었는지.

내가 경험한 신기한 일들을 들려주면 그녀는 세상 물정을 꿰고 있는 입장에서 나와 토론했다. 살면서 많은 것을 봐온 사람답게 그녀는 독단이나 협소한 시각과는 거리가 멀었다. 하지만 모든 '자연적인' 가설들조차 수용되었다가 입증할 수 없다고 버려지는 마당에, '초자연적' 현상을 쉽게 믿지 않을 만큼 견문이 넓었다.

뉴욕을 떠나기 전날, 그녀의 예쁜 방에 앉아서 인생과 문학에 대해 두어 시간 이야기를 나누었다. 그러다가 마지막으로 작별 인사를 하기 전에 그녀가 웃으면서 말했다.

"교령회에는 또 갔어요?"

나는 아니라고 대답하고, 이제 남은 시간이 별로 없어서 그럴 계획은 없다고 말했다. 그것을 화제로 잠시 한담을 나누다가 신문을 집어든 나는 영매, 투시력자 등이 올라있는 통상적인 명단을 눈으로 훑었다. 뉴욕의 전혀 다른 지역에서, 완전히 다른 조건과 환경 아래에서도 나를 찾아오는 영혼 친구가 있을지 보고 싶다는 바람이 어렴풋이 들었다. 그랬기에 즉흥적으로 주소 하나를 옮겨 적었다.

그 집 주인에겐 같이 가자고 권할 수는 없었다. 왜냐하면 그녀는 몸이 약해서 밤공기를 꺼렸기 때문이다. 하지만 그 메모를 호텔로 들고 가면서 거기 있는 친구는 저녁을 먹고 난 뒤 도시 반대편까지 차를 타고 갈 마음이 있을지도 모른다고 생각했다.

그러나 영국인 친구는 별로 관심이 없는지 내켜하지 않았다. 지극히 당연한 반응이었다. 그녀는 부화뇌동하는 기질이 아니었다. 게다가 물론 나를 찾아온 영혼을 보기도 하고 이야기도 나눠봤지만, 본인이 아는 친구를 만날 기대가 없었다.

그런데 훌륭한 윈저 호텔에서 저녁을 든든하게 먹고 나니, 피곤이 가시고 기운이 났다. 그랬기에 한 번만 더 가보기로 마지막 순간에 뜻을 모았다. 불과 5분 전만 해도 우리 두 사람을 포함해 아무도 우리가 외출하게 될 줄 몰랐다.

그곳에서 우리는 훨씬 인상적인 응접실로 안내받았고, 여성 영매도 앞서 만난 영매보다 사회적 지위가 더 높아 보였다. 준비된 상황도 많이 달랐다. 딱 제시간에 도착한 터라 몇 분간 앉아서 기다리는데, 그레이 부인이 내 친구를 보더니 백발의 노부인이 그녀 위에 서 있다고 말했다. 물론 우리 눈에는 아무것도 보이지 않았다. 그레이 부인은 곧

바로 자기 무릎이 아프다고 문지르면서 이렇게 덧붙였다.

"부종의 느낌이 나한테 전해지네요. 이 영혼은 그런 증상이 있는 병을 앓았나 봐요."

원래 매우 과묵하고 침착한 내 친구는 이런 설명으로 떠오르는 사람이 있다는 눈치를 조금도 내비치지 않았다. 하지만 나중에 집으로 돌아가는 마차에서 조용히 말했다.

"그레이 부인이 백발의 노부인 이야기를 한 건 신기해요. 아마 우리 어머니를 말한 것 같아요. 어머니가 백발이었고 부종으로 돌아가셨거든요."

그런데 왜 아까는 모르는 척했냐고 타박하자, 그녀는 자긍심을 드러내며 말했다.

"내 어머니를 묘사했다는 걸 그 부인에게 알려줬을 것 같아요?"

남의 말을 쉽게 믿지 않는 결연한 자세로 거짓된 인상을 주는 것은 정당할 뿐만 아니라, 칭찬할 만한 태도라는 데 많은 이들이 동감하리라 생각한다.

그날 저녁, 교령회가 절정일 때 하얀 '수녀복' 같은 옷을 입은 영혼이 캐비닛 입구에 나타났다. 스토더트 그레이 부인은 그 영혼이 프랑스어, 이탈리아어, 영어를 알아듣지 못한다고 혹시 독일어를 할 줄 아는 사람이 있는지 물었다. 부인은 소리를 듣고 독일어라는 것만 분간할 수 있다고 했다.

한 신사가 돕겠다고 나섰지만, 소득이 없어서 독일어를 할 줄 아는 내가 다음 차례로 나섰다. 가까이 가니 그 영혼은 기운을 얻은 듯 캐비닛에서 거의 다 나와서 매우 세련된 독일어(독일어를 공부해 본 사람이라면 알겠지만, 교양 있는 아일랜드어 억양과 아일랜드어 사투리가 서로 다른 것처럼, 독일어 역시 억양에 따라 고급과 저급으로 구분된다.)로 말했다.

"*Ich bin die schwester von Madame Schewitsch*(나는 마담 셰비치와 자매예요)."

이렇듯 그날 오후에 같이 있었던 외국 친구의 이름이 언급되었다.

"*Ich weisz das Sie Heute Nach mittag bei meiner schwester waren*(당신이 오늘 오후 같이 있었다는 걸 알아요)."

그녀는 마담 셰비치를 위해 나와 소통하려는 열망이 압도적이었으나 어려움 역시 만만찮았다.

언어의 문제가 아니었다. 그녀는 충분히 센 소리로 말했으며, 잘 선별한 단어로 똑똑하게 발음해서 알아듣는 데 지장이 없었다. 그러나 그녀가 전하려는 말은 굳건한 장벽에 가로막힌 듯 쉽게 나오지 않았고, 그걸 극복하려는 필사의 노력은 극심한 괴로움을 동반했다.

나는 무슨 수를 써서라도 기꺼이 돕겠다고 장담하며, 이런저런 시도를 해보았으나 모두 허사였다.

"혹시 당신이 불행한가요?"

"아뇨, 아니에요! 그게 아니에요."

그녀가 뭔가 경고하려는 것으로 보였고, 질병과 연관된 것인 듯했다. '경고achtung'와 '질병krankheit'이라는 두 단어가 한 번 이상 반복되

었기 때문이다. 하지만 명확한 내용은 들을 수 없었다.

그래서 혹시 적을 수 있겠느냐고 물었더니 그녀는 당장 그렇게 해 보겠다고 했다. 종이 몇 장과 연필 한 자루를 빌려 방 중앙에 의자와 같이 있는 작은 탁자 위에 놓았다. 그녀는 탁자 가까이 와서 의자에 앉았다. 방에는 가스버너 다섯 개가 절반 이상의 밝기로 켜져 있어서 빛은 충분했다. 연필을 들었다가 곧바로 도로 내려놓으면서 그녀가 절망이 어린 괴로운 목소리로 말했다.

"*Nein! Nein! Ich kann es selbst nicht schreiben!*(안 돼요! 안 돼요! 내 힘으로는 못 쓰겠어요!)"

그러고는 의자에서 일어서는 순간, 내가 보는 앞에서 연기처럼 사라졌다. 만약 이것이 사기였다면, 누군지 모를 그 여자가 뉴욕에 사는 내 친구의 이름을 어떤 수로든 알아냈고, 바로 그날 오후에 내가 그 친구와 같이 있었다는 사실도 알아낼 방법이 있었다고 치면, 이미 입증되었다시피 독일어에도 능통하니 아무 메시지나 대충 적어주는 게 훨씬 수월하지 않았을까?

너무 괴로운 경험이어서 나는 마담 셰비치에게 그 일에 관해 편지를 쓰지 않기로 결정했다. 그러므로 정말로 마담 셰비치에게 수녀나 혹은 그런 기관과 연관된 자매가 있었다거나 그 자매가 사망했다는 것을 입증하는 증거는 얻지 못했다. 그러나 사실일 가능성이 그렇지 않을 가능성보다 높다. 천주교를 믿는 오스트리아 상류층 가문에선 거의 예외 없이 집안에서 한 명은 수녀가 되기 때문이다. 마담 셰비치가 혹시라도 내 책을 접한다면 필요한 정보를 얻길 바라는 마음에서 이 일화에선 실명을 사용했다. 이 사건의 결말을 밝히자면, 그로부터 서너 달 뒤 캘리포니아를 여행하던 중에 흥분을 잘하고 회의적인 이 탈리아 친구(마담 세비치를 소개해 준 장본인)에게 듣자니, 내가 서부에 가 있는 동안 그녀가 오랫동안 중병을 앓았으며, 끝내 회복하지 못할 까봐 그녀의 남편과 그 이탈리아 친구의 근심이 깊었다고 했다. 다행 히 근심은 기우로 밝혀졌다.

다시 교령회 이야기로 돌아가 보자.

그 '수녀'가 사라지고 20분쯤 지나서 하얀 형체 하나가 스르륵 나 오더니, 한순간도 망설이지 않고 나를 가리키면서 빠르게 말했다.

"당신을 찾아왔어요."

나는 누군지 알아보고 곧바로 다가갔지만, 그런 눈치는 보이지 않 기로 작정했다.

그 '영혼'은 잠시 놀라서 나를 쳐다보았다. 마치 길에서 마주친 잘 아는 친구가 인사도 없이 지나치는 것을 볼 때와 같았다.

내가 아무 말이 없자 그녀가 속삭였다.

"나를 모르겠어요?"

나는 모르는 척하며 그녀의 이름을 물었다.

"나예요, 뮤리엘!"

즉시 대답이 나왔다. 앞서 뉴욕의 다른 지역에서 열린 교령회에서 처음으로 나를 찾아와 철자를 알아냈던 그 친구의 이름이었다. 영혼

친구는 이 세 번째 방문에서 나에게 키스해달라고 청했다. 솔직히 조금 두려웠는데 그럴 필요가 없다는 걸 알게 되었다. 살아있는 사람에게 키스하는 것과 느낌이 똑같진 않아도 접촉에 아무런 거부감이 들지 않았다. 생전에 언제나 이 친구에게 감돌던 형언할 수 없는 신선하고 맑은 기운이, 달라진 조건 아래에서도 더욱 명료하게 느껴질 뿐이었다. 또 한 가지 신기한 점은, 내 친구가 제비꽃을 얼마나 좋아했는지(거의 언제나 그 색깔 옷을 입고 제비꽃 향수도 썼다.) 잊고 있다가, 그녀와 이야기하는 동안 그 향이 또렷하게 나서 기억이 되살아났다.

교령회 당일이 되기 전에는 그레이 부인의 집에 가게 될 줄 꿈에도 몰랐으며, 이름조차 들어본 적이 없다는 것을 상기할 필요가 있겠다. 우연히 신문에서, 줄잡아 서른 명이 넘는 명단에서 고른 이름이었다.

그날 저녁 7시까지 우리는 그곳에 가기로 결정하지 않았다. 그리고 교령회는 밤 8시에 시작했으며, 그곳에는 몇 주 전 다른 영매의 집에서 본 사람은 단 한 명도 없었다. 그러므로 내 친구가 다시 나타나도록 두 영매가 공모했다고 보긴 어려운 상황이었다. 게다가 두 영매가 서로 공모했다 하더라도, 마담 셰비치의 자매라는 영혼의 등장은 도저히 설명되지 않았다.

그날 내가 겪은 일에 합리적인 해명을 찾아낸 사람은 여태껏 없었다. 물론 불합리하게 의심만 하는 이들이 눈속임 기술과 비밀문을 들먹였으나, 그런 수단으로 누군가의 이름이나 사소한 가족사를 정확하게 알아맞히는 건 어려운 일이다.

이 글의 목적은 내가 살면서 겪은 일을 소개하는 것이지, 그것에 관해 길고 지루한 해석을 늘어놓으려는 게 아니다. 그러므로 체현이라는 문제에 관해 역사적으로, 혹은 윤리적으로 더 깊게 들어가는 것은 자제하고 이제 투시력에 대한 이야기로 넘어갈까 한다.

II.

투시력에 관해 이야기하려면 아메리카를 방문했을 때 그곳에서 작성한 기록의 도움을 다시 받아야 한다. 인생이 어떤 식으로든 파란만장하거나 두드러진 특색이 있는 경우, 숙련된 투시력의 소유자라면 그 사람이 풍기는 정신적·도덕적 기운을 '감지'할 수 있는 게 당연하다고 생각한다.

투시력을 가진 사람들을 방문한 개인적인 기록을 살펴보면, 서로 수천 킬로미터 이상 떨어진 장소에서 이루어졌는데도, 여러 목격자들이 이구동성으로 진술한 조서처럼 내용이 일치한다.

나와 여행을 함께 다닌 동행은 아주 무난한 인생을 살아온 친구라서, 그런 사람들이 뭘 알아내기에 훨씬 더 어려운 것 같았다. 뚜렷하게 파악되는 게 없는지 결국 흐릿하고 불명료한 그림만 그렸다.

그에 비해 나에 관해서는 거침없이 단호하게 한 치의 망설임도 없이 색깔이 칠해졌고, 매번 놀랄 정도로 진실과 부합되는 동시에 삼사

백 명의 여자들을 살펴보더라도 다른 어느 누구의 인생과도 같지 않을 독특한 그림이 그려졌다.

'신들린 상태'에서도 많은 부분은 어림짐작으로 알아맞힌다는 것이 내 눈엔 분명하게 보였다. 그런 '신들린 상태'가 전부 가짜라고 주장하려는 건 아니다. 하지만 그런 상태에서 하는 말은 대개 애매모호하기 마련이다. 그리고 약간이라도 들어맞으면 그 뒤는 마치 리처드 오언 경(공룡 화석 연구로 유명한 영국의 고생물학자 - 옮긴이 주)이 뼈다귀 한 개로 시작하여 골격 전체를 완성하듯이, 이야기를 끼워 맞추는 창의력이 큰 역할을 했다.

내 어머니(내가 아기일 때 사망)가 나를 지켜주는 수호 영혼이라는 이야기를 예닐곱 번쯤 들었고, 어머니의 이름을 알아맞힌 게 여섯 번이었다. 그런데 그중 한두 번은 꽤 어려움을 겪었으나, 투시 능력자의 어림짐작이나 내가 주는 어떠한 힌트도 없이 모두 알아맞혔다.

뉴욕에서 경험한 가장 성공적인 면담 중 하나는 필라델피아의 파크스 부인과의 만남이었다. 흔히 볼 수 있는 송장 같은 이미지의 영매와 상당히 다르게 인상이 무척 좋고 건강한 여성이었다.

그녀가 요구하는 비용은 아메리카의 통상적인 수준(경쟁으로 인해 저렴한 비용으로 영매를 만나는 호사를 누렸다.)보다 높았다. 이의를 제기하니 그녀가 쾌활하게 말했다.

"이 가격이 싫으시면 오지 마세요. 금액은 절대 바꾸지 않아요. 하지만 혹시 만족하지 못하시면 돈을 받지 않을게요. 누구는 이 사람한테 만족하고, 또 누구는 저 사람한테 만족하죠. 내가 당신 친구들에 관해 진실을 말하는지 금방 알게 될 테니까, 혹시라도 불만스러우면 돈은 한 푼도 받지 않을게요."

나는 다시 생각해보겠다고 하고 그 집을 나왔다. 파크스 부인은 꼭 다시 오라고 부추기지도 않았다. 그리고 내 태도로 봐선 다시 볼 거란 기대도 하지 않았을 것이다.

다음날, 나는 그녀와 대단히 만족스러운 면담을 가졌다.

부인은 내 어머니가 곁에 있다고 말을 꺼내더니 머뭇거리지 않고 어머니 이름을 말했다. 이어서 특징을 몇 가지 이야기했는데 딱 들어맞는 내용이었다. 또 마지막으로 이렇게 말했다.

"어머니는 당신이 영매들을 만나러 다니거나 그런 사람들과 지나치게 어울리는 걸 바라지 않아요. 당신은 그럴 필요가 없어요. 어머니가 말하길, 당신은 영매로서의 기운이 충분해서 스스로 소통이 가능하다고 해요."

나는 이렇게 말하지 않을 수 없었다.

"파크스 부인, 그런 메시지를 전해주는 건 부인에게 조금도 득이 되지 않아요. 나는 이 도시에서 당신이 전혀 모르는 이방인이잖아요. 여기 얼마간 더 머물 거라고 이미 말씀드렸고, 이 면담도 정말 만족스러우니 떠나기 전에 당신을 몇 번 더 만나러 왔을 수도 있어요."

부인이 웃으면서 대답했다.

"맞는 말이에요. 하지만 나는 정직한 여자랍니다. 당신에게 전해주

라고 받은 메시지를 그대로 전해줄 수밖에 없어요. 그게 나에게 득이 되지 않는다고 해도 말이에요."

전체적으로 안락하게 꾸며진 밝고 쾌적한 집도 그렇고, 돈에 크게 구애받지 않는다는 사실을 확인한 터라 왜 이런 힘든 일을 계속하는지 묻지 않을 수 없었다.

"음, 실은 내가 원해서 하는 건 아니에요. 남편도 언제나 반대하는 입장이었죠. 남편은 내 몸이 상할까봐 걱정이었어요. 그래서 2년간 완전히 그만둔 적이 있었답니다. 그런데 영혼들이 나를 내버려두지 않았어요. 나는 돌아갈 수밖에 없구나, 다른 사람들을 돕고 위안을 주라고 내게 주어진 힘을 쓰길 거부하고 있구나 싶었죠. 내가 남들보다 높은 가격을 부르는 건 그래야 일을 적당히 줄일 수 있고, 쓸데없이 호기심에 오는 사람들을 피할 수 있기 때문이에요."

또한 가끔은 무슨 핑계를 대서라도 들어오지 못하게 막으라고 사전에 지시해야 하는 사람들도 있다고 했다.

"그 사람들이 문에 당도하기도 전에 그들 주위에 있는 영혼들이 보이는 경우가 많아요. 그런 사람들이 그 기운을 내 집에 끌어들이게 둘 수는 없어요. 안 되죠, 한번에 10억씩 준다고 해도 싫어요."

이 시기의 조사와 연관된 일 중 한 가지를 더 언급해야겠다. 해답을 찾기 어려운 일부 의문들에 확실한 실마리가 되기 때문이다.

아메리카의 여러 지역을 광범위하게 다니며 이런 투시 능력자들을 만날 때마다, 나랑 아주 가까운 친척 두 사람의 이야기가 거의 빠짐없이 등장했다. 한 사람은 남자, 한 사람은 여자인데 두 사람의 이름도 모두 알아맞혔다. 영매들은 한결같이 여자 영혼이 남자 영혼보다 더 높은 수준으로 올라갔다고 말했다. 현세의 관점에서 본다면, 여러 정황상 전적으로 틀린 말이어서 터무니없을 정도였다. 그 여자 친척의 성품에 결함이 더 많았기 때문이다. 충동적이고, 불안정하고……. 이승에서 그 남자 친척은 고귀한 성품과 영성을 갖춘 이였다.

그런데도 그 두 사람을 언급하는 투시 능력자들은 하나같이 내가 듣기론 분명 실수인 그런 말을 되풀이했다. 따라서 투시력이 텔레파시로 이루어진다는 가정은 제외시켜야 마땅했다. 투시 능력자들이 두 친척에 관해 이름은 물론이고 다른 특징은 정확하게 묘사하면서, 이런 명백한 문제에 있어서 매번 같은 실수를 한다는 게 정말로 이상했다.

그런데 몇 개월 후, 여행을 다니다가 콜로라도 주의 덴버를 거치게 되었다. 로키산맥을 따라 더 위로 올라가는 여정을 쪼개느라 이곳에서 하루만 머무를 계획이었다. 그 전날, 친구와 둘이 콜로라도 주에 있는 온천들을 돌아보다가 우연히 어떤 여의사를 만났다. 그녀는 가벼운 질문을 하다가 우리를 작고 예쁜 자기 집으로 초대했고, 그곳에서 우리는 심령술을 포함해 여러 주제로 반시간 정도 수다를 떨었다. 우리가 겪은 일들은 일체 언급하지 않았다. 그저 심령술을 조사하는 데 관심이 있다는 사실만 말했다.

여의사는 이 이야기와, 다음날 덴버로 간다는 말을 듣더니 그곳에

사는 친구의 주소를 알려주었다. 결혼한 젊은 친구인데 지난 2년 사이에 갑자기 강력한 영매의 능력이 생겼으나, 전문적인 영매는 아니라고 했다. 가능하면 꼭 들러보라고 당부하기에 주소를 받아 적긴 했지만, 시간이 얼마 없어서 그럴 수 있을지 모르겠다고 말했다.

덴버에서 가장 흥미로운 장소까지 장시간을 달려간 오후, 우리는 여의사의 친구가 그 지역 가까이 살고 있다는 걸 발견하고 그 집을 방문했다. 그녀는 부재중이었고, 우리를 맞아준 친구라는 사람이 말해주었다. 그녀는 몸이 약해서 밤에는 외출을 못하니 우리를 보러 나가는 건 불가능할 거라고.

다음날 아침 일찍 덴버를 떠날 예정이어서 우리가 방문한 동기만 적은 메모를 남기고 그 집을 나왔다. 그날 밤, 저녁을 먹고 호텔로 들어가다가 한 신사가 프런트에서 내 이름을 대며 자기 부인이 나를 만나려고 해서 같이 왔다고 말하는 것을 들었다. 그래서 내가 당신이 찾고 있는 사람이라고 말하니, 그 신사는 전형적인 미국 남편답게 감정을 자제하며 체념한 투로 말했다.

"아내가 외출하는 게 못마땅했지만, 굳이 오겠다고 고집을 부리더군요."

그의 아내는 남편을 보내 놓고 '이미 당신 기운이 스며있는 방에서 보는 게 좋다'면서 내 방으로 올라와서 꾸밈없이 말했다.

"내가 조금이라도 도움이 될지 모르겠지만 당신에게 말해주거나 설명해줘야 할 게 있는 것 같아요. 당신 메모를 읽는데 꼭 와야겠다는 마음이 들더군요. 남편은 만류했지만 어쩔 수 없었어요. 여기까지 달려오는 내내 영혼들이 마차 안에 같이 있었던 것 같아요.”

그런 다음 그녀는 꽤 정확하지만 별로 특별할 것이 없는 이야기들을 꺼냈다. 그리고 마지막으로 앞서 말한 두 친척을 들먹이면서 그 영혼들의 지위에 관해 같은 ‘실수’를 했다.

모두 신들린 무의식 상태에서 한 이야기였다. 그녀가 제정신을 차린 뒤에 내가 말했다.

“브라운 부인(실명), 한 가지 중대한 실수를 하셨다는 말씀을 솔직히 드려야겠어요. 그리고 전문적인 영매들 대여섯 명도 같은 문제에서 똑같이 실수했다는 사실도요.”

이어서 그 문제가 뭔지 설명하고, 왜 그런 명백한 실수가 꾸준히 반복되는지 혹시 말해줄 수 있느냐고 물었다.

“잠깐만요. 어쩌면 영혼들이 말해줄 거예요.”

그녀는 극도로 몰입한 얼굴로 위쪽을 잠시 응시했다. 마치 본인의 경험과는 동떨어진 설명에 귀를 기울이는 듯하더니, 다른 사람의 말을 그대로 전달하는 것처럼 아주 빠르고 단조로운 소리로 말했다.

“그건 우리가 이승에서 생각하는 ‘덕’과 꼭 상관있는 건 아니에요. 영혼의 삶은 준비된 자에게만, 그리고 그 사람이 가진 역량의 한계 내에서만 허락돼요. 당신이 말한 그 남자 영혼은 성공회 성직자였어요. 아주 신성한 분이었지만 교리에 얽매여 있다고 할 수 있어요. 그분은 믿음이 아주 강했거든요. 이승에서 그 교리에 속박당한 터라, 지금은

영적인 인지력이 많이 향상되었는데도 아직 교리에서 해방되지 못하고 있어요. 다음으로 그의 아내는 교감 능력과 직관적인 이해력이 뛰어나요. 그래서 영적인 빛을 더욱 열린 마음으로 자유롭게 받아들일 수 있어요. 그녀가 더 높은 영역에 오를 수 있는 이유가 바로 그거예요. 그건 성품의 문제가 아니라, 영적인 역량에 좌우되는데 둘 중 그녀가 그런 부분에선 더 뛰어나요. 다른 단계에 가 있긴 해도 그녀가 남편을 많이 도울 수 있기 때문에 때가 되면 남편도 곧 그녀와 함께 할 테고, 두 사람은 같이 발전해 나갈 거예요.”

이 모든 이야기를 한 순간의 머뭇거림도 없이 그녀는 결연한 어조로 빠르게 쏟아냈다.

로키산맥 한가운데 사는 젊은 여성이 ‘성공회 성직자(clergyman of the Church of England)’라는 용어의 정확한 뜻을 알고 있으리라 기대하는 사람은 거의 없을 것이다. 아메리카에서는 clergyman이 아니라 너나 할 것 없이 minister라는 용어만 썼다. 그런데도 그 단어들이 빠른 속도로 매우 정확하게, 적어놓은 그대로 줄줄 흘러나왔다.

나중에 샌프란시스코에서 한 영매는 내 친구 ‘뮤리엘’을 언급하면서 다소 애매하게 그녀를 묘사했다. 그 사실을 지적했더니 그녀는 하찮은 일로 시간을 낭비한다는 듯 약간 조급하게 말했다.

“뭐, 그건 별로 중요하지 않아요. 이 영혼은 자기가 누군지 당신이 이미 잘 알고 있다고 말하네요. 뉴욕에서 벌써 당신 앞에 나타난 적이 있대요.”

이 영매에게 젊은 친구들 몇 명과 같이 간 적이 있었다. 친구들은 전부 몹시 회의적이었고, 진지함이라곤 찾아보기 힘든 마음가짐이었다. 영매는 내 친구 두 명의 머리 위에 '삼촌'이 있다면서, 물에 둘러싸인 걸 보니 익사한 모양이라고 부가적인 설명을 덧붙였다. 그리고 음악에 재능이 아주 많다는 말도 했다.

친구들은 완전히 엉터리라고 단언하고, 티끌만큼의 근거도 없다고 말했다.

영매는 어리둥절한 얼굴로 약간 당황하는 것 같더니, 곧 다른 사람들에게로 주의를 돌렸다. 바라건대, 그들과는 더 성공적이었기를!

집으로 돌아와서 젊은 친구들이 깔깔대고 웃으면서 자기 어머니에게 '말도 안 되는 사기' 이야기를 해주자, 어머니가 조용히 말했다.

"얘들아, 너희들도 분명 들은 기억이 있을 텐데? 너희들이 태어나기 전에 익사했다는 로버트 삼촌 말이다. 그 삼촌이 음악에 재능이 대단한 건 사실이었어. 본인은 예술에 몸담고 싶어 했는데, 사람들이 말리는 바람에 다른 직업을 택했단다."

이 이야기는 진지함이 없으면 어떤 일이 생기는지 보여주는 사례라고 할 수 있다. 사기를 발견하겠다고 단단히 결심하면 가끔은 진실을 대가로 지불하면서까지 목적을 이루기도 한다. 그 소녀들은 분명 자기 삼촌 이야기를 들은 적이 있는데도, 그 순간 이 사실을 까맣게 잊은 것이다. 아마도 '전부 엉터리'라는 선입견에 의혹이 생길 만한

기억은 떠올리고 싶지 않았던 모양이다.

1885년과 1886년에 아메리카에서 경험한 일에 관한 장을 마감하기 전에, 개인적인 이야기를 하나 더 할까 한다.

1886년 3월과 4월에 동부의 여러 주에서 투시 능력자들을 조사할 때, 여섯 수호 영혼이 내 주위에 떼를 이루고 있었다. 그리고 나중에 또 다른 여섯 보호자들이 추가될 거라는 이야기를 몇 번 들었다. 그것이 다음에 들려줄 이야기와 조금이라도 관련이 있는지, 판단은 독자들 몫으로 남겨두겠다.

그 이야기를 듣고 석 달쯤 지났을 무렵 나는 밴쿠버에 있는 섬, 빅토리아에 있었다. 샌프란시스코에서 출발한 그린로우 양과 나는 알래스카까지 갈 형편이 아니라서, 빅토리아에서 한두 주 정도 머물 작정이었다. 두세 시간가량 폭풍 속을 항해한 끝에 새벽 6시쯤 빅토리아에 도착했다. 호텔에는 커다란 더블침대를 갖춘 객실 하나밖에 남아 있지 않아서, 밤이 되기 전에 객실 하나를 더 마련해준다는 조건 하에 그 방에 들어갔다.

절실하게 필요한 휴식을 취하느라 몇 시간 침대에 누워 있다가, 문득 뭔가 이상한 게 허공에 떠 있는 걸 보았다. 바로 내 머리 앞이었다. 놀라서 이야기했더니, 친구는 심한 폭풍 속에서 바다를 항해했으니 간이 지쳐서 헛것이 보일 수도 있다고 했다. 처음에는 나도 그 말에 동의했지만 금방 생각이 바뀌었다. 흐릿하게 보이던 형체가 갈수록 또렷해지더니, 작은 제비 여섯 마리가 보였기 때문이다. 구불구불한 리본이 제비들을 하나로 연결하고 있는 것처럼, 내 눈에는 그렇게 보였다.

눈을 감았다 떴다 해봐도 보이는 건 달라지지 않았다. 그 순간에도, 그리고 그때 이후 몇 년 동안 제비들은 사라지지 않고 남아 있었다. 우리가 '나의 새들'이라고 부른 그 형체는 그 시기에 빈번히 눈앞에 나타나곤 했다. 빅토리아(밴쿠버)의 맑고 깨끗한 대기 속에서 그 형체를 처음으로 목격한 때로부터 6개월 뒤였다. 화창하고 쌀쌀한 어느 날, 마차를 타고 블랙히스 코먼Blackheath Common을 지나가다가 창밖을 보았더니, 언제나처럼 여섯 마리의 새가 보였다. 그런데 이번에는 그 새들과 평행하게 아래쪽에 비슷한 크기와 모양(날개 끝에서 끝까지 약 1cm)으로 새로운 여섯 마리가 더 보였다.

며칠 뒤에는 새로 나타난 새와 전부터 있던 새들이 합쳐져서 작은 제비 열두 마리가 내 눈앞에 떠 있었다. 실내에 있을 때는 보이지 않았으니, 뻥 뚫린 하늘이 배경으로 되는 곳에서만 마음 놓고 나타나는 것 같았다. 몇 년 뒤에 이 특별한 형체가 사라지고 다른 것들이 그 자리를 대신했다. 예를 들면, 동일한 방식으로 지난 14년 동안 보이는 것은 사슬이 달린 닻으로, 한쪽 끝에는 짧은 낫이 꽂혀 있는 모양이다.

이것도 틀림없이 상징적인 의미를 가진다. 닻 가까이에 불이 활활 타고 있는 제단이 보이고, 세 꼭짓점에 고리가 있는 삼각형도 보이는

데, 노스트라다무스의 표식이라는 이야기를 들은 적이 있다. 또한 예스러운 모양으로 생긴 거울도 보이고, 마지막으로 끝부분에 양자리 문양이 있는 긴 지팡이가 보인다. 로마 지하묘지의 무덤 위에서 흔히 볼 수 있는 '믿음의 지팡이'와 굉장히 비슷하게 생겼다. 뒤에 말한 상징들은 대개 끈으로 서로 연결되어 같이 나타난다. 보고 싶다고 볼 수 있는 게 아니라, 대기가 아주 맑으면 거의 항상 나타난다는 사실을 여유가 있어서 일부러 찾아보면 확인할 수 있었다.

한번은 크리스천 사이언스교(기도로 병을 치유한다는 믿음을 가진 기독교 종파 – 옮긴이 주)를 믿는 한 여성을 만나 굉장히 재미있는 경험을 했다. 영국 동부 해안에서 그녀와 며칠을 같이 지낼 때 일이었다. 그녀는 자연적이든, 유도된 것이든 온갖 종류의 '현상들'을 경계하라고 거듭 이야기했다. 유난히 화창한 어느 날 아침, 특별한 날에만 일반에게 공개하는 아름다운 공원에 같이 앉아 있다가 그녀가 가진 편견을 잠시 망각하고 나도 모르게 감탄했다.

"내 상징들이 지금처럼 선명한 건 처음 봤어요! 이곳의 공기는 굉장히 깨끗한가 봐요."

감당하기 벅찬 말을 들은 그 친구는 열띤 기대감으로 몸을 숙이며 말했다.

"나도 보이는지 시도해 볼게요!"

그녀는 두 시간 가까이 '시도'했으나 허탕을 쳤다. 마침내 그녀는 자리에서 일어나더니 집에 가서 오찬을 먹자고 제안했다. 그러고는 고지식하게 말했다.

"올바르지 않은 무엇일 거라고 짐작했는데 이제 그렇다는 확신이 생겼네요. 아니면 내 눈에도 보였겠죠."

두 시간 동안 노력해보고도 실패하자, 그 상징들이 악마의 소행이라고 확신하게 된 것이다!

한 가지 상징은, 그것 역시 새였는데, 딱 한 번 나타났다. 꼬박 1년 동안 같이 여행을 다닌 그린로우 양과 나는 덴버로 돌아가서 그곳에서 헤어질 예정이었다. 그녀는 샌프란시스코로 되돌아가서 증기선을 타고 샌드위치 아일랜드(하와이의 옛 지명 – 옮긴이 주)를 거쳐 호주로 가고, 나는 집에 일이 있어 영국으로 돌아가야 했다.

그린로우 양이 떠나는 날, 나는 덴버 시의 주임 사제와 저녁 식사 약속을 잡았다. 서쪽으로 떠나는 그린로우 양과 비슷한 시간에 동쪽으로 떠났으면 훨씬 덜 외로웠을 거란 사실을 그때는 미처 몰랐다. 더군다나 그린로우 양은 아침 9시에 호텔을 나서야 했다.

아침 일찍 잠이 깨서 아메리카의 중심에 혼자 남겨진다는 생각에 무척 우울한 기분으로 침대에 누워 있다가 위를 쳐다보니 기쁘게도 새로운 표식이 보였다. 이번에는 항상 보이는 작은 새들이 아니라 큰 새 두 마리로, 포동포동한 아비새와 어미새였고 짧은 줄이 옆이 아니라 아래로 달려 있었다. 그 줄 끝에 제비들보다 더 작은 새가 한 마리 달려서 큰 새들의 보호와 인도를 받고 있었다.

내 방은 그린로우 양의 방과 서로 연결되어 있었다. 그리고 문이 열

려 있는 터라, 그녀에게 새롭게 '허공에 나타난 표식'에 대해 이야기 하고, 이것을 계속 볼 수 있기를 바란다는 말도 덧붙였다. 연필이 가 까이 있어서 대충 그 모양을 스케치해 둔 게 그나마 다행이었다. 그 옛날 콜로라도 주 덴버의 여름날 아침 이후로 그런 위로가 필요한 날 이 무수히 많았기에 그 새들이 너무나 보고 싶었다. 하지만 어미새, 아비새, 아기새는 두 번 다시 볼 수 없었으니, 만약 스케치가 없었다 면 그런 걸 아예 본 적이 없다고 믿게 되었을지도 모른다.

기나긴 아메리카 여행을 마치고 집에 돌아오니 우편물이 한 다발 이었다. 그중에는 서문에 언급한 오빠가 생일 선물을 담아 등기로 보 낸 작은 상자도 있었다. 정신적 친화도를 보여주는 또 하나의 사례였 을까? 오빠가 무의식중에 고른 선물은 금과 진주로 만든 제비 두 마 리 모양의 브로치였다. 보기 드문 디자인은 아니지만, 바로 그 시기에 자주 눈에 보이는 제비들과 똑같은 크기였다.

그 선물이 얼마나 특별하게 시기적절했는지 오빠에게 말한 적은 없으나, 늘 그 브로치를 내 마스코트로 여겨왔다. 또한 수중에 들어온 그날 이후, 하루도 빠짐없이 그 브로치를 달고 있다.

1887년 골든 주빌리(빅토리아 여왕의 즉위 50주년 기념행사 – 옮긴이 주)가 열리고 난 후 얼마 지나지 않아, 나는 호주와 뉴질랜드로 가는 배를 탔다.

태즈메이니아에 상륙한 지 몇 달 만에 멜버른에서 식민지에서의 첫 심령 체험을 했다.

소개장을 가져가서 알게 된 지인의 집에서 열리는 오후 연회에 멜버른에 사는 한 '저명인사'의 아내가 나를 만나보도록 특별히 초대되었다. 심령과 관련된 모든 것에 관심이 대단한 부인이니 아메리카에서 겪은 일을 들려주면 매우 좋아할 거라고 했다. 다행히 그 부인이 늦게 온 덕분에, 그녀가 나타나기 전에 흥미진진한 대화를 나눌 기회

가 있었다. 그때까지 살면서 분위기를 망치는 재주가 그 부인보다 더 탁월한 사람을 만나본 적이 없었다. 쳐다만 봐도 기분이 좋을 정도로 매우 아름다운 여성이었지만, 마음을 열고 남의 이야기에 귀를 기울이는 능력은 형편없었다. 그녀의 등장으로 잠시 끊어진 대화를 다시 이어가려고 애쓰는 나를 그녀는 냉랭한 눈빛으로 응시하며 앉아 있었다.

입으로 말하지 않아도 분명 표정으로 이렇게 말하고 있었다.

"바보짓 계속 해보시지! 그걸 구경하러 왔으니까."

도무지 희망이 보이지 않았다. 하는 수없이 화제를 바꿔서 더운 봄철(때는 10월 말이었다.)에 부는 열풍 때문에 역시나 별로 기분 좋지 않은 날씨 이야기를 꺼냈다.

이내 그 집 딸이 가까이 와서 말했다.

"베이츠 양, 당신이 겪은 흥미로운 이야기를 계속 들려주세요. 딴 이야기는 언제라도 할 수 있잖아요. 그리고 당신을 만나보라고 버로스 부인도 일부러 초대한 거랍니다."

문제의 그 부인은 이때 다른 무리에 가 있어서, 내가 작은 소리로 대답할 수 있었다.

"정말 너무 미안하지만, 저 부인 앞에선 그런 이야기를 할 수 없어요. 어떤 심령적 관점에서든 그녀 앞에선 입도 뻥긋 못 하겠어요. 대단히 아름다운 여성이라서 바라보는 건 좋은데, 날씨 이야기 말고 다른 건 못 하겠어요."

"이렇게 신기할 수가!"

뜻밖의 반응이었다.

"리지 메이너드도 그렇게 말했어요. 같이 아메리카 이야기를 들으면 좋을 텐데, 리지는 버로스 부인이 여기 있는 동안엔 베이츠 양이 이야기를 할 수 없을 거라면서 저쪽으로 가버렸지 뭐예요."

리지라는 아가씨는 소개 받은 적이 없어서 누군지 모르는 터라 흥미로웠다. 그래서 집 주인의 딸이 '내일 리지를 데리고 호텔로 만나러 가도 되겠느냐'고 청하기에 몸이 좋지 않은데도 흔쾌히 받아들였다.

밤이 되면서 더욱 나빠진 몸 상태는 나중에 알고 보니 그 무렵 호텔에 유행하던 장티푸스의 전조 증상이었다. 다음날 오후 4시경, 침대에 누워 있다가 메이너드 양이 나를 만나러 왔다는 소식을 듣고 당황했다. 더군다나 혼자 왔다고 했다. 이 아가씨와 이야기를 나눈 적도 없고, 얼굴을 제대로 본 기억도 없었지만 그녀가 살고 있는 교외에서 족히 5km는 왔으리라는 것을 알고 있었다. 그랬기에 나 없이 아래층에서 혼자 차를 마시라고 하면 거절할 것 같았다. 별 수 없이 억지로 기운을 차려서 내 방으로 그녀의 차를 주문하고, 괜찮다면 방에서 만나면 좋겠다는 전갈을 보냈다.

방으로 올라온 그녀는 수수하면서 매력적으로 생긴 아가씨로 스무 살 정도 돼 보였다. 나는 사정 설명을 하고, 같이 차를 마시지 못하는 걸 사과했다. 하지만 내 상태로는 대화를 나누는 것도 벅차다는 걸 깨닫고 약간 암담해졌다.

욱신거리는 머리에 불현듯 기발한 생각이 떠올랐다. 같이 오지 못

한 보일 양은 전날 방문할 계획을 세우면서 자기 친구 리지 메이너드가 자동 수기(초자연적 힘을 받아 무의식적으로 글을 쓰는 능력 – 옮긴이 주)의 달인이라는 말을 얼핏 했다. 그것이야말로 이 난감한 상황을 해결할 수 있는 방법이라는 생각이 퍼뜩 들었다.

그래서 어린 아가씨가 차를 다 마신 후, 먼 거리를 걸어온 피곤이 채 가시지 않은 그녀에게 내가 말했다.

"오늘 몸 상태가 이래서 정말 미안해요, 메이너드 양. 말하긴 힘들어도 듣는 건 문제없어요. 아니면 혹시 나를 위해 글을 좀 적어줄 수 있겠어요? 보일 양 말로는 가끔 자동 수기를 한다면서요?"

"해볼게요."

그녀가 선뜻 대답했다.

"물론 어떤 내용이 나올지 저는 몰라요. 우리가 오늘 처음 만났으니 조금 더 어려울지도 모르지만, 시도해보고 싶어요."

그녀는 종이와 연필을 찾아와서 침대 옆에 앉아 연필을 통상적인 방법대로 엄지와 그 다음 손가락 두 개로 잡지 않고, 두 번째와 세 번째 손가락 사이에 느슨하게 끼웠다.

수기하는 동안 그녀는 계속 나에게 이야기를 했다. 그 당시 나는 자동 수기에 대해 아직 잘 모를 때여서, 그렇게 건성으로 무슨 글이든 쓸 수 있다는 것이 믿기 어려웠다.

"정말로 글이 나오고 있나요?"

참다못한 내가 결국 물어 보았다.

"그럼요. 그런데 마지막 긴 단어를 못 썼어요."

그녀는 이렇게 말하며 종이를 돌려서 처음으로 자기가 쓴 내용을 보았다.

"그 단어를 다시 알려주세요."

그녀가 가벼운 어조로 말하더니, 다시 나랑 대화를 이어갔다.

드디어 다소 큰 글씨로, 간간이 명료하지 못한 부분도 있는 글이 적힌 종이 서너 장을 건네받았다. 리지가 다시 알려달라고 요청한 긴 단어는 'miscellaneous(잡다한)'였다는 걸 알았다.

전체 메시지가 나에겐 대단히 흥미로웠다. 시작이 다음과 같았기 때문이다.

'나는 이승에서 조지 엘리엇이라고 알려진 사람입니다.'

조지 엘리엇이 살아있을 때 몇 번 보긴 했으나 한 번도 대화를 나눈 적은 없었다. 그녀의 작품을 읽으면 누구나 그럴 수밖에 없듯이, 나도 그녀의 천재성을 우러러보지만 조지 엘리엇이 나를 찾아올 만한 까닭은 없었다. 게다가 리지 메이너드는 매력적인 아가씨이긴 해도 교육을 많이 받은 건 아니어서(나중에 안 사실이다), 유명한 그 여류작가의 이름 정도만 아는 수준이었다.

전날 리지가 있을 때, 사람들은 조지 엘리엇과는 비교도 안 될 정도로 열등한 어느 여류작가를 두고 진지하게 토론했다. 인기 절정인 그 작가의 작품들이 막 식민지에 소개되어, 마치 투구를 쓰고 다른 모든 것까지 완벽하게 갖춘 미네르바(로마신화에 등장하는 지혜의 여신 – 옮긴

이 주)가 멜버른에 출현한 것처럼 사람들 입에 오르내리고 있었다. 개인적으로 나도 이 여류 작가의 초창기 작품들을 무척 재미있게 읽은 시기였다. 물론 지금처럼 그 작가에 대한 견해가 확고하게 자리 잡기 전이었지만.

조지 엘리엇과의 연결 고리를 찾느라 고민하다가 젊은 시절 옥스퍼드에서 자주 머무는 동안 밸리얼의 조엣(밸리얼 칼리지의 학장을 지낸 벤자민 조엣 - 옮긴이 주)이 조지 엘리엇과 조지 헨리 루이스를 자기 집에서 접대했다는 사실이 기억났다.

물론 그 옛날 그토록 특출한 유명인을 만나라고 누군가 나를 초대하는 일은 상상조차 할 수도 없었다. 다만 대학에서 한자리 한다는 고리타분한 사람들이, 조엣은 애초에 초대할 마음도 없건만, 초대를 받아도 절대로 수락하지 않을 거라고 장담한다는 이야기가 종종 들리면 재미있어 하곤 했다.

그러나 그것은 인연이라기에 너무 사소했다. 재능으로 보나, 도덕성으로 보나 훨씬 미천한 자들이 그녀의 인격을 알아볼 눈도 없으면서 비슷한 막말을 하는 것을 들으면 당연하게 분노가 치밀곤 했다는 사실까지 고려한다고 해도 마찬가지였다.

결국 내가 할 수 있는 것은 이유를 고민하길 그만두고, 신이 허락한 그 놀라운 선물을 받아들여서 기회를 최대로 활용하는 것이었다. 궁금한 게 너무 많아서 어떤 걸 먼저 물어봐야 할지 결정하기 어려웠다.

결국 이렇게 질문했다.

"조지 엘리엇은 어제 오후에 사람들이 자주 거론하고, 침이 마르게 칭찬한 그 작가를 어떻게 생각했나요?"

신속하게 대답이 나왔다.

"나는 공감하지 않아요. 꼭두각시에 불과해요."

이것은 분명히 독심술이 아니었다. 당시 내 견해는 뚜렷하게 정해지지 않았으며, 리지도 대부분의 호주 사람들처럼 그 작가를 몹시 좋아했다. 몇 해가 지난 뒤에야 그 비평이 예리했다는 것을 깨달았다. 꼭두각시는 누군가의 조종을 받아 춤을 추는 존재이므로.

또 다른 질문이 혀끝에서 맴돌았지만, 이런 어린 아가씨 앞에서 하려니 자연스럽게 망설여졌다. 게다가 대답을 듣는다고 해도 이 아가씨의 사고를 지배하는 관습이 필연적으로 영향을 미칠 수밖에 없을 것 같았다. 그래서 어차피 큰 의미를 부여하긴 힘들어 보였다. 하지만 '두 주먹 불끈 쥐고' 용기를 내어 질문했다.

"조지 루이스와 관련해 그녀가 택한 인생이 옳은 결정이었는지, 조지 엘리엇의 '지금' 생각을 물어봐줘요."

눈 깜짝할 새 답이 나왔다.

"물론이죠. 그쪽 세상에서 그랬듯이 이곳에서도 우리는 하나예요."

보수적인 젊은 여성의 머리로는 상상조차 할 수 없는 대답이 아닌가!

이런저런 다른 이야기가 오간 뒤에 조지 엘리엇이 말하길, 영혼 세계에서 내 어머니를 알게 되었으며 그곳에서 어머니는 '스텔라'라고

불린다고 했다. 이승에서 어머니의 이름은 엘렌이었으니 스텔라와 기원이 같다. 물론 메이너드 양은 내 어머니가 살았는지 죽었는지 모를 뿐만 아니라, 세례명에 관해서도 전혀 아는 바가 없었다.

이때 조지 엘리엇이 마지막으로 한 말은 이러했다.

"한 해가 가기 전에 당신은 커다란 선물을 받게 될 텐데, 그것을 오용하지 말고 매우 신중하게 사용해야 합니다."

나는 너무 피곤해서 '한 해가 가기 전'이 1887년 10월 28일(그 메시지를 받은 날)로부터 1년을 말하는지, 아니면 그 해가 가기 전, 그러니까 1887년 12월 31일을 말하는지 물어보지 못했다.

메시지가 끝나자, 메이너드 양은 흩어진 종이를 모아서 다시 옮겨 적어주기로 약속하고 돌아갔다. 혼자 남은 나는 그녀의 방문으로 얻은 신기하고 흥미로운 결과에 대해, 두통이 허락하는 범위 안에서 골똘히 생각했다. 목마른 나그네에게 주어진 차 한 잔도 이토록 달콤하진 않으리라!

다음에 적은 진기한 경험담은 호주에서 겪은 일과 연관이 있었다.

영국을 떠나올 때 나는 아메리카에서 같이 다니다가, 영국으로 돌아가는 길에 헤어져서 시드니로 가는 배를 탔던 친구(그린로우 양)와 합류할 계획이었다. 그녀는 호주에서 눈이 빠지게 나를 기다렸다. 그곳에서 우리가 다시 합류하면 일본과 중국으로 가기로 했다. 그러나 문학과 관련된 일로 내가 늦어지자, 결국 인내심이 바닥난 그녀가 나도 모르는 사이 뉴질랜드로 떠났다. 그리고 거기서 다시 사모아로 간 사실을 뒤늦게 알았다. 뉴질랜드 에피소드를 전해들은 나는 그린로우 양을 찾아 그곳으로 가야 했다.

결국 도깨비불을 따라가는 것처럼 계속 허탕만 쳤지만, 다행히 그때는 그걸 알지 못했다. 다행이라고 말한 건 그린로우 양이 벌써 호주를 떠나 사모아로 간 걸 알았더라면 나는 뒤쫓아 가길 그만 포기했을 것이다. 그러면 영국으로 돌아갔을 테니 가장 흥미로운 경험을 놓쳤을 것이기 때문이다.

앞서 말한 대로 멜버른에서 몸져눕는 바람에 보름이나 지체되어 뉴질랜드 행 표를 다른 배로 변경해야만 했다. 그러므로 병에 걸린 것도 내가 진기한 경험담이라 지칭하는 그 일을 가능하게 한 여러 요인들 중 하나인 셈이다. 출발이 미뤄진 덕분에 지인의 집에서 아서 키치너 씨(키치너 경의 남동생)를, 하루나 이틀 뒤 같은 배를 타고 뉴질랜드로 가는 동승객이라고 소개받아서 만날 수 있었던 것이다. 키치너 씨는 영국에서 뉴질랜드로 가는 길이었는데, 부친 대신에 뉴질랜드에서 양을 키우는 목장을 관리하던 시절이었다. 그는 P.&O.사의 선박을 타고 와서 멜버른에서 이삼일 기다렸다가 다른 배로 환승했다.

마실리아 호에서 내린 다른 승객도 몇 명은 뉴질랜드로 가는 배를 같이 탔다. 그들은 이미 5주 내지 6주를 같이 보낸 터라 오랜 친구들 같았다. 그들은 내가 혼자 있고 싶어 한다고 생각했고, 나는 그들이

자기들끼리 있고 싶어 한다고 생각했다. 그리하여 나는 혼자 2층에만 틀어박혀 외로움을 느꼈으며, 그들은 아래층에서만 머물면서 이따금 내가 내려와서 말이라도 걸어주길 바랐다.

이렇게 서로를 오해하는 와중에도 나는 키치너 씨와 꽤 친해졌다. 키치너 씨는 친절하게도 더니든에 있는 자기 목장에 며칠간 연말에 와있으라고 초대해 주었다. 던백에서 약 15km 떨어진 곳이다. 내가 수천 킬로미터를 이동해 온 보람도 없이 시드니에서 친구를 놓친 실망감을 털어놓았더니, '스탠리와 리빙스턴(아프리카에서 실종된 선교사 리빙스턴을 스탠리라는 기자가 찾아낸 실화의 주인공 - 옮긴이 주)' 못지않은 추적이 두 여성을 주인공으로 하여 벌어지고 있다는 데 흥미가 동한 것 같았다.

어쨌든 나는 그의 초대를 수락했다. 그리고 그는 자기 집에서 나를 만나보도록, 한두 사람을 더 부르겠다고 약속했다.

몇 주 뒤, 나는 뉴질랜드 호수 지역에서 돌아온 다음 목장을 방문했다. 그때는 내가 사운드 지역으로 짧은 여행을 떠나기 전이었다.

1월에 맞게 구성된 사운드 여행은 즐거웠다. 물론 그곳의 1월은 한여름이다. 육지로 파고든 바다가 보여줄 수 있는 탁월한 광경들을 구경하는 열흘간의 일정이었다.

이미 말했듯이, 이 여행을 가기 전에 목장에서 며칠을 지냈다. 우리가 나중에 타야 하는 증기선이 오후 늦게 출발하므로, 배를 타러 갈 때도 더니든에서 하루 더 묵을 필요가 없었다. 그러나 마지막 순간에 일이 꼬였다. 증기선의 일정이 지연되어 원래 토요일 아침에 출발하기로 한 배가 월요일에나 출발할 수 있었다. 키치너 씨는 친절하게도 이틀 더 머물다 가라고 붙잡았다.

목장에서 지내는 동안 매일 즉석으로 교령회를 열자는 이야기가 나왔으나, 나는 매일 그걸 피하는 데 성공했다. 나는 낯선 사람들과 즉흥적으로 교령회를 갖는 것을 매우 싫어했다. 그렇게 해서 얻는 게 없다는 게 내 생각이었다. 개인의 집에서 두세 사람이 그런 자리를 만들면, 탁자를 밀지 않았다거나 근육을 움직인 적이 없다고, 혹은 속임수를 쓰지 않았다고 상대를 납득시키는 것이 불가능했다. 그래서 매번 이런 문제로 서로를 탓하거나, 반드시 끼어드는 실없는 농담으로 시간만 낭비하기 일쑤였다. 그 시간을 더욱 유익하게 활용할 수 있건만!

내가 아는 한, 실내 게임으로 하는 탁자 돌리기(여러 사람이 탁자에 손을 얹고 있으면, 심령에 의해 탁자가 움직이는 현상 ─ 옮긴이 주)는 어리석고 쓸데없는 장난에 불과했다. 이 모든 걸 키치너 씨에게 이야기했지만 소용없었다. 그는 던백과 더니든에서 열리는 심령 모임에 몇 번 참석한 적이 있어서 내가 그 문제를 다시 생각해보길 원했다. 마침 한 해의 마지막 날이었다. 누구나 이런 날에는 마음이 약해지는 경향이 있는가 보다. 어쨌든 1887년 12월 31일 토요일 밤, 머나먼 타지에 있는 목장의 작은 응접실에서 나는 결국 탁자에 앉고 말았다.

뜻을 꺾고 한 발 양보한 것에 대한 일종의 보상인지, 문득 두 달 전

10월 28일에 받은 조지 엘리엇의 메시지가 다소 애매했다는 사실이 떠올랐다. 그래서 기회가 오면 '한 해가 가기 전에'라는 말의 의미가 10월 28일부터 한 해인지, 혹은 몇 시간 남지 않은 1887년인지 알아보는 것도 재미있겠다는 생각이 들었다.

역시나 쓸데없는 논쟁이 일었다.

"당신이 밀고 있는 게 확실해요.", "아니에요, 당신이 밀고 있잖아요! 손으로 꾹 누르는 걸 봤어요.", "어머, 신기하기도 해라! 나도 당신을 보고 똑같은 생각을 하고 있었어요." 등등. 그러다가 조지 엘리엇의 이름을 대는 영혼이 있는 듯하여 내가 냉큼 그 질문을 던졌다.

'10월부터 1년이 아니라 올해를 의미한 거예요.'

이것이 대답이었다.

"내가 자동 수기를 할 수 있게 되나요?"

내가 이어서 물었다.

'아니에요. 그건 건드리지 말아요. 지금 당신에겐 매우 위험해요.'

"내가 들을 수 있게 되나요? 투청력을 가질 수 있게 돼요?"

'아니에요.'

두 번째 부정이었다.

당연히 내 다음 질문은 이랬다.

"그럼 내가 조만간 볼 수 있게 되나요?"

'그래요. 처음으로 투시력을 갖게 될 거예요. 그 선물을 오용하지 말고 잘 사용해야 한다는 내 경고를 잊지 말아요.'

이런 문답이 오가는 내내 흔한 농담이 계속 이어졌다는 사실을 명시해야만 할 것이다. 더군다나 키치너 씨는 탁자를 움직이는 게 사람의 근육이 아니라 영적 힘이라고, 내가 스스로를 속인다고 생각하는 듯했다. 그걸 난 직관적으로 알 수 있었다. 그러니 의미 있는 성과를 얻기에는 최악의 조건이라 할 수 있었다.

사정이 이러하니 나는 진짜 조지 엘리엇일지도 모른다는 생각이 한 순간도 들지 않았다. 이런 속된 장난에 그녀가 동조할 리 없다고 여겼으니 별다른 감흥을 느끼지 못했다. 내가 이미 탁자에서 손을 치우고 난 뒤 누군가-키치너 씨였던 것 같다-탁자를 쿵쿵 네 번 내리치고 기운차게 말했다.

"그래요, 물론 당신은 오늘밤 누군가를 보게 됩니다. 새벽 4시이니 아침이라고 해야겠군요. 그 시각에 봅니다!"

역시 내가 예상한 대로 교령회는 대실패로, 코니 그레인(코믹한 음악극으로 유명한 공연인 – 옮긴이 주)이 들려주던 완고한 노부인과 군무에 관한 이야기처럼 한바탕 장난으로 전락했다. 탁자 다리를 네 번 내리치고 내가 최초로 투시하는 시각이 4시라고 태연하게 발표하는 순간, 탁자 돌리기는 희극으로 끝을 맺었다.

그러나 놀랍게도 실제로 그날 밤 최초의 투시력이 발휘되었다. 다만 4시가 되기 한참 전에 나타났다가 사라졌다. 이 지역에서 12월 말이나 1월 초에는 새벽 3시 반 정도에 해가 뜬다는 사실을 기억할 필요가 있다. 따라서 4시 가까운 시각이라면 희뿌옇게 밝아야 하는데,

내가 자다가 처음 눈을 떴을 때는 사방이 온통 깜깜했다.

내 침실은 식민지의 목장에서 흔히 보는 희게 칠한 방으로, 벽에서 1m 정도 떨어진 곳에 나무 침대가 창문과 평행하게 놓여 있었다. 창문은 침대 발치에 있는 문과 마주보는 위치였으며, 따가운 여름 햇살 때문에 아주 진한 녹색 블라인드가 달려 있었다.

눈을 뜬 그 시각에는 캄캄하기만 했다. 창문을 향해 누워서 잠이 깬 터라 그럴 때 사람들이 일반적으로 그러듯이 반대 방향으로 돌아누워서 벽을 보는 자세가 되었다. 그때 벽과 침대 사이에 거의 투명해 보이는 여자의 형체를 발견하고 깜짝 놀랐다. 크기는 실제 사람 정도, 혹은 그보다 약간 커보였고 한 팔은 방어적인 자세로 나를 향해 뻗고 있었으며, 머리에는 주름진 베일 같은 것을 쓰고 있었다. 얼굴은 제법 또렷하게 보였는데, 사보나롤라를 닮은 특이한 얼굴 생김새가 조지 엘리엇과 흡사하다는 것을 나중에야 깨달았다. 그러나 그 순간에는 기이하게도 두 가지 생각밖에 들지 않았다. 먼저, 어리석은 시간 낭비라고만 여겼던 간밤의 장난에 진실한 부분이 일부라도 있었다는 게 너무나 놀라웠다! 이어서 두 번째로 뇌리를 스친 생각은 '그런데 어째서 하나도 무섭지 않을까?'였다.

굉장히 편안하고 평화로운 마음으로 그렇게 누워 있었다. 그때 딱 한 번 느껴본 그 지극한 만족감은 그 전에도, 그 후에도 경험하지 못했다.

'다 괜찮아. 잘못되는 건 아무것도 없어. 적어도 조금이라도 의미

있는 것은 그럴 일 없어. 실재하는 것들은 전부 괜찮아. 이런 경험을 했으니, 앞으로 이 문제에 있어선 진실에 한 줌의 의문도 품을 수 없어. 약속을 받았고, 그 약속이 이루어진 거야.'

이런 생각이 느긋하게 머리를 스쳐 지나갔다. 완전히 잠에서 깬 나는 그대로 누워서 마음에 위안을 주는 그 여자의 얼굴을 물끄러미 올려다보았다. 아무리 봐도 단순한 환영이 아닌 것 같았다. 애초에 거의 투명해 보인다고 표현한 건 평범한 사람처럼 실체가 분명하진 않았기 때문이다. 하지만 한편으로는 그 형체 너머로 벽이 비쳐 보이지 않을 만큼의 실체는 있었다. 그러다가 〈애서니엄〉(1828년부터 1921년까지 발간된 런던의 주간문예지 – 옮긴이 주)에 실린 제프슨 박사의 글이 기억났다. 오포드 경을 방문했을 당시 겪은 일로, 그는 글을 써야 하는 일이 있어 늦은 밤에 도서관에서 메모를 하고 있었다. 볼일을 마치고 참고한 서적을 치운 다음 시계를 보니 새벽 2시였다(내가 기억하기론 그랬다).

"어이구, 두시 반에나 잠자리에 들 수 있겠군."

이렇게 혼잣말을 하고 몸을 돌리는데, 가까이 있는 커다란 가죽의자에 고풍스러운 옷을 입은 스페인 사제가 앉아 있는 게 아닌가!

헛것이 보인다고 생각한 그는 일부러 몸을 다시 돌려서 사제를 외면한 채, 눈을 비빈 다음 다시 그쪽을 쳐다보았다. 사제는 여전히 그곳에 있었으며, 제프슨 박사는 처음으로 자신의 말문이 꽉 막혔다는 사실을 깨달았다. 겁을 먹거나 놀란 것도 아닌데 그 사제에게 한 마디

도 할 수 없었다. 그래서 조용히 연필을 골라 자리에 앉아 차분하게 사제의 초상을 그렸다. 사제는 스케치를 마칠 때까지 정중하게 그 자리에 머물다가 연기처럼 사라졌다.

몇 년 전에 읽은 이 이야기가 번개처럼 뇌리를 스쳐 지나갔다.

'나도 몸을 돌렸다가 그녀가 여전히 저기 서 있는지 봐야겠어.'

나는 의도적으로 창문을 향해 돌아누웠다가, 침실 안이 칠흑처럼 깜깜하다는 걸 깨달았다. 블라인드로 가려진 창문으로 희미한 빛도 새어들지 않았다.

"그럼 4시가 아니잖아."

내가 기쁘게 혼잣말을 했다.

그 고귀한 방문객이 내 방에 4시쯤 찾아왔다면, 탁자를 네 번이나 내리친 뻔뻔한 장난을 용납했다는 의미이기에 너무나 실망스러웠을 것이다. 다음 순간, 갑자기 드는 생각이 있었다. 방이 이렇게 캄캄한데 어떻게 그녀를 볼 수 있는지 나는 몹시 의아했다. 다시 한 번 벽을 향해 돌아누우니 실제로 그녀가 보인다는 것이 확인되었다. 이론적으로는 불가능한 일인데도! 환한 대낮에 바티칸 미술관에서 대리석 조각을 보는 것처럼 선명하게 그녀가 보였다. 제프슨 박사의 이야기가 상세하게 기억났으나, 대화를 시도해서 나도 말문이 막혔는지 알아보면 흥미롭겠다는 생각은 미처 하지 못했다. 말을 하고 싶은 마음 자체가 들지 않았다. 그래야 할 특별한 이유가 없는 것 같았다. 테두리가 금빛으로 빛나는 구름이 나를 감싸고 있는 듯 보호받고 사랑받는 행복한 기분을 만끽하며 누워 있는 것만으로 충분했다. 이와 같은 자각이 포근히 자리 잡은 터라 이 형체가 그 자리에서 가만히, 아주 느리게 바닥으로 사라질 때는 무한한 슬픔을 느껴야 했다. 침실은 다시 캄캄한 어둠에 묻혔다.

너무나 행복하고 평화로운 심정이어서, 10분 정도 꼼짝도 하지 않고 아무 생각 없이 누워 있었다. 그러다가 문득 옆에 있는 초를 켜서 몇 시인지 알아봐야겠다는 생각이 들었다.

나는 시간 감각이 정확한 편이어서 특정한 일에 시간이 얼마나 걸렸는지 보통 1~2분 차이로 알 수 있었다. 내 시계를 보니 겨우 새벽 2시 반이었다. 그러므로 그 형체를 본 건 새벽 2시 15분 아니면 2시 10분이었다고 결론 내렸다. 그 경험이 전부 합해 5분 가까이 이어졌기 때문이다. 어쨌든 그 형체가 바닥으로 꺼져서 사라진 다음, 시계를 보려고 불을 켜기까지 10분 정도 흐른 건 확실했다. 9분이나 11분일지도 모르지만, 그 범위를 벗어나진 않는다는 걸 확신했다.

그래서 아침에 집주인이 '투시력'을 들먹이며 농담을 하기에 당당하게 말했다.

"전부 터무니없다고 생각하시는 거 알고 있어요. 솔직히 나도 어젯밤처럼 장난하는 분위기에서 나온 이야기는 하나도 믿지 않았답니다. 그런데 내가 틀렸어요. 정말로 봤거든요. 난생 처음 초자연적인 걸 봤어요."

그리고 여기 적어놓은 대로 내가 겪은 일을 들려주었다.

키치너 씨는 못 믿겠다는 표정이더니 조용히 내게 말했다.

"아, 그렇군요. 새벽 4시에 뭔가를 봤군요. 그럴 줄 알았습니다."

"새벽 4시가 아니라 2시 15분이었어요. 시간을 잘 기억해뒀어요. 4시가 되기 한참 전에 다시 잠들었는데 평생 그렇게 푹 자본 건 처음이에요."

그는 의아한 얼굴로 쳐다보다가 내 시계가 틀린 게 아니냐고 했다. 하지만 서로의 시계를 비교해 보니 1~2분 차이로 같은 시각을 가리키고 있었다.

나중에 알게 된 사실이지만, 형이상학 클럽인 더니든 서클에서 생각 전파 이론을 배운 키치너 씨는 내가 4시에 뭔가를 보도록 만들려고 시도했다. 그러나 내가 본 그 시각(그의 시도가 시작되기 1시간 45분 전)에는 깊은 잠에 빠져 있었다고 털어놓았으니, 둘 사이에 어떠한 연관성이 있다고 증명하려면 대단한 창의력이 필요할 것이다.

더없이 흥미로운 확증을 얻게 된 건 그로부터 몇 주 뒤, 사운드를 비롯하여 여러 곳을 즐겁게 여행하고 무사히 북섬의 오클랜드로 돌아온 무렵이었다.

내가 환영을 본 그날 아침, 키치너 씨 집에서 일하는 믿음직한 아일랜드인 가정부와 나눈 대화도 빼놓을 수 없는 이야기다. 그녀가 어느 나라 사람인지 듣고 나를 정신병자 취급하지 않으리라는 걸 알았다. 그때는 초자연적인 현상에 대해 회의적인 시각이 우세하던 시절이기에, 뭐든지 포드모어식(심령연구협회의 회원인 프랭크 포더모어처럼 심령 현상을 과학적으로 해석하려는 접근 방식 – 옮긴이 주) 사고방식으로 설명하려던 시기였다.

혹시 키치너 씨나 다른 누군가가 이 일에 관여했을까? 그렇다면 내가 느낀 지극한 행복감은 착각에서 비롯된 것이므로, 그런 맥락으로 간단히 정리할 수 있을 터였다. 그래서 가정부가 더운 물을 갖다 주러 들어왔을 때, 혹시 키치너 씨나 다른 누군가가 새 시트나 식탁보를 쉽게 손에 넣을 수 있는지, 그리고 내 침실 밖 정원에서 변장을 하고 있었을 가능성은 없는지 물어보았다. 그녀는 그럴 가능성은 없다고 분개했다.

"시트류는 모두 제가 따로 잘 보관해요. 뿐만 아니라 누가 그런 짓궂은 짓을 하겠어요. 그랬다간 베이츠 양이 놀라서 혼비백산할 거예요! 설마 키치너 씨가 그런 짓을 할 거라고 생각하세요?"

아니었다. 그런 어리석고 몹쓸 장난을 칠 사람이 있을 거라고 진심으로 생각하진 않았다. 게다가 흰 시트로 변장한 남자 또는 여자가 바깥에 있는 정원에 서 있다고 해서, 내 침대와 벽 사이 공간에 가짜 '조지 엘리엇'의 형체가 손에 잡힐 듯 나타난다는 건 포드모어식 창의력으로도 설명하기 어려웠다. 그것도 창문에는 두꺼운 녹색 블라인드에 커튼까지 달려 있고, 정원과 침실은 캄캄하게 어두운 상황에서!

환영 미스터리에 '합리적인 해명'을 찾으려는 모든 노력이 실패로 돌아가서, 멜버른에 있는 리지 메이너드에게 조언을 구해보기로 마음먹었다. 그 즈음 신기한 인연을 발견하여 그 결심이 더욱 굳어졌다.

메이너드 양 가족이 더니든에 집을 갖고 있던 시기에 키치너 씨의 가정부가 그 집에 살았다는 것이다. 그 집은 화재로 없어졌는데, 식민지에선 자주 있는 일이었다. 가정부 제인은 메이너드 일가를 못 본 지 꽤 오래되었다고 했다. 그래서 내가 그들에게 편지를 써서 우리가 만난 사실을 알리겠다고 약속하니 몹시 좋아했다.

물론 나는 기이한 경험과 그와 관련된 모든 세부적인 이야기를 편지에 언급했다. 다만, 그 환영이 나타난 정확한 시간은 말하지 않았다. 그것을 빠뜨린 건 순전히 실수였다. 처음엔 그런 줄 알았다. 그런데 나중에는 무의식중에 그래야만 더 확실한 증거를 얻을 수 있다는 마음에 그 정보만 쏙 빠뜨렸다고 믿을 만한 이유가 생겼다. 만약 내가 그 환영을 본 정확한 시간을 언급했다면 멜버른에 사는 젊은 친구들의 상상력이 더해져서, 그들이 특별한 경험을 한 시각이 왜곡되었을지도 모른다. 그들이 겪은 일은 다음과 같다.

던백을 떠난 지 몇 주 만에 오클랜드에 도착한 나는 다른 우편물과 함께 리지 메이너드가 보낸 답장을 받았다. 키치너 씨의 편지도 와 있었다. 그는 내 친구인 메이너드 가의 딸들이 얼마나 착한 아가씨들인지 훌륭한 가정부 제인에게 반가움을 담은 선물을 보내면서, 자기네들 마음속에 있는 제인의 자리는 채워지지 않고 남아있다는 따뜻한 편지도 적어 보냈다고 알려왔다. 리지가 내게 보낸 편지도 '제인'의 장점으로 시작하여, 그녀와 다시 연락이 닿은 게 정말 신기한 우연이라고 말하고 있었다. 그 다음 이어지는 내용은 이러했다.

─ 친애하는 베이츠 양, 당신이 경험한 일은 정말 놀라울 따름입니다. 하지만 바로 그날 밤, 우리가 뭘 했는지 말씀드리면 베이츠 양의 그 경험이 훨씬 더 놀라운 것으로 느껴지실 거예요. 저는 베이츠 양도 잘 아는 보일 대령 내외(버로우 부인을 만난 집)와 주말을 같이 보냈어요. 방이 전부 차는 바람에 저는 릴리 보일과 같은 방에서 잠을 자게 되었답니다.

12월 31일 밤에는 '춤으로 묵은해를 보내고 새로운 해를 맞이하기' 위해 춤을 추는 자리가 간소하게 마련되었어요. 자정이 되어 모두 뿔뿔이 흩어져서 손님들은 집으로 돌아가고, 그 집에 있는 사람들도 잠자리에 들었죠. 릴리와 저는 너무 들떠서 바로 잘 수가 없어서, 제가 펄 양에게 편지를 써보자고 제안했답니다.

펄 양은 그들이 우러러보는 작가인데, 언제든 펄 양에게 연락하고 싶으면 내가 소개했다고 말해도 좋다고 허락한 적이 있었다. 이어서 리지는 식민지에 사는 두 젊은 아가씨가 모자란 글 솜씨로 유명 작가에게 편지를 썼다가 눈길조차 받지 못할까봐 너무 긴장되더라는 이야기를 했다. 그래도 최선을 다하고, 릴리 보일도 최선을 다해 써봤지만 결과는 처참한 실패였다. 그리고 리지는 이렇게 적었다.

― 그러다가 기발한 생각이 났어요. 지난 10월에 조지 엘리엇이 내 손을 통해 베이츠 양에게 메시지를 보냈잖아요. 그걸 떠올리고 혹시 그분에게 우리를 도와달라고 해보면 안 될까 생각했죠. 그래서 직접 편지를 쓰는 건 포기하고, 선반에서 플랑셰트(연필과 바퀴가 달려서 심령 현상으로 글자가 써지는 심장 모양의 판 ― 옮긴이 주)를 내려서 다시 시작했어요. 잠시 후 훌륭한 편지가 완성되었답니다. 소개해 준 사람으로 베이츠 양의 이름도 들어가고, 펄 양이 갖고 있을 법한 편견과 관련해 베이츠 양이 잊지 말라고 신신당부한 세세한 부분까지 잘 지킨 내용으로 말이에요. 정말 순식간에 멋진 편지가 완성되었으니 우리가 얼마나 기뻤겠어요! 우리 둘의 서명까지 마치고 난 뒤에도 플랑셰트를 놓을 수가 없어서 제가 간청했죠.

"오, 제발 가지 마세요! 여기서 이야기를 좀 더 해주세요."

보시는 바와 같이 큰 글씨(리지는 그 종이를 동봉했다.)로 매우 확고한 내용이 적혔어요.

'안 돼요. 여기 더 있을 수 없어요. 스텔라의 딸을 보러가기로 약속했어요.'

친애하는 베이츠 양, 저는 G. 엘리엇이 당신 어머니의 영혼 세계 이름이 스텔라라고 말한 걸 기억하고 있었기에, 당연히 당신을 만나러 간다는 의미로 한 이야기라는 걸 알았어요.

안타깝게도 당신은 그녀가 찾아온 시간을 말해주지 않았지만, 우리는 동봉한 메시지를 받은 시간을 봐두었어요. 당신에게 이 이야기를 해주려고 아주 정확하게 말이죠. 그때는 밤 12시 30분이었어요. 그녀가 당신에게 나타난 시간이 그때인지 알려주세요. 우리는 그럴 거라고 확신하니까요. 우리 생각이 맞는지 확인하고 싶은 마음이 너무 간절해요.

그들은 더니든과 멜버른의 시차를 깜빡한 게 분명했다. 대충이라도 짐작했어야 하는데, 그 차이가 60분이 훨씬 넘는다는 사실을 알고서 나도 꽤나 놀랐다.

나는 두 사건의 발생 시각이 너무 벌어져 있어서 실망하던 차에, 같은 호텔에 묵고 있는 한 신사에게 혹시 두 도시 간의 시차를 아는지 지나가는 말로 물어보았다.

"정확한 건 모르겠지만 1시간 이상입니다. 아, 좋은 수가 있군요! 제가 제대로 계산해 드릴 수 있어요."

그는 잠시 말없이 있다가 고개를 들더니 말했다.

"약 1시간 45분 정도입니다."

이것은 멜버른에서 밤 12시 30분에 친구들이 경험한 일과, 더니든 근교에서 새벽 2시 15분에 내가 경험한 일이 같은 시간에 일어났다는 증거였다.

호주와 뉴질랜드에서 돌아온 직후, 마이어스 씨(심령연구협회의 창립멤버이며, '텔레파시'라는 단어를 최초로 사용한 학자 – 옮긴이 주)를 처음

으로 알게 되었을 때 이 이야기를 들려주었다. 그는 지대한 관심을 드러내었으나, 호주로 한두 통의 편지를 쓰는 수고를 하지 않으면 증거로서 효용 가치가 없다는 사실을 지적했다.

그래서 1887년 12월 31일, 내가 그 집에 있었고 여기 적은 대로 그날 밤에 겪은 일을 다음날 아침에 이야기했다는 사실을 확인받기 위해 키치너 씨에게 편지를 썼다. 리지 메이너드 양이 내게 쓴 편지에 관해 메이너드 양의 증언도 확보해야 했고, 마지막으로 릴리 보일과 그녀의 부친으로부터 메이너드 양이 섣달 그믐날 멜버른의 그들 집에서 열린 댄스파티에 초대된 손님이었다는 증언도 받아야 했다. 이 서신들은 심령연구협회에 아직 자료로 보관되어 있는 것으로 알고 있으며, 이 이야기는 몇 년 전 협회지에 소개되었다.

마지막으로 증거로서의 가치를 높이는 부가적인 정보를 제공하자면, 여행을 마치고 돌아와서 처음으로 펄 양을 만났을 때 그녀는 내 소개로 발송된 편지를 받았다는 이야기를 꺼내면서 유려한 글 솜씨를 칭찬했다.

"자기들 말로는 호주에 사는 두 아가씨라는데, 그런 훌륭한 글을 쓸 수 있다는 게 믿기 힘들었어요."

그 유명 작가는 심령술을 믿지 않았기에, 나는 그 글이 어디서 나왔는지 진실을 말해주지 않았다.

1888년 봄에 나는 브리즈번에 있었다. 퀸즐랜드의 달링다운스라는 아름답고 청정한 지역에 있는 목장에서 오랜 친구들과 한 달을 보낸 뒤, 중국으로 가는 여정이었다. 이튼 베일이라는 이름의 그 목장은 고인이 된 아서 호지슨 경의 소유로 유명했다.

뉴질랜드에서 시드니로 돌아가기 직전에 나만의 '리빙스턴 박사'가 예상을 뒤엎는 방식으로 다시 나타났다. 우리의 역사적인 만남은 오클랜드의 한 호텔에서 이루어졌다. 그녀가 사모아의 무더위를 피해 어느 날 불쑥 나타난 것이다. 그녀는 '내 일정이 미뤄졌으니 계획이 통째로 바뀌었다고 짐작'했고, 또 나는 그녀가 보낸 편지로 미루어 볼

때 시드니가 천국 그 자체라서 불타는 검으로도 그녀를 시드니로부터 떼어놓지 못할 거라고 짐작했다고 말했다. 이렇게 서로 가볍게 티격태격하다가 비긴 것으로 합의하고 같이 여행을 계속하기로 했다. 그러므로 내가 퀸즐랜드에 가 있는 동안 그린로우 양은 시드니에서 3월을 보냈고, 다시 브리즈번에서 만난 우리 두 사람은 목요섬과 케이프 다윈을 거쳐 최종 목적지인 홍콩까지 가는 증기선을 타기로 했다. 이때 항해하는 동안 사소한 심령 체험을 딱 한 번 할 수 있었다.

1886년 샌프란시스코에서 처음 본 꼬마 '제비들'을 앞장에서 소개했다. 그때 이후 그 제비들을 자주 보아왔기에, 회의적인 성향의 친구들이 눈병의 조짐이라고 가여워하곤 했다.

그런데 브리즈번에서 홍콩행 증기선에 오른 바로 그날, 새로운 신호가 나타났다. 부리에 반지를 물고 있는 새 한 마리였다. 반지의 절반에 다이아몬드로 보이는 보석이 다섯 개 있었다. 친구에게 이 이야기를 했지만, 우리 둘 다 그게 무슨 의미인지 몰랐다. 그때 우리는 선실에 적응해 가면서 주어진 여건 하에서 최대한 편안한 생활을 찾느라 바빴다. 그래서 다른 승객들과 아예 어울리지 못했다.

한 주 내내 똑같은 작은 새가 같은 반지를 물고 내 앞에 나타났다. 그러다가 문득 가능성이 있는 해석이 머리를 스쳤다. 항해를 시작한 지 보름 만에 그 짐작이 사실로 확인되면서 경고인지, 제안인지 모를 그 작은 새의 등장이 나름 의미 있는 것으로 판명되었다. 그러나 이건 완전히 다른 이야기다! 허공에 나타난 그 새로운 신호는 신기하게도 내가 의미를 파악하는 순간 소멸되었다.

일본에서 보낸 기분 좋은 나날들은 그냥 넘어갈까 한다. 예술적으로, 사회적으로, 그리고 다른 여러 측면으로 대단히 흥미로운 여행이었지만 이 주제와 연관되어 특별한 일은 아무것도 없었다.

이윽고 일본을 뒤로 한 채, 요코하마에서 밴쿠버(워싱턴)로 가는 배를 타고 항해하면서 과거의 끈을 다시 붙잡을 기회가 생겼다.

우리는 P.&O.사의 아비시니아 호에서 친절하고 자상한 해군 대령 맥아더 씨를 알게 되었다. 태어난 곳은 호주이지만, 그는 영국 해군 소속이었다. 그리고 사령관으로 진급하여 집으로 돌아가는 길이었다.

그는 내가 가진 '괴이한 생각들'에 관심을 보이다가, 마침내 '탁자'로 실험해보자고 제안하기에 이르렀다. 그리고 배에서 일하는 목수에게 말해 조잡하게나마 자그마한 나무 탁자까지 만들었다. 모임은 대개 저녁을 먹고 난 다음, 내 선실이나 나의 '든든한 동반자' 그린로우 양의 선실에서 이루어졌다. 내가 기억하는 한, 탁자에 둘러앉은 사람은 늘 우리 세 사람이 전부였다. 바다 위를 항해하고 있다는 조건을 너그러이 감안한다고 해도, 모임은 때때로 너무 단조로웠다. 실제로 뭔가 값어치 있는 결과를 얻은 기억은 딱 한 번뿐이다.

서문에서 말한 적이 있는 유모가 저세상으로 떠난 지 삼사 년이 지나도록 영혼으로 나를 찾아왔다는 미약한 신호조차 이제까지 받지 못했다. 그러나 이 항해를 하는 동안 여러 번, 늘 같은 목적으로 찾아왔다. 유모는 예정된 알래스카 여행을 가지 말라고 내게 부탁하다가

마지막에는 애원했다.

그린로우 양과 나는 2년 전 빅토리아(밴쿠버)에 갔을 때도 알래스카 행을 계획했다가 무산된 적이 있었다. 그래서 이번에는 워싱턴에서 알래스카로 가는 것이 그린로우 양의 간절한 희망 사항이었다. 나는 꼭 가고 싶은 마음은 아니었지만, 반대 의사를 드러낸 적이 없으니 같이 가는 것으로 동의한 것과 마찬가지였다.

유모가 기를 쓰고 말리려는 여행이 바로 알래스카 행이라고 나는 생각했다.

'네 건강을 해치게 될 거야.'

그녀가 한 번 이상 이렇게 말했다.

'거기 가지 마. 내 충고를 들으렴.'

그리고 한번은 배에서 내리기 직전에 이런 말도 했다.

'다른 계획으로 너를 이끌어 줄 편지가 기다리고 있을 거다.'

어떤 의미에선 이 말은 사실로 드러났다. 내 몫의 우편물 다발에서 처음으로 개봉한 편지는 우리 집안의 고문 변호사가 갑작스럽게 사망했다는 소식이었다. 그러므로 핑곗거리를 찾아야 할 상황이었다면, 당장 영국으로 돌아갈 수 있는 좋은 구실이었다.

하지만 상황은 이와 달랐다. 그린로우 양은 알래스카에 반드시 가겠다는 결심이 확고했지만, 그렇다고 나더러 같이 가자고 집요하게 설득하거나 하진 않았다. 아주 독립심이 강한 여성인데다가 홀로 여행하는 것에 익숙하기에, 내가 어느 쪽으로 결정하든 그린로우 양이

즐기는 데 지장이 있거나 불편을 느낄 일은 없었다. 나는 별로 가고 싶은 마음이 없었고, 유모의 경고가 현실이 될 가능성이 꽤 높다고 생각했다. 하지만 진지하게 고려해야 할 다른 문제들도 있었다. 그랬기에 동승객들이 나더러 영혼이 보낸 경고를 믿지 않는다고 농담을 하면서 동부로 떠나갈 때, 나는 억지로 친구와 같이 알래스카로 가야 했다. 그때 편한 길은 아닐지라도 옳은 길을 선택했다는 생각에는 지금도 변함이 없다.

유모가 간곡하게 만류한 여행은 지독하게 불편한(그 당시에는 미어터지는 화물선뿐이었다.) 여정이었던 건 말할 것도 없거니와, 신체적으로도 유모의 경고가 딱 들어맞았다. 그 북극 지방에서 오한을 느낀 나는 이후 내 인생에서 가장 오래, 또 가장 심각하게 병을 앓았다. 일부 회복하는 데만 수개월이 걸렸고, 후유증은 평생 안고 살아야 한다. 그렇지만 한순간도 내 선택을 후회해 본 적은 없다.

이 에피소드를 보면서 이런 경고를 어떤 식으로 취급해야 하는지 가늠할 수 있을 것이다. 한 귀로 듣고 한 귀로 흘릴지, '다른 상황은 싹 무시해 버리고' 무조건 따를지. 이것이 우리 인생의 스킬라와 카리브디스(호메로스의 오디세이아에 나오는 두 괴물. 진퇴양난의 상황을 의미한다 –옮긴이 주)인 듯하다. 이 에피소드의 핵심은 결국 판단은 오롯이 스스로의 몫이라는 것이다. 다른 누구에게도 책임의 무게를 떠넘길 수 없는 법이다. 누군가 나의 책임을 대신 짊어질 수 있다면 삶의 진정한 배움은 무슨 수로 얻겠는가!

만약 내가 알래스카를 포기했다면 신체적인 면으로 굉장한 이득이 있었겠지만, 도의적인 시험에선 낙제했을 것이다. 그러나 유모는 오로지 몸이 상하는 걸 피하는 것만 염두에 두었으며, 그녀의 입장에선 전적으로 옳았다. 충실한 그녀의 영혼은 자신이 돌보던 아이를 위험으로부터 보호하려고 최선을 다했다.

알래스카 여행으로 내가 중병을 얻어서 '리빙스턴과 스탠리'는 또 한 번 헤어져야 했다. 그린로우 양은 영국으로 돌아가야 했고, 나는 토론토에서 친구들과 먼 친척들의 간호를 받으며 길고 힘든 투병 생활을 해야 했다. 주치의들 중 한 사람-내가 머물던 집 여주인과 남매 사이-이 친절하게도 시간을 내어 나랑 간호사를 뉴욕에 데려다 주었다. 여객선 담당 의사에게 특별 진료를 받게 하는 동시에, 항해를 할 수 있는 몸 상태가 되는지 필요한 검사를 받기 위해서였다.

배가 출항하기 전, 뉴욕에서 하루나 이틀 정도 지내던 어느 날 밤이었다. 이미 언급한 적이 있는 스토더트 그레이 부인의 교령회에 이 의사와 함께 같이 가게 되었다.

시어도어 코번튼 박사는 눈에 보이지 않는 것, 사람이 알지 못하는 것에 대해 보통의 의사들이 보이는 편견을 모두 갖고 있었다. 아메리카에 관한 내 저서를 읽은 그는 '심령술'에 관해 서술한 장을 두고, '이 책의 나머지 부분에서 볼 수 있는 양식'이 실종된 내용이라서 유감이라고 평했다. 나는 최면술, 생각 전송 등의 가능성을 모두 부정하면 의사로서 대단히 가치 있는 도구를 잃는 것과 같기에, 조만간 그

업계에서 뒤처질 수도 있다고 주장했다.

뉴욕에는 특별히 뛰어난 최면술사를 아는 사람도 없고 찾아볼 시간적 여유도 없었다. 그래서 더 심도 있는 '터무니없는 짓'을 그의 눈으로 직접 보는 게 좋겠다고 생각해서, 나는 스토더트 그레이 부인의 집에 같이 가자고 대담하게 제안했던 것이다.

여느 때와 다를 게 없는 의식들이 이어지는 동안, 코번튼 박사의 마음가짐 때문인지 아니면 다른 원인이 있어선지 그에게나 나에게나 특별히 흥미로운 일은 생기지 않았다.

그러나 아마 한 가지 사건은 그에게 깊은 인상을 남겼을 것이다. 제법 밝은 불빛 아래, 바로 우리 발치에서 일어난 일이었다. 그랬기에, 코번튼 박사도 그럴듯한 설명을 제시할 수 없었기 때문이다. 둥글게 모여 앉은 사람들 중에 한 신사와 부인이 7살 먹은 어린 아들을 데리고 왔다. 일반적으로 영국 아이들이 잠드는 시간보다 훨씬 늦은 시간에, 게다가 이런 환경에 어린 아이를 데려오는 게 괜찮겠냐고 부인에게 물었더니 쾌활하고 특이한 대답이 돌아왔다.

"찰리를 데려와서 할머니를 만나게 해주지 않았으면 집이 시끄러웠을 거예요. 애를 한 번 이런 곳에 데려온 적이 있는데, 그때부터 계속 여기 오자고 난리랍니다. 할머니랑 이야기하는 걸 너무 좋아해요. 전혀 무서워하지 않고요."

바로 이때 캐비닛에서 자그마한 체구에 노쇠한 여성이 걸어 나와 곧장 우리가 있는 방향으로 다가왔다. 그러고 나서 어린 손자에게 같

이 캐비닛에 들어가자고 손짓했다. 아이는 조금의 망설임도 없이 따라갔고, 커튼이 내려져서 두 사람의 모습을 가렸다. 몇 분 정도 지나서 꼬마는 다정한 사이처럼 자기 할머니의 손을 꼭 잡고 나왔다. 이 책을 읽는 독자들이 순순히 믿을 것 같진 않지만, 그 뒤에 일어난 일은 틀림없이 다음과 같았다.

아이는 '평소처럼 할머니와 놀려고' 장난감-작은 기차 한 개와 블록 몇 개-을 들고 왔고, 허약한 노부인은 바닥에 무릎을 꿇고 아이와 놀아주었다. 움직임에 기운이 많이 없을 뿐, 여느 할머니와 다를 게 없어 보였다.

그런데 한창 블록을 쌓고 기차를 몰면서 놀다가 황당한 사태가 벌어지는 바람에, 가여운 꼬마에겐 끔찍한 밤이 되고 말았다. 무엇 때문에 그런 제한이 생기는지 우리는 여전히 모르지만, 하여튼 할머니는 자신에게 허락된 시간에 제한이 있다는 것을 잊은 것 같았다.

너무나 갑작스럽게, 경고의 말을 꺼낼 겨를도 없이 순식간에 사라져 버렸다. 다시 캐비닛으로 돌아간 게 아니라, 우리 발밑에 깔려 있는 양탄자를 통해 사라졌다. 그것도 우리 발치에서 고작 1m 거리에서, 그리고 머리 위에는 가스등이 두세 개나 켜져 있는 가운데!

헛것을 본 것이 아니었다. 소년이 할머니와 노는 동안 코번튼 박사와 나는 아이의 부모 바로 옆에 앉아 있었다. 금방 그곳에 있던 노파가 다음 순간 사라지고, 그 자리에 연기만 남았다가 곧 그 연기마저 빠른 속도로 바닥으로 빨려 들어갔다. 비밀문 이론으로도 설명될 수 없었다. 왜냐하면 '노파'만 사라지고, 한 줌밖에 되지 않는 의복은 소복하게 그 자리에 남아 있다가 곧 그것마저 깨끗이 사라졌기 때문이다. 더군다나 의심이 많은 젊은 의사가 앉아 있는 바로 옆에서 바닥의 비밀문을 사용한다는 게 얼마나 어려울지 주목해야 할 것이다. 코번튼 박사는 이 미스터리의 답을 찾으려고 당장 양탄자를 조사했으나 허사였다!

이미 언급했듯이 눈을 찡그리지 않고 책을 읽을 수 있을 정도로 밝은 곳에서 이 모든 일이 벌어졌다. 가여운 꼬마는 기분이 엉망이 되어 펑펑 울었다. 아이의 부모는 그 전에도 여러 번 데려왔지만, 이런 낭패는 처음이라고 말했다. 스토더트 그레이 부인도 몹시 화를 냈다.

"이런 불상사가 있나! 본인이 너무 오래 머물다간 아이를 놀라게 할 위험이 있다는 걸 알았어야지! 고이 캐비닛으로 돌아갔으면 아이가 이렇게 겁먹지 않았을 텐데. 너무 오래 머무는 통에 돌아갈 힘이 없었던 거지."

아이는 완전히 겁에 질려서 아무리 달래도 소용이 없었다. 왜 할머니가 그렇게 가버려서 겁을 주냐고 물으면서 계속 엉엉 울었다. 그래서 결국 부모가 데리고 나가야만 했다.

1년 뒤, 런던에서 코번튼 박사를 데리고 칼 한센 박사를 만나러 갔다. 당시 한센 박사는 최면 치료를 시행하면서 심령연구협회를 위해 시범을 보여주는 일도 하고 있었다. 한센 박사는 코번튼 박사나 나를 최면에 들게 하려고 시도했으나, 효과가 없어서 자기 아내의 도움을

청해야만 했다. 당연히 코번튼 박사에겐 '매우 수상한 상황'이었지만, 그녀와 대화하는 걸 굉장히 흥미로워했다. 물론 의학적인 관점에서. 그리고 자기 눈앞에서 벌어진 일이 어떠한 가설로도 설명되지 않는다고 솔직하게 인정했다.

1890년 11월, 나보다 어린 친구와 처음으로 인도를 방문했다.

동행한 친구는 인도의 역사나 신비로움보다 인도 사회에 더욱 관심을 보일 나이였다. 그리고 나로 말할 것 같으면, '현재' 인도의 고행자나 요가 수행자로부터 초자연적 힘의 비밀을 캐내는 것보다 '과거' 인도의 장엄하고 아름다운 옛 건축물을 구경하는 게 목적이었다.

아마도 가능성의 범주를 넘는 야망은 품을 수 없었기 때문일 것이다. 인도의 신비로움은 영국인에게는 보여주지 않는 봉인된 책과 같으며, 앞으로도 죽 그럴 거라는 게 나의 견해이다.

정복당한 민족이 정복자들에게 가지는 당연한 편견을 늘 염두에

두어야만 한다. 아울러 인도인들은 영국인이 앞뒤 꽉 막히고 물질주의에 젖어 있으며, 애당초 발휘할 상상력 같은 건 없다고 생각했다(부당한 평가라고 항변할 수 있는 자가 있을까). 종교에 있어서도 전통적인 신앙만 고집하여, 다른 민족들이 영혼의 양식을 얻는 종교적인 방식을 비웃거나 멸시한다고 여긴다. 이런 결론에 이를 만한 이유를 그동안 우리가 너무 많이 제공해 왔던 것은 사실이다.

결과적으로 인도인의 관점에서 볼 때, 영국 남자나 여자는 '가능성이 없는 인간'이므로 독실하고 학식 있는 힌두교도라면 그런 사람들과 심오한 관념을 논할 생각은 추호도 없을 것이다. 길에서 처음으로 마주친 시골 사람과 미묘한 예술 문제를 논할 수 없는 것과 같은 이치다. 베나레스로 신혼여행을 온 젊은 스웨덴 여성을 맞이하는 인도인들의 태도가 사뭇 다른 것을 보고 내 생각이 옳았다는 확신을 얻었다. 그녀는 자기 나라에서 인도의 훌륭한 현지 인맥을 소개받고 왔다. 인도의 왕족과 군주들이 스웨덴 국왕의 환대를 받은 것에 대한 보답으로, 또한 그녀의 표현을 빌자면 '영국인이 아니므로' 우리는 감히 가지 못하는 흥미로운 행사에 참석도 하고, 특이한 장소들도 들어가 볼 수 있었다.

언젠가 내가 세 번째로 인도를 방문하게 되면, 불가사의한 현상들을 조사할 수 있게 되기를 바라는 마음이다. 그때는 운이 따라서 인도의 호텔 베란다마다 보이는, 재주 좋은 마술사가 관광객에게 보여주려고 고행자 흉내를 내는 장면보다 더욱 흥미로운 것을 우연하게라도 접할 기회가 있을지 두고 볼 일이다.

지금은 이 책을 쓰는 목적에 충실하기 위해, 인도에서 쓴 일기에서 개인적인 일화 한두 가지를 찾아냈다.

라호르-오빠가 펀자브의 부총독 로버트 에저튼 경의 부관으로 총독 관저에서 몇 년간 생활한 곳-를 경유하는 것만 다를 뿐, 일반적인 여행 경로를 따라 이동하여 순조롭게 델리에 들어갔다.

델리에서의 첫날은 세포이 반란의 각종 유적지를 돌아보다가, 오후 4시경 추모탑을 보기 위해 유명한 구릉 지역으로 이동했다. 요즘은 모르는 사람이 거의 없는 이곳은 붉은 사암으로 지은 탑으로, 안에는 울퉁불퉁한 돌로 된 계단이 있고 드문드문 창문도 나 있다. 탑이 서 있는 널찍한 대리석 바닥에는 장교와 사병을 막론하고 여러 연대 소속 사람들의 이름이 새겨져 있었다. 그 유명한 포위 작전에 동참했다가 나라를 위해 목숨을 바친 사람들이었다.

기념탑이 가까워지니 주위가 온통 흥분으로 술렁이고 있는 듯 보였다. 인도인 노동자들이 수백 명쯤 둥글게 떼를 지어 있는 걸 보면서, 우리 둘은 이 추모탑에 보이는 그들의 관심이 영국의 같은 계급 노동자들보다 월등히 높은 것 같다는 말을 주고받았다. 그러나 역사에 대한 지적인 관심과는 무관하다는 것을 그곳에 도착해서야 알았다. 알고 보니, 한 노동자가 추모탑 내에 있는 계단을 올라갔다가 아까 말한 창문 중 한 곳으로 추락했다는 것이다. 그리하여 우리가 서

있는 반대쪽 대리석 바닥에 으스러져 죽어가고 있었다. 마침 그곳에 있던 영국인 한 사람이 곧바로 의사를 데리러 갔다고 했다. 그러므로 그 사람이 돌아올 때까지 가여운 남자를 위해 할 수 있는 일은 아무 것도 없었다.

그래도 우리의 원주민 하인 보바지가 그 비극의 현장을 보겠다고 달려간 건 물론이고, 내 친구마저 따라가려는 눈치여서 나는 경악했다. 한 남자가 고통스럽게 죽어가며 쓰러져 있는 건 생각만 해도 끔찍했다. 이미 그를 에워싸고 있는 원주민들도 의사가 오기 전에 섣불리 남자를 건드렸다가 오히려 해를 끼칠 위험이 있으니 속수무책이었다. 단지 거기 가서 눈으로 보는 건 비극에 공포를 더할 뿐인 것 같아서 다급하게 어린 친구를 돌아보며 타일렀다. 결국 그 친구는 가지 않았다. 이 사건 때문에 내가 얼마나 격앙되고 신경이 곤두서는 순간을 겪었는지 모른다. 그로 인해 다음에 이어지는 사건이 일어났다.

델리와 런던의 시차를 고려하면, 우리가 세포이 반란 추모비를 방문한 바로 그 시간에, 나의 오랜 친구인 윈코트 부인(당시 런던에 살고 있어서 내가 런던에 있으면 문턱이 닳게 찾아가곤 했다.)은 지난 밤에 잠을 설친 탓으로 침대에 누워서 쉬고 있었다.

그때 영국은 정오쯤이어서, 그녀는 잠에서 완전히 깨어 책을 읽고 있다가 시계를 보았다. 그러자 문득 점심을 먹으러 내려가려면 슬슬 움직여야 할 시간임을 알았다. 그때 문이 벌컥 열리더니 내가 침실로 들어와서 침대를 빙 돌아가, 누워 있는 그녀의 왼편에 있는 창문 앞에 가서 섰다고 한다.

평범한 외출복 차림인 나는 그녀가 보기에 매우 흥분하고 뭔가 신경이 곤두서는 일이 있는 듯했다. 쉴 새 없이 말을 하긴 하는데, 두서없는 내용이라 알아듣기 어려워서 대체 무슨 일로 그렇게 기분이 상했는지 의아했다고 한다. 그녀는 무슨 일이 있었냐고 물었지만, 나는 아무 대꾸 없이 그녀에게 등을 보인 채 창문을 향해 우두커니 서 있었다. 그러다가 돌아서서 들어온 길을 그대로 되짚어서, 등받이 없는 의자를 지나 침대를 빙 돌아서 문으로 나가려고 했다. 윈코트 부인은 내 주의를 끌어보려고 마지막으로 매우 현실적인 질문을 던졌다고 한다.

"에이미! 옥스퍼드 테라스(당시 런던에 가면 항상 그 지역에서 지냈다.)의 몇 호에 묵고 있는지 말해주고 가요."

윈코트 부인은 이렇게 말했다.

"당신은 아무 대답도 하지 않고 황급히 나가버렸어요. 그제야 인도에 있다는 게 기억나더군요. 그래도 당신은 내 침실에 자주 들어왔던 터라, 전부 너무나 자연스러워서 갑자기 런던으로 돌아온 거라고 생각했어요. 혹시 당신이 묵는 집의 주소가 바뀌었으면 어떻게 찾을지 그 걱정뿐이었답니다."

다행히 윈코트 부인은 이 모든 내용을 그날-1891년 1월 8일- 곧바로 내게 보내는 편지에 적었고, 또한 나는 그날의 사건을 그녀에게 보내는 편지에 썼다. 내 편지는 하루나 이틀 뒤에 쓴 것으로 기억하

지만, 일기를 꼼꼼하게 적던 시절이라서 1월 8일자 일기에 그 사건이 기록되어 있었다. 그랬기에 윈코트 부인이 내게 보낸 편지와 같은 날이라는 걸 알 수 있었다(영국으로 돌아온 뒤 내 일기와 윈코트 부인의 편지, 그리고 내가 윈코트 부인에게 보낸 편지를 마이어스 씨에게 보여주었다. 그는 이 이야기에 무척 흥미로워했다).

섬뜩한 광경을 구경하고 돌아온 보바지와 나눈 이야기 때문에, 나는 아마도 어떤 경우든 윈코트 부인에게 편지를 썼을 것이다. 추모탑 안을 얼핏 보니 돌계단이 허물어져 굉장히 위험해 보이기에, 보바지가 돌아와서 "안에 나쁜 게 있습니다, 마님"이라고 말하는 것이 계단 상태를 두고 하는 말이며, 그 남자가 추락한 원인도 이 때문이라고 이해했다.

그러나 보바지는 그게 아니라고 펄쩍 뛰었다.

"아니요! 아니요! 마님, 나쁜 악령이 안에 있어요. 악령이 그 자를 던졌어요!"

그러면서 보바지는 한 해 중 어느 특별한 날에는 델리에 사는 사람들은 남자건, 여자건, 어린애건 어느 누구도 자정에 절대로 추모탑 근처에 가지 않는다는 이야기를 해주었다. 간 크게 그곳을 지나가본 사람들은 탑 안에 환하게 불이 밝혀져 있고, 돌아온 세포이와 영국군이 다시 싸움을 벌이는 광경을 목격했다고 한다! 보바지는 선의에서 열심히 이야기하면서 델리 사람들은 모두 이런 사실을 알기 때문에, 그날이 되면 추모탑 가까이에는 얼씬도 하지 않는다고 장담했다.

‘나쁜 악령’이 그 인도인을 던졌다고 생각하는 것이나, 그 뒤에 들려준 기이한 이야기는 마치 한 편의 설화처럼 흥미로웠다. 하지만 내 친구의 반응은 단호했다.

“터무니없는 소리야, 보바지!”

이런 그녀의 반응을 보면서 그 순간 나처럼 매우 흥미로워했을 윈코트 부인이 옆에 없는 게 너무나 아쉬웠다. 그녀를 간절하게 그리워하는 마음이 투영되어 윈코트 부인의 침실에 내가 나타났던 것일까? 누가 알겠는가. 내가 흥분하고 신경이 곤두서 있던 그때, 윈코트 부인이 흥분하고 신경이 곤두서 있는 내 모습을 봤다는 건 분명 신기한 우연이었다. 그것도 수천 킬로미터 거리를 두고 말이다.

델리는 심령 체험을 하기에 특별히 좋은 여건인 모양이다. 앞서 말한 이 사건과 같은 날, 다른 이야기도 기록되어 있다.

친구는 몸이 약간 좋지 않아서 나 혼자 하인과 같이 마차를 타고 나갔다가, 멀리까지 돌아보고 저녁 6시경 돌아오는 길에 러들로 성을 지나게 되었다. 반란 유적지로 유명하면서 1891년에도 여전히 정부 공관으로 사용되는 곳이었다.

당시 러시아 차르가 그때 황태자 신분으로 자기 사촌인 그리스의 조지 왕자와 더불어 인도를 여행하다가 바로 그날 저녁, 델리에 오기로 되어 있었다. 왕족 일행과 그 수행원들은 러들로 성에 기거할 예정

이어서 도착하기까지 한 시간도 채 남지 않을 때였다.

보바지가 마차에서 뛰어내리더니 나를 부추겼다.

"가서 보세요, 봐요!"

"아니야, 보바지! 그냥 가. 가서 보는 건 안 돼. 들여보내 주지 않아."

"돼요, 돼요, 마님. 준비 다 끝나서 전부 갔어요. 아직 안에 아무도 없어요."

우리 영국인의 견해로는 이해하기 힘들지만 그 말은 사실이었다. 현관의 홀을 미처 지나기도 전에 창피하게 돌아 나와야 할 거라는 예상과 달리, 실내는 마치 죽은 자들의 도시처럼 텅 비어 있었다! 약 일흔 명이 참석하는 연회가 채 한 시간도 남지 않은 그 시간에! 나는 기회를 적극 활용하여 수많은 침실을 둘러보았다. 방을 가리고 있는 일본식 블라인드마다 수행원으로 오는 러시아나 그리스 고위 인사의 이름이 표시되어 있었다. 이윽고 길고 좁은 식당으로 들어가니, 만찬을 위한 준비로 적어도 6~70명의 자리가 마련되어 있었다. 인도의 분위기가 물씬 풍기는 예술적인 꽃장식이 식탁보 위에 자리하고 있고, 아름다운 잔과 은 식기류가 손님을 기다리고 있었다.

그 자리에서 부족한 건 모든 것을 누려야 할 손님들뿐이었다.

인도의 짧은 황혼이 이미 하늘에 깃들던 그 시각, 나는 잠시 가만히 서서 괴괴하기까지 한 죽음 같은 고요함에 조만간 그 자리를 채울 환한 빛과 웃음소리를 대비시켜 보았다.

한편, 식당 안쪽에는 내가 서 있는 곳 가까이에 벽난로가 긴 식탁을 내려다보고 있었다. 위를 쳐다보니 식당에서 유일한 그림 한 점이 벽난로 위에 걸려 있었다. 색칠이 밋밋하고 볼품없어서 예술적인 가치는 찾아보기 어려웠다. 심지어 처음 보았을 땐 그림의 대상도 별로 특별할 것이 없어 보였다. 한 남자의 한창때-서른다섯 살 정도로 짐작-를 그린 초상화로, 수염이 긴 남자가 딱딱한 자세로 있는 이 그림은 실력 없는 화가의 작품이 분명했다. 그리고 삼사 십 년 정도 된 것 같았다.

그러나 그림을 다시 쳐다보니 이상한 기분이 밀려들었다. 말린 장미가 싱싱한 장미처럼 보이지 않듯이, 그 화가의 실력으론 생생하게 살아있는 느낌을 조금도 살리지 못했다. 그러나 그림 속 남자의 눈빛이 나를 붙잡았다. 화가의 한계를 넘어서는 의기양양한 기운이 넘실거렸다. 이와 동시에 누군가 등 뒤에 서 있는 기척이 느껴졌다. 누군가 나와 함께 이 그림을 쳐다보고 있다는 느낌이 들면서, 누군가 나에게 내면의 목소리로 이렇게 말하는 것이었다.

'저건 나를 그린 초상화지만 나는 저기 없소. 나는 여기, 바로 당신 곁에 있소. 당신 어깨 뒤에서 당신과 같이 그림을 보고 있소.'

너무나 강렬한 느낌이어서 마치 손이 내 어깨를 누르는 것만 같았다. 그 순간, 나도 모르게 뒤를 돌아보았는데 아무도 없었다. 다시 그림을 쳐다보니 똑같이 이상한 기분이 들었다. 눈에는 보이지 않아도 그가 같은 공간에 실제로 존재한다는 것을 느끼도록 할 만큼, 그림 속 남자의 기운이 강한 것 같았다. 그림에는 누구의 초상화인지, 그린 사

람이 누구인지 적혀 있지 않아서 어떤 인물인지 파악할 단서가 전혀 남아 있지 않았다. 단지 그림만 놓고 보면, 특색 없이 진부한 양식으로 표현되어서 이런 괴이한 느낌을 받을 까닭이 없었다. 그래서 더욱 신기하기만 했다.

강인함과 사람의 마음을 끄는 힘을 지닌 어떤 존재가 이곳에 같이 있다는 느낌에 압도당하여 그 자리를 뜨기가 힘들었다. 그러나 황혼이 빠르게 저물어가는 터라, 자칫 창피를 당하며 쫓겨날 수 있다는 생각에 정신을 차렸다. 황급히 넓고 아름다운 응접실을 지나오면서 보니 초상화가 잔뜩 걸려 있었다. 주로 세상을 떠난 고관들, 장군들의 초상화였다. 훌륭한 솜씨로 그려진 것도 상당수 있어서 조금 전에 본 평범한 그림과 뚜렷한 대조를 이루었다.

나는 평범한 그림에서 이토록 강렬한 인상을 받은 것을 이해할 수 없어서 여기저기 물어보았다. 친구는 내 상상력이 대단하다며 농담을 했지만 개의치 않았다.

"어쨌든 이 문제는 꼭 알아볼 거야."

내가 결연하게 말했다. 며칠 뒤, 끈질긴 노력이 성과를 거두었고 내 느낌이 착각이 아니었다는 것도 확인했다. 볼품없이 그려진 그 초상화의 주인은 니콜슨 여단장(세포이 항쟁 당시 영국군을 이끌어 무공을 세우고 전사했다 – 옮긴이 주)이었다. 죽은 자가 산 사람에게 영향을 끼치려면 그 정도 위업을 세울 능력은 있어야 가능하다는 것은 굳이 말할 필요도 없을 것이다.

심지어 지금까지도 인도에는 니콜라세인Nicholasain이라는 소규모 종교 분파가 있어서, '인간보다 신에 가까운' 니콜슨 여단장을 기리고 있다. 생전에 그는 말을 타고 가다가도 추종자들이 몰려들면 말에서 내려 그 속을 헤치고 걸어가면서, 그들의 찬양으로부터 벗어나야 하는 경우가 잦았다고 한다.

세포이 반란에서 이룬 위대한 업적, 다양한 성향의 사람들을 휘어잡은 통솔력, 부하들에게 교감이 된 헌신적인 자세, 승리의 순간에 맞이한 영예로운 죽음, 이 모든 게 역사적 사실이다.

아주 짧은 순간이나마 그의 영향력을 체험할 수 있었다는 게 기쁘고 감사하다. 러들로 성에서 이런 일을 겪고 나서, 델리에서 니콜슨 여단장의 묘지를 발견하고 그 무덤 앞에 꽃을 바쳤다. 역사에 기록된 내용으로만 아는 사람이 아니라, 영광스럽게도 실제로 만나본 것과 마찬가지인 인연을 기념하기 위해.

이제 놀라운 우연을 경험한 일화를 소개하는 것을 끝으로, 인도에 관한 장을 마무리할까 한다.

이번에도 세포이 반란과 델리가 연관된 일화이긴 한데, 특별한 우연을 경험한 곳은 아그라였다. 그리고 때는 친구와 같이 호텔에 투숙하고 있던 1891년 봄이었다.

나에게 가장 소중한 오랜 친구들 중에 빅토리아 십자 훈장 수훈자인 알프레드 S. 존스 중령이 있다. 한때 제9 창기병 연대 소속이었으

며, 세포이 반란 당시 공을 세운 영웅이다. 신념과 정치적 성향을 떠나 영국인이라면 누구나 그 역사적 비극과 관련된 모든 것에 지속적인 관심을 보이는 듯하니, 존스 중령의 이력에 관해 세부적인 내용을 소개해도 좋을 것 같다. 하트의 현역 장교 명부에서 찾은 그의 기록은 다음과 같다.

'존스 중령은 포위 작전이 진행될 당시 바들리키세라이 전투에 참전했다. 그리고 1857년 8월 8일부터 9월 23일까지 D.A.Q.M.G. (Deputy Assistant Quartermaster General, 부병참감보 – 옮긴이 주)의 직책을 수행하면서 포위 작전이 진행되는 가운데 델리를 공격, 함락시킨 전투에 참여했다. 제9 창기병 연대 소속으로 그레이트헤드의 추격 부대에서 복무했고, 볼림슈허와 알리가르에서 작전을 수행했다. 또, 아그라 전투에서 총상과 함께 검으로 스물두 군데를 베이는 치명상을 입기도 했다. 게다가 호프 그랜트 경이 발송한 특전에 세 번이나 이름이 올랐고, 바들리키세라이에서 수행한 작전에서 일부 부대원들의 도움을 받아서 9파운드 포를 획득한 공을 인정받아 빅토리아 십자 훈장을 받고 소령으로 특진했다.'

나중에 절친한 친구가 되는 존스 중령이 용맹을 떨친 이야기며, 끔찍한 부상을 당한 사연은 나도 어릴 때 들은 적이 있었다. 그러나 아그라 전투의 세부적인 내용은 기억이 가물가물했다. 그런데 두 가지 사실은 또렷하게 각인되어 잊히지 않았다. 하나는 장교인 오빠가 해준 이야기로, 존스 중령이 빅토리아 십자 훈장을 받기 위해 여왕을 알현하는 자리에 오빠도 같이 참석했다고 한다. 그런데 오빠가 그와 가까운 자리에 서 있었는데, 여왕이 존스의 몰골을 보고 당황하여 훈장을 달아주는 것도 어려워했다는 것이다. 오빠는 또한 여왕이 부군에게 속삭이는 소리도 들었다.

"맙소사, 앨버트! 저 불쌍한 청년을 봐요! 몸이 갈기갈기 찢겼어요!"

또 한 가지 기억나는 건 세포이 반란이 일어난 시기에 타지마할이 병원으로 이용되었으며, 내 친구가 그곳에서 치료를 받았다는 것이다. 이것은 내게 이야기를 해준 사람이 잘못 알고 있었던 것으로 밝혀졌다. 병원으로 이용된 곳, 그러니까 존스 중령이 되살아난 곳은 모티 마스지드(진주 모스크Pearl Mosque)였다. 그의 부상이 얼마나 심각한지 아는 이들에겐 실로 놀라운 일이었다.

축복이든 저주든, 심령력을 부여받은 사람은 작은 부분이라도 과장하거나 잘못 기억함으로써 '적에게 기회를 주지 않는 것'이 중요하다. 따라서 박식한 독자를 대면해야 하는 두려운 순간을 위해 이야기의 주인공인 존스 중령에게 직접 아그라에서 무슨 일이 있었는지 그 생생한 경험담을 들려달라고 했다. 그는 친절하게도 내 부탁을 들어주었고, 다음은 그의 입을 통해 들은 이야기를 그대로 옮긴 것이다.

델리가 함락된 후, 그레이트헤드 장군 휘하에 있는 부대가 러크나우로 이동할 때 제9 창기병 연대에서 3개의 대대가 이동 명령을 받아

서 나는 참모직을 사임하고 내 부하들과 같이 움직였지.

볼림슈허와 알리가르에서 두 번의 전투를 치르고 나서, 서둘러 아그라까지 가느라 36시간에 100*km*를 행군했어. 그런데 도착하고 보니, 아그라 사람들이 어느새 평정을 되찾았더군. 그레이트헤드는 어리석게도 적이 20*km* 밖에 있다는 그들의 말을 믿고, 묘지와 연병장이 있는 바로 옆에 막사를 설치했다네. 주위에 사탕수수가 높이 자라고 있어서 연병장 너머는 뭐가 있는지 보이지 않았지. 부대의 거의 모든 장교들이 서로 어울려 아침을 먹으러 간 뒤에 포탄이 우리 쪽으로 날아들기 시작했다네. 그렇지만 아직 말에 안장을 매어 둔 상태라서 전원이 정렬할 시간적 여유가 있었어.

프랑스 부대와 내 부하들로 구성된 우리 대대는 좌측에 정렬한 블런트의 야전포대를 호위하라는 명령을 받았다네. 전체 대열에는 그 외에도 아군 대대 2개, 야전포대, 제8연대, 제75연대 등이 추가로 정렬하여 일제히 사탕수수밭으로 진격했지.

그러다가 600이나 700m 정도 거리에서 적을 발견하고 블런트가 포차를 분리하여 포를 쏘기 시작했어. 정면에서 기병대가 우리 좌측으로 돌아가려는 것이 보였지. 블런트는 후진하여 우리 막사를 방어해야 한다고 말했다네. 그러면서 포를 탄약차에 다시 연결했고, 우리 모두(그러니까 내가 이끄는 대대와 블런트의 포대 말이지) 대열을 벗어나 키 큰 사탕수수 사이를 지나 되돌아갔어. 그런데 블런트가 1개 부대와 포 2대를 남겨놓아야 한다고 해서 프랑스 부대가 이동을 멈추고 그 자리를 지키게 되었어. 블런트는 우리가 본 기병대(반란군)를 쳐야 승산이 있다고 확신하여, 그 자리에 있지 않고 나와 같이 연병장으로 돌아갔지. 그래서 정렬한 내 부하들 가까이 블런트의 포들이 자리를 잡았으며, 이미 탄약차를 분리한 상태였어.

비정규군 기병대(반란군)가 연병장을 지나 우리 방향으로 오고 있었고, 푸른색 정규군 기병대(반란군)도 지원군으로 붙어서 달려오고 있기에 우리는 당연하게 적색(편대의 선두)을 노렸다네.

그때 프랑스 총기병이 눈에 들어오더군. 소규모인 우리 부대의 좌측으로 돌아가는 회색 말의 엉덩이를 보고, 내가 "달려!"라고 명령했더니 뜬금없이 적색 기병대가 우뚝 멈춰서는 거야.

선두에 선 적이 카빈총으로 나를 조준하고 있는 것을 보고, 몸을 왼쪽으로 기울여서 놈을 찌르려고 했는데 성공하기 전에 총을 맞을 줄은 상상도 못했다네. 거의 찌르려는 찰나 놈이 쏜 총알이 고삐를 잡은 내 팔을 관통했지. 그래서 검을 쥐는 손으로 고삐를 잡고 적진을 파고들어, 나를 쏜 기병대 대장의 바로 뒤로 들어갔다네.

내가 어쩌다 이런 처지에 홀로 방치되었냐고 의아해하니 대답해주겠네(나는 그토록 몸을 살벌하게 난자당할 정도로 수많은 세포이 병사들 사이에 어쩌다 혼자 남게 되었냐고 존스 중령에게 물었다). 해명하자면, 나는 홀로 남겨진 게 아니었어. 우리 중대의 좌익에 있는 부하 한 명이 유일하게 나를 볼 수 있어서 창으로 기병대 대장을 찔렀고, 나를 에워싸고 있는 반란군 바깥에서 마지막까지 나를 구하려고 애를 썼다네. 내

가 이 사실을 보고한 덕분에, 그 부하는 빅토리아 십자 훈장도 받았거든.

2열종대로 20m 정도 길이였던 우리 중대는 약 20m 앞에서 대충 40m 정도 길이로 종대를 이룬 적을 향해 곧장 달려갔어. 그러니 나머지 세포이 기병들이 얼마든지 내 주위에 떼로 몰려서, 어떻게든 나를 구하려는 병사 한 명을 차단할 수 있었던 거지. 물론 우리 중대원들이 분열된 적군을 뒤쫓아 달려간 건 옳은 선택이었어.

이 이야기는 존스 중령이 내게 보낸 편지에 적은 그대로 옮겨놓는 것이 여러 모로 이점이 많다. 단점은 용감한 사람이 직접 쓴 이런 편지에서는 자신의 역할을 너무 축소하여 서술하는 경향이 다분하기에, 모르는 사람이 보기에 어느 부분이 영웅적인지 알기 어렵다는 것이다. 그 영웅적인 면모가 내가 겪었다고 말한 '우연'의 핵심이다. 다행히 이 기록에 등장하는 '블런트'라는 인물이 존스 중령 덕분에 '포를 지킬 수 있었다'고 한결같이 증언했다는 것을 대단히 믿을 만한 사람으로부터 들을 수 있었다. 적이 급습한 그때 존스 중령과 전우 두세 명(요새에 가지 않은 사람들)이 묘지 담벼락 그늘에서 아침을 먹다가 일을 당한 모양이었다. 내 친구 존스 중령은 아그라까지 장거리를 행군한 터라 말을 쉬게 하려고 '사냥용 안장'을 얹은 여분의 말을 탔다.

둥근 포탄이 떨어지기 시작할 땐 자기 말을 찾으러 갈 여유가 없었으니, 검과 권총만 챙겨서 무작정 적을 향해 돌진한 것이다. 아그라에 간혀 있던 사람들이 '셔츠 바람으로 돌격한 기병들'이라고 표현하며 열광하는 것도 이상할 게 없었다.

1891년, 나는 델리에 동행한 친구와 아그라의 한 호텔에 투숙하고 있었다. 조랑말 경주에 참가하려고 아그라에 왔다는 펄포드 소령이라는 사람이 우리와 같은 테이블에서 식사를 했다. 그와 내가 이웃하여 앉은 지 이틀인가 사흘이 지났을 즈음이었다. 그는 내 친구가 '하루 쉬었다'는 이야기를 듣고, 나에게 오후에 뭘 했냐고 별 뜻 없이 물었다.

그날 오후는 타지마할에서 보냈고, 그 건물이 병원으로 사용된 적이 있냐고 여기저기 물어보고 다녔다. 아무도 거기에 대해 아는 이가 없었다. 늙은 힌두교도 한 사람은 분명 내가 '그렇다'는 대답을 고대한다고 생각해서인지, '얼추 80년 전'에 그런 일이 있었다는 이야기를 들은 기억이 난다고 말했다. 정교함을 더하려는 시도로 인해 거짓이 들통 난 짝이므로 나는 기분이 상해 돌아섰다.

이 이야기를 펄포드 대령에게 들려주면서, 익히 알려진 바와 같이 그런 계급의 힌두교도는 언제나 상대방이 듣고 싶어 하는 이야기가 뭔지 궁리하여 그대로 말해준다며 같이 웃었다.

펄포드 대령은 왜 그걸 알고 싶어 하는지 내게 물었다.

"내 친구 중에 아주 나이가 많은 사람이 세포이 반란 때 아그라에서 부상을 심하게 당했어요. 어릴 때 듣기로 그때 타지마할에서 치료를 받았다고 한 것 같았거든요."

"아닙니다."

그가 말했다.

"타지마할은 병원으로 사용된 적이 없는 게 확실해요. 아마 진주 모스크Pearl Mosque가 그랬을 거예요. 누군가 착각했군요."

이 일화에서 가장 중요한 부분은 내가 '펄포드 대령에게 내 친구의 이름을 언급한 적이 없다'는 것이다.

펄포드 대령이 세포이 반란에 대해 직접적으로 알기에는 너무 젊은 나이이긴 해도, 아마 내 친구가 좀 더 유명했다면 언급했을지도 모른다.

잠시 이 이야기를 주제로 가볍게 대화를 나누다가 그가 말했다.

"물론 저는 그때 아기였지만, 그 당시 있었던 일은 글로 읽거나 들어서 제법 많이 알고 있답니다. 어릴 때 저의 우상은 제9 기병대 소속의 존스라는 사람인데, 아그라의 연병장에서 적의 습격을 받았을 때 대단한 용기로 돌진한 것으로 유명하죠. 글에서 읽은 정보 외에 그 사람에 대해 아는 게 없지만, 아직 살아계실 겁니다. 그때 온몸이 거의 조각나다시피 했다는데 말입니다."

"타지마할에서 치료받은 줄 알았다는 내 친구가 바로 그 사람이에요!"

내가 놀라서 말했다.

펄포드 대령은 어린 시절의 영웅에게 이렇게 가깝게 다가간 것이 너무나 신기한 우연이라며 뛸 듯이 기뻐했다. 나로 말할 것 같으면,

인도 전체를 통틀어 그 역사적 순간에 대해 가장 정확하고 세세하게 알려줄 수 있는 단 한 사람과 나란히 앉아 있다는 게 너무나 신기했다!

"그 일이 일어난 장소는 내 손바닥처럼 훤히 알고 있습니다."

그가 열띤 어조로 말했다.

"내일 당신과 친구분을 같이 제 마차에 모시고 가서 세세하게 설명해 드릴 기회를 주시죠."

다음날 그는 약속을 지켰다. 덕분에 내 친구가 홀로 적에게 포위되어 목숨을 걸고 용감하게 싸우는 장면이 눈으로 본 듯 생생해졌다.

근 50년이 지난 지금, 그 친구가 건강하게 살아있다는 게 기적이라고 해도 과언이 아니다!

Ⅰ.

1892년 봄에 스웨덴으로 여행을 떠나면서 예테보리에 있는 스웨덴 영사를 영국에서 소개받고 갔다. 그 사람의 여동생 중 한 사람이 로밀리라는 영국 남자와 결혼했는데, 그 부부가 우연히 내가 머무는 동안 방문했다.

하루는 심령에 관련된 대화를 나누다가 로밀리 씨가 자기 사촌(이름만 대면 알 만한 귀족 부인)의 이집트 목걸이에 얽힌 이야기를 꺼냈다. 그 사촌이 매우 아름다운 이집트 목걸이를 선물(아마 결혼 예물이었던 것 같다)로 받았다. 이집트를 여행해 본 사람은 잘 아는 아름다운 청색 보석으로 만든 목걸이였다.

그런데 이 보석이 옛 무덤에서 도굴한 진품이었던지, 어느 날 밤 부인의 침대 가에 목걸이 주인이 나타나서 자기 소유인 목걸이를 걸고 있는 한 평화를 누리지 못할 거라고 경고했다고 한다.

그 부인은 꾀를 내어 목걸이를 화장품 상자에 넣어 잘 잠근 다음, 이집트 유령도 만족할 거라고 혼자 착각했다.

하지만 사실은 전혀 그렇지 않았다. 곧 다시 나타난 유령은 목걸이를 가지고 있는 한, 계속 나타나서 괴롭힐 거라고 말했다. 그녀는 그 목걸이를 자신의 변호사에게 맡겼고, 고귀한 의뢰인이 미신에 사로잡힌 것에 남몰래 웃었을 게 분명한 그 변호사는 주석 상자에 그걸 잘 넣어두었다. 그러나 그를 기다리는 것은 유령이었으며, 로밀리 씨가 거기에 관해 마지막으로 들은 이야기는 변호사도 이집트 유령의 괴롭힘을 못 견뎌 목걸이가 든 주석 상자를 뒷마당에 묻어 버렸다는 것이다! 변호사가 그런 극단적인 방법까지 동원했으니, 가히 유령의 승리라 할 수 있었다.

몇 개월 뒤, 나는 친구 집에서 차를 마시다가 이 이야기의 실제 주인공을 만났다. 스웨덴 여성과 결혼한 그녀의 친척, 그러니까 내가 예테보리에서 만난 사람을 언급하면서 조심스럽게 푸른 목걸이 이야기를 넌지시 꺼냈다.

그녀는 자기 사촌이 내게 그 이야기를 모두 전해준 것을 조금도 기분 나빠하지 않았다. 그리고 이 이야기가 전부 사실이라고 확인해 주기까지 했다.

또, 로밀리 부인이 내 카드점을 봐주면서 놀랄 정도로 신통하게 맞

았던 기억도 있다. 이런 신비로운 기술을 가르쳐 준 늙은 핀란드인 유모는 젊을 때 로밀리 부인의 스웨덴인 조부가 핀란드에서 데려온 이후 죽을 때까지 그 가족과 함께 살았다고 했다. 그녀는 핀란드인이 집시들 사이에 전해 내려오는 온갖 신기한 기술에 능하다고 말했다.

우리는 스톡홀름에서 러시아로 건너갔다. 집을 떠나온 후 처음으로 이상한 체험을 한 곳은 바로 상트페테르부르크였다.

이 도시에 머물면서 40년 동안 그곳에 살았다는 독일인을 가이드로 고용했다. 이름이 쿤츠였던 것으로 기억한다.

우리는 호텔 드 프랑스에 묵고 있었는데, 어느 날 쿤츠가 프랑스의 유명한 패션 디자이너도 이 호텔에 투숙하고 있다고 말했다. 그 패션 디자이너는 아름다운 파리 의상을 선보이고, 러시아 왕족과 귀부인들로부터 주문을 받기 위해 온 것이었다. 쿤츠는 그녀가 러시아에 온 뒤에 들은 소식이라며, 그 패션 디자이너가 최근에 불운을 겪은 이야기도 곁들였다. 파리에서 사업을 관리하던 매니저가 믿음을 배신하고, 십만 프랑이라는 거금과 함께 갑자기 사라져 버렸다고 했다.

그로부터 이틀 뒤, 나는 평소대로 10시 30분에 잠자리에 들었다. 대략 4시간 정도 자다가 푹푹 찌는 더위 때문에 잠을 깼다. 때는 6월 말이었다. 침대에서 나와 창문을 조금 더 열다가 뜰을 내려다보니, 후끈한 열기만 가득할 뿐 건물 전체가 정적에 잠겨 있었다.

그때 느닷없이 귀청이 찢어질 듯한 비명이 고요함을 깨뜨렸다! 날카로운 비명이 울리고 또 울렸다. 그 전에도, 그 후에도 소름 끼치게 무시무시한 이런 소리는 들어보지 못했다. 누군가 악몽을 꾸는가 하는 생각도 잠시 들었다. 그렇지만 이렇게 고요한 시간에, 게다가 조용한 고급 호텔에서 비명을 지를 만큼 무서운 상황이 뭐가 있겠는가? 최소한 살인 정도는 될 거란 생각이 들어서, 서둘러 방을 가로질러 가서 문을 잠갔다.

다음으로 스친 생각은 내 동행-아메리카에 같이 갔던 그린로우 양-이었다. 그녀가 자는 옆방은 내 방과 문으로 연결되어 있었다. 나는 그 문을 쾅쾅 두드리다가 마지막에는 그냥 열었다. 그녀가 밖으로 나가는 문을 항상 잠그는 걸 알고 있었지만, 잠에서 깼다가 위험한 상황을 인지하지 못하고 무심코 복도로 나가서 살인자의 손아귀에 들어갈까 봐 두려웠다. 그래서 내가 소리쳤다.

"일어나요, 일어나요, 그린로우 양! 방문은 절대로 열면 안 돼요! 밖에서 누가 살해당하고 있어요."

복도에서 다른 객실들의 문이 전부 열리는 소리가 나고, 겁에 질린 투숙객이 우왕좌왕하는 소리도 들려서 위급한 사태를 알려야 한다는 데는 의심의 여지가 없었다.

그린로우 양은 극단적인 점액질형(활발하지 못한 체질 - 옮긴이 주)이므로 여전히 깊은 잠에 빠져 있었다. 문을 두드리고 큰 소리로 깨워 봐도 소용이 없어 결국 세게 흔들었다. 그러나 그린로우 양은 돌아눕더니 잠에 취해 중얼거렸다.

"괜찮아요. 별일 아닐 거예요. 가서 더 자요."

그래서 내 방으로 돌아가서 때마침 비명이 그쳤기에 조심스레 문을 열고 침침하게 불이 켜진 복도를 내다보았다. 모퉁이에 위치한 내 방은 넓은 계단 바로 옆이라서, 계단을 오르면서 보면 바로 왼편에 있었다. 정면으로 맞은편에는 넓은 복도를 사이에 두고, 그 유명한 프랑스인 패션 디자이너가 묵고 있다는 객실이 있었다.

몹시도 무서운 그날 밤, 그 호텔에서 계속 잠을 잘 수 있었던 사람은 그린로우 양이 유일한 게 분명했다. 복도를 따라 사람들이 삼삼오오 모여 있었고, 문이란 문은 모조리 빠끔히 열려서 겁에 질린 남자, 여자 가리지 않고 모두들 나처럼 무슨 일인지 알아보려고 불안하게 내다보고 있었다.

순간, 우리를 담당하는 독일인 웨이터가 붉은 유니폼 차림의 직원에게 소리 죽여 무슨 말인가 하고 있는 게 시야에 들어왔다. 그래서 손짓으로 불렀더니 영 내키지 않는 눈치로 문 앞까지 왔다.

우리가 들은 비명이 뭐였냐고 독일어로 물었더니, 웨이터는 대뜸 어떤 부인이 갑자기 몸이 아파서 그랬다고 대답했다. 거짓말이 어설퍼서 그가 꾸며낸 이야기를 되풀이하는 것임을 어린애가 봐도 쉽게 알 수 있었다. 하지만 그에게서 더 캐낼 여지가 없어 돌려보내면서 이렇게 말했다.

"나한테 그런 거짓말을 해서 얻는 게 뭐지? 내일 내가 직접 알아내겠어."

다시 문을 닫고 꼭 잠근 다음, 침대에 누워 그 섬뜩한 소동을 곰곰이 생각해 보았다. 그리고 불운한 피해자가 과연 누구였을지 의아해하면서 한두 시간을 보냈다. 새벽 5시가 되자 동이 텄다. 평소에도 자주 있는 일이지만, 뜬눈으로 밤을 샌 그날도 나는 그제야 깜빡 잠이 들어서 한 시간 이상 잤다. 자면서 꿈을 꾸었는데 내용은 이랬다. 먼저 내 방 가까이 있다고 말한 그 계단이 위층까지 이어져 있다는 걸 밝힐 필요가 있겠다. 꿈인지 혹은 환영인지 모르겠지만, 짙은 색 머리채를 등에까지 치렁치렁 늘어뜨린 한 여자가 흰 잠옷을 입고 완전히 정신이 나간 듯, 허겁지겁 위층으로 달려 올라가는 모습이 선명하게 보였다. 그 여자는 한 손에 쥐고 있는 칼로 자신을 찌르려고 했고, 붉은 유니폼을 입은 직원이 뒤쫓아 가면서 칼을 뺏으려고 안간힘을 썼다. 두세 명의 다른 사람들이 여자 뒤를 쫓아가고 있어도 그 직원만 유일하게 여자를 붙잡고 씨름할 용기가 있는 듯했다. 잠시 후, 선명하고 충격적인 그 장면이 차츰 희미해지고, 꿈도 없는 깊은 잠에 빠졌다가 새벽 6시가 지나서 깼다.

아침식사를 들고 온 웨이터에게 나는 좀 퉁명스럽게 말했다.

"어젯밤에 그런 엉터리 이야기를 꾸며낼 수고까지 할 건 없었잖아. 무슨 일이 있었는지 나도 알거든. 내 눈으로 봤어."

그는 못 믿겠다는 얼굴이어서 내가 말을 이었다.

"어떤 부인이 손에 든 칼로 자살을 시도하면서 위층으로 달려갔잖아. 직원이 뒤쫓아 가면서 칼을 빼앗는 걸 봤어."

웨이터는 한 마디도 하지 않았다. 긍정도 부정도 하지 않더니, 부리

나케 방을 나가 버렸다. 두려운 기색이 역력하여 내가 본 장면이 실제로 한두 시간 전에 일어난 사건이라는 인상을 강하게 남겼다.

그러나 믿음직한 가이드인 쿤츠에게서 완전히 다른 이야기를 듣고 몹시 놀랐다.

평상시처럼 그날의 지시 사항을 물어보러 내 방-그린로우 양도 같이 있었다-에 온 쿤츠는 다짜고짜 이 비극적인 사건을 들먹였다.

"아, 불쌍하기도 하지요! 제가 저번에 이야기한 거 기억하시죠? 매니저가 돈을 갖고 도망가 버렸다고. 그런데 이런 불운까지 겹치다니. 목숨을 부지할 수 있을지 아무도 모른답니다. 아직 살아있긴 하다네요. 새벽 1시에 병원으로 데려갔다더군요."

"쿤츠, 어떻게 된 일이래요?"

내가 조급하게 물었다. 진실을 말하자면, 도통 무슨 말인지 애매하기만 한 쿤츠의 말과, 철저하게 무관심한 척하는 그린로우 양의 태도에 슬며시 짜증이 났다. 물론 자존심도 없는 인간이 아닌 다음에야 이런 비극이 벌어지는 동안 세상모르고 잤으니, 다음날 아침에는 무관심을 가장할 수밖에! 쿤츠가 들려준 이야기는 웨이터의 이야기보다 훨씬 더 그럴 듯했다. 진실이 교묘하게 섞여 있다는 건 나중에 알게 된 사실이었다.

그의 말에 따르면, '그 가여운 여성'은 한밤중에 잠이 오지 않으면 차를 마시는 습관이 있었다. 그리고 그녀가 입고 있는 잠옷에는 통이 넓어서 길게 늘어지는 모슬린 소매가 달려 있었다. 그녀는 잠이 오지 않자, 여느 때처럼 침대를 나와서 작은 알코올버너로 차를 끓이려고 했다. 불행히도 그때 소매에 불이 붙으면서 화라락 번진 불길은 얇은 옷감으로 인해 삽시간에 온몸으로 퍼졌다. 그것이 우리가 들은 소름 끼치는 비명이 시작된 시점이었다. 인근 객실에서 자고 있던 한 러시아 신사가 그 소리에 잠을 깼다. 그러다가 문득 그 비명의 주인공이 부유한 여성이며 값진 물건을 많이 지니고 있었다는 사실이 떠오르자, 그녀가 살해당하고 있다고 생각해서 권총을 꺼내들고 구하러 달려갔다고 한다. 그런데 불에 타고 있는 여성을 발견했고, 그 신사와 직원이 한참 만에 겨우 불을 껐다는 이야기다.

쿤츠는 조리 있게 이야기했고, 완벽하게 믿음이 가는 내용이었다. 그린로우 양은 내가 꿈결에 본 내용이 어이없게 빗나갔다는 것을 굳이 지적했다. 자살이 아니라니! 칼이 없었다니! 계단을 뛰어오르지도 않았다니! 이 모든 게 사실이 아니라면 뒤숭숭한 마음으로 잠든 탓에 별난 상상력이 발휘된 것이었다. 조용조용 상세하게 말하는 쿤츠를 보니, 그린로우 양의 말에 동의할 수밖에 없었다.

이렇게 결론을 내리고 몇 달이 흘렀다. 그 불쌍한 여성은 병원에 입원해 있었고, 아들과 딸이 전보를 받고 파리에서 달려왔다. 우리는 모스크바에 갔다가 3주 뒤, 그 호텔에 다시 가서 그들이 와 있는 걸 알았다. 언젠가 회복할 거라는 미약한 희망이 있었으나, 그녀는 '사고'를 당한 지 6주 내지 7주 만에 쇼크와 탈진으로 사망했다.

우리는 러시아에서 스톡홀름으로 돌아갔다가 다시 오슬로로 갔

다. 그곳에서 그린로우 양은 헐(Hull, 영국 북동부에 위치한 도시 – 옮긴
이 주)로 가는 증기선을 탔고, 나는 앞서 인도 이야기에서 언급한 적
이 있는 스웨덴 친구와 합류하려고 도브레피엘 산맥으로 이동했다.

나는 그녀에게 그 불쌍한 프랑스 패션 디자이너 이야기를 꺼냈다.
슬프고 고통스러운 사고 이야기와 함께 이상하리만치 생생했으나 사
실과 거리가 멀었던 꿈 이야기도 곁들였다. 그리고 우리는 심령연구
협회 분위기로 그 꿈에 관해 토론하기도 했다.

그런데 우리가 있는 도브레피엘 산맥의 깊숙한 지역은 외국 신문
이 들어오기 힘든 곳이었다. 나는 노르웨이에 친구를 남겨두고 영국
으로 돌아와서 1, 2주 뒤 그녀로부터 매우 흥미로운 편지를 받았다.

다음과 같은 내용이었다.

— 지금 막 프랑스 신문을 보았는데 당신이 말한 그 여
성, 페테르부르크에서 사망했다는데 진짜 사연이 이제야 공개됐어요.

결국에는 자살이 맞았나 봐요. 그러니 당신이 본 환영이 진실에 꽤
가까웠던 거죠!

그 여자는 러시아 귀족으로부터 받은 엄청난 액수의 선금을 투기로
날렸는지 다 써버렸어요. 그걸 덮기 위해 매니저가 횡령했다는 이야기
를 꾸며내야 했던 거예요. 그런데 아무리 애를 써 봐도 진실이 새어나
가는 건 막을 길이 없어서, 러시아 감옥에 가느니 차라리 자살하기로

마음을 먹었대요. 신문에 실린 내용대로라면, 그녀는 그게 얼마나 고통스러운지 생각도 못하고 가장 끔찍한 방법을 택했어요. 당신이 말한 것처럼 그녀는 한밤중이 되기를 기다렸다가 전신에 기름을 붓고 불을 질렀어요! 당신이 들었다는 무시무시한 비명이 그래서 나온 거예요. 너무나 고통스러운 나머지 칼—몰래 갖고 있었는지, 방에 원래 있었는지 몰라도—을 집어 들고 불길에 휩싸인 채 복도로 뛰쳐나갔고, 직원이 말리려고 하자 그를 피해 계단을 뛰어오르면서 자기 몸을 칼로 찌르려고 했다는군요. 여기까지 전부 당신이 정확하게 본 것 같아요. 그리고 그녀가 칼로 자해하기 전에 직원이 쫓아가서 칼을 뺏었다는 사실도요. 그녀의 비명을 듣고 한 러시아 신사가 그녀를 구하러 갔다는 이야기도 신문에 실려 있어요. 하지만 이건 그녀가 칼을 집어 들기 전이고, 결국 그녀가 즉사하는 걸 막은 사람은 그 직원 혼자였대요.

러시아를 방문할 당시, 나는 상트페테르부르크에서 모스크바에 갔다가 또 다른 불가사의한 체험도 했다.

이미 말했다시피 한여름이어서 광장이 보이는 창문이 두 개나 있는 크고 근사한 방이 감사할 따름이었다. 멀리 그 유명한 크렘린 궁전도 보였다. 내 방은 크기가 서로 다른 두 개의 공간으로 나눠져서 중간에 문이 하나 있었다. 더운 여름철에는 그 문을 활짝 열어서 단단히

고정해 두었다. 이 문과, 복도로 나가는 유일한 출입문 사이에 있는 전실에는 세면 시설과 흰색으로 칠한 전나무 옷장이 하나 있었다. 그런데 잠금 장치가 엉성한 것을 뒤늦게야 알았다.

첫날 저녁, 그만 쉬려고 방으로 가서 바깥과 통하는 출입문을 잠그고 전실에서 옷을 벗어 옷장에 걸었다. 그러고 나서는 사람들이 빠른 속도로 줄어드는 광장을 내려다보다가 침대에 누웠다. 더위에 시달리며 장거리를 이동하느라 지쳐서, 밤새 푹 쉴 수 있다는 생각에 기분이 좋았다.

지나치게 피곤하면 흔히 그렇듯이, 온갖 수단을 다 써 봐도 도무지 잠이 오지 않는 법이다. 울타리를 넘는 양을 백 마리까지 거꾸로, 또바로 세어보고, 심호흡도 하고, 그 이외에 소소한 '실내 놀이'를 다 동원해도 허사였다. 정신은 더 말똥말똥하기만 했다. 시계가 12시를 치고, 이윽고 조금 뒤 12시 반을 알렸다. 창밖에는 정적이 흘러서 모스크바의 건전한 시민들이 모두 각자의 집으로 돌아갔다는 사실을 알 수 있었다.

이런 생각을 하다 보니, 더욱 조급증이 생기는 것 같았다. 시계는 다시 1시를 알리고, 영원처럼 느껴지는 시간이 지루하게 흐른 뒤 1시 반을 알리는 두 번의 종소리가 들렸다. 이 소리의 여운이 채 가시기도 전에, 복도에서 가만가만 움직이는 소리가 났다. 화들짝 놀란 나는 신경을 곤두세우게 하는 정적을 탓했다. 내 방의 출입문이 가만히 열리면서 경첩이 삐거덕 소리를 냈다. 일반적으로 문을 열 때마다 들리는 대수롭지 않은 소리였으나, 매우 조심스러운 손길로 연 것만은 분명했다.

그렇다면 내가 문을 잠그지 않았다는 말인가! 분명 잠근 것 같았다. 낯선 호텔에서 보내는 첫 날이니 분명히 문을 잠그려고 했을 텐데! 이 호텔이 처음인 다른 투숙객이 방을 잘못 찾았기를 바랄 뿐이었다. 늦은 시간에 돌아왔으니 가능한 한 조용히 문을 연 것이라고. 이런 생각이 뇌리를 스치자 잠시나마 마음이 놓였다. 침대 발치에 있는 문으로 남자의 얼굴이 보이기를 기다렸다. 그러면 황급히 사과하고 서둘러 방을 나갈 거라고 예상했다. '남자'의 얼굴이라고 말한 이유는 소리를 죽인 조심스런 걸음걸이에도 발소리가 의심할 여지없이 남자였기 때문이다. 가슴 졸이는 순간이 한동안 이어졌다. 바깥쪽 문이 삐거덕 소리를 내면서 열린 건 명백했다.

그럼 그 남자는 어디에?

문이 도로 닫히는 소리는 듣지 못했다. 침대에선 전실이 다 보이진 않으니 어딘가에 숨어 있는 게 분명했다. 전실에는 세면대와 옷장밖에 없었다. 도대체 거기서 뭘 하는 걸까? 아니면 뭔가를 기다리는 걸까? 악의 없는 어느 투숙객이 방을 잘못 찾았을 거라는 가정으로는 길게 이어지는 공백이 설명되지 않았다. 어쩌면 복도로 숨어든 도둑일지도! 내 방의 문을 살며시 열어보았다가 잠그지 않은 걸 알아냈을 수도 있었다. 조심한다고 했는데 경첩이 삐걱거리는 소리가 난 것이다. 그럼 그 도둑은 이 소리 때문에 내가 깨지 않았는지 확인하느라

기다렸다가 작업을 시작하려는 것인가!

타당한 추측은 그것뿐이어서 나는 한동안 새파랗게 겁에 질려 누워 있었다. 몸을 움직이는 건 고사하고 숨도 제대로 쉬지 못했다. 무섭기만 한 정적을 깨고 침대에서 일어난다는 것은 도저히 불가능했다. 45분 종이 치기만 간절히 기다렸으나, 내 방과 바깥의 거리에는 숨 막히는 정적만 이어졌다. 마침내 1시 45분을 알리는 시계 소리가 들렸다. 커다란 시계에서 나는 익숙한 소리 덕분에 긴장이 조금 해소되면서 용기가 났다. 필사적인 용기였다. 성냥을 켜서 초에 불을 붙이고 방을 살펴보러 나섰다.

중간문은 처음 방을 얻으면서 보았듯이 활짝 열린 채 고정되어 있었다. 어쨌든 그 문이 문제가 아니었다. 소리가 난 건 밖에 있는 문이었다. 전실에 누가 숨어있지 않은지 확인해야만 했다. 그리고 방에 들어오면서 분명 문을 잠근 것 같긴 한데 아니라면 문을 잠가야만 했다. 두려움으로 덜덜 떨면서 열려 있는 중간문을 통과했다. 전실이 텅 비어 있는 걸 보고 안도했다. 옷장 문이 조금 열려 있긴 해도 안에는 내 옷밖에 없었다. 그래서 복도로 나가는 출입문을 확실하게 잠그기 위해 갔다. 결국은 방을 잘못 찾고 헤매던 투숙객이 단번에 자신이 실수한 걸 알고 소리 없이 나갔다고 생각했다.

문을 잠그기 전에 손잡이를 돌려보다가 처음 생각한 대로 이미 단단히 잠겨 있는 걸 발견하고 아연했다. 그럼 경첩이 어떻게 삐걱거린 것인지. 내가 들은 발소리는 누구 것인지.

다시 옷장으로 시선이 향했다. 싸구려 광택제를 바른 그 옷장은 잠금 장치도 엉성했다. 그건 잠자러 가기 전에 잠그지 않은 게 분명했다. 그 문이 열리면서 삐걱거린 걸까? 소리가 난 위치가 다르고, 발소리는 설명되지 않는다는 사실은 단 한순간도 머리를 스치지 않았다. 그저 궁색하나마 적당한 해명을 찾은 게 기뻤다. 신경 써서 옷장을 잘 잠그면서 보니 자물쇠가 그리 좋은 품질이 아니었다. 다시 침대로 돌아가서 편안한 마음으로 촛불을 껐다.

채 10분(나중에 사실을 확인했다)이 지나기도 전에 똑같은 일이 그대로 반복되었다! 조심스런 발소리가 들리고 '출입문'이 삐거덕, 천천히 열리는 소리가 났다. 소리 자체는 조금도 이상할 게 없었다. 누군가 밤늦게 호텔에 돌아와서 남들에게 방해가 되지 않으려고 조심하면 날 수 있는 정상적인 소리였다.

이번에는 두려움보다 짜증이 앞섰다. 쓸데없이 두 번이나 일어나서 돌아다니고 싶지 않았다.

'옷장에서 나는 소리가 맞을 거야! 발소리는 뭔지 모르겠고 상관도 없어! 싸구려 잠금 장치가 말썽인 거지. 옷장 문이 또 열려 있을 게 확실해.'

이렇게 마음 편하게 결론 내리고 돌아누웠다. 여러 모로 피곤한 밤이어서 그런지 몇 분 만에 깊이 잠들어버렸다.

다음날 아침에 몸단장을 하려고 가벼운 걸음으로 전실로 나가서, 옷장 문이 말썽이었다는 내 추측이 진실이라는 것을 확인할 목적으

로 의기양양하게 돌아보았다. 섬뜩하게도 옷장 문은 한밤중에 내가 닫아 놓은 그대로 잠겨 있었다.

미스터리에 그 어떠한 해답도 찾지 못한 채, 그날 아침 호텔 뒤편에 위치한 조용한 방으로 가고 싶다는 핑계를 대고는, 크고 좋은 그 방을 더 못한 방으로 바꿨다.

다음날 저녁에는 새로 구한 방에 친구와 같이 앉아 있었다. 상트페테르부르크에서 일어난 비극과 그 이후 내가 본 환영에는 별 관심이 없던 그 친구는 이번 일에는 큰 관심을 보였다.

그래서 그녀에게 미스터리를 풀 열쇠를 얻을 수 있는지 연필을 한번 잡아보라고 했다. 친구는 직관적인 타입과는 거리가 멀지만, 자동수기에 대해선 조금 알고 있었다.

그녀가 얻어 낸 이야기를 여기 적는 건 비록 입증할 수 있는 내용은 아니지만, 흥미진진한 점이 있기 때문이다. 또한 그녀가 짧은 순간에 그런 이야기를 지어낼 만큼 상상력이 풍부한 사람은 아니라는 게 내 견해이기 때문이기도 하다.

그린로우 양이 받은 '메시지'를 정리하면 다음과 같다.

50년쯤 전에 한 러시아 신사(장교였던 것으로 기억하는데 확실하진 않다)가 애인과 함께 앞쪽에 있는 그 큰 방에 묵었다. 남자는 하루 종일 소총 사격대회에서 떠들썩하게 놀다가 술에 잔뜩 취해서 새벽 1시 반에 돌아왔다. 애인이 당연히 자고 있을 줄 알고 조심스레 문을 열었는데, 불행히도 그녀는 깨어 있었다. 그뿐만 아니라, 너무 늦게 만취해서 돌아온 것에 몹시 화를 냈다. 살벌한 싸움이 벌어지자, 남자의 폭력적인 태도에 겁을 먹은 애인이 그의 소총을 집어서 개머리판으로 남자의 머리를 후려쳤다. 기절시킬 의도였지 죽일 생각은 없었다. 너무 불안한 상태에서 의도한 것보다 더 세게 쳤는지, 아니면 개머리판으로 때린 곳이 특별히 중요한 부위였는지는 자동 수기에서 설명해주지 않았다. 어쨌든 남자는 그 충격으로 사망했고, 애인은 한없이 후회하고 자책했다.

이런 상황이라면 그 신사가 아니라 애인이 유령이 되어서 그 방을 배회해야 더 타당하다고 느껴지겠지만, '우리에게 주어진 그대로 이야기하는 것'이다.

그런데 놀랍게도 이런 종류의 이야기 대부분은 살인자가 아니라, 피해자가 등장해서 자기 죽음의 현장을 재연하는 경우가 많다.

덧붙이자면, 내가 그 방에서 잠을 잔 날이 50년 전 바로 그 사건이 발생한 날이라는 이야기도 들었던 것 같다.

물론 이 이야기의 진위를 알아볼 길은 없었다. 다만, 사소한 것 두 가지는 진실이었다.

그 모스크바 호텔은 우리가 방문할 당시 비교적 현대적인 분위기여서 '50년 전'에도 있었다고 보는 건 무리였다. 그런데 후에 몇 가지 질문을 해본 결과, 50년 전에도 분명 그 호텔이 있었고, 그 시절에는 그런 소총 사격대회가 이따금 열렸다는 것을 알았다.

그 외에는 무엇 하나 확실한 건 없었다. 내가 겪은 일을 한 마디도 과장하지 않고 진실 되게 전달했으며, 정상적인 범주 내에서는 그 어떤 해명도 찾아내지 못했다.

우리가 알아낸 해명은 물론 증거로서 가치를 지닌다고 보기는 어려울 것이다.

II.

시간 순서대로 내 이야기를 하고 있으니, 다시 영국으로 돌아가야 한다. 1892년 가을에 나는 런던에 있었다.

그 무렵, 한 하숙집을 주위에 추천해달라는 부탁을 받았다. 런던의 웨스트엔드 지역이라서 위치가 좋았다. 모아놓은 돈도 별로 없이 미망인이 된 여성이 새로이 문을 연 곳이었다. 몇몇 친절한 여성들이 딱한 사정에 같이 궁리하여, 당장 생활하는 것보다 먼 장래까지 보장되도록 현명하게 제안한 일이었다.

그런데 이런 업종에 그보다 더 안 어울리는 사람을 찾기도 어려울 것이다. 하지만 그건 또 다른 이야기다.

나는 개인적으로 잘 아는 게 아니면 어떤 것도, 어떤 사람도 남에게 잘 추천하지 않았다. 그렇지만 친절한 그 지인이 남을 돕는 데 기꺼이 내가 보탬이 되고 싶었다. 그러던 차에 마침 그해 가을, 몸이 불편한 오빠 가까이 있기 위해 런던에서 몇 주 지낼 작정이었다. 그래서 평소처럼 사적인 공간을 얻는 대신, 지인이 적극 추천하는 그 하숙집에 내가 머물면 되겠다는 생각이 들었다.

그리하여 서섹스 가든스에 가서 새로 가구를 들이고 새롭게 꾸민 그 매력적인 집을 살펴보았다. 새로 만든 바늘처럼 아주 깔끔했고, 서른대여섯 정도로 보이는 아직 젊은 하숙집 여주인도 무척 미인이었다.

여주인은 내게 그 집을 알려준 부인이 자신에게 베풀어 준 친절에 정말 고마워했다. 그리고 쾌적한 방들을 구경시켜 주었다. 이윽고 계약은 금방 마무리되었다.

나는 침실 하나에 작은 응접실을 따로 하나 더 얻었는데, 사실 내가 그 하숙집의 첫 손님이라서 그럴 필요까진 없었다. 그곳에 머무는 6주 동안 온 사람이라곤 귀가 먹은 노부인 한 사람뿐이었으니까.

그런데 그 집에 들어간 지 채 48시간도 지나기 전에 여주인이 신념이 확실하고, 매우 뛰어난 영매라는 사실을 알게 되었다. 그녀는 자신이 겪은 여러 가지 신기한 일을 이야기해도 비웃거나 미치광이 취급을 하지 않을 사람을 만나서 기뻐했다.

내 견해를 정직하게 밝히자면, 피터스 부인은 굉장히 재미있는 사람인 동시에 심사를 어지럽히는 면이 있었다. 그리고 완벽하게 만족스러운 하숙집 여주인이 되기에는 너무 변화무쌍했다. 저녁을 먹어야 하는 시간에 〈오로라 리(엘리자베스 브라우닝의 장편서사시 - 옮긴이

주)〉에 빠져 있기 일쑤였고, 가끔 사람을 보내 식탁으로 부르면 브라우닝이나 테니슨의 책을 손에서 놓지 못해 들고 나오는 경우도 있었다. 제때 식사를 준비하여 먹을 때조차 기이한 일이 일어나곤 했다. 주로 밤에 식사를 하다가 포크와 나이프를 내려놓으면서, 내게 식당 끝부분을 보라고 말할 때가 많았다. 종종 죽은 남편의 영혼이 보인다는 곳이었다.

"저기 보세요, 베이츠 양! 당신도 보일 거예요. 내 남편 헨리 말이에요. 수염이랑 전부 그대로, 저기 소파와 벽 사이에 서 있네요. 내 눈에는 당신을 보는 것만큼 또렷하게 헨리가 보여요!"

나는 사실 그녀와는 달리 '남편 헨리'를 한 번도 보지 못했다. 하지만 얼룩무늬 고양이는 그 구석에서 뭔가를 보는 게 확실했다. 후다닥 달려가서 소파 끝부분에 앉아 꼬리에 힘을 주고 털을 바짝 세우고는, 두려움과 흥분이 뒤섞인 분위기로 헨리(로 추정되는 뭔가)를 주시했다.

지나치게 재미난 여주인은 문득 신기한 경험이 기억나면 그 이야기를 해주고 싶어서 시도 때도 없이 내 응접실을 찾아왔다. 결국 나는 몸이 아픈 게 아니라, 흥분의 연속인 생활에 지친 나머지 푹 쉬고 싶어서 사흘간 침대에 누워 지냈다.

평화로운 안식처에서 나온 지 하루나 이틀쯤 되었을 때 젊은 아가씨의 방문을 받았다. 요크셔에서 잘 알고 지낸 사람들의 딸인 그녀는 그 무렵 나이가 많은 부자와 약혼했다. 얼마 전에 세상을 떠난 자기 아버지보다 나이가 훨씬 더 많은 남자였다. 그 집 딸들은 모두 아버지에 대한 사랑이 지극하여 방문하는 동안 주로 자기 아버지가 마지막 병환을 앓을 당시 이야기를 했고, 나는 그런 그녀에게 조의를 표했다. 그러므로 행복한 미래를 축하하기보다 애도하는 자리였다고 해야 할 것이다. 사실 가식을 떨지 않으면서 기뻐하고 축하하기가 어려웠다.

아무리 부와 지위가 가정생활을 더욱 윤택하게 한다고 해도, 할아버지뻘 되는 늙은 남자와 결혼하는 건 아주 완곡하게 표현해서 위험하다는 것이 내 견해였다.

이런 생각을 솔직하게 밝혀도 그녀는 기분 나빠하지 않았다. 오히려 돌아가신 아버지가 그토록 바라던 결혼을 하게 되었고, 임종 직전에 아버지가 흔쾌히 승낙해 준 것을 생각하면 큰 위안이 된다고 말했다.

"아버지가 숨을 거두기 직전에 제가 마음을 정했다고 말씀드렸더니 무척 기뻐하시면서 안도하셨어요."

그녀가 나가려고 돌아서면서 이렇게 말했다. 그녀의 여동생도 시내에 있다는 이야기를 듣고, 다가오는 일요일에 이른 저녁을 먹으러 오라고 그 여동생에게 전갈을 보냈다. 그 무렵 내가 쉴 수 있는 날은 그날뿐이었다.

결혼을 앞두고 있는 그 아가씨가 다녀간 날, 저녁에는 피터스 부인의 하숙을 내게 적극 권한 지인의 집에서 열리는 대규모 음악회에 초대를 받아 수락한 상태였다. 서섹스 가든스에서 엎어지면 코 닿을 곳이라서 7시 반에 저녁을 먹은 다음, 옷을 갈아입고 9시쯤 음악회에

갈 생각이었다.

그런데 저녁을 먹기 한 시간 정도 전부터 아무 이유 없이 기분이 처지기 시작했다. 저녁을 먹을 때는 상태가 더욱 심해져서 피터스 부인까지 알아차리고는 혹시 몸이 안 좋으냐고 물었다.

"아뇨. 그런 건 아니에요. 기분이 너무 우울한데 이유를 모르겠어요."

"나쁜 소식을 듣거나 한 것도 아니에요?"

부인이 또 물었다.

"너무 말이 없고 통 먹지도 않아서 그런 게 아닌가 걱정했어요."

오후에 방문한 젊은 아가씨는 세상 사람들이 흔히 말하는 대단히 성공적인 결혼을 앞두고 있으니, 남의 불행한 사연을 들어서 기분이 안 좋은 것도 아니라고 대답했다. 피터스 부인은 내 친구들을 모르기에 그녀의 이름은 말하지 않았다.

저녁식사를 마치고 여전히 기분이 너무 비참해서 음악회에 가지 않기로 결심하고, 불참을 알리는 사과의 글을 적었다. 피터스 부인은 내 마음을 돌리려고 최선을 다했다. 그녀에게 호의를 베푼 그 부인이 몹시 실망할 것을 걱정하면서, 나가서 즐기다 보면 기분이 나아질 거라고 설득했다. 하지만 내 마음이 변하지 않는 것을 알고 이렇게 말했다.

"나가지 않을 결심이 확실하다면 내가 당신의 응접실로 가서 왜 갑자기 기분이 저조해졌는지 그 이유를 찾을 수 있도록 한번 알아볼까요?"

피터스 부인이 아주 예민한 심령 능력자임을 알기에 나는 이 제안을 받아들였다.

그래서 우리는 어둠 속에 몇 분간 앉아 있었다. 그러다가 피터스 부인의 실크 드레스에서 사각사각 소리가 나는 걸 듣고선, 그녀만의 방식대로 뭔가를 손으로 쓰고 있다는 걸 알았다.

"그 젊은 아가씨가 데려온 영혼이에요."

드디어 피터스 부인이 입을 열었다.

"그 영혼이 여기 베이츠 양 곁에 남았는데, 아까 베이츠 양이 이야기한 결혼을 걱정하고 있네요. 이 여자분은 당신이 잘 설득해서 그 결혼을 깨주길 원해요. 그 아가씨와 가까운 친척이거나 어쩌면 대모인가 봐요. 어쨌든 그 아가씨에게 마음을 많이 쓰고 있어요."

"이름이 뭔지 알 수 있을까요?"

내가 물었다.

"엘리자라는 것밖에 모르겠어요."

피터스 부인이 대답했다. 그때 그 젊은 친구의 이름이 바로 엘리자라는 게 기억났다. 종조할머니의 이름을 물려받았다고, 내가 기억하기로는 그랬다. 하지만 친구들이나 친척들은 전부 엘사라는 이름으로 불렀다. 너무 낭만적이지 않은 세례명 때문에 놀림을 받았다는 이야기를 들은 기억이 떠오른 건 정말 우연이었다.

나는 혹시 성까지 알 수는 없겠냐고 물으면서, 속으로 웨이벌리일

거라고 생각하고 있었다. 그러나 내 생각은 피터스 부인에게 전달되지 않은 게 분명했다. 부인은 성은 정확하게 알아내지 못했으나, 웨이벌리가 아닌 것은 확실했다. 종조모 엘리자는 완전히 성이 달랐다는 사실을 나중에야 알았다.

그러고 나서는 별다른 일이 더 일어나진 않았다. 다만 나는 이 세상 사람의 조언이든, 다른 세상에서 전달된 조언에 의해서든 누군가의 결혼을 깨는 임무는 절대로 맡을 수 없다는 뜻을 '종조모 엘리자'에게 전했다. 이 경우에는 내가 어떠한 권한이나 영향력을 가진 게 아니므로 섣불리 나설 수 없었다.

시간이 흘러 일요일이 되자, 신부의 여동생이 찾아왔다. 스물넷이나 다섯 정도 된 아가씨였다. 우리는 평상시 일요일 낮에 먹는 대로 구운 소고기와 요크셔푸딩으로 이른 저녁을 즐겼다. 피터스 부인이 식탁 상석에 앉고, 오른쪽에 나와 캐리 웨이벌리가 나란히 앉았다.

문득 캐리가 내 이야기에 주의를 기울이지 않는 것을 알아차리고는 고개를 들었더니, 그녀의 검은 눈동자가 피터스 부인만 뚫어지게 바라보고 있었다. 눈을 내리깔고 있는 부인은 내 손님이 자기만 주시하고 있어서 불편하고 당황한 눈치였다. 한참 뒤에 부인은 나이프와 포크를 내려놓고 황급히 식탁에서 일어나더니, 식당 끝에 있는 소파로 가서 길게 누워 중얼거렸다.

"더는 못 견디겠어!"

피터스 부인이 불편하지 않도록 캐리 웨이벌리를 식당에서 내 응접실로 겨우 데려나갔다. 그녀는 부인을 괴롭힐 의도가 전혀 없었다고 단언하며, '피터스 부인이 나를 쳐다보게 만들 수 있는지 알아보고 싶었을 뿐'이라고 말했다.

나는 '영매들'에게 이런 일이 몹시 불편할 수 있다고, 그것은 마치 보통 사람이 등짝을 후려 맞는 것과 같다고 설명했다. 그녀는 못 믿겠다는 표정이더니 활기차게 말했다.

"그 정도로 심각한 일이면 부인이 괜찮은지 가보시는 게 좋지 않을까요?"

'부인이 걱정되는 것보다 호기심이 더 크겠지!'

나는 속으로 생각하면서도 그녀의 말대로 피터스 부인을 보러 갔다. 부인은 여전히 소파에 축 늘어져 있었지만, 갑자기 드러눕게 된 것을 구구절절 사과했다.

"내가 정말 무례하다고 생각하셨을 거예요." 등등.

나는 괜찮다고 확실하게 말해주고, 내 손님이 너무 빤히 쳐다봐서 불편했다면 유감이라는 뜻을 전했다.

"그 아가씨 잘못이 아니에요."

피터스 부인이 대뜸 말했다.

"그녀 위에 서 있는 남자 때문이에요. 그 아가씨 어깨에 두 손을 얹고 영향력을 행사하려고 하는데, 그 아가씨는 또 계속 거부하고 있어서 둘의 의지가 팽팽하게 대립하는 걸 지켜보는 게 너무 힘들었어요. 그래서 결국 더 이상 견디지 못하고 식탁을 떠난 거예요."

그녀가 숨 가쁜 소리로 말했다.

"그 남자가 어떻게 생겼는지 조금이라도 설명할 수 있겠어요?"

"똑똑히 설명할 수 있어요. 아마 절대로 그 얼굴은 잊지 못할 거예요. 너무나 또렷하게 보였어요."

그녀는 곧 윤곽이 매우 뚜렷하고, 눈썹이 텁수룩한 캐리 웨이벌리의 아버지 얼굴을 상세하게 묘사했다. 심지어 머리, 눈, 피부의 독특한 색깔까지 일치했다. 나는 그가 딸에게 무슨 말을 하고 싶은 건지 알아보자고 제안했다. 그러나 피터스 부인이 어찌나 괴로워하던지 괜한 이야기를 꺼낸 게 미안할 정도였다.

"안 돼요! 안 돼요! 베이츠 양! 그런 부탁은 하지 마세요. 헨리는 내가 낯선 이의 메시지를 받는 걸 좋아하지 않아요. 허락 없이는 절대로 하지 않겠다고 헨리와 약속했어요. 지금도 벌써 기분이 너무 안 좋은 걸요. 기운이 하나도 없어요."

그래서 나는 나중에 다시 와서 뭐든 도울 일이 있는지 보겠다고 약속한 이후에야 부인을 두고 나왔다.

자기 아버지의 모습을 정확하게 묘사했다는 이야기를 듣고서 캐리는 당연히 큰 관심을 보였다. 그리고 내가 피터스 부인에게 또 가보기만 초조하게 기다렸다.

얼마 안 있어 다시 가보니, 부인이 굉장히 흥분한 상태로 서 있었다. 그녀가 우리에게 오려는데 때마침 내가 들어간 것이었다.

"헨리가 메시지를 받아주라고 했어요."

그녀가 들어서는 나를 보고 말했다.

"아버지와 딸 사이에 뭔가 오해가 있었대요. 그는 지금은 다 괜찮다는 걸 딸이 알기를 바라고 있어요(딸들과 아버지 사이가 아주 화목하고 서로를 잘 이해해주었기에 개연성이 떨어지는 이야기라고 생각했다. '그런데 확인해 보니 진실이었다')."

피터스 부인의 말은 계속되었다.

"그는 이 결혼에 대해 굉장히 속상해해요. 이 세상에 있을 때는 꼭 시키고 싶은 결혼이었지만, 지금은 온갖 어려움과 위험이 보인대요. 하지만 결혼을 재고하기엔 너무 늦었다고 해요. 그러니 식을 올리기 전에 딸이 자기 몫을 보장받기를 간절히 바라고 있어요. 그는 딸이 혼전계약서에 서명했는지 알고 싶어 해요. 그가 있었으면 그런 계약서는 승낙하지 않았을 거래요. 그의 말로는 집이 두 채 있는데, 그중 한 채를 딸 앞으로 해줘야만 한대요. 그건 꼭 물어보셔야 해요, 베이츠 양. 그의 뜻은 아주 단호해요. 그리고 애초에 이 결혼을 딸에게 권한 사람이 본인이라서 이 모든 일로 굉장히 괴로워하고 있어요."

나는 그 후 15분에서 20분 정도 식당에 있는 피터스 부인과, 내 응접실에 있는 캐리 사이를 오가며 말을 전하는 역할을 했다. 굳이 말할 필요도 없겠지만, 나는 혼전계약서에 관해 전혀 아는 바가 없었고, 예비 신랑에게 집이 몇 채 있는지도 물론 몰랐다. 주위 사람들의 경제 사정에 호기심을 갖는 성격이 아니므로, 이런 일에 끼어든 게 하나도 달갑지 않았다.

반면, 피터스 부인은 신랑의 재산과 혼전계약서에 대해 전부 알고 있는 듯 보였다. 단, 신탁 관리인 두 명이 썩 내키지 않아 하면서 보낸 혼전계약서에 신부가 아직 서명을 하지 않은 사실만 모르고 있었다. 왜 이 부분만 그 아버지가 몰랐는지 그건 설명이 불가능하다. 신랑의 성격이나 기질은 훤히 꿰뚫어보고 있었고, 딸이 자기 남편에게 어떻게 처신해야 하는지, 어디서 요령과 인내심을 발휘해야 이로운지 전부 다 알고 있었다.

나는 언니에게 아무 말도 하지 말라고 캐리에게 조언했으나, 그녀는 자기 언니에게 모든 걸 알리는 책임을 떠맡기로 결심했다. 결과적으로는 현명한 결정이었다. 다음날, 그녀는 나에게 전보를 보내 자기 언니와 같이 와서 피터스 부인을 만날 수 있겠냐고 물었다.

그러기로 해서 그들이 크고 작은 사진 몇 장을 들고 왔다. 자기 아버지 사진과 함께 신랑의 사진도 확인을 위해 가져왔다. 캐리는 약간 부당할 수도 있지만, 틀린 사람을 고르게 하려고 피터스 부인에게 신랑(아버지보다 나이가 많았다.) 사진을 보이며 가벼운 어조로 말했다.

"자, 피터스 부인, 어제 부인이 본 우리 아버지 얼굴이 이게 맞죠?"

하지만 피터스 부인은 동의하지 않았다. 잠시 동요하는 듯 보이더니, 두 번째 사진에 눈이 가는 순간 안도의 표정이 떠올랐다.

"당신 아버지인지 아닌지 몰라도 내가 본 얼굴은 이 사람이에요."

그녀가 확신에 차서 말했다.

그러자 신부가 피터스 부인과 단둘이 면담을 하고 싶다고 사정해서, 두 사람은 상당히 오랜 시간 동안 둘만의 대화를 나누었다. 물론 나는 두 사람이 무슨 이야기를 나눴는지 모르고, 혹시 안다고 해도 함부로 말할 수는 없을 것이다. 다만, 신부는 그때 미래 남편의 신체적·정신적 특성에 관한 정확한 정보와, 최선의 대처 방법을 알게 되었다고 한다. 그 덕분에 이후 '결혼생활에 커다란 차이가 생겼다'고 분명하게 말했다는 사실은 언급해도 괜찮을 듯싶다.

면담 중에 피터스 부인은 어느 해에 결혼하는지도 이야기해주었으며, 그 예언은 적중했다. 미래에 일어날 일을 볼 수 있다고 해도 시간까지 예측하는 것은 거의 불가능하기에, 더욱 놀라운 능력이 아닐 수 없었다.

웨이벌리 씨의 딸이 성공적인 결혼생활을 하게 되었다는 사실은 정말 기쁘다. 그리고 혼전계약서는 그 아버지의 소망에 가깝게 다시 작성되었다. 물론, 계약 당사자나 신탁 관리인들은 실제 계약서의 내용이 유령의 강력한 바람에서 비롯되었다는 사실을 전혀 알지 못했다.

만약 그 사람들이 이 책을 우연히 접하게 되어서 내가 전체 내용에 겹겹이 쳐둔 위장전술에도 진실을 파악한다면, 어쨌든 좋은 결과를 얻었다는 사실에 감사하길 바란다. 또 그것을 가능하게 한 수단을 나쁘게 여기지 않기를.

이렇게 말하는 사람들도 있을 것이다.

"아버지나 남편이 돈, 집, 이런 물질적인 것에 연연한다고 생각하면 너무 끔찍하잖아요."

얼핏 대단히 영적인 견해처럼 보이지만, 어리석기 그지없는 말이다. 남편이나 아버지가 사랑하는 아내나 딸에게 가능하면 편안하고 행복한 삶을 보장해주기 위해 노력하는 건 세상에서 가장 자연스러운 일이다. 특히 위의 경우처럼 결혼의 주된 책임이 본인에게 있다고 느끼는 아버지라면 당연히 저세상에서라도 애정 어린 보살핌과 예지력을 발휘하여 비참한 지경을 미연에 방지하고 싶을 것이다.

어쨌거나 이것으로 지겨운 '퀴 보노(누구에게 이득이 되는가)' 논쟁은 깨끗이 정리될 수 있다. 무익하기만 한 주장인데도 어리석은 자들은 그것이 마치 심령 능력이나 체험을 말살시킬 수 있는 특효약이라도 되는 양, 아무 때나 거드름을 피우며 들먹이곤 한다.

이 회고담에 웨이벌리 일가의 이야기를 실은 주목적은 그런 무의미한 발언에 대응하기 위해서이다.

우리 같은 사람들은 대부분 '퀴 보노'라고 떠드는 소리에 대답하지 않는다. 우리에게 가장 크게 도움이 된 체험은 대개 세상의 비웃음에 노출시키기엔 너무 개인적인 문제이거나 신성한 부분이기 때문이다.

그러나 이번 사례는 전적으로 물질적인 면을 다룬다는 이점이 있기에 평범한 지적 수준에 적합하다고 할 수 있다.

웨이벌리 가의 사례를 보고 "아무것도 얻은 게 없다"고 말할 수 있는 사람은 없다. 그저 '더 가치 있는 일에 신경 써야 마땅한' 영혼이라는 존재가 세속적인 일에 개입한다는 게 품위 없다고, '아니 불경스럽다'고 경악하는 일만 남을 것이다.

이것은 이솝우화의 '당나귀를 팔러가는 아버지와 아들 이야기'와 그리 다를 바가 없다. 만약 유령이 이 세상에서 벌어지는 개인사에 신경 쓰지 않는다면 또 '퀴 보노'라는 비난을 받을 것이다. 그렇다고 개인사에 신경을 쓰면 불경스럽고 천박하다고 욕할 것이다!

웨이벌리 일가를 언급하니 지금으로부터 1~2년 전, 시골에 있는 그들의 집에 머물 때 일이 떠오른다. 시간 순으로 마지막 이야기인 딸과 관련된 일화에 속편 격으로 일부러 남겨둔 이야기다.

1889년, 나는 요크셔에 사는 웨이벌리 가족과 보름간 즐겁게 지내고 있었다. 그러는 동안 내가 아끼는 오랜 친구(테넌트 부인)가 런던에서 죽어가고 있었다. 고작 1~2주 전에 그 친구를 보았으나, 그녀가 아프다는 건 전혀 모르고 있었다. 서로를 좋아하는 마음이 깊고 강하긴 해도 주기적으로 연락을 주고받진 않아서이다.

사실 친구가 죽고 난 뒤에도 신문에 실린 부고를 놓치는 바람에 몇 주가 흐르도록 사망 소식을 듣지 못했다. 테넌트 부인의 여동생인 레인 부인이 자세한 사연을 편지로 알려왔을 때, 나는 이미 요크셔를 떠나 우스터셔에서 사촌들과 지내고 있었다. 테넌트 부인이 병을 앓은 사연에서 언급된 날짜를 곰곰이 따져보니, 마지막으로 그녀가 의식을 잃은 시점을 알고서 나는 몹시 심한 충격을 받았다. 그때가 바로 요크셔에서 웨이벌리 내외가 마련한 성대한 디너파티에서 내가 즐거운 시간을 보낸 밤이었던 것이다.

사랑하는 소중한 친구가 의식을 잃고 죽어 가는데, 어떠한 소식과

신호도 받지 못했다는 생각을 하니 너무 괴로웠다.

그러다가 문득, 그날 디너파티에서 있었던 사소하지만 이상한 사건 하나가 떠올랐다.

저녁을 먹고 여자들끼리 응접실에 모여 있을 때였는데, 나는 그 집에서 키우는 조그만 잿빛 고양이가 너무 예뻐서 그랜드 피아노 위에 앉아 있는 걸 한참 동안 쳐다보았다. 남자들이 응접실로 온 뒤, 나는 집주인(굉장히 재미있고 지적인 남자)과 대화에 빠져 있다가 '검은색' 새끼고양이가 내 드레스를 스치고 달려가는 것을 알아차렸다. 평소 고양이는 물론이고 동물을 무척 좋아하기 때문에, 아마 대화에 몰입하지 않았으면 그 고양이 이야기를 했을 것이다. 눈을 들어보니 작은 잿빛 고양이는 여전히 피아노 위를 차지하고 앉아 있어서, 내 옆으로 지나간 건 다른 고양이라는 걸 확인했다. 게다가 그 새끼고양이는 분명히 잿빛이 아니라 검은색이었다. 손님들이 모두 돌아가고 난 이후, 자러 가려고 웨이벌리 부인과 같이 계단을 올라갈 때까지 그 고양이 생각은 전혀 하지 않았다. 그 당시 부인과 나는 매우 친한 사이였지만, 그녀는 물론이고 다른 가족들도 심령학에는 특별한 관심이 없었다.

그런데 그때 계단을 오르면서 웨이벌리 부인이 수수께끼 같은 말을 했다.

"오늘밤 당신에게 무슨 일이 생길 것 같아요."

내 침실에 기이한 기운이 감돌 수도 있다는 둥, 유령들이 그 방에서 같이 지낼 거라는 둥 수많은 농담을 주고받은 터라 이번에도 농담을 하는 줄 알고 웃었다. 하지만 웨이벌리 부인은 사뭇 진지했다. 처음에는 그런 말을 하는 이유를 말해주려 하지 않았다. 내가 자기 딸들에게 말해서 결국 웃음거리가 될 것을 염려했다.

절대 그럴 일은 없을 거라고 안심시키자, 부인은 심각한 목소리로 말했다.

"아까 당신이 내 남편과 이야기하고 있을 때 검은 새끼고양이가 곧장 당신 드레스를 지나가는 걸 봤어요. 방 반대편에서요."

"아, 그래요. 나도 그 새끼고양이를 봤어요!"

내 대답에 부인이 놀랐다.

"집에서 검은 새끼고양이를 본 게 그리 대단한 일은 아니잖아요."

"하지만 우리 집엔 검은 새끼고양이가 없어요. 그 고양이는 어디로 갔을까요? 다시 봤어요? 아니에요. 그냥 평범한 고양이는 아니었어요. 지금 생각해보니 그 고양이를 본 건 나 혼자뿐인 것 같아요."

실제로 웨이벌리 부인과 나를 제외하고, 앞서 말한 잿빛 고양이 외에 다른 고양이를 본 사람은 아무도 없었다.

내 친구가 죽은 걸 알고 이 일을 돌이켜보니, 친구가 의식을 잃은 바로 그 시간에 검은 고양이가 나타났던 것이다. 그리고 그 고양이를 웨이벌리 부인과 나만 보았다는 사실은 혹시 내 친구의 영혼이 임박한 죽음을 알리려고 한 게 아니었을까. 이런 추측이 마음 깊은 곳에서 일렁이는 건 어쩔 수 없었다.

일반적으로 검은 고양이는 행운을 상징한다고 이의를 제기하는 이도 있을 것이다. 종종 자신을 나의 '런던 엄마'라고 칭하던 그 친구라면 누가 봐도 명백한 이 모순을 아주 간단히 해명했을 것이다. 살면서 크나큰 슬픔을 겪었던 그녀는 신의 사랑에 대한 회의에 자주 시달렸다. 나는 그토록 강하고 뜨거운 연민을 지닌 여성을 본 적이 없으며, 그런 고결한 영혼에게 지금과 같은 세상은 언제나 힘겨운 짐을 떠안기게 마련이다. "하느님이 하늘에 계시니 세상 만물이 평안하도다!"라고 항상 말할 수 있는 굳건한 신앙을 갖기에는 그녀의 연민이 때로는 너무 강렬했다. 그런데도 그녀는 마지막에 이렇게 말했다.

"이제 너무 지쳤어. 하느님도 이해하실 거야. 떠나게 되어서 정말로 기뻐."

즐거운 분위기로 이 장을 마무리하기 위해 검은 새끼고양이가 나타난 날에 있었던 재미나는 에피소드 하나를 소개할까 한다.

그날 디너파티에 초대된 손님 중에 '목사 지주', 즉 어느 정도 자산이 있는 지주이면서 성직자인 한 남자가 있었다. 요크셔에서는 이런 사람을 일컬어 대지주를 뜻하는 squire와 목사를 뜻하는 parson을 합성하여 만든 'squarson'이라는 명칭으로 부르는 것 같다.

이 남자는 채식주의자인 동시에 독신주의자였다. 독신주의자라는 사실은 그가 종교적 신념에 의해 독신으로 남은 것을 이웃들이 안타까워하는 소리를 듣고 알았다. 또한 그가 채식주의자라는 것도 확실했다. 이 손님을 위해 따로 음식 준비를 지시하는 내용을 들었고, 식탁에서 옆자리에 앉아서 보니 금식하는 날도 아닌데 그가 고기에는 아예 손도 대지 않았기 때문이다.

식사 후, 남자들이 응접실로 왔을 때 대화는 내가 몇 년 전 아메리카에서 체험한 일과 심령에 관련된 문제들로 흘러가고 있었다. 극단적인 고교회파(High Churchman, 가톨릭의 전통적인 질서와 권위를 중시하는 교파 – 옮긴이 주)인 목사는 내 이야기를 '이것, 저것, 모조리' 맹렬하게 비난했다.

그는 내가 이야기하는 일들이 실제로 일어났을 수도 있다고 믿는다고 했다. 다만, '그런 일들'은 오직 사탄만이 일으킬 수 있다는 것 또한 확신했다. 어쩌면 그 목사가 '그런 일들'이라는 표현을 사용하지 않았다는 사실을 밝히는 게 현명할지도 모르겠다!

집주인 또한 성직자의 한 사람으로서 구하러 나설 법도 하건만, 내가 상대방의 신학적 비판을 대부분 받아치는 것에 오히려 재미있어 하는 눈치였다.

결국 그처럼 불경한 취급에 익숙하지 않은 나의 적은 이성을 잃고, 그런 경우 흔히들 그러듯이 적절한 구절을 인용하여 나를 이겨보려고 시도했다.

"당신 말은 전부 성경과 완전히 상반된다는 말밖에 할 말이 없군요. 성경에서도 '후에 미혹하는 영들이 나타날 것이니 특별히 경계하라'고 말하고 있습니다."

성경에 의한 종결이 임박한 그 순간, 정말 탁월한 아이디어가 떠올

랐다.

그가 뒷부분을 빼고 자신에게 유리한 앞부분만 인용했다는 사실을 내게 일깨워준 것은 미혹하는 영이었을까, 선의의 영이었을까?

나는 차분하게 그 사실을 지적했다.

그는 어리둥절한 얼굴이었다. 아마도 기억하고 싶지 않은 부분이라서 진짜로 잊은 것 같았다.

"구절을 끝까지? 그게 무슨 뜻이죠?"

그가 짜증스럽게 말했다.

그래서 내가 그를 대신하여 그 구절을 끝까지 읊었다.

"후에 미혹하는 영들이 나타나서 '결혼을 금하고 고기를 멀리하라고 명령할 것이다'."

그는 너무 심하게 나를 압박했으며 정말 편파적이었다. 그래도 완벽한 덕행으로 천국에 가려면 이런 말은 삼가는 게 좋을 듯싶다. 만약 내가 독신주의자에 채식주의자라면 논쟁을 매듭지을 목적으로 그 구절을 고르진 않았을 텐데!

이 장에 위와 같은 제목을 붙인 이유는 다음과 같다.

이 책에서 유일하게 개인적 경험의 기록이 아니다.

2년 전 피렌체에서 옛날 크리스마스 유령 이야기와 흡사한 흥미진진한 이야기를 접할 기회가 있었다. 이 이야기만의 장점은 두 가지였다. 첫째, 지면에 소개된 적이 없었다. 둘째, 남학교(유명한 학교)의 여사감이 겪은 일이며, 12시간이 지나기 전에 자기 경험을 글로 기록했다.

큰 남학교의 사감이라면 필연적으로 유난히 현실적인 여성일 수밖에 없고, 일상생활은 모험이나 공상을 부추길 만한 여지가 없었다.

그 사감의 감독 하에 있는 두 학생의 누나가 편지를 베껴 쓴 사본

과 함께 그 유령 이야기를 내게 전해주었다는 부연 설명을 미리 해두는 게 좋을 것 같다.

또 한 가지 일러둘 것은, 그 누나라는 젊은 미망인은 2년 전 피렌체에서 만났다. 그때 그녀는 그 일이 일어난 주州와, 그 주의 작은 수도首都까지 내가 잘 아는 곳이라는 사실을 알고 이 이야기를 들려준 것이다.

그 사감이 이 지역을 찾아간 것은 류머티즘 때문에 온천욕을 하기 위해서였다.

사건이 발생한 것은 1875년 4월 14일 새벽이었고, 유령을 목격한 장본인이 그로부터 몇 시간 뒤 자신이 아끼는 조카에게 보내는 장문의 편지로 사건의 전말을 기록했다.

내게 이야기를 들려준 바커 부인의 남동생들은 당시 같은 학교에 다니고 있어서 그 편지를 보여 달라고 부탁하여 사본을 만들었다. 사본은 당시 젊은 아가씨였던 그들의 누나가 만든 것이며, 이 글을 쓰고 있는 현재 내 수중에 있다.

물론 주의 이름과 도시 이름, 그리고 특정 가문 소유이며 1875년에 숙박 시설로 이용되다가 그 이후 매각되어 하숙집으로 바뀐 그 고택의 이름도 가명으로 바꿔야 할 것이다.

몇 년 전, 바커 부인의 모친이 사실 확인을 위해 그 동네를 찾아가서 문제의 집에 가봤더니, 1875년 이후 내부 공사로 완전히 달라져 있었다고 한다.

온천으로 유명해져서 동네가 커지는 바람에, 이 이야기에 나오는 작은 정원에는 건물이 빽빽하게 들어섰다. 그리고 이야기에 언급된 일가 사람들의 초상화는 저택이 매각된 이후 다른 곳으로 옮겨졌다.

이제 사감이 유령을 목격한 날 아침에 편지에 적은 내용을 그대로 옮겨보겠다.

— 사랑하는 에디, 네가 전에 유령 이야기를 해달라고 했을 때만 해도 아마 이렇게 빨리 이야기를 듣게 되리라고 기대하진 않았을 거야. 나도 마찬가지란다. 영들의 세계를 지배하는 신비로운 법칙에 관해 사색해 볼 근거가 될 것이 명백한 이러한 경험을 너에게 말해줄 수 있게 될 줄 몰랐어.

생각과 감정이 시간과 공간을 소멸시킬 수 있다는 말이 얼마나 진실한 표현인지! 어젯밤, 반평생은 지나버린 듯하구나. 내면에 그 만한 영향을 주는 사건이 있었거든. 하지만 너에게 들려주려는 이 기이한 이야기를 꺼내기 전에, 먼저 그 일이 일어난 이 집을 자세히 설명해야만 하겠지.

지금 내가 묵고 있는 '더 프라이어리'가 카버리 일가 소유인 고택이라는 이야기는 너한테 이미 했을 거야. 몇 해 전에 이 집을 빌린 현재 거주자가 숙박업으로 집세를 마련하고 있지. 아주 오래된 가구들도 남아 있고, 커다란 초상화가 많단다. 초창기 작품은 아니지만 근사하고

훌륭한 그림들이야. 군인, 주교, 판사 등이 제복이나 가운을 입고 가발을 쓰고 있으며, 파우더를 머리에 뿌린 여자들은 버팀테로 아래를 부풀리고 치맛자락이 뒤로 길게 끌리는 옷을 입었지.

이 초상화들 가운데 두 점이 처음 볼 때부터 유독 주의를 끌었는데, 아직 그 이야기는 하지 않을 거야. 우선 이 집에서 내 이야기와 연관된 일부만이라도 너에게 설명해야 하니까.

안쪽 홀에서 위층으로 올라가는 넓은 계단이 있고, 계단 주위로 갤러리가 빙 둘러싸고 있다는 이야기는 전에 했을 거야. 초상화 대부분이 이 갤러리와 아래층에 있는 홀에 걸려 있단다.

계단이 처음 꺾이는 층계참에 있는 문을 열고 나가면 격자 울타리가 있는 길이 정원까지 이어지지. 이 문과 같은 높이에 있는 커다란 창문으로는 잘 키운 나무들이 그늘을 드리우고 있는 보드라운 잔디밭이 보여.

계단을 오르내릴 때마다 종종 그 창가에 서서 밖을 내다보면 유난히 눈길을 끄는 나무가 한 그루 있단다. 아주 크고 나이가 많은 플라타너스가 홀로 서서 이상하게 구슬프고 쇠잔한 분위기를 풍기고 있거든. 다른 곳은 전부 잔디가 푸르고 싱싱한데, 그 나무 옆에만 풀이 없고, 검은 흙이 드러난 곳이 있어서 왠지 모르게 눈길을 끌었어. 이런 이야기를 하는 건 이제부터 너에게 말하려는 기이한 사건이 있기 전에 벌써 그곳이 나에게 깊은 인상을 남겼기 때문이야.

이제 계단을 따라 끝까지 올라가보자꾸나. 계단이 끝나면 오른쪽에 내가 말한 초상화 중 한 점이 걸려있단다. 1738년 9월 19일, 오글소프 장군의 부대와 함께 조지아 식민지에 상륙한 리처드 카버리 대령의 실물 크기 초상화야.

그 맞은편의 다른 쪽 갤러리에는 검은 눈썹이 또렷하고, 턱이며 입술이 도톰하고 관능적인 여인의 초상화가 있어. 혈색이 좋고 손과 팔의 선이 매우 아름다우며, 여장부 같은 분위기를 풍기는 여성이지.

갤러리를 지나가면 긴 복도가 나오고, 그 복도를 따라가면 다른 복도와 또 다른 계단들이 있지만 우리가 상관할 필요 없는 곳이야.

이제 네가 알아야 할 곳은 내 방뿐이란다. 갤러리에서 복도로 들어서면 양쪽으로 문이 두 개 나오지. 오른쪽은 내 응접실인데 거리를 향하고 있는 네모나고 활기찬 방이야. 왼쪽은 내 침실인데 좀 더 상세히 설명해야 할 거야.

침실은 넓고 천장이 낮은 방이지. 복도에서 들어가면 정원이 내다보이는 창문이 정면에 있어. 오른쪽 벽의 중간에 침대가 있고 그 맞은편에는 벽난로가 있단다. 그리고 다른 문이 하나 있는데, 내 설명에 주의를 기울였으면 알겠지만, 눈썹이 검은 여인의 초상화 뒤편이 되는 셈이지. 이 문의 반대쪽에도 문이 하나 있어. 처음 방에 들어갔을 때 좀 이상해서 주의를 끌었단다. 문의 상부 유리로 된 부분에 붉은 색 물감을 칠했는지, 뭔가를 덧댔는지 몰라도 불투명해 보이거든.

그 방에 혼자 남자마자 문을 열어보려고 했지만 꽉 잠겨 있었어. 그게 왜 불안한 기분이 들었는지 모르겠지만 신경이 쓰인 건 사실이야.

처음에는 옷방일 거라고 생각했단다. 색유리를 통해 붉은 빛이 항상 보이는 걸 보면 문 뒤쪽에 강한 불빛이 있는 것 같았어. 아침이면 창문을 가린 블라인드로 여명이 새어들기 전에 그 붉은 빛을 볼 수 있었지.

이제 내가 겪은 일을 이야기하는 데 필요한 부분은 다 말해준 것 같구나.

어제가 4월 13일이었다는 걸 잘 기억해두렴. 나는 11시쯤 잠자리에 들어서 금방 잠이 들었어. 그런데 얼마 지나지 않아 뭔가 이상한 일이 일어날 것 같은 기분으로 잠에서 깼단다.

아침에 깰 때처럼 마땅히 일어나야 할 시간이라서 졸음을 참고 겨우 정신을 차리는 것과는 달랐어. 여행을 가야 하거나, 그와 비슷한 행사를 앞두고 잠이 깨는 것처럼 정신이 말똥말똥하고 몸도 나른한 느낌 하나 없이 생생했단다. 유별나게 의식이 명료하고 사고력도 말짱한 느낌이 드는 것이 이상하다는 생각을 하고 있으려니, 홀에 있는 시계가 울리기 시작하더구나. 거의 동시에 세인트 앤드류 교회의 시계도 울렸어.

소리를 세지 않아도 둘 다 12시를 알리고 있다는 걸 알았지. 그런데 교회에서 울리는 소리의 여운이 채 가시기 전에 다른 소리가 들렸단다.

벽난로 옆에 있는 문이 어렵게 열리는 것처럼 요란하게 삐걱대며 열렸어.

그와 동시에 붉은 문이, 누군가 열려고 해도 안 열리는 것처럼 덜컹

거렸지. 원래 방이 어두웠는데, 키가 큰 어떤 형체가 문으로 들어와서 침대 발치에 서는 게 또렷하게 보였단다. 희미하게 노르스름한 빛이 그 형체 주위에서 빛나고 있을 뿐, 방의 다른 곳은 여전히 어두웠어. 그런데 이 노르스름한 빛이 그 형체의 왼쪽 어느 한 지점에서만 붉은 빛으로 바뀌어, 반대편 문에서 비치는 것과 같은 붉은 빛이 바닥을 비추고 있었단다.

나는 가만히 서 있는 그 환영을 쳐다보았지. 이목구비나 체격이 어디서 많이 본 듯한 것이, 리처드 카버리 대령의 초상화와 비슷했어. 오글소프 장군의 부대와 함께 조지아에 파병되었다는 그 카버리 대령!

나는 확신이 드는 순간 이렇게 말했어.

"리처드 카버리 대령이세요?"

유령이 고개를 끄덕였어.

"왜 저를 찾아왔나요? 말은 못 하나요?"

내가 다시 물었지.

그는 말하기가 힘겨운 듯 보이다가 두세 번 시도한 끝에 녹슨 경첩이 겨우 움직이기 시작하듯이 입술을 달싹거리며 이렇게 말했지.

"그렇소! 나는 리처드 카버리이고, 증인이 되어달라고 당신을 찾아온 거요."

"무슨 증인 말인가요? 내가 소용이 있을까요? 당신은 영혼 세계에서 왔잖아요. 그렇다면 살아있는 사람이 영혼들과 소통하는 게 허락되는 건가요?"

그는 조용히 하라는 듯 손을 들었어.

"들어보시오. 당신은 내가 두렵지 않소?"

"네."

나는 눈곱만큼도 겁나거나 무서운 느낌이 들지 않았어. 온몸에 전류가 흐르는 것 마냥 흥분되었지. 그가 속한 신비로운 세계에 대해 뭐든 알아내고 싶은 마음만 간절할 뿐 세속적인 두려움도, 미신적인 공포도 없었단다.

"어떠한 두려움도 느낄 필요가 없소. 당신을 해칠 생각도 없거니와 그럴 힘도 없다오. 다만 내 이야기를 경청해 주기만 하면 되오. 나는 50년에 한번씩 무덤을 떠나서 내가 비극적인 죽음을 맞이한 곳을 찾아올 수 있소.* 그날은 반드시 4월 14일, 그 사건이 일어난 것과 같은 날이어야 하오. 그리고 이 방에서 자고 있는 누군가가 들어줄 마음이 있어야만 내 사연을 들려줄 수 있다오. 내 이야기를 들어주겠소?"

나는 기꺼이 들어줄 테니 질문 한 가지만 해도 되냐고 되물었지.

그가 승낙의 뜻으로 고개를 기울이기에, 나는 죽은 자의 영혼이 이 세상에 나타나면 어슴푸레하게, 뼈만 앙상한 모습으로 보일 거라고 늘 생각했다고 말했어. 그런데 왜 그는 육신이 멀쩡한 살아있는 사람처럼 보였을까?

---

* 유령이 틀리게 말한 것인지, 사감이 잘못 들은 것인지 몰라도 분명 수치상 오류가 있다. 만약 그가 사망한 해가 1741년(조지아에 상륙하고 3년 뒤)이라면 유령이 되어 나타나는 첫 해는 1791년, 두 번째는 1841년, 세 번째는 1891년이 되어야 한다. 주어진 연도가 맞는다면 16년이나 앞당겨 나타난 셈이다. 한 친구는 '50년에 한 번씩'이라는 말이 꼭 50년 간격을 의미할 필요는 없다는 의견을 주었다.

"아! 그건 내 무덤이 특이하기 때문이오. 나는 소금에 묻혀 있다오. 더 물어볼 게 있소?"

"지금 당장은 없어요. 이제 당신 이야기를 들을 준비가 됐어요."

"가능한 한 짧게 말할 테니 시간을 오래 빼앗진 않을 거요. 갤러리에 걸린 내 초상화는 보았소?"

"네."

"맞은편에 있는 내 사촌 루크리샤 카버리의 초상화도?"

"물론이에요(이 시점에 붉은 문이 거칠게 흔들렸어)."

"그녀는 저 문을 열 수 없소. 봉인되었거든."

카버리 대령이 말했어.

"내가 조지아에 간 1738년, 나는 그녀와 약혼한 사이였소. 우리가 어릴 때 부모님이 약혼을 시켰고, 집안 사정상 우리 둘이 꼭 결혼해야 하는 처지였는데, 자랄수록 둘 다 결혼에 적극적이지 않았다오. 진실을 말하자면, 나는 소집 명령을 받고 연대에 합류하게 된 것이 기뻤소. 하지만 멀리 식민지에서 3년을 지내고 고향으로 돌아올 때는 루크리샤와 결혼해서 우리 가문 소유인 집에서 살아야겠다는 결심이었소. 우리가 카버리 가문의 유일한 상속자들이어서 아버지들이 남긴 자산을 물려받으려면 우리 둘이 결혼하는 수밖에 없었소. 결혼하거나 아니면 둘 중 하나가 죽거나. 한 사람이 죽으면 나머지 한 사람에게 전부 돌아가게 되니까. 나는 루크리샤가 그랜드위치에 있는 고택에 있다는 걸 알고 있었기에 곧장 그녀에게 왔소. 언제 도착할지 편지로 미리 알려

놓아서 루크리샤는 아주 친절하게 나를 맞이해주었고, 결혼에 관한 내 제안도 전부 받아들였다오. 내가 밤늦은 시간에 도착한 터라, 그녀가 직접 나를 집으로 들이고 음식도 손수 차려주었소. 우리는 같이 저녁을 먹었고, 서약의 의미로 그녀가 술을 한 잔 권했는데 깊은 잠에 빠뜨리려고 약을 탔다는 걸 그때는 몰랐다오. 그 후 나는 방으로 왔소. 바로 이 방, 당신이 누워 있는 바로 그 침대로. 지금부터 하려는 이야기는 뒤에 알게 된 거요. 당시에는 의식이 없었으니까. 침대에 눕자마자 잠이 들었고, 내가 자는 사이 루크리샤가 저 문(반대편에 있는 붉은 문을 가리키며)으로 들어와서 내 심장을 찌른 거요. 원한다면 그녀가 나를 무엇으로 찔렀는지 보여주리다."

"보여주세요."

그는 진홍색 제복 상의의 단추를 풀고 왼쪽에서 얇은 단검을 꺼냈단다.

나는 관심 어린 눈으로 그걸 보다가 만져 봐도 되냐고 물었지.

"원한다면 물론 그래도 좋소. 하지만 만지지 않는 게 좋을 거요. 소금 때문에 너무 삭았거든. 그녀가 내 심장을 찌를 때만 해도 반짝이고 날카로운 칼이었소. 어쩌나 조준을 잘했는지 나는 즉사했소. 그러자 루크리샤가 신호를 보냈고, 곧이어 한 남자가 들어오더니 둘이서 나를 들고 오늘밤 내가 들어온 저 문으로 나갔소."

그가 말을 멈추었는데 전보다 더 숨이 차 보였어.

"무슨 문제가 있나요?"

"생각 중이오. 당신이 나를 따라오면 나머지는 직접 보여줄 수 있을 텐데. 하지만 꼭 해줄 말이 있소. 만약 우리가 이 방을 나가서 갤러리로 가면 살인범이 우리를 뒤쫓아 올 수도 있다오. 무서울 것 같소?"

"조금도 무섭지 않아요. 기쁜 마음으로 당신을 따라갈게요. 하지만 일단 뭘 좀 입을 시간을 주세요. 류머티즘으로 고생하고 있어서 추위나 습기는 두렵거든요."

"얼마든지 그러시오. 나는 갤러리에서 기다리겠소."

그래서 잠옷 위에 가운을 걸치고 슬리퍼를 신었어. 그러는 사이, 복도에서 웬 여자가 천천히 지나가는 듯 바스락거리는 소리가 났지. 나는 카버리 대령을 찾아가서 주위를 둘러보지 않고 그의 뒤만 따라서 갤러리를 지나갔어. 그런데 갤러리 끝에서 계단을 내려가려고 돌아서니 검은 눈썹의 여인이 보이더구나. 바로 살인범 루크리샤 카버리라는 걸 이젠 알고 있지. 그 여자가 갤러리와 복도 사이 문간에 서 있었어.

"더 이상은 올 수 없을 거요."

카버리 대령의 유령이 말하면서 계단에서 정원으로 나가는 문을 열었지.

"그들이 나를 어디로 데려갔는지 보여주겠소."

"그 남자는 누구였어요?"

"이름은 모르겠지만 그 뒤에 루크리샤와 결혼했소."

유령은 잔디밭을 지나서 '플라타너스 나무 아래 풀이 자라지 않는 곳'으로 갔단다. 그곳에서 걸음을 멈추고 아래를 가리키더니, 몸의 왼

편에서 뽑은 단검으로 맨땅에 선을 정확하게 표시했어.

"이곳에 그들이 무덤을 파서 나를 묻었다오. 염천이 내 몸을 적시는 이곳에."

바로 이 순간, 세인트 앤드류 교회의 시계가 한 시를 쳤어.

"정말로 슬프고 이상한 이야기로군요. 하지만 왜 내 앞에 나타났는지 물어봐도 될까요? 내가 뭘 해 주길 바라나요? 보상이나 응징을 바라나요? 내가 들어줄 테니 뭐든지 말해보세요. 대신, 당신이 영혼 세계로 돌아갔을 때 내 부탁 하나만 들어주면 돼요."

나는 땅에 시선을 고정한 채 이야기를 하고 눈을 들었다가, 유령이 땅속으로 가라앉고 있는 걸 보고 깜짝 놀랐지.

"시간이 다 되었소. 기억하시오!"

그의 머리가 사라지고 나머지 말이 공허하고 음산한 소리로 헐벗은 그 땅 아래에서 울렸단다.

"당신이 증인이라는 것을!"

나는 플라타너스 나무 아래 혼자 남아서 생각했지. 방으로 돌아가면 루크리샤 카버리의 영혼을 만나게 될 것 같다고.

하지만 그런 일은 일어나지 않았어. 카버리 대령이 열어둔 문들을 통과하며 들어가니, 문들은 내가 닫지 않아도 저절로 닫히더구나. 그리고 다시 침대에 눕자마자 잠이 들었단다.

오늘 아침에 일어나서 간밤의 사건을 곰곰이 생각해보니, 전부 너무나 자연스러운 거야. 그제야 소수의 사람들에게만 주어지는 그런 경험을 했다는 사실을 깨달았지.

사랑하는 에디, 이 이야기를 들려주느라 편지가 너무 길어져서 다른 말을 할 짬이 없구나. 물론 이 사건 말고 다른 데로 생각을 돌리는 게 가능하다면 말이야. 고백하지만, 그러려면 무척이나 힘들 것 같단다.

1875년 4월 14일

그랜트위치, 더 프라이어리에서

늘 너를 아끼는 M. 포터로부터.

＊1875년 4월 14일에 작성된 포터 양의 편지를 옮겨 적음.

S. P. R.(심령연구협회)에 전하는 양해의 말로 이 이야기를 끝맺으려 한다.

위의 사연과 관련하여 아래와 같은 사실들 외에 그 어떤 것도 주장하지 않는다.

더 프라이어리는 아직 그랜트위치에 남아 있으며, 카버리 가문 소유였던 저택으로 알려져 있다.

포터 양이 내 친구의 남동생들이 다닌 학교에서 사감이었던 것은 의심할 여지가 없다. 나무랄 데 없는 성격을 지닌 진실한 여성이므로, 이렇듯 긴 이야기를 지어내어 사건이 일어난 지 몇 시간 뒤에 상세하

게 기록했을 리가 없다.

마침, 내 친구의 남동생들은 자기 학교 사감인 포터 양이 직접 쓴 편지를 읽을 기회를 얻었다. 그래서 내 친구가 그 편지를 베껴 쓴 것은 분명한 사실이다.

마지막으로, 내 친구인 바커 부인의 어머니(아직 살아계심)가 그랜트위치에 더 프라이어리가 실재한다는 사실을 확인했다. 방문할 당시 더 프라이어리는 하숙집으로 바뀌어 있었지만, 이전에 숙박 시설로 사용된 적이 있었다. 또한 어머니가 알아낸 바로는 리처드 카버리 대령은 '1741년 조지아에서 사망한 것으로 추정된다'고 했다.

운명의 그날 밤, 카버리 대령이 돌아온 것을 아는 사람은 살인범과 공범, 단둘뿐이므로 세상에 위와 같이 알려진 것은 당연하다.

S. P. R.의 오랜 회원으로서 그들의 방법론에 제법 익숙한 터라, 이 이야기에 대해 두 가지 비판이 가능할 것으로 보인다. 물론 날짜의 혼동이라는 문제도 있지만, 그것은 상식을 벗어난 면담의 특성상 충분히 발생할 수 있는 일이라고 이해할 수 있다. 그러나 포드모어식으로 따지자면, 사건 전체가 포터 양이 꿈을 꾼 것이라고 주장할 수 있다. 일가의 초상화들 중 두 점에 특히 관심을 가졌고, 정원에 있는 음울한 분위기의 나무를 바라보며 기이한 느낌을 받은 것이 시발점이 되어 이런 꿈을 꾸었다고 주장할 수 있을 것이다.

분명 그런 설명도 가능하지만 너무 극단적인 가정이다.

류머티즘을 앓고 있는 이 합리적이고 현실적인 여성이 꿈을 꾸다가 꿈속의 유령을 따라서 집 바깥에 있는 정원까지 나갔다고 가정하려면, '불신에 대한 확신'이 상당히 확고해야 가능할 것이다. 정원에 나간 부분도 모두 꿈이라고 주장한다면 그건 정신병자에게나 어울릴 만한 이야기다. 누구든 의식이 완전히 깨어 있을 때 어떤 특정한 행동을 한 것이라면 자신 있게 구분할 수 있어야 한다. 그렇지 않으면 일상생활 자체가 불가능해지고 도덕적 책임도 규정할 수 없게 될 것이다.

포터 양이 밤새 꿈을 꾸었다고 치자.

그랬다면 아침에 그것을 알아차려야 한다. 누구나 생시처럼 생생한 꿈을 꾸어본 경험이 있다. 아침에 정신을 차리면 간밤에 그토록 생생하고 현실 같아 보였던 장면들도 꿈이라는 사실을 깨닫는다.

그러나 포터 양은 정반대의 과정을 겪었다. 그녀는 평화롭게 잠들었다가, 아침에 잠이 깨고 난 뒤에야 자신이 얼마나 기이한 체험을 했는지 깨달았다.

두 번째 비판으로 넘어가보자. 내가 약간의 '편집'을 했다면 피할 수 있었을 비판이다.

이런 체험을 한 여성이 놀라고 얼떨떨한 상태를 극복하고, 겨우 몇 시간 뒤에 조카에게 편지를 쓰는 게 과연 믿을 만한가? 마치 가족 신문에 실을 기사라도 준비하던 사람처럼?

체험을 기록한 편지를 손에 넣고 솔직히 나도 똑같은 느낌을 받았다.

그렇지만 우리가 반드시 기억해야 할 점은 첫째, 유령 체험을 한 여성이 대단한 용기의 소유자라는 사실이다. 그게 아니라면 유령을 따라 정원까지 나가지 않았을 것이다. 둘째, 그녀는 예리한 관찰력을 지녔고 세세한 부분까지 정확하게 묘사했다. 아마도 여러 해에 걸쳐 많은 남학생들을 감독하면서 예리하고 정확하게 인지하는 능력이 단련되었을 것이다.

격식을 갖춘 스타일은 간단하게 이해될 수 있는 부분이다. 인생에서 특정한 지위를 누린 사람들은 같은 말이라도 길게 할 수 있는 경우에는 절대로 짧게 하지 않는다는 점을 기억하면 될 것이다.

여기까지 적은 내용 외에 이 사연에 대해 어떠한 주장도 하지 않겠다. 이것은 사실을 다루는 문제이다.

각자 자신만의 관점과 선입견에 근거하여 이야기를 해석해야만 한다.

내가 책임져야 할 부분은 나 자신의 경험을 진실하고 정확하게 기록하는 것으로 충분하며, 이제 다시 내 이야기로 돌아가겠다.

＊참고: 위 글을 쓰고 난 뒤 『센추리 백과사전』을 찾아본 결과, 다음과 같은 내용을 발견했다.

'오글소프―제임스 에드워드, 1696년 12월 21일 런던 출생, 1785년 영국 에섹스 크랜햄홀에서 사망. 영국군 장군, 자선가. 파산자와 기소된 신교도들을 위해 조지아 식민지를 계획했고, 1733년 이주민들을 정착시키기 위해 원정을 떠났다가 1743년 영국으로 돌아왔다.'

　백과사전에 나오는 연도 1733년이 카버리 대령의 유령이 말한 연도 1738년과 분명한 차이를 보이는 것은 두 가지로 해석이 가능하다.

　포터 선생의 편지를 베껴 쓰던 어린 아가씨가 3을 8로 오인했을 가능성이 충분히 있다.

　또 한 가지는 카버리 대령은 1738년 9월 19일에 오글소프 장군이 아니라, 오글소프 장군의 부대와 같이 상륙했다고 말했다. 대령은 장군이 먼저 식민지에 간 뒤에 지원군으로 파병되었을 가능성이 있는 것이다.

1894년 겨울철(1월부터 4월)을 이집트에서 보낸 뒤, 4월에 친구인 윈저의 저지 부인과 돌아오는 길이었다. 도중에 파리를 거치게 되어, 인도에서 처음 만나서 이 책에 한 번 이상 등장하는 젊은 스웨덴 부인과 같은 호텔에서 일주일을 머물기로 했다.

그녀는 그해 겨울, 그 유명한 '드 포마르 공작부인이며 케이스네스 백작부인'인 귀부인과 아는 사이가 되었다고 했다. 그러면서 나도 그 부인을 만나보면 흥미로워 할 것 같아서, 백작부인에게 나를 소개해도 되겠냐고 허락을 구했다.

케이스네스 백작부인의 집에 가는 날, 막상 브뤼겔 부인은 오후에 일이 있어 나와 동행하지 못하고 나중에 '얼굴을 내밀겠다'고 약속했다. 그래서 저지 부인과 둘이 배그람 거리에 있는 이름난 저택으로 갔고, 레이디 케이스네스의 환대를 받았다.

예전에 이 부인이 쓴 난해하고 신비로운 내용의 책을 읽어보려 한 적이 있었고, 그녀가 '스스로를 스코틀랜드의 메리 여왕으로 생각'하는 등 거의 정신병자에 가깝다는 소문도 들었다.

그 외에는 어떠한 선입견도 없이 갔다. 그리고 늘 이런 문제에 있어선 스스로 판단하는 데 익숙한 터라, 레이디 케이스네스가 시쳇말로 머리가 '비상하게 잘 돌아가는' 매우 기민한 여성이라는 결론을 얻었다. 그녀를 일주일 동안 매일 만나면서 흥미로운 대화를 많이 나눴으나, 그녀가 자기 입으로 스스로를 스코틀랜드의 메리 여왕이라고 말하는 것은 듣지 못했다.

물론, 불운한 여왕 메리와 아주 가까운 친척이라고 말한 적은 분명히 있다. 하지만 한 영혼이 여러 모습으로 이 세상에 나타나는 것에 대해 그녀가 개인적으로 어떤 견해를 갖고 있는지 알지 못한다. 그런데 윌버포스 부주교가 의장을 맡은 자리에서 몽크스웰 경이 흥미로운 이론을 제기했다는 소식을 들었다. 이승에서 한 번의 인생은 영혼이 발전하기에 너무 협소한 경험이라는 취지에서 몽크스웰 경은 하나의 영혼이 동시에 여러 사람의 몸으로 세상을 살아갈 가능성이 있다는 견해를 내놓았다. 그러므로 판사와 범죄자도 두 개의 인격으로 나누어진 하나의 영혼으로 생각할 수 있다는 것이다!

레이디 케이스네스도 비슷한 견해를 이론이 아니라 신념으로 갖고 있을 가능성이 있다. 몽크스웰 경의 이론에서 시간과 공간에 제약이 있는 부분을 제외하고 말이다.

내가 할 수 있는 말은 그녀가 메리 여왕을 자신과 별개인 독립적인 인물로 말하는 것만 들었다는 사실이다. 하지만 그녀가 메리 여왕을 극도로 숭배하는 것은 명백한 사실이었다. 배그람 거리에 있는 저택 1층의 홀과 방들은 홀리루드 궁전과 매우 흡사하게 꾸며져 있었다. 백작부인의 아름다운 침실 한 군데서 세어본 결과, 작은 세필화 등 메리 여왕의 그림이 50점이나 넘었다. 뛰어난 솜씨로 그린 여왕의 실물 크기 초상화에 대해서는 나중에 더 자세히 이야기해야 할 것이다.

우선은 처음 참석한 연회로 돌아가 보자.

곤란할 정도로 예민한 나의 유머 감각에 자양분이 넘치게 공급되는 자리였다는 걸 고백해야겠다.

백작부인은 자신에겐 일상적이라 할 수 있는 화려한 옷차림이었다. 값을 매길 수 없이 귀한 레이스가 머리와 어깨를 덮고, 다채로운 색깔의 보석들이 박힌 아름다운 티아라를 레이스 위에 쓰고 있었다. 자리에 비해 너무 튀는 차림새라고 볼 수도 있으나 웃음이 날 정도는 아니었다. 레이디 케이스네스는 다정한 성품에 온화한 기품까지 갖춰서 레이스와 보석을 훌륭하게 소화했다. 우리가 도착하기 전에 벌써 모여 있던 많은 여자들이 겸양을 떨면서, 상대를 떠받들고 아첨에 가까운 칭찬에 열 올리는 모습이 재미있었다. 그 자리에 남자는 딱 한 사람이었는데, 사제였다. 이후에 나는 쁘티 신부의 친절한 성품을 제대로 알게 되었고, 그의 지적 용기와 남자다움을 우러러보게 되었다.

그러나 이 연회 자리에서는 그를 에워싼 여성 숭배자들이 마치 그의 입을 통해 옛 진리가 새롭게 해석되기라도 하는 것처럼 열심히 귀를 기울이고 있는 모습을 보니, 몰리에르의 〈학식을 뽐내는 여인들〉의 한 장면이 저절로 떠올랐다.

자그마한 체구에 생기가 넘치는 한 아메리카 여성(이탈리아 백작과 결혼)은 형편없는 억양이지만 유창한 불어로 신부에게 질문 세례를 퍼붓고 있었다. 마지막으로 그녀는 멜기세덱(창세기에 등장하는 의문의 인물 – 옮긴이 주)에 대한 신부의 견해를 물었다. 다른 질문들에 대답하는 와중에 친절한 그 신부가 그녀를 돌아보며 활기차게 말했다.

"*Ah, Madame la Comtesse! Pour le Melchisedech-nous reviendrons tout de suite à Melchisedech!*(아, 백작부인! 멜기세덱은—금방 멜기세덱으로 돌아오죠!)"

종교에 관한 모든 문제들이 같은 속도, 같은 방식으로 처리되었다. 그리고 활기차게 장담하는 이 마지막 말에, 내가 친구 가까이 앉아 있어서 "제발 내 손목 좀 세게 꼬집어 줘"라고 속삭일 수 있었기에 망정이지, 하마터면 큰일 날 뻔했다. 발작적으로 웃는 것보다는 육체적 고통이 훨씬 나았다. 너무 오래 꾹 참아온 웃음이 금방이라도 터질 위기였다.

하지만 그 다음이 최악이었다.

전형적인 영국 노처녀 타입으로 보이는 한 영국 여성이 아주 공들여서, 극단적인 영국식 불어 발음(어떤 억양이었는지 상상은 독자의 몫으로 남긴다.)으로 신부님을 불렀다.

"*Mais, Monsieur l'Abbé! C'est le Protestantisme que vous nous enseignez la*(하지만 신부님! 그건 개신교 교리잖아요)."

신부는 화가 나서 그녀를 돌아보았다.

"*Mais, Madame-ou Mademoiselle*(부인— 아니, 아가씨)."

(이 마지막 단어에서 느껴진 경멸은 글로 표현할 방법이 없다.)

성격 좋은 이 영국 여성의 웃음소리 때문에 나머지 말은 들리지 않았다.

"*Moi, Mademoiselle! J'ai été mariée vingt ans et j'ai six enfants*(아가씨라뇨! 결혼한 지 20년이고, 자식이 여섯이랍니다)!"

전반적인 상황이 말할 수 없이 우스운데, 이 호탕한 부인을 제외하고 거기 있는 사람들은 모두 대학교수들처럼 진지하기 짝이 없었다!

얼마 후, 엄숙한 모임이 해산되어서 겨우 한시름 놓을 수 있었다. 우리는 차를 마시기 위해 옆에 딸린 식당으로 안내되었다. '재미있는 순간을 다 놓치고' 이제 막 도착한 내 스웨덴 친구도 식당에서 만났다. 그녀는 다음날 그 저택에서 교령회가 열리는데 나도 참석하면 안 되겠냐고 백작부인에게 물어보았다고 말했다.

"재미있을 거예요, 캣! 그런데 불행히도 그렇게 간단하지 않은가 봐요."

그때 레이디 케이스네스가 다가와서 브뤼겔 부인의 제안을 수락할 수 없어서 유감이라고 진심으로 말했다.

"베이츠 양, 다음 주까지 머물 수 있다면 기꺼이 기회를 마련하겠지만, 내일은 매우 특별한 자리랍니다. 쁘티 신부님에게 우리 두 사람만 참석하기로 약속했거든요. 물론 여자 영매 두 사람도 같이 말이죠. 수요일에 여기서 큰 모임을 갖는데, 파리에서 알 만한 사람들은 모두 올 거예요. 쁘티 신부님이 그 자리에서 강론을 할 예정이죠. 과학적 발견으로 동트기 시작한 새 빛을 더 이상 외면할 수 없다는 것 등등을 설명하고, 그럼에도 불구하고 교회가 허락한다면 충실한 아들로 남겠다는 그런 내용이랍니다. 아주 괴롭고 긴장되는 일이잖아요. 사제들도 많이 참석할 테고 추기경 한 분과 주교님들도 오시거든요. 그래서 내일 교령회는 특별히 쁘티 신부님의 강론에 관해 마지막으로 조언을 구하기 위한 자리예요. 용기와 희망을 주는 그런 말이 나올 거라고 믿고 있답니다."

물론 나는 지체 없이 레이디 케이스네스에게 충분히 이해한다고 했고, 이미 정해진 약속을 나 때문에 바꿔달라고 부탁한 것이 미안할 뿐이라고 말했다.

"하지만 수요일 모임에는 참석할 거죠? 이런 모임을 위해 준비된 1층의 넓은 방에서 오후 3시에 시작할 거예요. 그때 또 만날 테니 작별 인사는 하지 않기로 해요."

뜻밖의 초대에 내 처신이 몹시 부끄러워졌다. 레이디 케이스네스처

럼 관찰력이 뛰어난 사람은 내가 그날 오후 내내 진지한 표정을 유지하기가 어려웠던 것을 알아차렸을 텐데!

신기한 일은 다음부터이다. 그 집을 나서면서 브뤼겔 부인은 다음 날 저녁 일에 실망감을 드러내며 이렇게 덧붙였다.

"그런데 결국엔 당신도 참석하게 될 것 같아요."

"그래요."

나도 모르게 이런 말이 튀어나왔다.

"나도 가게 될 거라고 믿어요. 하지만 어떻게 그렇게 되는지 모르겠군요. 조금 전에 들은 대답은 확실하고, 이번 주말에 영국으로 떠나는 일정을 연기할 수도 없는데 말이죠."

아침 우편으로 편지가 오지 않아서 우리 둘 다 약간 실망했다.

"지역 내에서 오는 우편물은 2차로 배달되는 경우가 많아요."

자신의 예감을 굳게 믿고 있는 친구가 말했다.

루브르에서 아침나절을 보내고 오후 1시경 숙소로 돌아가니, 점심 식사 코스가 절반쯤 지나고 있는 시점이었다. 내 접시에 편지는 한 통도 없었다! 브뤼겔 부인과 나는 바람이 커서 그런 예감을 낳은 모양이라고 결론짓고, 이 문제는 아예 잊기로 했다.

그런데 오후 2시 반, 내 앞으로 전보가 왔다.

레이디 케이스네스가 그날 밤 9시에 자기 집으로 꼭 와달라고 부탁하는 내용이었다.

— 어제 내가 한 말과 너무 일관성이 없다고 생각할 거예요. 하지만 그때는 그것이 진실이니 그렇게 말한 거랍니다. 오늘 아침에 여왕이 직접 나에게 뜻을 전해왔어요. 당신도 오늘밤 꼭 참석시키라고 하셨죠. 신부님과 나는 그 결정을 받아들일 수밖에 없답니다. 오늘밤 당신을 맞이하는 게 개인적으로 얼마나 기쁜지 몰라요.

나는 또 다시 백작부인의 넓은 침실로 안내되었다. 백작부인은 옛날 군주제 시절, 프랑스 왕들의 방식으로 나를 맞이했다.

아름다운 실크로 된 침구와 묵직한 벨벳 커튼이 있는 그녀의 침대도 역시 위풍당당했다. 그 뒤 벽에는 이름난 근대 화가가 야곱의 사다리를 오르내리는 천사들을 그린 매우 귀한 프레스코화가 걸려 있었다.

우리는 곧 1층으로 내려가서 넓은 강연실을 통과했다. 레이디 케이스네스가 말한 대로 많은 청중이 앉을 수 있도록 금박 의자와 등나무 의자가 충분했다. 이어서 대리석 계단을 몇 개 내려가니 무척 아름답게 꾸며진 작은 방이 나왔다. ‘여왕의 지시에 따라’ 만들어진 일종의 예배실로, 여왕과 직접 소통해야 하는 경우 이용하는 공간이었다. 전반적으로 진귀한 목재와 아름다운 대리석이 주를 이룬다는 인상이 남아 있고, 벽에는 여왕의 생애에서 다양한 장면을 묘사한 태피스트리 액자들이 걸려 있었다.

이 방에서 가장 놀랍고 아름다운 것은 실물 크기로 그린 메리 여왕의 초상화였다. 숨겨진 등불이 여왕의 얼굴에 은은한 빛을 비추도록 배치되고, 진홍색 벨벳 커튼이 초상화의 양쪽 틀을 가리도록 드리워져 있었다. 그래서 마치 살아있는 여성이 내방객을 맞을 준비를 하고 서 있는 듯한 착각을 불러일으켰다.

시각적 효과에 어디 하나 거슬리는 부분 없이 이토록 완벽하게 느낌을 구현해내는 방식은 한번도 본 적이 없었다.

그 방에는 프랑스 여자 영매 두 사람이 벌써 와 있었다. 솔직히 그들에게서 기분 좋은 매력을 발견하거나 아주 좋은 인상을 받진 못했다. 어머니와 딸인 두 영매는 둘 다 얼굴에 '포악'이라고 커다랗게 적혀 있었다. 그런데도 아주 뛰어난 영매인 것만은 명백했다. 그게 아니라면 레이디 케이스네스와 쁘띠 신부가 강한 심령 능력을 소유하고 있다고 봐야 하는데, 그렇다면 굳이 영매로부터 도움을 받을 필요도 없었을 것이다.

우리는 제법 큰 나무 탁자에 둘러앉았다. 광택이 나는 탁자 표면에는 아무것도 씌우지 않았고, 가운데 하나의 나무 기둥이 아래로 내려가서 바닥에 이르면 여러 갈래로 벌어지는 평범한 스타일이었다. 그 방에 처음 들어섰을 때 이런 부분이 눈에 띄었다.

두 영매는 내 오른편에 앉았다. 왼편에는 신부가 앉고, 백작부인은 정면으로 마주보는 자리에 앉았다. 인쇄한 알파벳을 붙인 카드와 지시봉 역할을 할 긴 연필이 준비되어 있었다.

이렇게 모든 게 갖춰졌다. 거리가 조금 떨어진 곳에 있는 작은 탁자에는 인상이 좋아 보이는, 젊은 프랑스 여성이 앉아 줄곧 자동 수기를 했다. 백작부인의 비서인 듯한데, 우리가 앉아 있는 탁자와 아무런 연관이 없었다.

쁘티 신부가 밝은 빛으로 안내해달라고 짧게 기도하고 나서 교령회가 시작되었다.

과정은 다음과 같았다. 먼저 백작부인이 인쇄된 알파벳에서 말없이 글자를 찍고 연달아 내가 찍고, 둘이서 적당한 속도로 쉬지 않고 그 과정을 되풀이했다. 옳은 글자를 찍으면 탁자가 위로 뜨진 않고 소리가 났다. 똑똑 두드리는 소리라기보다 쿵 하고 울리는 소리에 가까웠다. 오랜 기간 연구를 해왔지만 그렇게 크고 뚜렷한 소리는 처음이었다.

두드리는 소리가 거짓이 아닌 경우 대개 그렇듯이 '목재 내부'에서 소리가 나는 것처럼 들렸지만, 일반적인 교령회에서 듣는 소리보다 훨씬 크고 빠르면서 확고했다. 망설이지도 않았고, 기운을 모아야 하는 것도 아니었다. 강한 기운이 분명히 실재했고, 그 근원이 어디인지 모를 지성이 틀림없이 발휘되었다. 알파벳을 들고 글자를 지적할 수 있는 건 백작부인과 나뿐이었고, 백작부인이 그걸 들고 있을 때는 영매들이 앉은 자리에서 글자가 보이지 않았다. 그런데도 한 글자씩 적확하게 쿵(다른 표현을 찾을 수가 없다!) 하고 정해졌으며, 속도는 신속한 수준에서 시작해 점점 더 빨라져서 교대로 알파벳을 주고받는 지

루하고 단조로운 작업이 이어졌다.

'하느님' 또는 '우리 주'라는 단어가 나올 때는 첫 글자만 찍고 나면 탁자가 천천히 앞뒤로 경건하고 특징적인 방식으로 몇 초간 흔들렸다. 그러면 우리는 다음 단어로 넘어가서 글자를 찾기 시작했다.

크게 울리는 소리가 날 때마다 목재를 따라 진동이 느껴졌으며, 환한 불빛 아래 얼굴을 움직이지 않고 앉아 있는 영매들이 어떤 속임수를 써서 소리를 내는 건 현실적으로 불가능해보였다. 게다가 딸은 글자가 정해지면 신속하게 받아 적느라 바빴다.

개인의 집에서, 더군다나 그럴 목적으로 초대받은 것도 아닌데 조사를 한다는 건 마음이 편치 않은 일이었다.

또한 혹시라도 그 영매들이 속임수를 쓰다가 나한테 들키기라도 하면, 기분 나쁜 상황이 벌어질 가능성이 언제나 기본적으로 깔려 있었다.

그렇다고 예의를 지키느라 조사를 하지 않는다면 절호의 기회를 놓치는 셈이었다. 그리고 누군가 창피를 당해야 한다면, 조사한 사람이 아니라 속임수를 쓴 사람이라는 생각을 위안으로 삼았다.

그래서 의자를 탁자에 조금 더 가까이 당겨서 백작부인이 글자를 찍을 차례가 되자, 쿵 소리가 날 때 발로 조심스럽게 탁자의 다리를 완전히 감아서 위로 아래로 움직여 보았다. 다른 사람의 발은 근처에도 오지 않았고, 드레스나 다른 물체가 스치는 흔적조차 없었다! 내가 다리와 발로 탁자의 다리를 단단히 감고 있는 가운데, 탁자에서 쿵

하고 울리는 소리가 명료하게 들렸다. 정확히 말하자면 탁자의 중심과 내 몸 사이 어디쯤에서 울렸다.

그러므로 이 한 가지 현상만 본다면 영매들은 거짓이 없었다. 젊은 영매가 커다란 종이 여러 장에 빠르게 적어놓은 글자들은 의미 없이 뒤죽박죽 나열한 것으로 보였다. 그러나 마침내 글자를 받는 과정이 끝나자, 쁘티 신부와 내가 별 어려움 없이(쁘티 신부에겐 익숙한 작업이었다.) 단어를 연결하여 문장들을 만들 수 있었다. 그러자 쁘티 신부가 강연할 내용과 관련된, 길고 논리정연하며 완벽하게 합리적인 메시지가 완성되었다. 글을 쓴 사람으로는 사도 바울의 이름이 제시되었으므로, 선입견을 버리고 그 글귀가 가진 장점을 봐야 했다. 메시지는 사도 바울이 쓴 편지 못지않게 도움이 되었고, 당면한 과제에 관해 한층 더 시대에 어울리는 내용이라는 이점도 있었다. 쁘티 신부는 대단한 용기와 요령이 필요한 도전을 앞두고 있었다. 협소한 정통 신앙과 사제의 한계라는 벽이 진취적인 지혜와 빛의 나팔 소리 앞에서 무너지길 바라는 단 한 가지 소망을 품고서.

그날 밤 쁘티 신부에게 격려의 글을 준 사람이 사도 바울일 수도 있고, 아닐 수도 있을 것이다. 하지만 적어도 내 관점에서는 위대한 사도 바울이 자신이 한때 살았던 이 땅의 발전에 지대한 관심을 가진다고 생각하는 건 그리 어려운 일이 아니었다.

인상이 좋은 젊은 여성도 자신이 쓴 글을 내놓았다. 흥미롭고 좋은 내용의 글이었으나, 내 기억에 남아 있는 건 기독교와 신지학의 근본

적인 차이를 예리하게 지적한 하나의 문단뿐이다.

쁘티 신부가 친절하게도 다음날 다시 적어주었지만, 기억을 더듬어 적자면 이러했다.

'기독교는 신이 아래로 뻗어 인간에게 닿는 것이다.'

'신지학은 인간이 스스로의 노력으로 신에게 닿으려는 시도이다.'

둘 다 간결하면서 진실한 문장이라는 생각이 들었다.

우리는 저녁 9시부터 새벽 1시까지 앉아 있었다. 그랬던 터라, 레이디 케이스네스가 그만 끝내고 식사를 하자고 제안했을 때 모두 다행으로 여겼을 것이다.

레이디 케이스네스의 아들인 드 포마르 공작이 식사에 동참하여 나도 소개를 받았다. 긴 시간 지쳐 있다가 훌륭한 음식을 음미하는 즐거운 자리에 방해가 된 것은 딱 한 가지, 영매 모녀가 딸의 나이를 두고 과격하게 싸운 것이다! 어머니는 딸이 마흔다섯 살이라고 말했고, 딸은 '서른다섯에서 하루도 더 먹지 않았다'고 주장하면서 자기 나이는 자기가 안다는 뜻을 내비쳤다. 그러자 그 어머니가 딸을 자극하는 말을 중얼거렸다.

"*Moi, je sais mieux que ça*(내가 너보다 더 잘 알지)."

그렇게 시작된 언쟁은 내가 백작부인에게 작별 인사를 할 때까지 계속되었다. 작별 인사를 하면서 '다음날 오후' 강연에 참석하겠다고 약속하고 보니, 다음날이 아니라 '오늘 오후'인 시간에 배그람 거리에 있는 저택을 나왔다.

그 저택에 다시 찾아갔을 때는 앞서 설명한 넓은 강연실로 안내를 받았다. 이미 4분의 3 정도 사람들로 채워져 있었고, 잠시 후 강연실 전체가 꽉 찼다.

레이디 케이스네스가 친절하게도 앞쪽에 내 자리를 마련해둔 덕분에 어려움 없이 보고 들을 수 있었다. 바닥보다 높은 단상에 쁘티 신부가 다소 긴장된 분위기로 엄숙하게 서 있었다. 추기경 한 명, 주교 두 명, 사제 예닐곱 명 정도가 쁘티 신부 가까이 앉아 있었으며, 잠시 후 쁘티 신부가 미리 작성한 원고 없이 강연을 시작했다.

쁘티 신부는 꾸미는 기색 하나 없이 진심을 다하는 모습이어서 누구라도 깊은 인상을 받을 수밖에 없었다. 동료 성직자들과, 일부는 무관심하고 일부는 적대적인 청중들 앞에 서서 '자신이 가진 믿음'을 뚜렷하게 밝히려면 진실한 목적과 가슴에서 우러나는 용기가 필요했다. 어떤 형태의 종교든 반드시 넘어야 할 과제인 미지에 대한 공포심을 깨끗이 걷어내는 중이라는 사실로 인해 더욱 선명하고 뜨거워진 그 믿음. 오래된 거대한 선박으로 이 항구에서 저 항구까지 무사히 항해하려면 이따금 선박 바닥에 부착된 해초와 조개껍데기들을 긁어내야 하듯이, 종교에 필연적으로 달라붙는 '거부감'이라는 더께를 청소할 필요가 있다.

추기경은 인장이 새겨진 큰 반지를 이리저리 돌리며 앉아 있었다. 내가 보기에는 냉소적인 흥미가 드러나는 표정이었다.

쁘티 신부의 강연은 과학에서 이루어진 진전을 언급하고, 옛 진리가 19세기의 다른 진리들과 조화를 이루도록 새로 다듬을 필요가 있다고 말했다. 그래야만 모든 진리가 거대한 진리 안에서 하나가 되고, 오류가 수정되면 종교의 정수와 과학의 정수는 서로를 향해 어떠한 두려움도 가질 까닭이 없다는 것이었다. 이때 내가 본 추기경의 얼굴은 연구 대상이었다.

'그래, 우리도 그걸 다 알지. 자네도 나도. 그렇다고 꼭 이런 요란을 떨어야 하나? 우리는 체계에 속해 있고, 이 체계는 어리석은 자들이 고치자, 다듬자 이러면서 뒤엎지만 않으면 앞으로도 수 세기는 잘 돌아갈 거라네. 사람들은 새로 다듬는 걸 원하지 않아. 그들은 확고함을 원하지. 그게 바로 우리가 그들에게 제공해야 할 것이야.'

나는 추기경의 냉소적인 얼굴에서 이런 분위기를 읽었다. 쁘티 신부가 손가락을 세우고 열의를 다해 쏟아내고 있으며, 전율을 일으키는 강연과 정반대였다.

"*La lumière est venue, mes frères- et si vous ne la suivez pas- vous serez laissès seuls dans vos églises*(빛이 밝았습니다, 형제들이여—이 빛을 따르지 않는다면—당신은 그 교회에 홀로 남겨지게 될 겁니다)."

사제 동료들에게 전하는 이 호소에 담긴 뜨거운 진심은 아무리 과장해도 글로는 표현이 안 된다. 나중에 청중들 사이에 미소가 퍼지면서 비장한 분위기가 다소 해소되었다. 나는 사람들이 왜 웃는지 모르다가 옆에 앉은 친절한 프랑스 여성이 설명해주는 걸 듣고 알았다. 쁘티 신부가 이단적인 강연에서 '*très chers frères*(사랑하는 형제 여러분)' 라고 해서, 청중들이 재미있어 하는 것이라고. 분명 '직업적인 버릇이 남아 있다'고 재미있어 한 것이리라.

다음날(목요일) 오후 2시에 점심을 먹자는 레이디 케이스네스의 초대를 받고서, 나는 평소 시간을 잘 지키는 편이라 정시에 도착했다. 파우더를 바른 가발을 쓴 하인이 백작부인은 아직 침실에서 나오지 않았다고 침실과 연결된 식당으로 안내해주었다. 나는 그곳에서 백작부인을 기다렸다. 몇 분 뒤 쁘티 신부가 그곳으로 와서 내가 도착한 걸 더 일찍 알지 못해 아쉽다고 정중하게 인사했다.

앉아서 대화를 나누면서 쁘티 신부가 전날 밤 신기한 경험을 한 이야기를 들려주었다. 적이 들으면 욕을 하거나 비웃을 그런 이야기라고 했다.

"어젯밤, 저택 뒤편을 향해 있어 거리의 소리가 들리지 않는 내 방에 앉아서 '여왕'에게 이야기를 하고 있었습니다. 갑자기 여왕께서 내 어깨를 치더니 백작부인이 막 집에 돌아왔다고 즉시 그녀를 만나러 가봐야 한다고 말했지요. 그때 근처 교회에서 시계가 12시를 알려서 내 시계를 봤더니 12시가 맞더군요. 백작부인이 오면 공작과 백작부인이 실제로 그 시간에 돌아왔는지 확인해볼 겁니다. 이 이야기를 백작부인을 보기 전에 당신에게 했다고, 베이츠 양이 증인이 되어주시죠."

나는 기꺼이 증인이 되겠다고 했다. 잠시 후 드 포마르 공작이 도착

하고, 바로 뒤이어 레이디 케이스네스가 식당 반대쪽에 있는 침실에서 나왔다.

함께 오찬을 먹다가 한참 뒤 쁘티 신부가 질문하는 방식이 너무 재미있었다.

"백작부인! 조심스럽게 뭐 한 가지 물어보겠습니다. 간밤에 몇 시쯤 집에 돌아오셨습니까?"

레이디 케이스네스는 약간 놀란 눈치였으나 선뜻 대답했다.

"아마 자정이 지나서일 거예요. 정확하게는 모르겠어요."

"어머니, 자정이 지나서는 아닙니다."

드 포마르 공작이 정정했다.

"마차가 출입구로 들어올 때 시계가 12시를 치는 소리가 들렸거든요."

"자, 내 말이 맞죠?"

쁘티 신부가 나를 돌아보며 의기양양하게 말했다. 그러고 나서는 내게 들려준 이야기를 반복했고, 나는 그 이야기를 도착하자마자 들었다고 증언했다.

다음날, 파리에서 지낸 한 주 동안 내게 보여준 친절과 환대를 잊지 못할 거라고 레이디 케이스네스에게 나는 작별 인사를 했다. 레이디 케이스네스는 언제든 파리를 지나가면 꼭 알려 달라고 신신당부했다. 그 다음해 알제리에서 돌아오는 길에 파리에서 며칠 머물게 되어서, 레이디 케이스네스에게 편지를 보냈더니 리비에라에서 답장이 왔다. 그곳에서 겨울을 보낸 백작부인은 파리로 돌아오려고 짐을 모두 쌌다가 끈질긴 추위로 계획이 틀어졌다고 한다. 그녀는 의사들이 조만간 출발을 허락해줄지 모르니, 내게 파리에 도착하면 꼭 배그람 거리로 가서 자신의 최근 소식을 확인하라고 당부했다.

열흘 뒤, 백작부인의 당부대로 저택을 찾아갔다가 부인의 비서(내가 전에 본 비서와 다른)를 만났다. 마지못해 질문에 대답해주는 그 비서는 무슨 속셈이 있어서 백작부인과 아는 사이라고 주장하며 찾아오는 사람들을 상대하는 데 익숙한 듯한 인상을 풍겼다.

마침 백작부인의 편지를 갖고 있지 않았지만, 아마 있었다고 해도 꺼내 보이지 않았을 것이다. 금방 돌아 나오며 나는 명함을 남기고 이렇게 말했다.

"번거롭겠지만 이걸 즉시 레이디 케이스네스에게 보내주세요."

비서는 내 이름을 보는 순간 '거만한' 분위기가 '굽실거리는' 태도로 완전히 바뀌었다.

"베이츠 양이세요? 오, 알겠습니다. 즉시 백작부인께 보낼게요. 베이츠 양인 줄 몰랐어요. 무례를 용서하세요. 너무 많은 사람들이 백작부인을 찾으니 깐깐하게 할 수밖에 없답니다. 물론 베이츠 양은 백작부인이 아주 좋아하는 분이죠. 베이츠 양 이야기를 자주 하시면서 극도로 정중하게 모시라고 주의를 주셨어요."

그것이 친절한 백작부인과의 마지막 추억이 되었다. 백작부인은 몇 달 뒤 세상을 떠났다. 엄밀히 말해, 마지막 추억은 따로 있다. 1896년

스코틀랜드를 방문했을 때, 그녀의 무덤을 찾기 위해 일부러 홀리루드 예배당에 갔다.

평범한 석판에 간단하게 새긴 비문은 그녀가 살던 화려한 저택, 입고 다니던 드레스, 기타 여러 환경들과 묘하게 대비를 이루었다. 그렇지만 그것 또한 백작부인의 또 다른 면을 진실하게 나타낸다고 믿고 싶다.

마찬가지로, 그녀를 '이상한 환영을 보는 사람'으로만 알고 있었다면 케이스네스 백작부인이자 드 포마르 공작부인인 그녀가 두뇌 회전이 빠르고, 현실 감각이 뛰어나며, 상식적인 여성이기도 했다는 사실을 미처 깨닫지 못했을 것이다. 내가 영국으로 떠난 직후, 백작부인이 심령연구협회에 적지 않은 유산을 남기는 문제를 정리하려고 프레더릭 마이어스 씨가 백작부인을 방문하고 돌아왔다. 그러고 나서는 내게 이와 똑같은 말을 했던 것을 지금도 기억하고 있다.

파리에서 그리 멀지않은 영국으로 넘어가서, 이번 이야기는 옥스퍼드 대학과 관련된 기억이다.

1896년 봄에 친구와 그곳에서 며칠을 보냈다. 그러다가 어느 날 오후, 옥스퍼드 다과회에 같이 갔다. 역시나 기혼과 미혼을 막론하고 여성들이 수두룩했다. 그리고 우정 때문에 붙잡힌 교수가 몇 명, 또 그보다 조금 더 많은 수의 학생들이 참석했다.

학생들 중에 내가 잘 아는 주교와 같은 이름이 있는 것을 우연히 들었다. 어릴 때 처음 만나서 꽤 가깝게 지낸 사이로, 당시 주교는 갓 결혼한 부목사였다. 그의 아내(나보다 몇 살 연상)와도 아주 친하게 지냈던 터라, 혹시 옥스퍼드 다과회에 온 그 청년이 주교의 아들이 아닌

지 궁금해졌다. 편의상 그랜체스터 주교라고 부르기로 하자.

내 짐작은 맞았다. 그 청년을 소개받아서 곧 청년의 부모에 관해 흥미로운 대화에 몰두하게 되었다. 특히 청년이 겨우 4살일 때 세상을 떠난 그의 어머니 이야기가 주를 이루었다. 청년은 어머니에 대해 아는 게 거의 없었다. 부친은 재혼했고, 친할머니(1896년에도 살아계셨다.)는 며느리에게 정이 없어서-아마도 질투심 때문이리라- 청년에게 어머니에 대해 말해주는 사람이 없었기 때문에 내가 기억하는 자기 어머니 이야기를 듣고는 당연히 기뻐했다.

"내일 오후에 오셔서 저와 차를 같이 드시죠. 아니면 언제든 다른 날이라도 편하실 때 그렇게 하세요."

청년이 간곡하게 부탁했다.

"어머니가 젊었을 때 사진이 한두 장 있는데, 어느 게 잘 나왔는지 꼭 알고 싶습니다."

물론 나는 그러겠다고 했다. 그리고 청년은 우리가 사진을 보면서, 그가 태어나기 전 이야기를 나누는 동안, 자기 동창생이 내 친구를 접대하도록 부탁하겠다고 약속했다.

그리하여 청년의 집을 방문했다가 돌아온 2월의 어느 저녁, 또 다시 특별한 이유 없이 기분이 가라앉고 신경이 곤두섰다. 대개 심령 현상의 징조인 이 기분을 다른 심령 능력자들도 잘 알 것이다. 저녁 식사를 마친 직후, 문득 처음으로 머리를 스치는 생각이 있었다. 오후에 그 청년을 만나고 온 것이 불편한 기분과 연관이 있을지도 모른다는 생각이었다. 청년의 어머니가 내게 뭔가 전하려는 것일 수도 있었다! 그것이 사실임을 알게 되었지만, 그날 밤은 더 깊이 들어가는 것을 감당할 수 없었다.

그래서 무슨 말이든 다음날 아침에 들어주겠다고 약속했더니, 불편하고 불안한 마음이 깨끗이 사라지고 푹 잘 수 있었다. 다음날 아침, 아침식사를 마치고 나서 내 친구인 집주인이 실질적인 조언을 해주었다.

"당장 그 문제를 해결하지 않으면 종일 걱정해야 할 거예요. 나는 저녁 준비를 시키고 응접실에 가 있을 테니 혼자 이 방을 사용해요."

나는 자리를 잡고 앉아서 어릴 때 가깝게 지낸 이가 보내는 아름다운 메시지를 받았다.

분명히 그녀는 막내아들 때문에 굉장히 불안해하고 근심이 깊었다. 나는 이틀 전에 처음 만났으니 말할 것도 없이 그 청년에게 무슨 일이 있는지 알지 못했다. 그녀는 아들의 비밀을 누설하거나, 신뢰를 저버리게 될 것을 우려하여 신중하게 말을 아꼈다. 그녀의 아들에게 조금이라도 불명예스럽거나 실망스러운 점이 있는 건 분명 아니었다. 내가 이해한 바로는 청년이 어떤 계획을 세우고 있는데, 그 어머니의 넓은 시야로 볼 때 바람직하지 않거나 부적절하여 어쩌면 장래에 재앙으로 이어질 수도 있는 그런 일인 듯했다.

나와는 무관한 일이었고, 평소에도 들은 이야기에 '추측으로 살을 보태는' 것은 명예롭지 못하다고 생각해 삼갔다. 그리고 타인과 연관

된 이야기를 들으면 가능한 한 빨리 잊으려고 한다.

다행히 어렵지 않게 이런 원칙을 지킬 수 있었는데, 유독 이 경우는 한 문장이 아직도 귓가에 쟁쟁하다. 만약 그 아들이 이 글을 접하게 된다면 자기 어머니의 마지막 말을 공개한 것을 양해해 주길 바란다.

'소중한 내 아들에게 인생은 너무나 진지한 것이고, 진실한 사랑은 너무나 신성하다고 전해주세요. 정말로 확신하는지 잘 생각해보라고. 안 그러면 허상을 쫓다가 본질을 놓칠 수 있다는 말도 전해주세요.'

첫 문장은 그녀가 말한 그대로 옮겼다. 두 번째 문장은 똑같진 않더라도 기억에 남아 있는 의미를 살려서 적은 것이나, 그 어머니가 아들에게 전하고 싶은 말이 무엇이었는지 고스란히 담겨 있다고 확신한다.

이 메시지는 내게 어려운 숙제를 안겼다. 대체 이걸 어떻게 해야 하는가!

달리 생각해보면, 이 메시지를 받기로 동의하면서 아들에게 전하기로 묵시적으로 약속한 것이다.

또 다른 한편으로는 고려해야 할 문제가 한두 가지가 아니었다. 우선 이런 내용으로 편지를 보내면 청년이 불쾌하게 생각할 가능성이 컸다. 특히 그가 심령에 관한 지식이 있다고 짐작할 만한 근거가 하나도 없었기에.

둘째로, 자신의 사적인 문제가 거론되는 것을 내가 주워듣고 죽은 모친의 바람이라는 핑계를 대면서 충고하는 것으로 오해할 수도 있었다.

혹시 그럴 가능성이 희박하다고 해도 고려하지 않을 수 없었다.

세 번째는, 악의 없는 정신병자가 헛소리를 하는 것으로 여길 수도 있었다.

네 번째, 자기 어머니가 가장 사적인 문제까지 훤히 알고 있다는 인상을 받을 수도 있었다. 그럴 경우 비경험자가 섣불리 심령 현상을 조사하다가 각종 위험에 처하기도 하고, 특히 젊은 사람의 경우 심령 문제에 지나치게 관심을 두게 되면서 일상생활을 등한시할 위험이 있었다.

나는 메시지를 전달해야 하는 단 하나의 이유인 그 어머니의 애정 어린 염려, 그리고 거기에 대해 내가 느끼는 책임감에 대적할 만한 부정적인 가능성을 낱낱이 고려했다.

결국 메시지를 보내야 한다는 결론에 도달했고, 그 결과는 하늘의 뜻에 맡기기로 했다.

메시지를 보내면서 몇 마디 부연 설명과 함께, 그가 내 진심을 믿고 자기 어머니의 존재를 인식해서 심령 현상에 푹 빠지게 될 경우를 대비하여 경고하는 것도 잊지 않았다. 애석하게도 순전히 그 청년의 입장을 생각해서 내 편지에 답장을 보낼 필요는 없다는 말도 덧붙였다.

편지는 반드시 그 청년에게 배달될 테니 더 이상 내가 할 일은 없었다.

다음날 옥스퍼드를 떠난 이후 청년을 다시 만나지 못했고 아무런

연락도 없었다. 나는 그가 기분 상했거나 메시지 내용이 틀린 거라고 결론지었다. 그의 어머니가 나를 찾아왔다는 사실은 의심한 적이 없었다. 그러나 그 메시지를 아들에게 전하는 과정에 이해하기 힘든 애매한 내용이 되어 버렸는지도 모를 일이었다.

어쨌든 힘든 경험이었던 그 일을 머리에서 지웠다. 심령 능력자라면 누구나 자신의 편의보다 양심을 먼저 생각하다가 그런 고난을 겪기도 한다.

3, 4년쯤 지나서 다소 엉뚱하게 그 메시지의 결과를 확인했다.

서아프리카 전쟁에서 심한 부상을 당한 내 사촌이 런던 병원으로 이송되었다. 현지 의사들이 찾아내지 못한 총알의 위치를 파악하고 제거하기 위해서였다.

1899년 런던 시즌(런던 상류층에서 사회적·정치적 목적의 행사가 주로 열리는 12월부터 6월까지의 시기 – 옮긴이 주)에 몇 주간 병원 신세를 지고 있는 사촌에게 친구들, 친지들이 병문안을 다녔고 나도 이따금 사촌을 보러 갔다. 런던을 떠나는 날에 작별 인사를 하러 갔다가 사촌이 우연히, 처음으로 병실 담당 간호사의 이름을 언급하면서 친절하고 유능하다고 칭찬했다.

"참, 그랜체스터 주교의 딸이에요. 에이미 누나는 아는 분이 많잖아요. 혹시 우리 간호사도 알지 모르겠군요."

사촌이 미소를 지으며 말했다.

"아니, 모르는 사람이야, 버트. 하지만 그 부모는 오래 전에 잘 알던

분들이지.”

사촌은 나더러 병원을 나가는 길에 간호사를 꼭 만나고 가라고 고집했다. 굳이 약속을 받으려기에 내심 바쁜 사람을 방해하는 게 내키지 않아도 그러기로 했다.

복도에 있는 심부름꾼에게 그녀를 불러달라고 부탁하면서, 특별한 용무는 없으니 한가하지 않으면 만나지 않아도 괜찮다고 말했다. 잠시 후, 심부름꾼이 돌아와서 1층에 있는 예쁜 응접실로 데려다주면서 간호사가 곧 올 거라고 말했다. 문이 다시 열리자, 밝고 인상이 좋은 젊은 여성이 들어왔다. 스물일곱이나 여덟 정도로 보이는 그녀는 내 이름을 들었다며 따뜻하게 인사했다.

“아, 네, 프랭크가 옥스퍼드에서 만난 이야기를 해줬어요.”

그때는 ‘프랭크’에 관해 할 이야기가 별로 떠오르지 않았다. 그래도 우리는 앉아서 30분 정도 짧지 않은 대화를 나누었다. 3년 전 그녀의 남동생과 나누었던 대화와 별반 다를 게 없는 내용이었다.

작별 인사를 하니 그녀가 홀을 지나 병원을 나가는 돌계단까지 배웅해주고 도로 들어가려고 돌아섰다. 불현듯 꼭 한 가지 물어봐야겠다는 생각이 들어 서둘러 그녀를 뒤쫓아 갔다.

“혹시 남동생 프랭크가 옥스퍼드에서 내 편지를 받은 이야기를 하던가요?”

“아, 그럼요.”

그녀는 난처한 기색 하나 없이 대답했다.

그래서 내가 다시 물었다.

"그 이후 아무 소식도 듣지 못했어요. 그때는 답장할 필요가 없다고 말하긴 했지만, 혹시 그 편지 때문에 상처받거나 기분 상한 건 아닌지, 그래서 내가 주제 넘는다고 생각한 건 아닌지 걱정되더군요."

"프랭크가 답장을 안 했어요?"

그녀는 진심으로 놀라는 눈치였다.

"제가 알기론 답장을 하려고 했어요. 조금도 기분 상하지 않았고, 오히려 굉장히 흥미로워했어요. 어머니의 메시지 덕분에 동생의 인생이 크게 달라졌다는 건 제가 잘 알아요."

나는 더 이상 묻지 않은 채 고맙다고 인사했다. 전에 말했다시피, 그건 처음부터 끝까지 나와는 무관한 일이었다. 하지만 오랜 시간이 지난 뒤에라도 그렇게 결과를 확인하니 만족감이 배가되었다.

여기서 다시 한 번 묻겠다. 이래도 '퀴 보노'라고 따질 것인가?

다시 기억의 만화경을 흔드니, 윔블던에서 친구와 지내고 있을 때가 떠오른다. 아쉽게도 지금은 세상을 떠난 친구이다. 그때 그 친구는 공유지에서 멀지 않은 곳에 예쁜 집이 있어서 내가 런던에 있는 동안에는 며칠씩 그곳에서 지내곤 했다.

한번은 그녀가 몇몇 친구들과 같이 차를 마시자고 했다. 그들 중에는 몇 해 전 내가 친구에게 소개시켜 준 알프레드 웨지우드 부인도 있었고, 나와 친한 'V. C. 데저티스' 부부도 있었다.

아주 조금 아는 사이인 파쿠하 양과 나는 한 소파드에 나란히 앉아 있었다. 그녀가 한쪽 끝에 앉고, 내가 다른 쪽 끝에 앉아서 중간이 비어 있었다. 멀리서 웨지우드 부인이 데저티스 씨와 이야기하다가 갑자기 우리가 앉은 소파를 쳐다보았다. 그러더니 파쿠하 양과 내 사이에 인자하게 생긴 한 노인이 부드러운 펠트 모자를 쓰고, 지팡이에 몸을 의지한 채 앉아 있다고 지극히 사실적으로 묘사하기 시작했다.

"머리가 길어서 거의 코트 깃에 닿고 정말 자상한 인상의 노인이에요!"

웨지우드 부인은 이렇게 말하고 주위를 돌아보며 다시 말했다.

"누구든 저 노인을 아는 사람이 있을 거예요! 아주 뚜렷하고 독특한 모습이에요."

데저티스 부인이 남편에게 귓속말을 하자, 곧 데저티스 씨가 그 노인의 머리색이 완전히 백발이냐고 물었다.

"네. 백발이에요."

웨지우드 부인이 기대를 갖고 대답했다.

"곱슬머리에 길이가 길고요?"

"맞아요. 곱슬머리에 길이가 꽤 길어서 옷깃에 닿아요."

웨지우드 부인이 여전히 자신 있게 대답했다.

곧 데저티스 씨가 자기 아내에게 덤덤하게 하는 말에 우리 모두 김이 샜다.

"그럼 당신 생각이 틀렸군. 우리 아버지가 아니오. 아버지는 백발이

긴 해도 길이가 아주 짧았지.”

가차 없는 부정이었다. 하지만 웨지우드 부인은 우리 중에 알아보는 사람이 있든 없든, 이렇게 또렷하게 보이는 건 처음이라고 단언했다.

이쯤에서 사실 내가 며칠 전부터 잠을 설치고 있었다는 것을 언급해야겠다. 조만간 윈저에서 친구와 생애 처음으로 ‘6월 4일(이튼칼리지 일대에서 축제가 열리는 날 - 옮긴이 주)’을 보낼 예정이었다. 그래서 다가오는 축제를 위해 특별히 최상의 상태를 유지하고 싶은 시기여서 더욱 유감스러운 일이었다.

이렇듯 잠을 설친 날들이 나중에 알고 보니 방금 말한 인자한 노인과 연관되어 있었다.

사건의 전말을 설명하자면 이렇다.

오후 시간이 다 가기 전에 우리는 웨지우드 부인의 투시력이 발휘된 일을 잊었다. 아무도 그 노인을 안다고 나서는 사람이 없었고, 다른 흥미로운 대화꺼리도 많았기 때문이다.

다음날, 파쿠하 양이 내 친구에게 전갈을 보내 대단히 흥미로운 이야기가 있다고 주말쯤 차를 마시러 와도 되겠냐고 물었다. 물론 파쿠하 양은 차를 마시러 와서 이야기를 풀어놓았다.

“그때 여기서 웨지우드 부인이 말한 노인 이야기에 아무도 크게 신경 쓰지 않는 것 같더군요. 하지만 설명이 너무 생생해서 부인의 눈엔 실제로 노인이 보인다고 확신했어요. 그래서 그 노인에 대해 알아봐야겠다고 마음먹었죠. 이 마을에서 아주 오래 거주한 노부인을 알고 있어서 찾아갔지요. 그리고 예전에 혹시 이 집에 살던 사람들에 대해 아는 게 있는지 물었어요. 그 부인 말이, 전에 여기 나이 많은 부부가 살았는데, 남편은 죽었대요. 아내는 지금 윔블던을 떠나 다른 곳에 살면서도 자기 남편이 그렇게나 아끼던 집을 팔지 못해서 임대를 했다는 거예요. 노부인은 그 사람이 현재 이 집 주인일 거라고 생각하는 것 같았어요."

이 이야기를 들은 내 친구는 그것이 사실임을 확인해 주었다. 중개인을 통해 이 집을 빌렸다고 말이다. 또 현재 집주인이 딴 지역에 살고 있어서 집주인에 대해 개인적으로는 모른다고 했다.

파쿠하 양의 말이 이어졌다.

"여기 살던 노인이 이 집을 그렇게 아꼈다니 웨지우드 부인이 이곳에서 그를 본 게 그런 이유 때문이 아닐까 싶어서, 내가 만난 그 노부인에게 혹시 그 사람을 잘 아느냐고 물었어요. 그렇다면 어떻게 생겼는지 설명해 달라고 했죠. 그랬더니 웨지우드 부인의 말과 정확하게 일치했어요. 그리고 그 사람이 굉장히 병약했다는 말도 하더군요. 집에서도 외풍을 맞지 않으려고 모자를 쓰고 앉아 있곤 했대요. 몸을 지탱할 수 있는 지팡이도 늘 지니고 있었고요."

이것은 매우 흡족한 결과여서, 우리는 파쿠하 양의 탐정 본능에 박수를 보냈다. 그리고 웨지우드 부인에게도 이 사실을 알리겠다고 약속했다.

웨지우드 부인은 아주 담담하게 받아들이면서 누군가 그 노인에 대해 알아낼 거라고 확신했다는 말만 했다.

나는 생기 넘치고 예쁜 침실에서 불면의 밤을 보내는 것이 혹시 같은 노인과 연관이 있는 게 아닐까 하는 생각이 불쑥 들었다. 그렇지만 거기에 대해선 한 마디도 하지 않고, 그냥 웨지우드 부인에게 런던으로 돌아가기 전에 내 방으로 올라와 달라고 했다. 그리고는 밤에 잠을 잘 수가 없다고, 여기 온 이후 줄곧 그랬다고 이야기하면서 그 이유를 찾을 수 있겠냐고 물었다.

웨지우드 부인이 잠시 방을 돌아보더니 대수롭지 않게 말했다.

"이유는 분명하네요. 그 노인이에요. 아마 이승에 발이 묶였는지 이 집을 떠돌고 있어요. 없애고 싶으면 그 노인이 하고 싶은 말을 들어줘요. 나도 돕고 싶지만 그럴 수 없겠어요. 당장 출발하지 않으면 기차를 놓칠 거예요."

다음날 아침, 나는 가련한 노인으로부터 메시지를 받았다. 나를 괴롭혀서 미안하고 유감스럽다는 사과의 말로 시작하여 애절한 내용이 이어졌다.

'용서해 주시오. 아내에게 꼭 전하고 싶은 말이 있는데, 보아하니 당신에게 그런 능력이 있더군요. 그렇게까지 당신을 불편하게 하는 줄은 몰랐다오. 아까 그 부인이 나더러 이승에 발이 묶였다고 하던데, 만약 그렇다면 그건 깊이 사랑하는 내 아내를 보살필 수 있도록 허락되었기 때문이라오. 내가 이곳으로 이끌려 온 것은 이 집에 대한 오래

된 정 때문이기도 하고, 나를 도와줄 수 있는 당신이 여기 있기 때문이오.'

그러고 나서는 아내에게 전하고 싶은 말을 했다. 혼자 남은 아내를 향한 깊은 사랑과 세심한 배려가 고스란히 담긴 감동적인 사연이었다는 것만 기억에 남아 있다.

우리는 이 아내의 주소를 모르고, 성가신 질문을 하지 않고는 알아낼 방법이 없었다. 그래서 이 메시지를 언젠가 전해줄 날이 올 때까지 내 친구가 잘 보관하기로 합의했다.

일 년 뒤, 윔블던에서 하룻밤을 지내다가 중병이 든 것처럼 몸이 심하게 아팠다. 내가 메시지를 전하지 않아서 불쌍한 그 노인이 어떻게든 아내에게 전달하려고 애쓰고 있어서 그런 거라고, 또 다른 투시 능력자가 말했다. 그랬기에 윔블던 친구에게 나는 무슨 수든 내야 한다고 했다. '어떤 비용을 치르더라도' 그 아내의 주소를 알아내어서 이 문제를 해결하기 전에는 다시 윔블던에 내려갈 수 없었다.

확고한 내 결심 때문에 주소를 알아내긴 했는데, 결과적으로 불쾌한 경험으로 마무리되었다.

노인의 메시지를 동봉하여 그의 아내에게 매우 정중하게 편지를 썼다. 그러면서 메시지를 전하기 전에는 윔블던 친구 집에 갈 수 없는 사연을 설명했다. 그리고 그 이유로 1년이나 고민 끝에 이런 편지를 보내게 된 것을 양해해주기 바란다고 적었다. 또한 나를 미치광이로 여길 수도 있겠지만, 혹시 부인이 메시지의 출처를 못 믿는다고 할지

라도 남편의 지속적인 관심과 애정을 보여주는 감동적인 증거는 여전하다고 덧붙였다. 게다가 그 증거가 귀찮게 하거나, 부인에게 해가 되진 않을 거라는 내 믿음도 에둘러 전했다.

하지만 그 아내가 내게 보낸 답장을 읽고는 머리에 찬물을 뒤집어쓴 기분이 들었다.

노부인(?)은 이런 터무니없는 악담은 처음이라며 펄펄 뛰었다. '사랑하는 남편은 차림새와 생김새, 둘 다 완전히 신사이며, 세상을 떠날 때 겨우 예순여덟에서 하루도 더 먹지 않았다.' 등등.

그런 입심 사나운 여자에게 마음을 전하려고 애쓴 예순여덟 살 먹은 '젊은' 남편이 애처롭다는 생각이 들지 않았다면 배를 잡고 웃을 일이었다.

윔블던 친구가 그 부인의 주소를 알아내는 데 도움을 준 군인이 했던 말을 전해주었다. 내 친구의 남편에게 그는 혹시 내가 정신병자가 아닌지 물어봤다는 이야기를 나중에 들었다!

저세상에서 온 반가운 소식을 이런 식으로 맞는 사람들이 있다. 감사할 줄 모르는 그런 어리석음이 앞을 가려도, 여전히 사랑이 죽음보다 강하다는 게 그저 놀라울 따름이다.

사람이 잠을 자는 방에 감도는 기운(심령학적)에 내가 유난히 예민하다는 건 이미 밝혔다. 내 기록에서 찾은 또 다른 일화이다.

영국 남부에 있는 친구를 처음으로 방문했을 때, 아주 밝고 활기 넘치는 방에서 지내게 되었다.

첫날부터 그 방에서 어떤 남자의 강한 기운을 감지했다. 다시 한 번 말하지만, '강한' 남자의 기운이 아니라 그 반대로 매우 허약한 남자-악한 게 아니라 약하고, 감성적이고 감각적이며, 방종하고, 기개와 의지력이라곤 찾아보기 힘든-의 기운이었다.

그 집 주인인 친구에게는 아들이 둘 있었다. 한 아들은 나도 알고, 나머지 아들은 외국에 살아서 한번도 만난 적이 없었다. 내가 아는 아들은 남자답고 의지가 강하여, 흔히 말하는 '강철같이 단단한' 인물이고 훌륭한 군인이었다. 그러므로 내가 느낀 기운의 주인이 아니었다.

혹시 나머지 한 아들의 기운이 아닐까 걱정되어서, 기회가 오자마자 아들의 사진을 보여 달라고 부탁하여 불안한 마음이 진정되었다. 내 방에서 강하게 느껴지는 기운은 그 아들의 것도 아닌 게 분명했다.

친구에게 누가 주로 그 방에서 잤냐고 물었더니 즉각 대답했다.

"아들 둘 다 각각 다른 시기에 그 방을 썼죠."

그러면서 물었다.

"그 방이 뭔가 이상하군요. 왜 그래요?"

"당신 아들 둘과는 무관한 게 확실해요. 그 방에서 잠을 자면서 강한 기운을 남긴 남자의 특성을 설명해 볼게요."

그러고 나서는 앞서 적은 대로 설명했다. 한두 가지가 더 있었는데, 지금은 잊었다.

꽤나 회의적인 성향인 그 친구는 약간 놀랐다. 아무 말 없이 방을 가로질러서 캐비닛으로 걸어가더니, 내가 한 번도 본 적이 없는 남자

의 사진을 갖고 와서 건넸다.

"방금 우리 시동생의 성향을 족집게처럼 집어냈어요. 시동생도 그 방을 쓴 적이 있어요."

가벼운 이 에피소드의 결말은 결코 가볍지 않다.

한두 해쯤 지나서 이 친구와 나는 둘 다 기관지염을 동반한 독감에 걸렸다가 회복한 뒤, 외국의 같은 곳으로 요양을 갔다.

그녀가 나보다 독감이 빨리 나아서 먼저 가 있었고, 내가 나중에 그곳으로 가니 자기 시동생이 죽었다는 소식을 전해주었다.

"불쌍한 사람! 몹시 고통스러운 병에 걸려서 고생을 많이 했어요. 흠이 많은 사람이었지만, 당신 말처럼 악해서 그런 게 아니라 약해서 그런 거였죠. 최근에 내가 가까운 가족을 잃었을 때 보낸 위로의 편지를 보면 교만한 사람은 아니었어요. 왜 자기 자신처럼 '쓸모없는 인간'은 살아있고, 그 소중한 사람은 떠나야 했는지 이해할 수 없다고 적었더군요."

내가 이 친구를 만난 건 그 가련한 남자가 세상을 떠난 지 얼마 안 되었을 때여서 그런지, 그가 아직 극심한 혼란과 슬픔에 빠져 있는 걸 느낄 수 있었다. 그의 영혼이 뚜렷하게 느껴지는 것은 그의 기질을 강하게 느낀 적이 있기 때문이기도 했다. 그러므로 새로운 세상에 있는 그를 어떻게든 도우려고 노력하는 것이 지당한 일로 여겨졌다.

피상적인 사고방식으로 보자면, 이 세상에 있는 불완전한 존재가 저세상에 있는 불완전한 존재를 도울 수 있다고 가정하는 자체가 대단한 모순이며, 매우 불경하다고 느껴질 것이다. 하지만 나는 개인적으로 우리 곁을 떠난 이들을 위한 기도의 힘을 깨닫는 데 어려움을 겪은 적이 없다.

여기 있든, 저기 있든 우리 모두는 하나의 거대한 가족이 아닌가. 아이들이 서로를 사랑하도록 인도하려면 서로를 도우라고 가르치는 방법이 최선이다. 우리가 익히 아는 이 법칙이 작은 부분에 국한되지 않고, 우주에도 적용된다는 게 이상한 일인가?

어쨌든 나의 기도가 어둠 속에 있는 이 가련한 남자에게 도움과 위안이 되었다고 확신한다.

몇 주 후, 그의 상태가 훨씬 밝아졌다. 그는 내가 보여준 관심과 노력에 감사 인사를 했고, 그 이후 그의 소식은 듣지 못했다.

단박에 트집을 잡는 사람도 있으리라. 다른 누군가가 했어도 똑같이 잘해내지 않았을까? 저세상에 있는 가까운 친지라든가, 구원의 천사라든가?

물론 그들이 똑같이, 아니 아마도 나보다 훨씬 더 잘해냈을 것이다.

그러나 핵심은 어쩌다 보니 그 일이 내게 주어졌고, 적어도 나는 최선을 다했다는 사실이다. 그 이상 무슨 말이 필요하겠는가.

다시 한 번 묻겠다.

'퀴 보노'라고 따질 수 있겠는가?

같은 해(1896), 또 다른 기이한 체험을 한 것이 기억난다.

시즌 동안 런던에 머물고 있을 때였다. 몇몇 여자 친구들이 자기네들이 잘 아는 어떤 여성을 나도 알고 지냈으면 좋겠다고 만나보라며 성화였다. 이런 경우 흔히 있는 일이지만, 우리는 서로에게 손톱만큼도 흥미를 느끼지 못했다. 그러나 이건 내가 하려는 이야기와 아무런 상관이 없다.

친구들은 여러 다른 친구들도 초대했지만, 다과회를 연 목적이 앞서 말한 이 여성 때문이었다. 그래서 나더러 시간을 맞춰 오라고 신신당부했다. 핼리팩스 부인에게 다른 볼일이 많아서 그녀는 오래 머물 수 없기 때문이었다.

그래서 약속을 지키려고 서둘러 옷을 입고 나섰다. 흥미로운 경험을 안겨 줄 기회인 줄 모르고, 이런 상황에 약간 따분해하고 있었다. 핼리팩스 부인을 만나보니 엄청나게 부유하고, 극도로 지루하다는 게 내 판단이었다. 아마 그녀도 나에 대해 비슷한 말을 했을 것이다. 그녀가 아들 하나, 딸 하나를 데리고 온 걸 알았지만, 또 다른 청년(얼굴은 보지 못했다.) 역시 그녀의 아들인 걸 몰랐다. 핼리팩스 부인과 형식적인 대화를 15분 정도 나누다가 다행히도 그녀의 아들로 대화 상대가 바뀌었다. 그 아들과 나는 공통으로 아는 오랜 친구들이 있었다.

그사이 실내는 손님으로 가득 찼다. 늦게 온 사람들 가운데 별로 인상이 좋지 못한 한 남자가 들어오는 것이 눈에 띄었다. 방탕하고 교만해 보이는 남자였다. 그 남자와 말을 섞어보진 않았지만, 그때 받은 강한 인상이 이 이야기의 한 요소이다.

다과회의 주빈인 핼리팩스 부인이 가려고 나서자, 아들과 딸이 뒤따랐다. 그 뒤에 다른 청년이 따라 나가는 것이 눈에 띄긴 했지만, 오후 내내 내 뒤에 앉아 있었던 탓에 얼굴을 보지 못한 청년이었다.

나갈 때도 역시 얼굴은 보지 못했다. 핼리팩스 일가가 나갈 때, 내 주의가 딴 데로 가는 바람에 두 번째 청년은 뒷모습만 보았을 뿐이다. 그리고 나중에 그가 핼리팩스 부인의 또 다른 아들이라는 이야기만 들었지, 그 아들에 관해 어떠한 말도 듣지 못했다.

이 시기에는 심령과 관련해서 지금보다 더 많은 걸 할 수 있을 때여서, 슬픔에 젖어 있거나 떠도는 영혼의 존재가 가까이 느껴지면 기

도로 그들을 도우려고 했다.

그러므로 다과회를 한 그날 밤에 자다가 깨서, 가까이 있는 영혼의 존재를 느껴도 처음에는 경계하지 않았다.

그러나 완전히 잠이 깨고 나니 그 영혼이 불쌍하고, 슬프고, 혼란에 빠진 게 아니라 악의와 복수심으로 가득하다는 게 느껴졌다. 그때는 성별이 남자인지 여자인지 몰랐다. 머릿속에는 온통 시급하게 나의 기도가 필요한 대상은 다른 누구도 아닌 바로 내 영혼이라는 생각뿐이었다.

악의로 가득한 어떤 존재가 그 방에 있었다. 활활 타오르는 끈질긴 분노와 악의에 사로잡혀 어떤 기도나 애원도 소용없는 그런 무언가가, 혹은 누군가가 그곳에 있었다.

이런 확신이 점점 더 강해져서 초를 밝히고 침대에서 나와 악으로부터 보호해달라고 기도했다.

그렇게 10분 이상 무릎을 꿇고 있었던 것 같다. 그때 느낀 불안과 무력감이 똑똑히 기억난다. 악의 힘은 막강하고, 그에 비해 내 기도는 미력하여 아무 도움도 되지 않을 것만 같았다.

하지만 이내 믿음이 돌아오고 이길 수 있다는 자신감도 생겼다. 강인함을 되찾고 차분한 심정으로 다시 침대로 돌아가서 잠들었다. 악한 존재가 더 이상 나를 괴롭힐 수 없다는 것을 알았다.

이전부터 줄곧 망자의 영혼과 소통하듯 멀리 있는 산 사람의 영혼과도 쉽게 소통할 수 있었기에, 아침에 일어나서 간밤의 불쾌한 기억을 떠올리고 '살아있는' 한 친구에게 그게 무슨 의미인지 물었다.

혹시라도 전날 오후에 본 사람들과 연관이 있다면 본능적으로 반감이 느껴지던 방탕하게 생긴 청년일 거라고 내심 결론 내린 뒤였다.

그런데 그 청년이 아니라, 핼리팩스 부인의 작은 아들 이름이 나와서 소스라치게 놀랐다.

'헨리 핼리팩스예요. 그 청년에게 붙은 유령이 당신에게 온 거예요.'

앞서 말했다시피 그 청년은 얼굴도 본 적이 없었기에, 괜한 사람을 나쁘게 몰아가는 것 같은 생각이 들어서 참을 수 없었다. 그래서 친구에게 재차 물었다.

"신중하게 이름을 말해주세요. 헨리 핼리팩스가 확실해요? 루스비 씨 아닌가요(내가 생각하는 다른 청년의 이름을 들먹였다)?"

'아니에요. 헨리 핼리팩스가 맞아요.'

"하지만 난 그 청년 얼굴도 못 봤는걸요."

'그랬죠. 하지만 오후 내내 그 청년 쪽으로 등을 돌리고 앉아 있었어요. 우리 몸에서 등이 심령에 가장 민감하다는 거 몰라요?'

악의를 품은 영혼에 관해선 헨리 핼리팩스를 따라다닌다는 것 외에 아무 말도 듣지 못했다.

영문을 알고 나서 그 일은 깨끗이 잊기로 했다. 유령이 붙은 이유에 특별히 호기심을 느끼지 않았고, 그저 그가 알던 어떤 남자이겠거니 생각했다.

그날 아침, 하룻밤 자고 올 계획으로 윔블던 친구 집에 갔다. 토요

일 오찬을 먹는 시간에 알맞게 도착해서, 오후에는 친구와 공유지에서 기분 좋은 산책을 즐겼다. 친구가 응접실에 놓을 꽃을 사고 싶다면서 돌아가는 길에 어떤 꽃집에 들르자고 했다.

나도 이미 만나본 꽃집 안주인은 굉장히 '유령에 민감한' 사람이어서 우리가 마이어스 씨와 심령연구협회에 소개했다. 예쁘장한 얼굴은 유령을 보는 다른 이들처럼 창백하거나 기괴한 기색 하나 없이 혈색이 좋고 현실적인 여성이었다. 그런데도 그녀는 물론이고, 자식들까지 놀라운 심령 체험을 많이 해서 프레더릭 마이어스 씨에게도 이 사실을 모두 알렸다.

업무적인 대화가 마무리되자, 꽃집 안주인 레브렛 부인이 내게 말했다.

"베이츠 양, 우리 동네에서 다시 보니 반가워요. 지난번 우리가 만난 이후로 신기한 경험은 또 없었나요?"

레브렛 부인은 본인이 기이한 경험을 많이 하고, 워낙 입담 좋게 이야기해 주는 경우가 많아서 다른 사람의 경험에 호기심을 드러내는 것을 본 적이 없었다.

대답을 하면서 이런 생각이 뇌리를 스쳤다.

"아뇨. 특별한 건 없었답니다, 레브렛 부인. 간밤에 좀 기분 나쁜 일이 있긴 했는데, 뭐 때문인지 알았어요."

그리고 이미 장황하게 적은 내용을 몇 마디로 간단하게 말했다.

내 이야기를 듣고 레브렛 부인은 내가 그 유령을 남자로 생각하고 있다는 사실과, 어느 쪽이든 별로 중요하지 않다고 여긴다는 걸 알아차린 듯했다.

같은 계층에선 말할 것도 없고, 다른 계층 사람들에게도 인기가 좋은 내 친구가 상냥하게 말했다.

"우리는 이만 가봐야 해요, 레브렛 부인. 하지만 내일 우리 집에 베이츠 양을 만나러 와요. 베이츠 양은 저녁까지 머물 거예요. 부인도 베이츠 양과 대화하는 게 즐거울 거예요."

레브렛 부인은 그러기로 약속했다. 그리고 심령 현상에 회의적인 내 친구의 남편이 집을 비울 건지 먼저 확인하고 나서, 다음날 아침에 찾아왔다.

"남편분이 저를 너무 비웃으셔서요."

레브렛 부인이 변명조로 한 말이었다. 그래서 그녀가 왔을 때 곧장 내 침실로 같이 올라갔다. 그러고 나서 레브렛 부인이 겪은 신기한 일들에 관해 흥미롭게 대화를 나누었다.

그러다 문득 그녀가 알 수 없는 주문 비슷한 걸 외더니, 고개를 들고 이렇게 말했다.

"*à propos des bottes*(아 프로포 데 버트)! 그 청년의 일은 어찌 됐나요, 베이츠 양? 어떻게 하실 거예요?"

"청년이라니요?"

나는 진심으로 무슨 말인지 몰랐다.

"어떻게 하다니 그게 무슨 말이에요?"

핼리팩스 사건은 정말 까맣게 잊고 있어서 무슨 말을 하는지 감도 오지 않았다.

"어제 오후에 말씀하신 청년 말이에요."

레브렛 부인이 꿋꿋하게 말했다.

"그건 내가 할 수 있는 일이 없는걸요. 내가 뭘 하겠어요?"

그러자 레브렛 부인이 자기 생각을 말했다.

"어제부터 자꾸 그 생각이 났어요, 베이츠 양. 머리에서 떠나질 않더군요. 제 느낌에는 그 사람한테 젊은 여자 유령이 붙은 것 같아요. 그 청년과 계층이 다른 여자이고, 그 청년에게 부당한 대우를 받은 것 같아요."

몹시 놀라운 이야기였으며, 레브렛 부인이 그 문제에 이토록 관심을 보여서 놀랍기도 했다.

"만약 부인 말이 맞는다고 해도 내가 뭘 할 수 있어요?"

"베이츠 양, 제가 받은 기운에 의하면 그 청년이 잘못을 시인해야 한대요. 그러기 전엔 절대로 평화를 얻을 수 없어요. 제 생각엔 베이츠 양이 나서서 자백을 받아야 할 것 같아요."

그 청년과 나는 서로 모르는 사이이고, 다시 만날 가능성도 희박하므로 현실 세계에서 자백을 받는다는 건 불가능했다.

그러나 레브렛 부인이 현실에서 그러라는 말이 아니라는 걸 알기에 종이와 연필을 잡았다. 헨리 핼리팩스의 영혼을 불러올 수 있는지, 그럴 수 있다면 진실을 고백하도록 유도할 수 있는지 시도해 볼 작정이었다.

그가 오긴 했지만, 한동안 긍정도 부정도 하지 않았다. 내 질문에 계속 '당신과 무슨 상관이냐'는 대답만 돌아왔다. 통상적인 관점에서 매우 타당한 반응이었다.

분명히 나와는 아무런 상관이 없었다. 하지만 레브렛 부인이 너무나 진지하게 권하면서 '자신이 받은 기운'이 전하는 말로 내게 깊은 인상을 준 터라, 그 청년을 위해 끈기 있게 노력해야 한다고 느꼈다.

그래서 저급한 호기심 때문에 그의 사적인 문제를 캐내려는 게 아니라 그를 따라다니는 악령의 존재를 내가 직접 느꼈으며, 잘못을 고백해야 그 유령을 떨쳐버릴 수 있다는 말을 들었다고 설명했다. 그리고 주어진 기회를 완강하게 거부하지만 말고, 진지하게 고려해보길 바란다고 말했다. 언제 또 이런 기회가 올지 누가 알겠는가.

긴 침묵이 이어졌다. 성난 기운이 가시는 게 느껴지고, 내 손이 다시 저절로 움직이기 시작했다. 그러자 '당신이 상관할 바 아니다'라는 무뚝뚝한 반응 대신, 도움을 주려고 노력하는 데 무례하게 응대한 것에 대한 사과를 했다. 그리고 레브렛 부인이 느낀 것과 정확히 일치하는 내용으로 고백이 이어졌다.

청년은 자신과 계층이 다른 어떤 아가씨를 배신한 것이 사실이라고 털어놓았다. 그녀는 지난여름에 아이를 낳다가 죽으면서 배신한 그를 저주하며 눈을 감았다고 한다. 그 이후(이때가 6월 말경이었다.) 내내 그녀의 존재가 그를 괴롭혔다. 눈에 보이진 않아도 항상 그가 자

멸의 길을 가도록 부추기는 사악한 기운을 느낄 수 있었다. 정신적 고통이 너무 심해서 더 이상은 견딜 수 없을 것 같아 죽을 결심까지 했다고 말했다(불쌍한 그 젊은이는 이 세상에서의 인생이 힘든 것만 알고, 다음 단계로 가면 그보다 훨씬 괴롭다는 것은 알지 못했다).

죄의 무게를 축소하거나 그가 느끼는 회한을 줄여줄 수는 없었다. 그래도 어느 정도 달래고 진정시키고 나니, 그 청년에게 배신당한 아가씨와 짧게나마 대화해 봐야겠다는 생각이 스쳤다. 그래서 청년에게 작별 인사를 하고, 그를 기억해주겠노라 약속했다. 그러고 나서는 마음으로 그녀의 영혼을 불러서 용서하는 방향으로 영향을 주려고 시도했다. 당연한 일이지만 무척이나 힘겨운 싸움이었다.

가련한 그 아가씨는 청년을 믿었다가 기만당한 것도 모자라서, 아무런 준비도 없이 다른 세상으로 건너갔다. 그토록 지독하게 배신한 남자를 쫓아다니며 괴롭히는 것도 이상할 게 없었다. 한때 사랑했던 마음은 오래 전에 끔찍한 증오로 바뀌었으니, 순전히 이기적인 이유로 그를 따라다닌 셈이었다.

그 아가씨가 청년에게 조금이라도 악의 없는 감정을 느끼도록 하는 데 시간과 인내심이 필요했다. 그가 깊이 뉘우치고 있으며, 고통 속에 살고 있다는 걸 이야기해주었다. 처음에는 그 이야기를 들으니 무척 기쁘다는 답이 돌아왔다. 자신의 혼이 가까이 있다는 걸 느끼도록 만드는 데 성공했다는 의미이기 때문이다.

그러나 차츰 여자다운 시선으로 상황을 보기 시작하는 것 같았다.

어쨌든 그는, 다행히도 어미를 따라 거대한 영혼의 나라로 건너간 가여운 어린 것의 아버지였다. 한때 그를 사랑했다는 사실은 그녀도 부정할 수 없었다. 그 점을 최대한 강조하니 그녀도 아주 천천히, 마지못해 내가 부탁하는 대로 약속했다. 깊은 상처를 준 남자에게 아직은 악감정이 남아 있다 하더라도, 복수심에 그를 쫓아다니는 것만은 그만두겠다는 약속이었다.

약속을 받아낸 것으로 당장은 더 이상 할 수 있는 일이 없었다. 두 영혼과 소통하는 동안 평소답지 않게 침묵을 지키며 앉아 있던 레브렛 부인은 그만 집으로 돌아갔다.

이 사례와 처리 과정을 매우 상세하게 기록하는 이유는 앙심을 품고 정도를 벗어난 영혼을 다룰 일이 있는 사람들에게 도움이 되길 바라는 마음도 있지만, 런던으로 돌아간 뒤 이 사연에서 중요한 내용이 전부 충분히 입증되었기 때문이다.

이 사건이 완전히 종결되기까지 제법 긴 시간이 걸렸고, 요령도 상당히 필요했다.

우선 나는 헨리 핼리팩스를 처음 본 그 집에서 그가 환영받는 손님은 아니었다는 사실을 알게 되었다. 그저 나머지 식구들이 참석하니까, 일부 사람들의 이의를 무릅쓰고 그를 초대할 수밖에 없었던 것이다.

왜 그런지 친구들에게 이유를 물었더니 대답이 다소 애매했다. 그가 그다지 환영받지 못한다는 것만 알고 있다고 했다.

물론 그 어린 친구들에게 이 문제를 더 캐묻지는 않았다. 그렇지만 그들이 말하기로, 그가 최근 들어 확 달라져서 침울하고 불행해 보이며 불만이 가득해 보이는 경우가 잦았다고 했다.

"그런 호화로운 집에 살고, 돈도 그렇게 많으면 누구라도 행복해야 하잖아요."

친구들 중 하나가 순진하게 말했다.

그 시기에 나는 핼리팩스 일가와 가까이 지내는 또 다른 사람과 친분이 생겼다. 앞서 말한 젊은 친구들보다 나이가 많은 여성으로, 심령현상에 관해 약간의 지식이 있는 사람이어서 사연을 전부 털어놓기로 결심했다. 그녀가 주위에 떠벌리지 않으리라 믿었고, 핼리팩스 일가를 모르는 상태가 아니니, 이 이야기로 적대적인 편견을 심어줄 위험도 없었다.

그녀는 어릴 때부터 핼리팩스 가족을 봐 온 터라, 남의 말에 영향을 받지 않을 것을 알고 있었다. 그 덕분에 헨리 핼리팩스의 영혼이 고백한 내용이 내 상상의 산물이 아니라, 사실과 딱 들어맞는다는 것을 알아냈다.

젊고 잘생기고 부유하며 앞날이 창창한데(당시 그의 나이는 겨우 스물넷이었다.) 몇 달 전부터 몹시 침울해하는 이유를 도무지 알 수 없었다고 그녀는 말했다. 그리고 계속 자살 이야기를 꺼냈다고 했다. 부모나 다른 이들은 순전히 건강상의 문제라고 받아들였다. 그러나 이 여성은 헨리 핼리팩스와 절친한 친구인 남자를 알고 있었다. 흔히 저지르는 실수로, 둘이서 공통으로 아는 사람의 비밀을 서로 상대방은 발설하지 않을 거라고 믿는 바람에 그녀는 헨리 핼리팩스의 몸이 아니라 마음에 문제가 있다는 것을 알아버렸다. 그리고 '지난여름' 아이를 낳다가 죽은 아가씨의 사연도 듣게 되었다. 그 아가씨는 하층민이었다.

내가 이 모든 걸 알게 된 기이한 일련의 과정에 그녀가 얼마나 크게 놀랐는지 말할 필요도 없을 것이다. 첫 번째는 악의를 품은 유령의 존재를 느꼈고, 두 번째는 다음날 윔블던에 갔다가 꽃집 안주인에게 그 이야기를 언급했고, 세 번째는 꽃집 안주인이 그것에 관해 아주 강력하고 정확한 느낌을 받았고, 네 번째는 두 번의 면담이 있었으니, 배신한 자와 배신당한 자의 이야기를 현실 세계가 아닌 심령 세계에서 들었던 것이다.

몇 개월 뒤, 방금 말한 그 여성이 다음날 저녁 식사 자리에서 헨리 핼리팩스를 만나는 게 거북하겠냐고 물었다.

"전혀 그렇지 않아요."

내가 대답했다. 실은 그렇게 하는 것이 심령적으로 예정된 수순이라는 느낌이 들었다. 마지막 순간에 그가 예상치 못한 사정이 생겨, 시내로 돌아오지 못한다는 전보를 그 여성에게 보내왔다. 그래서 만남은 결국 성사되지 못했다.

그러나 그때 죄를 고백한 것이 레브렛 부인의 말처럼 효과를 발휘했다고 믿는다. 어쨌든 문제의 그 청년은 지금 행복한 결혼생활을 하

고 있기에, 앙심을 품은 유령에게 더 이상 시달리지 않는다고 생각해
도 무방할 것이다. 그 영혼은 이미 오래 전에 여기보다 더 높은 세계
에서 행복과 평화를 찾았으리라 믿도록 하자.

　죽은 자의 망령에 시달린 이야기를 하고 보니, 산 자의 망령에 시달
린 사연이 떠오른다.

　같은 해(1896), 난생 처음으로 케임브리지에 머물고 있을 때였다.

　옥스퍼드는 소녀 시절부터 잘 알던 곳이지만 그 자매 대학을 방문
한 것은 처음이었다. 물론 자매 대학이라고 해도 남자 졸업생이 수두
룩하다는 건 굳이 설명할 필요가 없을 것이다. 케임브리지를 아예 모
르니 이전에 대화에서 그곳을 거론할 일이 없었고, 10년 전만 해도
트럼핑턴 거리라는 곳이 존재한다는 사실조차 알지 못했다. 케임브
리지 사람들은 믿기 어려울 테지만.

　무엇보다 후에 판사가 된 옛 친구가 한때 그 거리에 살았다는 건
전혀 몰랐다.

　젊은 시절 선원이었던 그 친구는 다소 늦은 나이에 케임브리지에
진학했고, 내가 그를 알게 된 건 그 직후였다.

　케임브리지에 대해 아는 게 없으니, 그와 대화할 때도 사는 곳에 관
해선 이야기를 나눈 적이 없었다. 아마도 나는 그가 학교(피터하우스)
에서 살고 있으려니 생각하고 말았던 것 같다. 서로를 향한 깊은 우정
이 연애 감정으로 바뀐 건 그 친구 혼자만의 일이었다. 결국 기분 좋

은 친구 관계까지 완전히 끝나버렸다.

그 후 긴 세월이 지나는 동안 그 친구를 만나지 못했고, 소식도 듣지 못했다.

그가 결혼한 것은 알고 있었고, 런던에서 법정 변호사로 꽤 성공했다는 게 내가 아는 전부였다.

1896년 케임브리지 인근에서 친구들과 한두 주 정도 머문 뒤, 케임브리지 안에 한 달간 방을 빌려 그 친구들 중 한 사람을 초대해 같이 지냈다.

그런데 우리가 그 방을 빌리게 된 계기가 조금 별났다. 한 친구가 추천해 준 곳들을 전부 살펴봐도 적당한 곳을 찾지 못하던 차에, 우연히 트럼핑턴 거리에 있는 어느 점잖은 상인의 집에 가면 원하는 방이 있을지도 모른다는 정보를 얻었다. 그곳을 찾아갔더니 내가 원하는 시기에 방을 빌릴 수 없었다. 오랜 단골들이 사나흘 묵으러 온다는 것이었다.

"하지만 나는 한 달 동안 빌릴 거예요."

아무리 설득해 봐도 여주인은 끄덕도 하지 않았다. 이미 그들에게 방을 내주기로 약속했으니 실망시킬 수 없다는 이유였다.

비록 낙담하긴 했지만, 주인의 올곧은 태도가 존경스러워서 나중에라도 방이 필요할 때 오려고 그 방을 미리 봐두기로 했다.

위층으로 올라가서 보니 방들은 딱 내가 원하는 대로, 깔끔하고 가구도 잘 갖춰져 있었다. 결국 상당한 불편을 감수하고서, 예정보다 한

주 뒤에 그 방들을 빌리기로 했다.

이렇듯 우연하게 그 집에서 묵기 시작한 것이 1896년 5월 중순이었다. 같이 머물기로 한 친구는 내가 도착한 다음날 아침까지 올 수 없는 형편이었다. 그래서 첫날을 혼자 보내게 되어 일찌감치 잠자리에 들었다. 초저녁에는 푹 자다가 새벽 2시경 꿈자리가 뒤숭숭해 잠이 깼다. 수개월, 혹은 수년째 잊고 있었던, 앞서 언급한 그 친구 꿈이었다.

온전히 깨고 난 뒤에도 그의 영향력이 방에 남아 있다가, 다시 잠들면 여지없이 꿈에 또 나타났다. 그래서 과거에 내가 그의 진가를 알아주지 않은 것을 비난하고, 내가 그와 결혼했으면 훨씬 성공적인 인생이 되었을 거라고 이죽거렸다. 이런 일이 밤새 계속되었다. 언짢은 기분으로 퍼뜩 잠이 깨면 그 남자의 기운이 여전히 방에 남아 있고, 또 선잠이 들면 그의 비난이 시작되었다.

아침이 되어 잠자리를 벗어날 수 있는 게 감사할 지경이었다. 정오쯤 자전거를 타고 온 친구가 낯선 집에서 잠을 잘 잤느냐고 물었다. 나는 오래 전 알던 사람이 나오는 꿈에 시달리느라 잠을 설쳤다고 털어놓았다. 이제까지 내 친구에겐 그에 관해 이야기한 적이 한번도 없었다.

"누구나 가끔 옛날 친구들 꿈을 꾸지. 하지만 이건 기분 나쁜 꿈이었구나. 너무 피곤해 보여! 그래도 F 꿈이 아닌 게 천만다행이야!"

이렇게 농담으로 꿈 이야기를 끝냈다.

하지만 그날 밤 시련이 반복되었다. 그때만 해도 그 방과 어떤 식으로든 상관이 있을 거란 생각은 하지 못했다. 그래서 다음날에는 친구에게 그 꿈 이야기를 다시 하지 않았다.

그러나 사흘째 밤은 농담으로 넘어갈 수준이 아니었다. 비웃음과 잔소리가 더욱 심해지고, 나도 사흘이나 잠을 설치면서 성질이 나 있었다.

처음 이틀은 그저 우울한 기분이었으나, 그날은 드디어 '지렁이도 밟으면 꿈틀한다'는 걸 몸소 입증한 날이었다.

나는 그 남자가 듣고 있기라도 한 것처럼 잔뜩 화가 나서 소리 내어 말했다.

"나는 당신에게 아무런 나쁜 감정이 없어요. 이렇게 찾아와서 잔소리를 늘어놓고 잠을 못 자게 하는 것 말고 딱히 할 일이 없다면, 당신하고 결혼하지 않은 게 정말 현명한 선택이었군요! 당신은 이제 내 인생과 무관한 사람이에요. 그만 가세요."

이런 식으로 산 자의 망령에게 당당하게 맞서니 효과가 탁월했다. 적어도 내 입장에서는 그랬다. 마음이 지극히 편안해지고, 곧 꿈을 꾸지 않고도 깊이 잠들 수 있었다.

마지막 꿈을 꾸고 난 뒤에야, 그 집이 옛 친구와 특별한 인연이 있을지도 모른다는 생각이 들었다. 아침에 친구에게 둘째 날에도 첫날과 똑같이 잠을 설쳤고, 사흘째는 더 심했다고 고백했다.

"그 남자의 기운이 분명 이 집에 배여 있어. 예전에 여기서 묵은 적

이 있는지 알아봐야겠어.”

그 일은 생각보다 쉽지 않았다. 대학을 다닌 게 벌써 25년 전이라서 남아 있는 기록을 찾을 수가 없었다. 집주인의 어린 딸에게 부모님이 이 집에 얼마나 오래 사셨는지 물어봤더니 당장 대답이 돌아왔다. “17년이에요. 아버지와 어머니가 제가 태어나던 해에 여기로 오셨거든요.”

이것도 별 도움이 되지 않았다. 그 전에 이 집에 살던 사람들이 누군지 물었더니, 자기 어머니에게 알아보고 말을 전했다. 즉, 케임브리지를 떠나는 사람들에게서 이 집을 넘겨받았으며, ‘어머니는 둘 다 세상을 떠난 걸로 알고 있다’고 답해 주었다는 것이다.

또 다시 막다른 골목이었다!

그러나 무슨 일이 있어도 조사를 계속할 작정이었다. 이런 꿈이 반복되는 건 분명 그럴 만한 까닭이 있다는 강한 확신밖에 가진 게 없었다.

주인집 딸은 실망한 내 얼굴을 보더니 조심스럽게 물었다.

“혹시 오래 전에 이 집에 살던 사람에 대해 알고 싶으신 거예요?”

“맞아. 내가 옛날에 알던 친구가 여기 묵은 적이 있는지 알고 싶어. 피터하우스에 다녔거든.”

“아, 그러면 여기 묵은 적이 없을 거예요.”

소녀는 자신 있게 말했다.

“피터하우스 학생들은 여기 오지 않아요. 우리 집에 오는 건 언제나

펨브룩 학생이에요."

나를 찾아온 산 자의 망령에 대해 한 마디도 더 들을 수 없는 운명인 듯했다.

그런데 며칠 뒤 운명에 변화가 생겼다.

케임브리지에서 약사로 잘 알려진 파운드 씨가 옛날에 그 집에서 지낸 적이 있다는 이야기를 우연히 들었다. 그래서 언제 한번 확인해봐야겠다고 마음먹었다. 파운드 씨는 약국과 함께 우체국도 하고 있어서, 그 가게에 들르는 경우가 많았다. 그러나 여태껏 점원들만 만났을 뿐이었다.

하루는 친구와 같이 우표를 사러 갔더니 파운드 씨가 직접 내주었다.

절호의 기회였다! 그러나 솔직히 말해서 빈약한 근거만으로 누가 들어도 황당한 질문을 하려니 망설여졌다. 이삼십 년 전에 같은 집에 투숙한 적이 있는 대학생 이름들을 기억할 가능성이 있기는 한 걸까? 나는 친구에게 속삭였다.

"물어볼까?"

그러나 친구가 내 말을 듣지 못해서 용기를 얻을 기회마저 얻지 못했다. 가게를 나가려고 돌아서다가 마침내 결심이 서서 이렇게 물었다.

"파운드 씨, 옛날에 트럼핑턴 거리 ○○번지에 사셨다는 게 사실인가요?"

"맞습니다. 55년도에 그곳에 있었지요(기억에 의존해 적었지만 50년 대인 것은 확실하다)."

"그보다 한참 후에 그 집에서 지낸 적이 있는 사람에 관해 물어볼 게 있어요. 아마 70년대일 거예요."

그러고 나서는 그 친구의 이름을 들먹였다.

파운드 씨의 이마가 펴지더니 활짝 웃었다.

"포브스 군. 물론 그 친구를 기억하고 있지요. 그 집에서 18개월을 같이 지냈어요."

그러고는 점원에게 안에 가서 커다란 사진첩을 들고 나오라고 시 켰다. 거기 내 친구가 덩치가 큰 자기 개를 데리고 있는 사진이 있었 다. 우리가 친하게 지내던 시절, 나에게 준 것과 같은 사진이었다.

파운드 씨는 추억에 푹 빠졌다. 내 친구를 정말 많이 좋아했던 걸 알 수 있었고, 얼마간 시간이 지나서야 가장 중요한 질문을 할 수 있 었다. 그 집에는 방을 여러 개 묶어서 빌려주는 세트가 두세 개에, 침 실만 따로 빌려주는 방이 몇 개 더 있어서 포브스가 정확하게 어느 방에서 묵었는지 기억하길 기대하는 건 사실 무리였다.

그러나 여기서도 파운드 씨의 기억력은 빛을 발했다.

"어느 방에서 잠을 잤냐고요? 아, 물론 확실하게 기억하죠. 정면에 있는 큰 응접실과 그 뒤에 있는 침실을 썼습니다. 그때는 그게 우리 거실 위에 있었죠."

그러므로 내가 쓰는 응접실이 포브스의 응접실이었고, 그가 18개월 동안 잠을 잔 침실에서 나도 자고 있었다.

내가 어떤 언질도 주지 않은 상태에서 파운드 씨는 나의 직감이 사실임을 확인시켜 주었고, 다행히 그 자리에 케임브리지셔 주에 살고 있던 친구가 같이 있어서 증인이 될 수 있었다. 그 뒤에 친구는 웃으면서, 마이어스 씨가 이 이야기를 들으면 내가 케임브리지에 오자마자 그를 위해 일부러 특별한 유령 이야기를 찾아낸 것으로 생각하겠다고 말했다.

그럴지 몰라도 마이어스 씨와 시지윅 교수는 이 이야기에 지대한 관심을 보였다. 그리고 죽은 자의 혼에게 시달리는 사례가 50건이면, 살아있는 자의 혼에게 시달리는 사례가 한 건씩은 보고된다고 설명해주었다.

물론 이러한 사례에는 셀 수 없이 많은 문제점이 있다. 그러나 평생 처음으로 방문한 도시에서 거의 30년의 간격을 두고 옛 친구와 내가 같은 방을 사용했다는 것. 그리고 이런 사실을 우연히 알게 된 것이 아니라, 나에겐 완전히 낯선 그 공간에서의 경험이 유일한 단초가 되어 조사를 해나간 끝에 그것을 밝혀냈다는 것만은 명백한 사실이다. 이런 경우에 관심이 있는 사람이라면 당연히 이렇게 물을 것이다.

"당신이 포브스에게 말할 때, 그리고 그가 당신에게 말할 때 포브스의 영혼이 그곳에 와 있었다고 봅니까? 만약 그렇다면 포브스도 그것을 의식하고 있을까요?"

마지막 질문은 분명하게 그렇지 않다고 답할 수 있다. 그로부터

4년 뒤, 운명은 나를 다시 포브스의 인생 궤도에 진입시켰다. 당시 영국 북부에 살고 있던 포브스와, 그의 아내, 그리고 나는 이 문제를 놓고 몇 번 이야기를 나누었다.

다만, 포브스의 기운이 어떤 식으로든 그 방에 잔존해 있었을 가능성이 있다. 나는 그 방에 포브스가 장기적으로 묵은 사실을 전혀 모르는 상태였다. 하지만 심령에 민감한 탓에, 그곳에 남아 있는 뭇사람들의 기운 가운데 포브스의 기운을 감지해낸 것이다. 그리고 그 기운에 과거의 기억이 덧입혀지면서, 한시적인 영적 존재로 발현되었다고 짐작할 뿐이다. 내가 느낀 그 존재는 필시 늙어버린 포브스 판사가 아니라, 원망 어린 애정과 실망감이 지배하던 젊은 시절 포브스의 왜곡된 이미지일 것이다.

27년 전, 포브스가 그 특정한 방을 사용한 것을 파운드 씨가 확인해주었다는 사실이 언급된 서류에 그의 서명을 받는 게 좋겠다고 마이어스 씨는 제안했다. 파운드 씨는 선뜻 서명을 해주었다. 그러면서 포브스와 함께 기거한 사실을 내가 이미 알고 있는 줄 알았다는 말을 덧붙였다.

"내가 가면 파운드 씨가 낌새를 챌 겁니다."

마이어스 씨가 말했다.

그래서 내가 직접 갔고, 그 사연은 완벽한 증거를 갖추게 되었다.

아메리카를 두 번째로 방문한 것은 다
이아몬드 주빌리(왕이 즉위한 지 60주년이
되는 해 – 옮긴이 주)인 1897년이었다.

서인도제도에서 겨울을 난 뒤 봄에 아
메리카로 향할 때 주목적은 처음으로 파
이퍼 부인을 만나보고, 가능하다면 몇 번
정도 교령회를 진행하는 것이었다.[*]

당시 〈보덜랜드Borderland〉에 기고할 기사를 쓰던 때라서, 스테드 씨
는 아메리카에서 유명한 영매의 사례를 수집하는 기회를 내가 꼭 잡
기를 바랐다.

---

[*] 이 장에서 '파이퍼 부인과 그녀의 지배령支配靈'에 관한 부분은 같은 제목으로 내 기사가 실린 〈The
Occult Review〉의 편집자 랄프 셜리의 양해 하에 실었다.

일은 쉽게 풀리지 않았다. 보스턴을 방문하는 시기에 때마침 심령 연구협회의 아메리카 지회가 작고한 스테인튼 모세스(영국의 유명한 영매 - 옮긴이 주)의 지배령인 '대장Imperator', '목사Rector' 등을 통해 모세스와 소통할 수 있다는 증거를 찾으려고 조직적인 노력을 기울이고 있었다.

호지슨(그에게 가져가는 소개 서신을 지니고 있었다.) 박사에게 아메리카를 두 번째 방문하는 주목적을 알리는 편지를 썼으나 허사였다. 스테인튼 모세스가 살아있을 때 서로 아는 사이였고, 둘이 공통으로 아는 친밀한 지인들도 있다고 간청해 봐도 소용없었다.

호지슨 박사는 유감의 뜻을 표하면서 현재 사정상 교령회는 허락될 수 없으며, 이 규정에 예외를 두는 건 불가능하다고 못 박았다.

더 이상 방법이 없을 것 같던 그때 좋은 생각이 떠올랐다.

어떤 선택을 할지 영들에게 직접 물어보는 건 어떨까?

그래서 호지슨 박사에게 다시 편지를 써서 이런 아이디어를 제안했고, 보스턴에 도착하는 날짜와 벨뷰 호텔에 묵을 거란 사실을 알렸다.

보스턴에 도착한 다다음 날, 꽤 이른 아침에 호지슨 박사가 찾아왔다.

상냥하고 유쾌한 호지슨 박사와의 첫 만남이었다. 박사는 악수를 하면서 자신의 패배에 반쯤은 애석해 하는 미소를 지으며 활기차게 말했다.

"오셔야겠습니다! 그들이 꼭 그래야만 한다고 고집하니 무슨 말이
더 필요하겠습니까."

지긋한 나이에 매사 깐깐하고 심각한 백발의 교수일 거라는 예상
이 여지없이 깨지는 순간이었다. 이때부터 싹튼 진실하고 변함없는
우정은 이 세상에서 9년간 지속되었다. 그리고 이다음에 우리가 어떤
형태로 존재하게 되든지 죽 지속될 거라고 믿어 의심치 않는다.

우리는 다음날 아침에 알링턴 하이츠에서 만나기로 곧바로 합의했
다. 그곳에서 파이퍼 부인과 교령회를 가지면서, 고상하고도 흥미롭
게 생긴 그 여성을 처음으로 만나게 되었다.

들기로는 대장을 필두로 한 스테인튼 모세스의 지배령들이 나타나
자, 파이퍼 부인의 영매 능력에도 커다란 변화가 생겼다고 했다. 전처
럼 음성으로 소통하는 대신 자동 수기로 영들과 소통하다가, 본래 몸
으로 돌아오는 순간에만 불쑥 한두 문장이 입 밖으로 흘러나오기도
하는데, 다른 사람들이 알아듣기 힘든 경우도 있었다.

무의식 상태에서는 파이퍼 부인의 팔과 손이 기이할 정도로 '죽어
서' 축 늘어지고 핏기가 싹 가셔서, 마치 시체의 팔처럼 창백하기 그
지없었다. 그러다가 차츰 이런 기미가 사라지면서 다시 혈색이 돌기
시작한다 싶더니, 손이 더듬더듬 호지슨 박사가 내밀고 있는 연필로
가서 그걸 붙잡았다. 이따금 알아보기 힘든 글이 나와도, 호지슨 박사
의 오랜 훈련과 무한한 인내심 덕분에 해석이 가능했다. 그는 한정적
인 소통일지라도 어떠한 기미만 보이면, 그게 아무리 애매하고 긴가

민가 싶더라도 환영하는 자세로 임했다. 완전히 이해하기 힘들면 인내심을 갖고 호지슨 박사는 같은 질문을 몇 번이라도 반복했다. 거기에 지적인 비판력, 경계를 늦추지 않는 집중력, 냉철한 판단과 평정심이 보태져서, 우리처럼 '자질에 결함'을 적지 않게 드러내는 이들이 널린 가운데 그는 심령 현상의 연구자로 보기 드문 인재였다.

공감하는 능력, 인내심, 감수성과 더불어 냉정하고 이성적인 판단력까지 갖추기란 평범한 남자 혹은 여자에게 불가능한 일이라고 해도 과언이 아니다.

그런 면에서 리처드 호지슨 박사는 놀라운 성과를 이룬 인물이었다.

파이퍼 부인과 두 번의 교령회를 진행하면서 얻은 첫 번째 깨달음은 생각 전파 이론으로는 자동 수기를 설명할 수 없다는 것이다.

나를 알링턴 하이츠에 부른 이유는 현생에서 스테인튼 모세스와 아는 사이였으니, 그의 영혼과 소통하는 데 도움이 될 수 있을 거라는 '지배령들'의 견해 때문이었다. 나도 그랬기를 바라지만 설사 도움이 되었다고 해도, 그것은 내게 있을지도 모르는 생각 전파 능력 때문은 절대로 아니었다.

모세스와 공통으로 아는 친구들의 이름을 몇 번이나 물었지만, 거의 매번 실패였다. 심지어 정상적인 방식으로는 이름이 나오지 않을 것 같아서, 마음속으로 짧고 쉬운 어떤 이름을 열심히 생각해도 그 이름이 나오진 않았다.

그런데 다음날 자연스레 이런 이름들이 종이 위에 적혔을 때는 완전히 딴 생각에 빠져 있었다.

모세스 씨가 음악에 조예가 깊지 못하다는 이야기들이 나오면서, 그는 우리가 공통으로 아는 스트라튼 부인이 여전히 리스트를 연주하는지 여부를 물었다. 런던에서 스트라튼의 집을 방문했다가 부부가 듀엣으로 피아노를 연주하는 걸 봤다는 이야기도 했다.

런던으로 돌아가서 스트라튼 부인으로부터 실제로 모세스 씨가 음악을 좋아하지 않았다는 것(나는 모르는 사실이었다.)을 확인받았지만, 모세스 씨가 있는 자리에서 남편과 둘이 피아노를 연주한 적은 없다고 강하게 부인했다. 그러나 스트라튼 씨가 부인의 말을 정정했다. 모세스 씨가 유니버시티 칼리지에서 몇 차례 그들 집을 방문했다가, 부부가 피아노를 치고 있는 걸 발견했다는 것. 그리고 그들과 꽤 친한 사이였으니, 그 악절 혹은 악장을 마저 치라고 사정했던 일을 자기 아내에게 상기시켰다.

이 일은 사소하지만 증거로서 가치가 있었다. 그러나 나는 아예 모르는 사실이었고, 스트라튼 부인조차 까맣게 잊고 있었던 일이었다. 그런데도 스테인튼 모세스가 죽은 지 6년 가까이 지난 시점에, 파이퍼 부인-대서양 건너 4천 킬로미터 이상 떨어진 곳에서-의 자동 수기에서 정확하게 기술되었던 것이다.

또 모세스 씨가 세상을 떠날 당시 약혼녀였던 레인 부인에 관한 이야기는 자동 수기로 얻은 내용을 검증하는 데 가장 명백한 자료였다.

이들의 약혼 사실을 아는 사람은 영국에서도 극소수였다. 모세스

씨를 생전에 만난 적이 없는 호지슨 박사는 당연히 모르는 일이었다. 단지, 나는 모세스 씨가 죽고 난 뒤 스트라튼 부인의 집에서 레인 부인을 한 번 만날 기회가 있어서 우연히 알게 된 것이다. 그때 레인 부인은 어린 딸을 하나 데리고 왔고, 그 밖의 가족 관계는 나도 일절 알지 못했다.

그런데 파이퍼 부인을 두 번째로 찾아갔을 때 레인 부인과 만난 적이 있다-이미 흐릿한 기억이었다-고 언급했더니, '지배령'이 대뜸 그녀의 자매도 만났냐고 물었다.

나는 아니라고 대답하고, 어린 딸이 같이 왔다고 이야기했다.

그러자 즉시 다음과 같은 내용이 종이에 적혔다.

'그렇다면 시험이 될 수 있는 이야기를 해주겠습니다. 그녀에겐 자매가 있고, 그 자매로 인해 크나큰 슬픔을 겪었습니다. 영국으로 돌아가면 이것이 진실임을 알게 될 것입니다.'

이 내용은 충분히 입증되었다.

스트라튼 부인에게 알아봤더니, 그 이야기가 맞을 가능성이 없다면서 이렇게 말했다.

"당신이 레인 부인을 여기서 만난 이후 우리는 상당히 가까워졌답니다. 부인에게 자매는 없는 걸로 알아요. 혹시라도 당신 말처럼 자매로 인해 큰 슬픔을 겪었다면 분명히 내게 말했을 거예요."

그래도 나는 끝까지 진실을 알아내기 위해 서로 모르는 사이와 다름없는 레인 부인에게 직접 편지를 썼다. 그래서 파이퍼 기록에 언급된 본인의 이야기를 듣고 싶은 의사가 있는지, 만약 있다면 점심을 먹으러 올 수 있는지 물었다.

레인 부인이 왔다. 그리고 기록에서 자매가 언급된 부분에 이르자, 스트라튼 부인의 말이 사실로 확인될 거라는 내 예상과 달리 놀랍게도 그녀의 두 눈에 갑자기 눈물이 고였다. 그러면서 감정이 북받쳐서 아무 말도 하지 못했다.

한참 뒤, 레인 부인은 눈물을 흘리며 갈라진 목소리로 말했다.

"그이가 내게 보낼 수 있는 가장 믿을 만한 시험이군요! 맞아요! 그 자매 이야기는 아무에게도 한 적이 없어요. 친절하고 선량한 스트라튼 부인에게도 안 했으니까요(스트라튼 부인이 자매의 존재를 부정하더라는 이야기를 한 뒤였다). 그때 그이와 약혼한 사이였으니, 큰 시련이 닥쳤을 때 그이에게 의지한 건 너무나 당연하죠. 다른 누구도 그때 상황은 알지 못해요."

두 번째 교령회에서 모세스 씨는 자신이 소유했던 귀한 시계 이야기를 꺼냈다. 그러면서 사망할 때 그 시계를 레인 부인에게 주지 못한 것을 후회했다.

나는 그의 시계에 관해 아는 바가 없어서, 모세스 씨의 유언 집행인인 내 오랜 친구에게 물어보았다. 그리고 선물로 받은 굉장히 값진 시계가 하나 있다는 걸 알아냈다. 모세스 씨가 죽자, 그 시계는 (레인 부인이 찬성하여) 아주 오래되고 존경받는 한 친구의 아들에게 전해졌다.

이 유언 집행인은 내게 기이한 우연이라며 이야기를 하나 들려주

었다. 내가 이전 장에서 언급한 심령능력자가 주인인 서섹스 가든의 하숙집에서 지낼 당시였다고 한다. 어느 날 오후, 그 친구 내외가 여주인을 소개 받을 목적으로 차를 마시러 왔다. 그때 그 여주인도 같은 시계를 두고 비슷한 이야기를 하면서, 스테인튼 모세스로부터 온 메시지라고 주장했다는 것이다.

해링턴 내외가 하숙집 여주인을 만나려고 오후에 차를 마시러 온 일은 또렷하게 기억난다. 또한 내가 해링턴 부인과 대화에 열중하고 있을 때, 그가 여주인과 긴 대화를 나눈 일도 기억하고 있다. 그러나 무슨 이야기를 나눴는지 듣지 못했다. 그저 피터스 부인과의 만남이 굉장히 흥미로웠다는 말과, 그녀에게 영매 능력이 있는 게 확실하다는 말만 했다.

먼저 런던의 서섹스 가든에서, 그리고 6년 후 보스턴의 알링턴 하이츠에서 그 시계가 언급되고, 같은 바람이 표현되었다는 것은 분명 신기한 일이었다!

알링턴 하이츠에서 열린 두 번째 교령회에서 모세스 씨는 MS.도 언급했는데, 나는 전혀 모르는 내용이었다. 이것 역시 영국으로 돌아와서 모세스 씨의 또 다른 유언 집행인이었던 고故 알래릭 와츠 씨를 통해 검증했다.

아메리카를 방문할 당시, 냅튼 톰슨이라는 실리적인 요크셔 사람과도 조우했다. 그가 개발한 새로운 무연 연소 난로가 꽤 괜찮았는지,

영리한 아메리카 동포들이 워싱턴에 있는 스미스소니언협회 건물을 비롯하여 몇몇 공공시설에 설치를 의뢰했다.

무연 난로 때문에 아메리카를 찾은 톰슨은 심령 현상에도 열중했다. 그리하여 내가 12년 전 아메리카를 처음 방문하여 조사한 기록에도 등장하는 뉴욕의 영매 스토더트 그레이 부인에게 지대한 관심을 보였다. 그는 스테드 씨에게 편지로 자신의 경험을 알렸다. 그러면서 『After death: Letters from Julia』(저널리스트 줄리아 에임스가 죽은 후, 스테드의 손을 빌어 사후 세계를 기술하여, 1905년에 도서로 출간되었다 - 옮긴이 주)의 주인공 줄리아가 몇 번 나타났다고 주장했다.

스테드 씨는 그를 나에게 소개시키면서 '그 사람을 만나보고, 그의 사람됨과 그의 신기한 체험담에 대해 어떻게 생각하는지 알려 달라'고 요청했다.

그래서 톰슨 씨에게 나를 만나러 와주길 부탁했다. 다음날(토요일), 나는 스토더트 그레이 부인의 교령회에 같이 참석하게 되었다.

그는 뉴욕에서 단기간 체류하는 동안 교령회에 어떤 속임수는 없는지 알아보겠다는 목적을 공개했다. 그는 스토더트 모자와 같이 지내고 있었다. 그 결과, 그레이 부인의 능력이 진짜라는 확신을 갖게 되었으며, 그 영매들을 통해 몇 해 전 세상을 떠난 딸과 대화하는 것에 심취했다. 그는 내가 이미 그레이 부인을 알고 있어서, 부인의 집에서 경험한 놀라운 현상들을 내가 증언할 수 있다는 사실에 몹시 기뻐했다.

그래서 나는 만족스러운 교령회를 기대하며, 다음날 오후에 톰슨 씨를 만났다. 그러나 사람들이 '위스키의 왕'이라고 부르는 시끄럽고 상스러운 한 남자로 인해 기대가 처참히 무너졌다. 그는 어리석기 그지없는 소리를 하거나 실없는 농담을 던지면서, 다른 점잖은 사람들에게 모두 반감을 불러일으키는 듯했다. 막상 그레이 부인은 그의 상스러운 언행을 참아줄 가치가 있다고 여기는지 내내 한 마디도 항의하지 않았다.

나머지 사람들은 오후 시간을 허비한 게 명백해서 숄, 방수용 덧신 등을 찾으러 거실에 갔다. 그러다가 인상이 좋고 세련된 젊은 아메리카 여성에게 한 마디 했더니 곧바로 맞장구쳤다.

"맞아요. 정말 짜증나는 사람이죠?"

일반적인 '조사자'에 비해 나이가 많이 어리고 세련된 외모여서, 어떻게 이런 일에 발을 들여놓게 되었는지 궁금해졌다.

선뜻 들려주는 그녀의 이야기는 무척 흥미로웠다.

기혼인 그녀는 6개월 전 뉴욕에서 같이 머물던 사촌이 재미있는 경험이 될 것 같다고 부추겨서 같이 이 집에 처음 오게 되었다.

"장난삼아 온 거죠. 그런데 굉장히 흥미로운 일을 경험하고 몇 번 더 오게 된 거예요. 그리고 오늘만 제외하고 늘 흥미로운 시간을 보낼 수 있었어요."

그러면서 처음 교령회에 참석한 이야기를 꺼냈다.

그녀는 장갑을 끼고 있지 않아서 매우 아름다운 스캐럽(고대 이집트에서 유행한 풍뎅이 모양의 도장 – 옮긴이 주) 금반지를 끼고 있는 걸 볼 수 있었다. 분명 그 분야의 장인이 만든 솜씨였다.

"네, 티파니 세팅이에요."

내 시선을 느낀 그녀가 반지를 빼서 내게 건넸다.

"오늘 여기 온 것도 다 이 반지 때문이랍니다. 그 스캐럽은 몇 년 전 ○○교수님이 주셨어요(아메리카의 저명한 이집트학자의 이름을 댔다). 어릴 때 절 무척 귀여워해 주신 분인데 제가 이걸 달라고 졸랐어요. 작년에 결혼을 앞두고 그분이 결혼 선물로 이걸 티파니에서 세팅해 주시면서 틀림없는 진품이라고 하시더군요. 오래 전에 이집트를 여행하다가 기이한 우연으로 발견했는데, 진짜 클레오파트라의 유물이라고 장담하더래요. 교수님은 '그건 잘 모르겠지만 수백 년 묵은 물건인 것만은 확실하다'고 웃으면서 말씀하셨죠. 사촌이랑 여기 온 날, 교령회를 여는 방에 들어가기 전까지 장갑을 벗지 않았으니 아무도 이 반지를 못 봤어요. 그리고 그레이 부인의 교령회는 항상 어두운 상태에서 시작되는 거 아시죠? 둥글게 모여 앉은 뒤 옆 사람과 손을 잡아야 한다고 해서 그때 장갑을 벗었어요. 처음 체현된 영혼들 중 하나가 클레오파트라라고 했어요(1886년에 나도 클레오파트라를 그 집에서 한 번 이상 보았다 –E. K. 베이츠). 그 영혼이 어둠 속에서 급하게 방을 가로질러 오더니, 스무 명 이상 앉아 있는 사람들 중에서 내 오른손을 꽉 잡고 잡아채듯 반지를 빼면서 너무 슬프고 애절한 소리로 이러더군요. '내 거야! 내 거야! 아, 켐! 켐!'"

이런 환경에서 고대 이집트의 이름인 켐Chem이 언급된 사실을 차치하더라도 충분히 놀라운 이야기였다.

나중에 반지를 돌려받은 이 여성은 그 일로 강한 인상을 받았다. 그래서 반지를 선물한 교수에게 이야기한 것은 물론이고, 그 이후에도 스토더트 그레이 부인을 몇 번 더 찾아오게 된 것이다. 그것이 우리가 만나기 6개월 전쯤 일어난 일이었다.

내가 아메리카를 두 번째 방문한 이 시기에 수많은 독자들에게 사랑받는 릴리안 화이팅을 만날 기회가 있었다. 그리고 서로 우정을 나누는 친구라고 말해도 좋은 사이가 되었다. 보스턴에 있으면서 시도 때도 없이 자주 만나던 그 무렵, 브런즈윅 호텔에 있는 그녀의 예쁜 응접실에서 오래도록 대화를 나누었다. 그러다가 그녀가 내게 레이디 헨리 서머싯과 프랜시스 윌러드 양이 몇 년 전 보스턴을 다녀간 이야기를 해주었다. 화이팅 양은 또한 그 두 여성과 같이 온 친구 하나가 병이 나서, 보스턴 병원에서 갑작스럽게 사망한 이야기도 했다.

"그 친구를 만나진 못했어요. 윌러드 양과 레이디 헨리가 독감에 걸린 그 친구를 두고 떠날 수밖에 없는 형편이라고, 언제 한번 병원에 가봐 달라고 내게 부탁했어요. 하루 이틀 뒤에 과일과 신문을 들고 갔죠. 잘 아는 수간호사가 그 환자는 잘 회복되고 있다고 며칠 내에 퇴원한다더군요. 그리고 나는 낯선 사람이니, 그날 오후에는 들어가서 만나지 않는 게 나을 듯싶다고 했어요. 그래서 갖고 간 선물들만 두고 돌아왔다가, 다음날 느닷없는 사망 소식에 충격을 받았죠. 그런데 말이죠, 그 죽은 친구가 스테드의 '줄리아'인 모양이에요. 확실하진 않은데 얼마 전에 누가 이야기해줬어요."

화이팅 양은 내가 지금도 밝힐 수 없는 그 여성의 성까지 말했다. 스테드 씨는 아직도 낯선 사람이 '줄리아'와 소통했다고 주장하면, 검증의 척도로 그녀의 이름에서 성이 뭔지 물었다.

그런데 앞서 말한 뉴욕에서의 교령회 다음날이었다. 냅튼 톰슨 씨가 호텔로 찾아와서 오후에 간단한 '수기 교령회' 자리를 마련할 거라고 말했다. 그리고 스토더트 그레이 부인에게 같이 가자고 청했다.

평소처럼 부인의 아들이 중개 역할이었다. 알파벳이 부착된 카드를 가지고 차례로 글자를 지목하면, 그레이 부인이 종이에 그 글자를 적어나갔다. 혹시 화이팅 양의 이야기를 확인할 수 있을지도 모른다는 생각에 나는 첫 질문을 던졌다.

"스테드의 줄리아에게 성이 뭔지 물어볼 수 있나요?"

'줄리아 O.'라고 철자가 주어진 뒤, 또 한 번 O가 주어졌다.

"종종 이런 일이 있어요."

그레이 부인이 대수롭지 않게 말했다.

"글자를 반복해서 말하는 것 말이에요."

그래서 그건 넘어갔다. 나머지 철자는 화이팅 양이 말한 이름과 일치했다.

그래서 내가 또 물었다.

"어느 나라에서 사망했나요? 유럽? 아메리카? 혹은 다른 곳인가

요?”

‘아메리카’라는 답이 즉시 주어졌다.

“어느 도시였나요?”

‘보스턴.’

“죽은 장소는 어디였나요? 개인 집, 병원, 호텔?”

‘병원.’

“얼마나 됐나요?”

‘5년.’

여기서 짚고 넘어갈 것은 화이팅 양이 그 사건을 들려줄 때, ‘몇 해 전’이라고 했을 뿐 정확한 연도는 말하지 않았다. 뒤에 확인해보니 5년이 맞았다. 내 마지막 질문은 ‘이 세상을 떠날 때 나이가 몇 살이었냐’였다.

‘스물셋’이라는 답이 돌아왔다.

이 마지막 대답은 틀렸다고 확신했다. 화이팅 양이 나이를 언급하진 않았지만, 금주 운동 강연자인 두 사람과 전국을 돌아다니기엔 너무 젊은 나이인 것 같았다.

이러한 답이 주어질 때, 영매 역할을 한 그레이 부인의 아들이 자성을 맞추기 위해 내 손목에 자기 손을 얹어도 되겠냐고 물었다.

나는 여기에 동의했다. 그러면서 근육이 무의식중에 그에게 정보를 줄지도 모르니, 알파벳은 쳐다보지 않겠다고 말했다.

나는 영국으로 돌아가서 스테드 씨에게 이 내용을 적어 보냈다.

즉, 줄리아 O.(O가 한 번 더 나온 것은 무시했다.)라고 쓰고, 다른 대답들과 관련해서는 화이팅 양과 이전에 대화를 나눈 사실도 밝혔던 것이다. 이로써 이 사례가 생각 전파에 의한 결과일 가능성도 배제하지 않았다.

스테드 씨가 보낸 답은 이러했다.

— 비록 생각 전파에 의한 것일지라도 줄리아가 이름을 줄 수 있었다니 기쁩니다. 그런데 당신이 받은 건 그녀의 이름 전부가 아닙니다. 줄리아는 내게 편지를 쓸 때 언제나 '줄리아 O. O.'라고 서명했습니다.

실제로 O가 두 번 나온 것을 그레이 부인과 내가 성의 첫 글자가 반복된 줄 알고 빼버렸으니, 이 부분도 결국 좋은 증거가 되었다.

다시 냅튼 톰슨 씨와의 일화로 돌아가 보자.

줄리아에 대한 내용을 알아본 그날 저녁에, 나는 그레이 부인이 여는 또 다른 공개 교령회에 참석했다. 그리고 톰슨 씨 바로 옆에 앉았다.

둥글게 모여 앉은 다른 사람들을 위한 '체현'이 이루어지다가, 그레이 부인이 스테드의 '줄리아'가 캐비닛에 나타나서 나하고 이야기하

길 원한다고 말했다.

나는 당장 캐비닛으로 다가갔고, 가스등의 희미한 불빛 속에서 어떤 형태가 앞으로 나와서 정면에 섰다. 그녀는 겉으로 드러나게 기뻐하며 내 두 손을 덥석 잡았다. 나를 붙잡은 그녀의 손에 힘이 잔뜩 들어가 있었다. 나는 손이 그 사람의 특성을 잘 보여주는 부분이라고 느끼기 때문에, 언제나 사람의 손을 유심히 보는 버릇이 있다. 손이 잘생긴(꼭 크기가 작을 필요는 없다.) 사람에게 끌리고, 불행히도 내 눈을 피하지 못하는 투박하고 못생긴 손은 못 본 척하기가 어려웠다.

영매의 손은 오후에 내 손목을 잡았을 때 볼 기회가 많았으니, 넙적하고 짧고 통통하다는 것을 알고 있었다. 그에 비해 내 손을 부여잡고 있는 이 손은 전형적인 아메리카 여성의 손처럼 균형 잡힌 모양으로 작고 갸름했다.

톰슨 씨도 '줄리아'에게 인사를 하러 왔기에 내가 그에게 속삭였다.

"오늘 오후에 나이를 잘못 알려준 게 아닌지 줄리아에게 물어봐요."

"아니오. 그건 베이츠 양이 직접 물어보세요."

그가 대답했다.

그래서 내가 간곡하게 말했다.

"줄리아, 오늘 오후에 당신 나이를 잘못 말한 게 아닌지 알려주세요. 스물셋이라고 대답했는데 그게 맞아요?"

아니라는 의미로 고개를 세차게 저을 뿐, 입으로는 아무 소리도 나오지 않았다.

여기에 실망하여 다시 물었다.

"우리에게 말을 해줄 순 없나요?"

그녀는 어쩔 수 없다는 듯한 몸짓을 작게 해보였다. 아마도 우리 눈에 보일 정도로 몸을 체현하느라, 기운을 전부 써버린 것 같다고 옆에 서 있던 그레이 부인이 설명했다. 줄리아는 그렇다는 의미로 고개를 끄덕이고, 아무 말도 못한 채로 다시 커튼 뒤로 들어갔다.

영국에 돌아가서 스테드 씨에게 편지를 쓸 때 줄리아가 나타났다는 이야기는 하지 않았다. 일종의 시험으로, 내 앞에 모습을 드러낸 사실을 줄리아가 스테드 씨에게 어떻게든 알려주기를 바라는 마음이 간절했다. 그러나 스테드 씨는 처음 편지에서 거기에 대해 한 마디도 하지 않았다. 확증을 얻지 못해 대단히 실망스러웠으나, 언젠가 스테드 씨에게 말해야겠다고 마음먹고 그 일은 접어두었다.

일주일 후, 다른 문제로 장문의 편지를 쓰면서 짧게 추신을 적었다.

'혹시 줄리아가 뉴욕에서 내 앞에 나타난 적이 있다고 말한 적이 있나요?'

그가 보낸 답장에 역시 추신으로 이렇게 적혀 있었다.

'그리고, 마지막 질문에 답하자면, 있습니다. 몇 주 전에 줄리아가 뉴욕에서 당신 앞에 나타났는데, 체현한 상태로 말하는 데 익숙하지 않아서 나이를 제대로 답해주지 못했다고 했습니다.'

스테드 씨에게 질문과 대답 목록을 보낼 때 '스물셋'이라는 나이가 명백하게 오류라고 생각했기에 거기에 관해 특별한 의견을 달지 않

았다. '하지만 뉴욕에서 나이를 잘못 말한 게 아니냐고 다시 물어본 일은 스테드 씨에게 말한 적이 없으며, 그녀가 그때 말을 하지 못했다는 것 또한 그에게 공개하지 않은 사실이었다.'

이 또한 독립된 증거로서 가치를 얻은 것이다.

이제 줄리아가 나타난 그날, 냅튼 톰슨 씨가 죽은 딸을 만난 이야기로 넘어가 보자. 이미 말했듯이, 톰슨씨는 몇 해 전 죽은 딸을 만나 이야기를 나눌 기회를 얻으면서 교령회에 심취하게 되었다.

이날도 그의 딸이 체현하여 캐비닛에서 나왔다. 톰슨 씨는 바로 옆에 앉아 있어서, 그레이 부인이 그에게 속삭이는 소리를 똑똑히 들을 수 있었다.

"딸을 데리고 다른 방으로 가시겠어요, 톰슨 씨? 오늘밤은 좀 번잡하군요. 거기 가면 더 조용할 거예요."

톰슨 씨는 바로 일어나서 체현된 형체를 맞이하여 접이식 문을 통해 응접실로 나갔다. 다른 흥미로운 일들이 이어지는데다가, 불빛이 흐려서('처음에는' 늘 불빛이 흐릿했다.) 톰슨 씨가 없다는 사실을 잊고 있었다. 그러다가 어느새 그가 옆자리에 돌아와 있는 걸 발견하고 딸과 뭘 했는지 물어보았다. 그가 사라져서 돌아오기까지 족히 반시간은 걸렸다.

"딸아이가 이 방은 번잡해서 돌아오기 싫어했습니다. 30분 정도 이야기를 나누고 나서, 그 방에서 아이는 사라지고 나 혼자 이 방으로 돌아왔지요."

넵튠 톰슨 씨는 판단이 빠르고 실용적인 요크셔 사람이었다. 그리고 그가 개발한 난로를 아메리카에서도 주문하는 것을 보면 알 수 있듯이, 대단히 성공한 사업가라는 사실을 다시 한 번 강조할 도리밖에 없다.

그는 사적인 공간에서 얼굴을 마주하고 30분이나 대화를 나누었으니, 자기 딸을 알아보는 건 너무나 당연한 것이 아니냐고 생각하는 게 분명했다.

이 장을 끝맺기 전에 필라델피아의 킬리와 그의 직관적인 천재성에 관한 이야기를 하지 않을 수 없다.

필라델피아에서 마지막으로 머무는 동안(1897년 3월), 이 놀라운 인물을 만나보길 바랐으나 기회를 얻지 못했다. 그러므로 현실에서 킬리와의 인연은 그의 아내와 면담을 한 번 가진 것이 전부다. 하지만 이 글은 사적인 체험뿐 아니라, 사적인 직관에 관한 기록이기도 하다. 그리고 이제껏 나의 직관-증거라는 물리적 근거도, 이해라는 심리적 근거도 전혀 없이-이 이토록 강하고 집요하게 작용한 인물은 없었다.

1885년으로 거슬러 올라가서 아메리카를 처음 방문했을 때, 나는 킬리가 하는 일이나 그가 개발했다고, 혹은 개발하는 과정에 있다고 주장하는 것에 관해 아무 생각이 없었다. 사람들이 하나같이 그를 두고 분별없는 정신병자이거나 계획적인 사기꾼이라고 말하는 것을 들었다. 그리고 아무런 선입견이 없는 상태로 아메리카에 갔으니(아메리카에 가기 전에는 킬리라는 이름을 들어보지 못했다), 이런 대중적인 견

해를 받아들이는 게 자연스러운 과정이었다.

그런데 이렇게 단언하는 것을 들을 때마다 이성보다 강한 뭔가가 내 안에서 반기를 들었다. 친구들도, 지인들도 입을 모아 킬리의 주장을 비웃었다. 그리고 그가 자랑하는 새로운 발견이라는 게 순전히 사기라고 맹비난했다.

'아니야! 아니야! 아니야!'

그럴 때마다 작은 목소리가 고집스럽게 귓가에 속삭였다. 아무것도 몰라서 무작정 반대하는 고집불통 아이처럼. 혹은 영적인 직관이었을까? 시간만이 그 질문에 대답해 줄 수 있다. 어쨌든 그 시기에는 아무런 근거가 없었기에 그런 마음을 혼자 간직했다.

내 입장에 변화가 생긴 건 1897년이었다. 합리적이고 믿을 만한 친구-필라델피아에서 유명한 은행가-에게서 킬리가 모터의 시범을 보이는 자리에, 다른 명망 있는 시민들과 같이 참석한 이야기를 들었다. 예전에는 고집스러운 직관의 목소리만 있을 뿐 그의 주장에 대해 무지하였다면, 이때부터 어렴풋하게나마 그것을 이해하게 되었다. 그 주장은 여전히 많은 사람들의 비웃음을 사면서 9년이나 냉대를 받았다. 그러다가 프레더릭 소디가 원소의 붕괴로 에너지가 방출될 수 있는 가능성을 공개적으로 발표함으로써 과학이라는 근사한 옷을 입게 되었다.

그러나 킬리가 살아있을 때 그를 비방하던 저급한 무리들은 망자가 된 뒤에도 그를 물고 늘어졌다.

“어쨌든 킬리가 쓴 방법은 조작이고 사기였다.”

“그 모터의 와이어는 압축된 공기가 들어있는 튜브였다.” 등등.

비난 세력의 선두에 선 자는 킬리의 가장 고마운 후원자로 길이 회자될 어느 부인의 아들이었다.

초기에는 마땅히 과학의 비호 아래 있어야 하는 새로운 발견을 킬리 모터라는 회사를 만들어서 이용하려 한 게 불운의 시작이었다.

무지하고 성마른 주주들은 오로지 물질적 이익과 배당금 생각뿐이었다. 그들이 킬리의 가장 큰 적이었다. 그랬으니 킬리가 자신이 발견한 힘을 제어할 방법을 찾는 중대한 문제와 씨름하고 있을 때, 그들은 벌써 결실을 얻은 양 ‘특허 출원 준비를 마친 200마력 엔진’이라는 등 자극적이고 성급한 광고를 냈다.

킬리는 처음에 그 힘을 가두려고 시도하다가 엄청난 폭발로 손가락까지 잃고 말았다.

마담 블라바츠키를 포함한 신비주의자들은 원자에 잠재된 에너지가 존재하는 건 사실이지만, 이 세상이 아직 그토록 어마어마한 힘을 감당할 준비가 되어 있지 않다고 말했다. 그래서 킬리가 그 힘을 시연해 보이는 것은 허락되지 않을 것이며, 만약 그가 자신의 발견을 실용화시키는 데 성공한다면 심각한 폐단과 재앙이 뒤따를 것이라고 단언했다.

그들은 둘 중 하나일 거라고 주장했다. 킬리의 실험이 결정적인 단계에서 계속 실패하거나, 혹시라도 성공한다면 그 방법이 공개되어

어떤 피해가 생기기 전에 킬리가 목숨을 잃게 될 거라고 했다.

그들이 공개한 이런 견해를 염두에 두고 이후 킬리의 인생을 살펴보면 흥미롭다.

1898년 3월 6일, 〈더 타임즈(USA)〉에 킬리의 자필 서명과 함께 다음과 같은 내용이 발표되었다.

> — 25년간 노력한 끝에 에테르(자신이 발견한 힘의 매체라고 킬리가 다른 데서 말한다.)를 동력화하고, 상업적으로 응용하는 문제를 해결했다. 실험은 모두 끝났다. 나의 임무가 드디어 완성되었다.
>
> 서명: 존 W. 킬리.

그해 11월 18일, 킬리는 세상을 떠났다.

채 두 달이 지나기 전에 그의 친구이자 너그러운 후원자였던 블룸 필드 무어 부인도 저세상으로 떠났다. 킬리가 발견한 '에테르를 동력화'하는 방법은 힘을 가두는 대신 회전시켜서 유지하는 것이었다.

다음과 같이 사적인 편지에서 이와 관련된 내용을 발췌하는 것을 허락받았다.

— 이 기기는 빛을 내는 수소 입자의 껍질을 파열시켜 미지의 물질이 유리되도록 합니다. 계산에 따르면, 이 물질을 초당 420,000회로 빠르게 회전시키면 자체적으로 장벽이 형성되어 그 안에 갇힙니다. 튜브 안에서 회전이 시작되면 그 무엇으로도 방해할 수 없으니, 어두워진 방에 햇살을 잡아둘 수 없는 것과 같습니다.

킬리의 발견과 관련하여 어떤 일들이 있었는지 하나도 빠짐없이 집약되어 있어서, '진실을 밝힐 때가 오면' 그 내용이 세상에 발표될 것이라는 이야기를 들었다.

물론, 그 내용이 공개되면 킬리와 비슷한 '괴짜 사기꾼'이 또 나타날 가능성이 있다. 부디 그 사람은 과학의 범주 바깥이 아닌 안에서 등장하여 순교자적 고통을 겪지 않기를 바란다!

포레스트 게이트의 공공기관에서 일하는 물리학자 라슬스 스콧의 편지에서 한 부분을 인용하는 것도 흥미로울 것 같다. 그는 과학자로서 관심을 품고 킬리의 연구실을 방문하여 킬리가 사용하던 와이어를 잘라서 얻어간 사람이다.

다음은 라슬스 스콧의 편지에서 핵심적인 부분이다. 그가 연구를 진행할 수 있었던 '아름다운 도시 필라델피아'의 '기관과, 여러 사람들 모두'와 편집장에게 감사를 표하는 부분만 생략했다.

라슬스 스콧이 필라델피아의 일간지 〈더 파블릭 레저The Public Ledger〉의 편집장에게 보낸 편지

— 지난 수요일 밤, 프랭클린 인스티튜트에서 관찰한 바를 종합해 보면, 매우 훌륭한 당신의 기사에 딱 한 군데 수정해야 하는 중요한 부분이 있습니다.

내가 세운 계획이 아직 완료된 것은 아닙니다. 그러므로 그날의 관찰 과정은 '예비 단계'라고 할 수밖에 없지만, '내 견해는 확실하게 정해지지 않았다'는 의미로 말한 적은 없습니다.

그 반대로, *킬리 씨가 지금까지 알려진 바가 없는 힘의 존재를 논란의 여지가 전혀 없는 방식으로 나에게 보여주었다고 확실한 내 견해를 한 번 이상 밝혔습니다*(이탤릭체는 내가 바꾼 것이다—E.K.B.).

눈에 보이거나, 감춰져 있는 일반적인 동력원이 실험 결과에 작용했을 가능성은 배제되는 조건이었습니다.

나아가, '바이브로다인vibrodyne'의 회전에 전력이나 자력이 이용되지 않는다는 사실을 충분히 확인했습니다. 여기까지 내 견해를 가능한 한 가장 확실하게 밝히는 바입니다.

…… '공명 트랜스미터'를 약간 수정한 뒤 내가 대서양 건너에서 가져간 작은 영국식 소리굽쇠를 트랜스미터 위에 놓고 소리를 내니, 킬리 씨의 개입 없이 나도 바이브로다인을 빠르게 회전시킬 수 있었습니다. 이 사실을 발표하고 실제로 내가 사용한 소리굽쇠도 보여주어서

청중들로부터 큰 박수를 받았습니다.

– 미리 감사드리며, W. 라슬스 스콧 올림.

아마 이러한 증언이 다른 과학자들, 전기 기사들의 증언에 보태져서 끝없는 어리석음과 비방에 종지부를 찍었으리라 예상할 수도 있을 것이다.
그러나 편견에 사로잡힌 무지는 벗어나기가 쉽지 않은 법이다!

보다 즐거운 분위기로 이 장을 마무리하기 위해 킬리가 본인의 업적을 아름다운 글로 표현한 어느 편지의 일부를 인용하고자 한다.

— 내가 얻는 힘은 이 기계를 돌리는 힘과 똑같은 방식으로, 나를 도구로 쓰시는 창조주의 마음에서 나온 힘인 물질의 정수에서 이루어지는 발산을 통해 나에게 전달됩니다. 나를 이끄는 분이 누구신지, 가치 있는 결과를 위해 모든 것들이 함께 어우러져 작용하도록 만드시는 분이 누구신지 나는 알고 있습니다.

1898년에 나는 W. T. 스테드 씨가 아일랜드에서 으뜸가는 유령의 성이라고 묘사한 러시 성Castle Rush에서 며칠을 지냈다. 아직 사람이 살고 있는 몇 안 되는 아일랜드 고성 중 하나이며, 말 그대로 옛 유령들이 떠도는 곳이다.

그 성에 묵을 당시 나는 심하게 병을 앓고 나서 회복하는 시기여서, 도착하자마자 친절한 안주인에게 떠밀려 침대로 직행했다. 진심으로 환대해 준 안주인은 인생의 관습보다 손님의 편의를 더 중하게 여겨서, 어두운 가을밤에 도착한 내가 좀 더 아래층에 머물며 주인과 친분을 쌓으려는 것도 마다했다.

장거리를 이동한 뒤, 아일랜드 어느 작은 마을의 객줏집에서 지루

하게 긴 시간을 기다리다가 겨우 도착하는 길이었다. 그 무렵 주치의
가 열차 여행은 극구 반대하는 통에 앞서 머물던 곳에서 $60km$ 이상
되는 거리를 이전 집주인과 러시 성의 주인이 보내준 마차를 옮겨 타
가며 이동해야 했다.

사실상 내가 기거한 방이 유령 들린 방들 중 하나라고 믿고 있지만,
어두운 바깥에 있다가 들어가서 그런지 충분히 쾌적한 느낌이었다.
아래층에서 올려 보낸 맛있는 저녁 식사까지 마치고, 포근히 이불에
감싸여 부드러운 솜털 베개를 베고 누우니 유령이 나타날지도 모른
다는 생각 같은 건 싹 가셨다.

다행히도 그곳에 머무르는 길지 않은 기간 동안 이상한 걸 보거나
듣지 못했다. 나를 만나보라고 특별히 초대한 별난 노부인이 아니었
다면 내 방이 악명 높다는 사실조차 몰랐을 것이다.

오찬을 들고 나서 그 노부인의 제안으로 내 방으로 자리를 옮기자,
그녀가 대수롭지 않은 듯 말했다.

"아, 이 방을 쓰는군요. 한때 유령이 극성을 부리던 곳인데, 예전에
내가 힘을 좀 써서 전부 치워버렸답니다."

참고로 말하자면, 이 노부인은 본인이 가진 능력을 보는 시각이 무
척 낙관적이었다. 그래서 마치 평범한 청소부가 건물을 돌아보며 전
부 싹싹 문질러서 '깨끗이 청소했다'고 진심으로 뿌듯해하는 것처럼
말했다.

그러던 중 어느 날 아침이었다. 식사를 마치고 나서 성의 안주인인

켄트 부인이 빨리 와서 재미있는 걸 보라고 나를 불렀다. 마치 하늘에 구멍이라도 뚫려 양동이로 퍼붓는 것처럼 비가 많이 오는 날이었다. 비에 젖은 가을 나뭇잎과 헐벗은 나무들이 바람에 흔들리는 것과, 끝도 없이 쏟아지는 빗줄기만 보일 뿐 특별히 눈길을 끄는 건 아무것도 없었다.

"저기 저 여자 아이, 안 보여요?"

다시 보니 어떤 아가씨가 작은 트렁크를 머리에 이고, 너도밤나무 사이에서 나오는 모습이 보였다.

"이런 날 여행을 가다니 특이하네요."

내가 담담하게 말했다.

"아일랜드의 미신 때문이죠! 저 아이는 우리 부엌에서 일하던 하녀예요. 몇 시간만 기다리면 내가 역까지 태워줄 수 있는데, 조금이라도 빨리 가려고 머리에 가방을 이고 10km를 걸어가려는 거랍니다."

"실성한 아이인가요?"

나는 당연히 그렇게 물었다.

"아니요! 너무 무서워서 저러는 거예요. 여기 온 지 일주일도 안 됐는데 겁에 질려서 이성을 잃었어요. 무슨 말을 해봐도 러시에서는 하룻밤도 더 있지 않으려고 한다는 것밖에 모르겠어요. 내일 아침 8시면 간단하게 말리까지 보내줄 수 있는데 통 말을 듣지 않았어요. 정말로 뭔가를 본 건지, 다른 하인들이 하는 이야기를 듣고 겁이 난 건지 잘 모르겠어요. 어쨌든 자기 고집대로 행동하는 용기는 있나 봐요. 고

생도 마다하지 않는 걸 보면 말이에요. 나라면 이 빗속에 트렁크를 이고 10*km*를 걸어가느니 차라리 유령들을 만나는 쪽을 택할 텐데.”

그러고 나서는 돌아서면서 물었다.

“베이츠 양은 여기 온 후 뭘 보거나 들은 적은 없죠? 그러길 바라요. 살아있는 손님을 맞을 기운도 없을 텐데 유령은 말할 것도 없죠.”

근사한 원형 홀을 같이 지나가면서 내가 대답했다.

“네, 없어요. 정말 고맙게도 보이는 것도, 들리는 것도 없었어요. 몸이 이렇게 약한 상태로는 뭘 볼 수 없는 모양이에요.”

이 말을 하면서 문득 뭔가에 이끌려 옆에 있는 거대한 석벽의 특정한 부분에 손을 댔다.

“그런데 여기에는 뭔가 기분 나쁜 게 있어요.”

내가 벽을 두드리며 말했다.

“바로 여기 뭔가 섬뜩한 게 있는데 그게 뭔지 모르겠어요.”

켄트 부인은 별다른 말이 없었다. 그래서 이듬해 켄트 부인이 영국에 와 있다는 소식을 스테드 씨로부터 들을 때까지 그 일은 잊고 있었다. 켄트 부인은 스테드 씨와 같이 점심을 먹으면서 내 안부를 물었다고 했다.

“당신이 러시 성에 있는 해골들의 위치를 정확하게 짚어낸 이야기를 생생하게 들려주더군요.”

나는 무슨 말인지 이해하지 못했다. 내가 알기론 러시에서건, 다른 어느 곳에서건 해골을 찾아낸 적은 단 한 번도 없다고 스테드 씨에게

말했다. 하지만 그는 켄트 부인의 말은 완전히 달랐으며, 내가 특별한 능력을 지니고 있다고 장담했다는 것이었다.

"다른 사람과 혼동한 것 같아요. 거기서 기이한 경험을 한 사람들이 한둘이 아닐 테니, 실수하는 것도 당연하죠."

"부인에게 당신 주소를 알려줬으니, 부인의 클럽에서 같이 차를 마시자고 연락이 갈 겁니다. 그때 누가 옳은지 판가름해 보시죠."

그러고 나서는 다른 주제로 대화가 흘렀다.

다음날 오후 켄트 부인의 클럽에서 그녀를 만났고, 다행히 헤어지기 전에 내가 해골을 찾아냈다고 착각하는 일이 기억났다.

"정말로 베이츠 양이 찾아냈는걸요."

그녀가 웃으면서 말했다.

"성에서 지내면서 뭔가 이상한 걸 보거나 듣지 않았냐고 베이츠 양에게 물었던 거 기억 안 나요? 그때 당신은 '고맙게도 그런 일 없었다'고 말했죠. 그런데 바로 원형 홀에 있는 특정 부분을 손으로 짚으면서 '바로 여기 뭔가 섬뜩한 게 있는데 그게 뭔지 모르겠다'고 했어요."

"네. 그건 전부 기억나요. 그런데 그게 왜요? 해골 이야기는 들은 적이 없는걸요."

"물론이죠. 그때 베이츠 양의 건강이 그런 오싹한 문제를 거론할 상태가 아니었어요. 그래도 당신이 짚은 바로 그곳이 그로부터 일주일 전에 중개인이 남편에게 벽 뒤에서 두 사람의 해골이 발견되었고 말한 지점인 건 사실이에요."

그러면서 켄트 부인은 그 중개인이 아주 오래 전, 러시 성의 전 주인-그녀의 시아버지-이 사망하기 전부터 그곳에서 일했다고 설명했다. 내가 도착하기 일주일 전에 켄트 씨를 만날 일이 있었던 중개인은 켄트 씨에게 지나가는 말로 40년쯤 전에 성의 이전 주인과 해골들을 발견했다는 이야기를 했다고 한다. 그 지점이 바로 내가 짚은 곳이었다. 그런데 희한하게도 그들은 해골들을 땅에 묻지 않고 그대로 다시 벽을 쌓았다고 했다. 러시 성이 유령 들린 성으로 유명해진 건 일부분이나마 그런 것에서 원인을 찾을 수 있다.

제대로 장례를 치르지 않는 것보다 더 혼령을 들쑤시는 건 없다는 것을 능력 있는 심령술사라면 누구나 알고 있다!

다시 러시 성에서 지낼 당시로 돌아가 보자.

그로부터 몇 해 전에 실론(스리랑카의 옛 이름 – 옮긴이 주)에서 나폴리로 가는 오리엔트 사의 증기선에서 러시 성주의 남동생을 만났다. 선원인 그는 내가 평생 만난 사람들 중에 가장 현실적인 성향이었다. 러시 성을 방문한 것은 그를 만난 것과 무관하게 내가 켄트 부인과 그녀의 친정 식구들과 인연이 있어서였다.

싹싹하고 양식 있는 켄트 선장에게 무척 좋은 인상을 받은 터라, 켄트 부인과 만났을 때 그의 사망 소식을 듣고 몹시 슬펐다. 내가 러시 성을 방문하기 얼마 전에 그런 일이 생겼고 그 사연이 애잔했다.

겉으로는 내가 만난 그 누구보다 감정이 메마른 듯 보였으나, 가슴

깊이 사랑할 수 있는 사람이었던 게 분명하다. 나와 만났을 무렵 그는 결혼한 지 몇 달 되지 않은 새신랑이었다. 결혼생활 2년을 못 채우고 아내가 세상을 뜬 직후, 짧은 휴가로 러시 성을 찾은 그가 형수에게 이렇게 말했다고 한다.

"아내가 떠난 지금, 나도 1년을 넘기긴 힘들 겁니다. 그걸 알아요!"

켄트 부인에게 이런 이야기를 들으면서, 절대로 그런 말은 하지 않을 것 같은 사람이었다는 켄트 부인의 의견에 나도 동의했다.

"그런데 그 말이 맞았잖아요. 아내가 죽은 지 딱 1년이 되기 사흘 전에 세상을 떠났어요."

켄트 부인이 덧붙였다. 크나큰 슬픔을 겪는 그 시기에 그는 남들보다 훨씬 튼튼하고 강단 있는 건강한 남자였다.

한편, 나는 러시 성을 떠나면 코트에 사는 친척을 방문하기 위해 남부 아일랜드로 이동할 예정이었다.

떠나는 날 아침에 응접실에 있으면서 내가 왜 이 아일랜드 고성에 오게 되었는지 의아했다. 내가 와서 특별히 이룬 것이 없었다. 그때는 해골들을 발견한 사실도 몰랐으니! 그 시절에는 일이 연쇄적으로 일어나는 경우가 잦았다. 예를 들어 빌린 책, 우연히 만난 낯선 사람, 뜻밖의 방문 등이 나중에 보면 특별한 경험을 불러오는 요인으로 작용한 것을 알 수 있었다. 그런데 '아일랜드에서 가장 이름난 유령의 성'을 떠날 때까지 아무 일도 일어나지 않았다는 걸 깨닫고 놀랐다.

그러나 이런 생각에 몰두한 바로 그 순간 느닷없이, 정말로 '뜬금없이’ 기이하게 끈질긴 어떤 느낌이 들었다.

그 느낌이란 바로 성주의 남동생인 켄트 선장이 나를 통해 다급하게 어떤 메시지를 전하려 한다는 것이었다. 그때는 이런 메시지를 받는 걸 감당할 수 없는 상태라고 느꼈다. 이미 밝혔다시피 심각하게 병을 앓고서 회복하는 과정에 있었기 때문이다. 게다가 점심을 먹고 나면 역까지 먼 길을 가야 했고, 또 장시간 열차 여행을 해야만 했다. 이런 이유로 나는 코크 인근에 사는 사촌 집에 무사히 도착할 때까지 아무것도 하지 않기로 결심했다.

이윽고 열차가 1시간이나 넘게 지연되는 바람에, 길고 춥고 축축한 여정을 거쳐 빗속을 뚫고 목적지에 도착했다. 친절하게 마중 나와 준 하인이 그때까지 꿋꿋하게 역에서 기다리고 있었다. 그러나 나와 내 짐들을 위해 불러둔 마차 두 대 가운데 한 대는 이미 떠난 뒤였다! 비가 억수처럼 쏟아지고 있으니 ‘유개마차’가 가버렸다는 이야기는 굳이 할 필요도 없을 것이다.

즉 물에 빠진 생쥐 꼴로 사촌 집에 가야 한다는 뜻이었다. 그 짐들(커다란 자전거 한 대에 마부까지 총 세 사람도 포함하여)을 작은 개방형 아일랜드 마차에 어떻게 다 실었는지 이해할 수 없기에 기적이라고 해도 과언이 아니다. 그것도 모자라서 그 상태로 45도에 가까운 경사를 이루는 언덕을 올라갔다!

이런 상황에서 자동 수기로 내가 메시지를 받을 상태가 아니었음은 말할 나위도 없다.

뜨거운 스프를 먹고 따뜻한 물주머니들을 품은 채, 바로 침대에 들어서 길고 긴 단잠으로 고생을 잊었다.

그래도 며칠은 '침대에서 아침 식사'를 해야 하는 허약한 상태였다. 그러다가 마침내 자리를 털고 일어났을 때, 켄트 선장이 기억나서 약속을 지키려고 당장 연필과 종이를 찾았다.

메시지는 기이한 내용이었다. 하지만 첫 문장은 이전에 내가 언급한 적이 있는 사연으로, 러시 성에 초대되어 같이 오찬을 한 노부인을 두고 하는 이야기인 건 분명했다.

그 내용(켄트 선장답게 조금 무뚝뚝한 듯하면서도 상냥한 느낌의 글이었다.)을 기억나는 대로 적어보자면 다음과 같다.

러시 성에 유령이 떠돈다는 소문은 틀림없는 사실이라고 전제한 뒤에 이런 내용이 이어졌다.

— 그 늙은 여자가 전부 치웠다고 말하는 건 순 헛소리입니다! 어림없어요. 아직도 악한 유령들이 많이 남아 있고, 곧 러시에 상속자가 태어날 테니 나쁜 짓을 벌이려고 그 어느 때보다 안달이 나 있습니다. 톰(그의 형)에게 말하는 건 아무 소용도 없어요. 전부 장난이라면서 웃어넘길 겁니다. 그러니 형수에게 꼭 전해주세요. 제발 기도하고, 기도하고, 또 기도하라고. 그들에게, 그리고 형수에게 필요한 건 기도밖에 없습니다.

사귄지 얼마 되지 않은 이에게 쉽게 보낼 수 있는 내용이 아니었다. 우선 퀸트 부인이 좋아하는 친구에 대해 적은 첫 문장이 너무 무례했다! 게다가 러시에 상속자가 태어난다는 예언은 실망으로 이어질 테니 함부로 말했다가 후회할 게 뻔했다. 퀸트 부인은 첫 아이인 아들을 잃고 그 상실감에서 벗어나지 못했다. 그 성에 묵을 당시, 우리가 오찬을 먹는 시간에 내려와서 이른 저녁을 먹을 만큼 제법 성장한 예쁜 딸아이가 둘 있었다. 가족은 그들이 전부였다. 크리스마스 때쯤 출산할 예정이긴 했지만(내가 방문한 건 9월이었다.) 퀸트 부인은 또 딸이라고 조금 섭섭한 듯 장담했다. 헛된 희망을 불어넣어서 마음에 동요를 일으키는 건 못할 짓이었다.

하지만 늘 그렇듯이 통상적인 설명과 사과의 말을 덧붙여 그 메시지를 보낼 수밖에 없었다.

퀸트 부인은 그 메시지에 큰 관심을 보였고, '기도하고, 기도하고, 또 기도하라'는 말이 자신에게 매우 특별한 의미를 지닌다고 설명해 주었다. 나는 그저 내가 아는 퀸트 선장이 누군가에게 그런 말을 하는 게 어울리지 않는다는 생각만 들었을 뿐이다.

크리스마스에 '러시 성의 상속자'인 아들이 선물로 와서 감사하게도 무럭무럭 잘 크고 있다는 사실을 여기 적을 수 있어서 기쁘다. 듣자하니 그 아이는 전형적인 아일랜드 억양으로 자신을 '주인님'이라고 칭하면서 누나들에게 대장 노릇을 한다고 했다.

같은 해, 영국 남부에서는 기거하는 방에 강한 심령적 기운이 남아

있는 것을 경험했다.

으스스한 느낌이라곤 손톱만큼도 없는 아주 편안한 방이었다. 다만, 그 방에서 언쟁과 토론이 벌어져서 결과적으로 화합이 깨어진 것 같은 불쾌한 느낌이 들었다.

집주인-매우 보수적인 목사-에게 이 이야기를 조심스럽게 꺼냈더니 이렇게 대답했다.

"아이고, 아닙니다! 그런 일은 없었어요. 잘못 아신 겁니다."

하지만 기회가 있을 때 다른 방으로 바꾸자 더할 나위 없이 편안해졌다.

홀에 있는 탁자 위에 다른 목사 앞으로 온 편지가 놓여 있는 걸 몇 번 보았다. 들어본 적이 없는 이름이었고, 그 집에 기거하는 사람도 분명 아니었다. 젊은 여자 가정교사에게 이 이야기를 했더니, 곧 그런 이름의 신사가 데일 씨 내외와 같이 목사관에서 몇 달 살았다고 한다. 그러다가 내가 오기 몇 주 전에 세상을 떠났다고 말해주었다.

"그분은 베이츠 양이 처음 쓰던 그 방에서 주무셨어요. 방을 바꾸셔서 내심 기뻤어요."

"그분도 목사였군요."

나는 그 사실을 말해주는 봉투를 쳐다보았다.

"네. 성직자이긴 했는데, 몇 년 전부터 불가지론자로 완전히 돌아서 버렸죠. 돌아가시기 전 몇 주는 침대에서만 지내셨는데, 데일 씨가 매일 그 방에 올라가서 오랜 시간 언쟁을 벌이고 토론을 했어요. 하지만 아마 별 소득 없이 그분을 성가시게 한 것 같아요. 길게 논쟁하기엔 병이 너무 위중했으니, 차라리 따뜻한 위로의 말이 필요했을 것 같아요."

여선생이 공부방으로 돌아간 뒤, 내가 느낀 심령적 기운을 뒷받침하는 이 새로운 증언에 대해 곰곰이 생각했다. 아무리 심령 능력을 가진 자라도 아직까지 우리는 어떤 사실이 있기까지 어떠한 법칙들이 작용하는지 모른다는 건 부정할 수 없다.

한편, 1898년에 내가 겪은 또 하나의 사건을 여기 싣는 것을 스테드 씨가 흔쾌히 허락해 주었다.

그해 초, 스테드 씨는 귀한 친구를 잃었다. 그의 사무실에서 열심히 일해 준 그 친구는 스테드 씨가 계획하는 자선 사업에도 도움을 주고 있었다.

중병을 앓으면서 섬망 증상이 생긴 이 여성은 자기 집에서 창문으로 투신했다. 이런 비통한 사건이 있기 보름 전, 그녀는 같은 건물에 사는 다른 주민이 창문으로 뛰어내리는 것을 목격했다. 그리고 스테드 씨는 섬망 상태에 빠진 이 친구에게 그 장면이 자극이 되어, 같은 행동을 하게 되진 않을지 계속 걱정했다고 한다. 나중에 밝히겠지만, 그녀가 직접 설명하는 죽음의 원인은 스테드 씨가 생각한 것과 달랐다.

모리스 부인의 갑작스런 죽음과, 그에 관련된 여러 상황은 당연히 스테드 씨에게 막대한 영향을 끼쳤다. 그래서 그녀가 사망한 직후, 그

는 그녀의 머리칼을 조금 잘라서 신통력으로 유명한 열두 명 이상에게 일부를 보냈다. 친구의 죽음에 얽힌 미스터리를 풀고 싶은 바람이 있었고, 아울러 가능하다면 이 여성과 둘이 미리 정해놓은 신호를 받기를 바랐다. 두 사람 모두 심령 현상에 관심이 많아서, 후에 둘 중 한 사람이 먼저 저세상으로 갈 경우를 대비해 신호를 정해둔 것이다. 누군가 저세상으로부터 메시지를 받았다고 주장해도, 이 신호가 없으면 진정한 소통이 이루어지지 않은 것으로 의견을 모아놓았다.

스테드 씨와 절친한 베전트 부인도 그들 중 한 사람으로, 비밀스런 그 신호를 포함하여 세세한 부분까지 알아낼 수 있다고 자신했다.

그러나 베전트 부인도, 리드비터 씨도, 그보다 능력이 떨어지는 다른 이들과 마찬가지로 실패했다.

가장 명성이 높은 심령술사들과 접촉할 수 있는 특별한 기회에도 불구하고, 사망 후 얻은 머리카락이라는 귀한 단서도 무색하게 모두가 차례로 실패하면서 시험은 막다른 골목에 다다른 듯했다.

몇 주 뒤, 스테드 씨로부터 이 이야기를 들은 다음에 오랜 친구의 초대로 런던에 있는 친구의 집으로 오찬을 하러 갔다. 거기서 내 독자들은 벌써 잘 알고 있는 비전문적 심령 능력자인 로완 빈센트 양을 만나게 되었다.

그녀와는 처음 만나는 자리여서 식사를 하는 동안 거의 대화를 나누지 않았다.

그녀는 매우 진지하게 어떤 군인-우리를 초대한 주인의 사위-과 대화에 열중하고 있었고, 나는 친구인 집주인과 흥미로운 대화를 이어가고 있었다.

열차를 타러 가야 하는 맥스웰 장군은 응접실로 이동할 때 함께하지 못했다.

로완 빈센트 양이 응접실에서 내게 무척 친절하게 물었다.

"베이츠 양, 내가 지금 뭔가 해드릴 게 있을까요? 당신을 위해 뭐가 보이는지 한번 알아봐 드릴까요?"

내 의지에 반해 불쑥 이런 말이 튀어나왔다.

"빈센트 양, 혹시 수기로 메시지를 받기도 하나요?"

"아뇨. 그런 적은 없지만 시도해 볼 수는 있어요."

그녀가 적극적으로 답했다.

이런 제안을 한 나의 어리석음을 얼마나 한탄했던지! 그녀의 재능은 사람을 둘러싸고 있는 심령적 기운을 보는 것인데, 시도해 본 적이 없는 완전히 새로운 실험으로 관심을 돌려놓은 것이다. 나도 자동 수기는 수월하게 되던 시절이라, 특별히 거기에 관심이 쏠려있던 때도 아니었다. 다만 '저세상'에 있는 친구들 가운데 누구라도, 이 심령 능력자를 통해서 의사를 전할 수 있는지 굉장히 궁금하긴 했다.

어쨌든 물은 이미 엎질러진 뒤였다. 로완 빈센트 양은 내 제안에 마음이 한껏 동해서 그만둘 것 같지 않았다. 그녀가 기대에 부풀어 연필과 종이를 들고 앉기에, 하는 수 없이 내 어리석음의 결과를 끈기 있게 기다렸다.

곧 그녀가 고개를 들었을 때 이미 수기가 진행되고 있었다.

"혹시 윌리엄이라는 사람을 아세요? 윌리엄이라는 사람이 보내는 메시지라는 것만 알겠어요."

친한 사촌 중에 그런 이름이 있었다. 그래서 그럴 가능성이 높다고 생각해 무슨 메시지인지 기꺼이 수신하고 싶다고 했다.

잠시 후, 빈센트 양이 의아한 투로 말했다.

"윌리엄이 보낸 게 아니라 윌리엄에게 보내는 메시지예요. 도통 이해할 수가 없네요."

그녀가 초조하게 종이를 내밀었다. 그 위에 약간 흐릿하지만, 분명히 이렇게 적혀 있었다.

— 친애하는 윌리엄, 내가 그 창문에서 어떻게 떨어졌는지 말해주고 싶어요. 정말로 내 탓이 아니었어요. 누군가 등 뒤에서 나를 밀었어요.

– 에텔.

서명은 다소 불분명했지만 내 눈에는 명백했다. 스테드 씨의 친구 이름을 알고 있었던 터라, 단번에 그녀가 스테드 씨에게 보내는 메시지라는 것을 알아봤다.

빈센트 양에게 하단에 적힌 이름이 뭔지 물었다.

"에텔처럼 보이는데 분명하진 않네요. 다시 적어보라고 영혼에게 부탁해볼게요."

바로 뚜렷하고 명백한 서명이 나왔다.

나는 애써 흥분을 감추고 빈센트 양에게 조용히 말했다.

"누가 누구에게 보내는 메시지인지 알 것 같아요. 하지만 확실하게 하려면 수신인과 발신인이 같이 정하고, 다른 사람은 아무도 모르는 특정한 신호를 받을 수 있으면 좋겠어요."

"시도해 볼게요."

곧바로 빈센트 양이 말했다. 그녀가 연필에 손을 대기가 무섭게 원을 그리기 시작했다.

"원을 그리려는 게 확실하네요."

그녀가 웃으면서 말했다.

"아, 다음은 그 안에 십자가를 그리려고 해요."

몇 초 만에 그린 그 그림은 영매들이 전부 알아내는 데 실패했던 바로 그 신호였다. 그래서 그 신호를 알아본 스테드 씨는 물론이고, 우리 모두에게 커다란 기쁨을 주었다.

여기서는 케임브리지의 어느 방에서 내가 기운을 감지한 포브스 판사와 얽힌 신기한 일화를 소개하려 한다.

전에 말했다시피 그는 결혼했고, 긴 세월 동안 나는 포브스 판사와 그의 가족을 만날 일이 없었다. 하지만 둘 다 아는 친구들이 몇 명 있었다. 그래서 그에게 외동아들이 있으며, 후에 그 아들이 이튼에 다니다가 군인이 되었다는 소식은 듣고 있었다.

그때가 남아프리카 전쟁이 발발하기 직전이어서, 인도에서 몇 개월 복무하던 그 청년도 여왕과 동포를 위해 남아프리카로 파병되었다. 이후에 포브스의 아들은 레이디스미스에 갇힌다.

춥고 음울한 1월의 어느 날(1900년 1월 6일), 내가 기관지에 심각한 이상이 생겨 햄프셔에 있는 큰오빠 집에서 침대 신세를 지고 있을 때였다. 오빠가 윈체스터 클럽에 갔다가 밤에 늦게 돌아와서는 소식을 전해주었다. 레이디스미스의 포위가 드디어 뚫렸으나, 젊은 영국군 세 명이 목숨을 잃었다고 말이다. 그중 한 명이 왕립 소총병인 포브스라는 이야기를 듣고서, 옛 친구의 외동아들이라는 것을 확신했다.

상심한 친구에게 곧바로 위로의 편지를 보낼 준비를 했다. 이름이 같은 다른 군인들도 있으니, 그 판사의 아들이라고 속단하지 말라는 새언니의 만류도 듣지 않았다. 그 아이라는 것을 한순간도 의심하지 않았다. 이런 비통한 상황을 맞닥뜨리니, 진심 어린 위로를 전하는 데 20년이 넘는 세월의 간극은 아무런 장애가 되지 않았다.

몸이 허약한 상태라서 두어 줄 이상 쓰기가 힘들다는 게 유일한 난관이었다. 그러나 힘든 일을 당한 그 친구가 자기 아들이 '오히려 더 가까이, 아주 잘 있다는 것'을 결국 깨닫게 되기를 바라는 내 마음을 그 몇 줄로 표현했다.

판사의 집 주소를 몰라서 법원으로 편지를 보낼 수밖에 없었다고 말하면, 우리 인연이 얼마나 철저하게 끊어졌는지 알 수 있을 것이다. 하루, 이틀 뒤 감사의 뜻이 담긴 감동적인 답장을 받았다. 편지에 묻어나는 슬픔보다, 내가 권하는 대로 생각해보려 해도 아무런 위로가 되지 않는다는 진술한 고백이 더욱 가슴 아팠다. 불가해한 신의 뜻에 그저 체념하는 수밖에 없다는 게 서신의 요지였다. 먼 훗날 다시 한 번 사랑하는 아들을 볼 수 있을지 모르지만, 그때까지 침울하고 비참

한 심정뿐이라고 했다.

그렇게 이 사연은 마무리되었다. 애끓는 슬픔에 진심으로 위로의 뜻을 전하고, 감사의 답장을 받았으니 더 이상은 내가 할 수 있는 게 없었다.

그런데 나는 이렇게 결론 내렸으나, 포브스의 아들 생각은 단연코 달랐나 보다. 생전 이 청년이나 그의 어머니를 나는 만난 적이 없었다. 하지만 옛날에 그의 부친과 친구 사이였고, 내가 그 친구에게 느끼는 깊은 동정심 때문에, 아마도 다른 세상으로 건너간 그 청년이 오래지 않아 나를 찾아온 모양이다. 어쨌든 그의 아버지로부터 답장을 받은 날 밤에, 오랫동안 내 침대 곁에 있는 그의 존재를 느꼈다.

그때는 내가 병증이 심해 잠을 거의 이루지 못했고, 밤에 한두 번 시중드는 사람이 와서 난롯불을 지펴 실내 온도를 유지시켜 주었다. 그랬기에 내가 알지 못하는 방문객의 존재를 그 어느 때보다 더 잘 알아차릴 수 있었다.

'내면의 귀로 듣는다'는 게 뭔지 아는 사람이라면, 다음에 이어지는 대화가 어떤 방식으로 이루어졌는지 이해할 것이다. 기억나는 대로 적어보자면 이렇다.

탤벗 네, 탤벗 포브스입니다. 당신에게 할 말이 있습니다. 제발 들어주세요! 그들을 위해 더 해주셔야 합니다. 제 문제로 그들을 도와주셔야 합니다.

E. K. B. 그들이 누구인가요?

탤벗 물론 우리 부모님입니다. 제가 무슨 말을 하는지 모르시겠어요? 그들을 위해 더 해주셔야 합니다. 제가 그들 가까이 있다는 걸 알게 해주셔야 합니다.

내가 다시 자기 아버지에게 편지를 써서 세상을 떠난 우리 친구들에 관한 나의 견해를 더 자세히 설명하길 바란다는 뜻으로 짐작할 뿐이었다. 그러려면 피곤하고 별 효과도 없을 게 분명한 논쟁을 벌여야 하는데, 포브스 판사가 이런 주제를 굉장히 싫어한다는 사실을 나는 익히 알고 있었다. 그랬기에 환자의 짜증까지 더해져서 단칼에 거절했다.

"제발 조용히 하고 날 내버려둬요! 할 수 있는 건 다 했으니, 거기에 대해 더 할 말도 없단 말이에요. 그렇게 된 건 정말 유감이지만, 이것만은 내가 도울 수 없는 일이에요. 당신 어머니는 어떤 사람인지, 여기에 관해 어떤 시각을 가졌는지 모르고, 당신 아버지는—이런 발상 자체를 싫어하고 못마땅하게 여기는데, 굳이 괴롭히고 싶지 않아요. 게다가 지금처럼 비참해 할 때! 아뇨, 그럴 수 없어요. 매일 밤, 나를 찾아와서 성가시게 해도 어쩔 수 없어요."

나는 몸이 너무 안 좋고 피곤해서 자고 싶은 마음뿐이라, 그것으로 그 청년이 그만 사라지길 바랐다. 바람은 여지없이 무너졌다. 청년의

다음 말은 이러했다.

'당신 생각이 무슨 상관입니까? 당신이 뭘 하겠다, 말겠다 하는 게 무슨 상관이랍니까? 자신의 감정만 생각하지 말고, 그들을 도와주셔야 합니다.'

틀린 말은 아니었지만, 나를 설득하기엔 역부족이었다. 언쟁에 지친 나는 이내 잠들었다가, 아침을 먹기 직전에 눈을 떠서 그날치 우편물을 받았다. 그 가운데 모르는 글씨체로 적은 편지 한 통이 끼어 있었다. 포브스 부인이었다. 내가 포브스 판사에게 보낸 편지를 보았다고 말하며, 죽음이라고 부르는 커다란 변화가 일어난 뒤에도 사랑하는 이들이 우리 가까이 있다고 확신하는 근거를 가르쳐달라고 부탁했다.

탤벗 포브스는 이 편지가 내게 올 것을 미리 알고 있었던 게 확실했다. 그래서 자기 어머니 바로 곁에 여전히 그가 존재한다고 납득시키는 걸 내가 도울 수 있도록 미리 답을 준비시키려 한 것이다.

이 사례는 심령연구협회(내가 포브스 부인이라고 부른 여성은 그들의 자료에는 스콧 부인과 또 다른 하나의 가명으로 기록돼 있다.)에 잘 알려져 있다. 그러므로 더 자세히 설명할 필요는 없겠다. 한밤의 방문객이 자신의 목적을 이뤘다는 말로 충분하리라.

나는 청년이 바라는 대로 그의 어머니에게 답장을 보냈다. 그리하여 우리는 오랫동안 서신을 교환하게 되었으며, 그 직후 그녀와 친분을 쌓았다. 그리고 그녀의 남편과는 오래 전의 친구 관계를 회복했다.

포브스 부인은 톰슨 부인 및 몇몇 영매들과 교령회를 열어서 아들이 곁에 있다는 사실을 받아들이게 되었다. 그리고 곧 타인의 도움 없이도 혼자서 아들과 소통할 수 있게 되었다. 포브스 판사도 '증거를 부정하진 못하겠다'고 선언했으나, 그런 확신이 들게 된 것을 진심으로 반기진 않는 눈치였다. 쉰 살이 넘은 사람이 선입견과 관습에서 벗어나기란 보통 어려운 일이 아니다. 판사는 또한 아들이 보내는 밝고 행복한 메시지에서 인간적인 부분을 대하면 늘 불편해하고 난처해하는 것 같았다.

지금은 포브스 판사도 모든 걸 안다! 그토록 믿음직한 옛 친구가 이 땅에서 사라진 것은 슬픈 일이지만, 이제는 그에게도 비정상적이라거나 못마땅하게 느껴지지 않을 그런 방식으로 아들을 다시 만났을 것을 생각하면 진심으로 기쁘다.

그들이 아들을 잃고 난 후, 판사가 살아있는 동안 나는 북부에 있는 그들 내외의 집에서 종종 머물렀다. 포브스 부인은 버릇처럼 이렇게 말하곤 했다.

"우리 세 사람을 한자리에 모은 건 탤벗이라는 사실을 잊지 말도록 해요!"

북경 이야기

영국 북부에 있는 포브스 판사 내외의 집을 처음 방문한 시기에 또 한 가지 기이한 체험을 했다.

1900년 7월 4일의 일이었다. 다음날 아침, 포브스 부인에게 이런 말을 한 게 기억나기 때문이다.

"아메리카 독립일과 날짜가 같다고 기억해야겠어요."

그해 중국에서 복서의 반란(의화단 사건 – 옮긴이 주)이 일어나서 북경에 있는 대사관이 포위되었고, 7월경에는 극도로 위험한 그 상황에서 살아남은 유럽인이 있을 거란 희망이 거의 사라졌다.

너무 의욕이 앞선 교회의 고위 성직자가 성 바울 교회에서 추도식을 계획했다가 마지막 순간에 연기되기도 했다. 그러나 며칠이 지나고 몇 주가 지나도록, 작은 요새는 구출되지 못하여 실낱같은 희망만 남아 있었다. 사실 7월에는 자비로운 죽음으로 그들의 고통이 이미 끝났기를 바라고 믿는 사람들이 대부분이었다.

어릴 때 잘 알다가 오랜 세월 동안 만나지 못한 친척 한 명도 그때 남편과 자식들, 그리고 여동생과 같이 북경 대사관에 갇혀 있었다. 수천 명이 그녀의 슬픈 운명을 애통해 했고 나도 그들 중 한 사람이었다. 그러나 확실하게 말해둘 것은 이 친척을 못 본 세월이 너무 길어서 지극히 사적인 슬픔이라고 할 수 없었다는 사실이다. 또한 이 친척 여성과 내가 특별히 친밀한 사이라는 느낌은 그때도 없었고, 지금도 마찬가지다.

1900년 7월 4일, 밤 11시쯤 잠자리에 들어서 잠을 청하려는 시도 없이 30분 정도 누워 있다가 갑자기 정신이 바짝 들었다. 포터 양이 카버리 대령 일화에서 자신의 상태를 묘사한 것과 아주 비슷했다. 이런 느낌이 들자마자 마벨이 방 안에, 그것도 나와 아주 가까이 있다는 확신이 들었다. 그리고 그녀가 위험에 처해 있어서 다급하게, 다시 말해 당장 도움이 필요하다는 것도 느꼈다. 직관력으로 이런 사실을 알았을 뿐, 무슨 소리가 들리거나 눈에 보이는 건 없었다. 북경 대사관의 상황이 모두 끝났다고 결론짓고, 지난 며칠간 마벨이나 같이 고통을 받은 다른 사람들 생각은 잊고 있었던 터라 더욱 놀라웠다.

나는 이즈음 집주인인 포브스 내외의 슬픔에 온 정신이 팔려 있던 때였다.

그런데 마벨의 존재를 느낀 것은 그녀의 육신이 아직 살아있기에 내게 도움을 청했고, 더불어 그 존재가 죽은 자의 혼령은 아니라는 확신도 들었다.

이런 느낌이 너무 생생하여 내가 희미한 소리로 물었다.

"왜 그래, 마벨? 내가 뭘 해줄까?"

아무 대답이 없었다. 내면의 목소리도 들려오지 않았다. 다만 계속 도움만 청했고, 그녀가 급박한 위기 상황에 처해 있다는 것만 알 수 있었다. 좀 더 설명하자면, 그들에게 계속 이어져온 위험 상황 외에 다른 일이 추가로 생겼다는 그런 느낌이었다. 그녀의 코앞에 또 다른

위험이 닥친 것이다. 그 위험이 뭔지 정확하게 알아내려고 자동 수기를 하는 건 소용없는 일로 여겨졌다. 그래서 재빨리 침대에서 내려가면서 말했다.

"내게 알리려고 애쓸 필요 없어. 그게 무슨 일이든 너를 위해 기도할게!"

무릎을 꿇은 나는 위급한 상황에 처해서 영혼으로 내게 도움을 청해 온 가여운 마벨을 위해, 그녀가 위안을 얻고 그 순간 처한 위험에서 벗어나도록 성심을 다해 기도했다.

조금 전만 하더라도 지극히 편안한 상태로 잠자리에 들었던 터라, 곧 잠이 들 수 있게 졸음이 오려는 참이었다. 그래서 웬만큼 강한 동기가 아니었으면 이러한 불편을 자초하진 않았을 것이다.

괴로움에 처한 가여운 영혼이 기도의 힘으로 차분하게 안정을 되찾는 것을 느끼고서야, 나는 다시 침대로 돌아가서 잠들 수 있었다.

다음날 아침, 포브스 부인에게 이 이야기를 하면서 날짜를 언급했다. 그리고 다음 주, 그녀와 같이 심령연구협회의 모임에 참석했다가 마칠 무렵, 프레더릭 마이어스 씨와 악수를 하고는 내가 체험한 일과 날짜를 기록해놓아 달라고 부탁했다.

"아, 베이츠 양!"
마이어스 씨는 작은 수첩을 꺼내면서 말했다.
"적어놓긴 하겠지만, 열흘 전이면 생존자가 있었을 가능성은 대단히 희박할 겁니다."

"그럼 그 체험이 아무 의미 없는 일이 되겠죠. 7월 4일에 내 침대 곁에 있었던 건, 죽은 사람의 영혼이 아니라 살아있는 여성이었어요."

나중에 대사관에 갇힌 사람들이 풀려나면서 운명에 굴하지 않은 이 여성은 휴식을 취하기 위해 안전하게 집으로 돌아왔다. 그래서 내가 그녀의 존재를 느낀 그날, 특별히 더 괴로운 때였다는 사실을 확인할 수 있었다. 남편이 이질에 걸리고, 아픈 남편이나 어린 자식들에게 먹일 음식조차 충분치 않은 상태인데다가, 의연한 그녀조차 견디기 힘들 정도로 불안감이 높았던 것이다.

물론, 그녀는 내게 도움을 청한 것을 의식하지 못했다.

어쩌면 아일랜드와 스코틀랜드의 피가 흐르는 유전적 요인 덕분에 그녀의 무의식이 내가 있는 곳을 알아냈고, 절박한 처지인 자신을 도울 힘과 의지가 나에게 있다는 것도 느꼈는지 모른다.

신의 구원이 필요할 뿐 '인간의 도움은 헛되다'는 진정한 사례라고 할 수 있으리라! 성심으로 올리는 기도의 효과를 부정하기엔 우리가 영적인 법칙에 대해 아는 게 너무 없다.

나는 마이어스 씨가 이 일을 기록하는 것을 직접 보았지만, 불행히도 그가 남긴 자료에서 이걸 찾을 길이 없었다. 마이어스 부인에게 물어봤더니 그때의 모임 이후 집에 돌아와서, 이 사례를 부인에게 들려주었다는 사실은 확실하게 기억하고 있었다. 그러나 지난번에 부인을 만났을 때, 남편의 자료를 모두 뒤져도 당시 남긴 메모를 찾지 못했다는 이야기만 들었다.

1901년 1월 초, 런던에서 로버츠 경(빅토리아 여왕 시대 영국군 총사령관 - 옮긴이 주)이 기세등등한 행진을 하고 난 다음날이었다. 영국에서도 황량한 지역에 속하며, 언덕 위에 자리 잡은 데번셔에 몇 주 동안 '야외 치유'를 하러 갔다. 몇 차례 심하게 병을 앓고 나니, 추위와 외풍에 몸이 너무 과민해졌다. 그래서 날씨가 궂은 계절인데도 뭔가 큰 변화를 꾀하지 않으면 계속 병약하게 골골할 것 같았다. 자칫 평생 동안 나 자신은 물론이고, 주위 사람들에게도 짐이 될지도 모를 일이다.

오랜 친구가 이 특별한 시설에서 두 번째로 높은 자리에 있으면서 주위에 추천을 부탁하기에 좋은 생각이 떠올랐다. 내가 그곳에서 몇 주 지내면 누이 좋고 매부 좋은 격이었다. 그러나 도착한 다음날부터 눈이 수북하게 쌓이고, 그곳에 머무는 내내 서풍이 매섭게 몰아칠 줄은 예상하지 못했다. 이 지역에 부는 서풍은 우리 지역의 동풍 못지않게 쌀쌀하고 고약하다.

그렇다고 실내 환경이 대단히 활기 넘치는 것도 아니었다. 다른 환자들(6 내지 7명)은 모두 젊은 아가씨들로, 경중의 차이는 있지만 전부 폐결핵이었다. 그들 중 몇 명은 무척 매력적인 아가씨들이어서 더욱 슬퍼 보였다. 비극의 절정은 그들 전부 약혼을 했거나 한 적이 있었다는 사실이다. 약혼이 깨진 아가씨들 중에는 건강상의 이유로 합의하에 파혼한 경우도 있었다. 간혹 드물지만, 사랑의 힘이 분별이나 상식을 누른 경우도 있었다. 그러나 한쪽은 실망만, 다른 한쪽은 대책

없는 후회만 남게 될 미래를 생각하면 애처롭긴 매한가지였다.

상황이 이러하니, 이 시설의 첫 인상이 화려한 장밋빛은 아니라는 걸 짐작했을 것이다. 그래도 시설 자체는 쾌적했고, 응접실 창문으로 바다와 황무지가 동시에 보이는 경치가 환상적이었다.

눈이 두껍게 쌓이고 난롯불을 아무리 많이 피워도 모자라는 1월 초에, 커튼 없이 활짝 열어젖힌 창문이며 따뜻한 양탄자를 대신하는 차가운 리놀륨은 익숙하지 않은 사람에겐 시련에 가까웠다. 이런 결점들 외에도 나에겐 혼자만의 문제가 하나 더 있었다. 한겨울에 그곳에 갔으니 침실을 고를 수 있는 여지가 없었다. 보기 좋고 따뜻한 방은 가을에 이미 모두 나가 버렸다. 그래서 춥고, 서향이고, 침침한 느낌에, 벽에 겨자색 페인트를 칠한 작고 볼품없는 방이 내 차지였다.

하지만 이런 조건들도 내가 그 방에서 느끼는 지독하게 우울한 기분을 설명하기엔 부족했다.

"최근에 이곳에서 누가 죽었나요?"

이런 우울한 곳에 가면 자연스레 가장 먼저 묻는 말이었다.

아가씨들이 작년에 시설에서 지내던 두 신사들 이야기를 하는 걸 들은 적이 있었다. 그중 한 사람은 자기 간호사와 근처 마을에 집을 빌려서 나갔다고 했다. 나머지 한 사람은 어떻게 됐는지 듣지 못했지만, 별로 궁금하지 않아서 물어보지 않았다.

내 친구는 최근에 그 방에서 죽은 사람은 없다고 장담했다. 그러나 내가 알기로 그녀는 시골의 작은 병원에서 수간호사로 일하다가 얼

마 전에 이 시설로 옮겼다.

"나머지 신사 한 명은 여기서 사망했지만, 그건 오래 전이고 그 사람 방은 로라 피어스가 쓰고 있어요."

특별히 더 활기 넘치는 방을 쓰고 있는 아가씨의 이름이었다. 침대에 누워 지내는 중환자라면 마땅히 넓고 해가 잘 드는 방을 써야 했을 것 같아서, 이 문제는 더 이상 고민하지 않았다. 그런데도 내 방에서 계속 기분 나쁘고 슬픈 기운이 느껴져서 하루는 기회를 봐서 물어보았다. 이 시설의 원장에게 혹시 이전 거주자들에 대해 뭔가 아는 바가 있는지.

내 방에 감도는 영적 기운이 혹시 그들과 연관이 있을지도 모른다는 생각이 들어서였다.

헌터 양은 웃으면서 대답했다.

"그건 말씀드릴 수가 없네요. 왜냐하면 아예 없는 사람들이거든요. 제가 첫 세입자랍니다. 2년 전에 지은 건물인데, 처음 1년은 비어 있었거든요."

그래서 내 방에서 느껴지는 기운에 대해 나는 조심스럽게 이야기를 꺼냈다. 그리고 그녀가 건물을 빌리기 전에 이 방에서 잠을 잔 누군가의 영향인 것 같다고 말했다.

그때 그 방에 같이 있던 아가씨 두세 명 가운데 한 아가씨-그곳에서 두 번째 겨울을 보내고 있었다-가 약간 놀라서 관심을 보이는 눈치였다. 그러나 원장은 농담 몇 마디로 그냥 넘어갔고, 나도 진실에 의혹을 품지 않았다.

6주가 흐른 뒤, 마침내 내가 그곳에서 보내는 마지막 밤이었다. 간호사인 친구가 매일 두 번씩, 아침에 기상했을 때와 밤에 마치기 전에 와서 마사지를 해주곤 했다. 그러던 터라 그날도 밤 10시 반에 내 방을 나가면서, 다음날 먼 길을 가야 하니 빨리 잠들어서 푹 쉬길 바란다고 말했다.

"그럴 거예요. 벌써 반쯤 잠들었어요."

나는 졸려서 중얼거렸다. 그러고 나서는 노곤하면서도, 한편으로는 마사지로 기분 좋게 이완된 몸으로 돌아누웠다. 그러자 이내 꿈도 꾸지 않고 깊이 잠들어버렸다.

그러나 몇 시간 뒤, 나는 공포에 사로잡혀 덜덜 떨면서 잠을 깼다. 밤인지 새벽인지 몰라도 2월의 그날 느낌은 오늘날까지 너무나 생생하다. 심장이 터질 듯이 뛰고, 사지가 떨렸다. 나중에 보니까 얼굴에 땀이 흥건히 맺혀 있었다.

너무나 당연하다! 돌아오는 자가 극히 드물어서 이야기로 듣기 어려운 경험을 직접 했으니. 바로 죽음의 모든 순간을, 그것도 아주 힘들고 어렵게 죽는 과정을 거친 것이다.

육신과 혼이 서로 떨어지지 않으려고 안간힘을 써도, 말 그대로 강제로 분리되어서 내 영혼은 깊이를 가늠할 수 없는 암흑과 공포 속으로 내던져졌다. 어디로 가는지, 나를 기다리는 게 뭔지 몰라서 너무나 두려웠다. 또한 내 몸과 혼을 가차 없이 떼어놓으려는 미지의 힘에 맞

서서 사력을 다해 싸우는 것도 끔찍했다.

이것이 공포에 떨면서 잠에서 깨게 만든 그 경험을 힘닿는 한, 사실에 가깝게 묘사한 것이다.

심장이 다소 진정되고 좀 더 차분하게 생각을 할 수 있게 되자, 한 가지 사실이 떠올랐다. 가장 극심하게 사투를 벌일 때, 시편 23편에 나오는 다음 구절을 말하려고 아무리 애를 써도 허사였던 게 놀랍도록 또렷하게 기억났던 것이다.

'죽음의 어두운 골짜기를 간다 하여도 해를 입을 것을 두려워하지 않으리니, 주께서 나와 함께 하시어 주의 막대기와 지팡이가 나를 안위하시기 때문이나이다.'

앞부분은 쉽게 말할 수 있는데, 어떤 사악한 적이 기를 쓰고 막는 듯 뒷부분이 막혀서 나오지 않았다. 그 무서운 꿈에서는 이 구절을 끝까지 말해야 구원과 안전을 얻을 수 있었다. 몇 번을 시도해도 중요한 부분에서 막혀 절망하며, 다시 처음으로 돌아가야 했다. 절박하게 노력한 끝에 마침내 가위 눌린 것을 벗어나서 그 구절을 끝까지 다 외웠다. 어찌나 큰 소리로 말했는지 이 구절을 외치는 바람에 잠이 깰 정도였다.

이런 기억들이 돌아오는 가운데 내 방 아래 층계참에서 문이 열렸다가 닫히는 소리가 났다. 누군가 내가 소리치는 걸 듣고 무슨 일인지 보러 오는 거라고 생각했다. 시계를 보니, 새벽 두시 반이었다. 아무도 오지 않았다. 헌터 양이나 내 친구가 환자들을 돌아보며 우유나 소고기 국물을 주는 시간이라는 사실을 떠올리고는 마음이 놓였다.

굳이 그들을 찾아 나서고 싶은 마음은 들지 않았다. 공포는 가셨고, 내가 이미 겪은 것을 없었던 일처럼 지워줄 수 있는 것도 아니었다. 그래서 조용히 누워 한참 만에 다시 잠들어서, 아침 7시 반에 난롯불을 피워주는 사람이 오기 전까지 깨지 않았다.

불을 피우러 온 미니라는 아가씨는 헌터 양이 유명한 병원에서 수간호사를 그만두고 나올 때, 같이 나온 참한 젊은 여성으로 시설이 생긴 이후 줄곧 헌터 양과 같이 일했다.

이전에 어떤 말을 들었건 나는 간밤에 꾼 꿈으로 그 남자 환자가 이 방에서 죽었고, 그가 죽을 때의 고통을 내가 다시 느꼈다는 확신을 얻었다. 그래서 질문하는 대신, 무릎을 꿇은 채 난로에 불을 피우고 있는 미니에게 아주 조용히 말했다.

"작년 여름에 죽은 그 가여운 남자가 바로 이 방에서 죽었구나."

"네, 베이츠 양."

그녀가 조용히 말했다. 그 사실을 쉬쉬하고 있는 걸 미니는 모르고 있었다는 걸 나중에야 알았다.

간호사인 내 친구도 로라 피어스의 방에서 죽었다고 알고 있어서 일부러 나를 속인 것은 아니었다. 아침을 먹으러 내려가니, 젊은 아가씨들이 내게는 그 사실을 알리지 말라는 경고를 들었다고 털어놓았다.

헌터 양은 감기에 걸려 아침을 먹으러 오지 않았다. 그래서 런던으

로 떠나기 전에 작별 인사를 하러 그녀의 방으로 갔다.

간밤의 악몽 때문에 기분이 착잡해서 다소 무뚝뚝하게 내가 말했다.

"그 방에 대해 나를 속이고, 다른 환자들에게도 그러라고 시킬 필요까진 없었어요, 헌터 양. 그 남자가 그곳에서 죽은 걸 알고 있어요. 내가 직접 그 사람의 죽음을 겪었으니까요."

그러고 나서는 간밤의 악몽 이야기를 했다.

마지못해 사실을 인정한 헌터 양도 고통스러운 경험이었다는 부분만은 극구 부정하려 했다.

"정말로 훌륭한 사람이었어요! 모든 일에 관심을 쏟는 그분은 목사였답니다, 베이츠 양. 아주 좋은 사람이었어요! 그런 사람의 죽음이 어떻게 고통스러울 수가 있겠어요?" 등등.

아무리 기독교인으로 고결하게 살아도 죽을 때 정신적 고통은 느낄 수 있다는 증거가 아니겠냐고 내가 말했다. 헌터 양은 그런 주장이 신성 모독이라고 생각했다.

그래도 여러 가지 질문을 한 덕분에 두 가지 사실을 알아냈다. 하나는 그 죽음이 갑작스러웠다는 것이다. 시설에 온 지 겨우 보름만에 세상을 떠났다고 해서, 그런 위중한 상태인 환자를 옮긴 것에 놀랐더니 헌터 양이 무심결에 말했다.

"여기 올 때만 해도 증세가 가벼웠어요. 치료보다 예방 차원에서 온 거죠. 아무도 그가 죽을 거라고는 예상하지 못하다가 증세가 갑작스럽게 심해졌어요."

내가 알아낸 또 다른 사실은, '아주 지적이고, 모든 일에 관심을 쏟는(헌터 양의 표현을 빌자면)' 성격이었던 그 남자는, 인생에서 한창때인 마흔 살에 죽음을 맞았다. 절정기인 인생을 마음껏 즐기다가 고작 며칠 심하게 앓았던 상황이니 몸과 혼이 서로 떨어지는 것, 영혼이 자유롭게 해방되는 것이 싫었던 것도 당연하다. 하지만 헌터 양은 요지부동으로 그 무엇도 수긍하지 않았다.

그 방을 나오기 전에 불현듯 시편 이야기를 하지 않은 게 기억나서, 그 말을 했더니 처음으로 놀라는 눈빛이었다. 그러고 나서는 다급하게 이렇게 말했다.

"그건 정말 신기하네요! 그가 죽는 날 밤 곁에 있었는데, 계속 그 구절을 읊어달라는 거예요. 그러는 사람들이 많으니 별로 이상한 일은 아니었죠. 그런데 내가 첫 문장을 말하고, 한 번인가 두 번 멈추니까 계속 재촉했어요. '끝까지 말해주십시오, 헌터 양! 끝까지 말해주세요.'"

나중에 헌터 양은 증거가 되는 주요 부분을 글로 적는 데 동의했고, 나는 그것을 즉시 리처드 호지슨 박사에게 보냈다.

이때 런던으로 돌아간 직후, 나는 느닷없이 급성 류머티즘에 걸려서 며칠간 꼼짝없이 누워 지내야만 했다.

의사가 와서 첫 질문이 이랬다.

"혹시 최근에 충격을 받은 적이 있습니까? 이런 종류의 류머티즘은

심적인 충격을 받은 후가 아니면 예고도 없이 발병하는 경우가 잘 없습니다."

뜻밖의 소식을 접했냐는 질문으로 생각해서 아니라고 대답하려다가, 문득 데번셔에서의 악몽이 너무나 생생하게 떠올랐다. 그래서 스물네 시간 전에 정신적인 충격을 받긴 했다고 답했다.

갑작스럽고 심하게 이런 병을 앓은 뒤, 난생 처음으로 포르투갈을 방문했다.

오래 전부터 그곳에 살고 있는 친척을 보러 영국인 친구-프램튼 부인-와 함께 갔다.

사촌과 나는 신트라의 천국 몬세라트에 가서, 그곳에 거주하고 있던 싸토리우스 장군 내외와 즐거운 오후를 보냈다. 그런 아름다운 건물도 벽에 입이 있다면 기이한 이야기를 들려줄 거라는 말을 들은 적이 있었다. 어떤 영혼-산 사람이건 죽은 사람이건-이라도 그처럼 멋진 곳을 떠돌 수 있다면, 특권으로 여길 거란 상상을 어렵지 않게 할 수 있었다. 개인적으로는 친절한 장군 내외의 환대와, 지친 몸에 생기를 불어넣는 로부르(유럽 참나무 – 옮긴이 주)의 기운이 유난히 좋았다. 덕분에 근사한 숲길을 지나 신트라 호텔로 걸어서 돌아가는 길이 아름다움 그 자체여서, 영원히 잊지 못할 즐거움을 주었다.

다시 리스본으로 돌아가서, 내 친구 프램튼 부인은 심령 현상을 본 적이 없어서 어느 날 밤에 간단하게 교령회를 갖기로 계획했다.

그녀와 내가 엄숙한 분위기로 1층에 있는 집주인의 서재로 내려갔고, 집주인 내외와 주인의 여동생은 위층 응접실에 남아 있기로 했다. 안주인의 여동생도 우리와 함께하지 못하겠다더니, 사실상 교령회를 하는 내내 무디와 생키(미국의 복음 전도사들 – 옮긴이 주)의 찬송가를 연주했다. 우리가 불러올지도 모를 악령을 쫓으려는 바람이었던 게 분명하다.

유감스럽게도 찬송가 소리가 포르투갈 요리사의 주의를 돌려놓을 만큼 크지 못했든지, 바로 다음날 요리사는 '악마의 의식'을 용납할 수 없다고 파르르했다. 우리는 미처 몰랐는데, 서재의 작은 탁자 가까이 있는 벽이 서재와 부엌을 나누고 있었다. 보나마나 그 요리사는 벽에 귀를 바짝 붙이고 앉아 있다가, 탁자 다리가 바닥을 두드릴 때마다 악마의 발소리라고 여긴 것이다!

그날 밤, 프램튼 부인과 내게 생긴 일이라고 해봐야 마침 손닿는 곳에 있는 흄의 저서와 그린의 『Short history of the English people』에서 영국 역사를 다시 한 번 찾아봐야했다는 것 정도였다. 교령회는 노섬벌랜드의 존 공작, 레이디 제인 그레이, 레스터의 백작, 그리고 유명한 엘리자베스까지 해설자로 나선 '쉽게 배우는 영국사' 같은 느낌이었다. 그날 밤, 이 인물들이라고 주장하는 존재들이 모두 출동했다. 그들이 말한 날짜와 세부 사항들은 중년인 우리로서는 기억이 가물가물하여 확인이 불가능했다. 그러나 나중에 서재에 있는 책을 찾아보니 전부 사실과 부합했다.

영국에서 포르투갈로 떠나기 직전에는 어떤 여성을 처음으로 만나

게 되었고, 이후에는 더 친한 사이로 발전했다. 그런데 당시에는 몰랐지만, 우리가 만나게 된 상황이 예사롭지 않았다.

내 오빠 C. E. 베이츠 대령은 이때(1901), 케임브리지 테라스에서 방을 빌려 살았다. 위층에는 이사벨 스미스 양이 세 들어 있었으나, 우리 남매는 그녀의 이름밖에 몰랐다. 주인 여자 말로는 인도에 친척들이 있고, 프로퍼트 장군의 조카라고 했다. 그는 여전히 현역에 있는 군인으로 오빠가 인도에 있던 시절에 친하게 지낸 사람이었다.

리스본으로 떠나기 전 마지막 일요일에, 여느 때처럼 케임브리지 테라스에서 오후를 보내려고 갔다. 그랬더니 2층에 사는 여성이 막 오빠를 방문한 후 돌아갔다고 했다. 오빠는 신이 나 있었다.

내게는 그 여성이 다녀간 게 아주 놀라운 일이었다. 몸이 많이 불편한 오빠는 낯선 사람과는 길게 대화하기 힘들어서 만나는 것 자체를 고질적으로 싫어했기 때문이다. 분명 그 여성은 예외였다는 말이었다. 내가 그녀를 만나지 못한 걸 아쉬워하는 오빠를 위해 위층에 하인을 보냈다. 오빠의 인사말을 전하고는 혹시 한가하면 내가 잠시 방문해도 좋을지 물어보기로 했다.

친절하게도 그녀는 다시 아래층으로 내려와 주었다. 그래서 둘이 유쾌하게 한담을 나누는 동안, 오빠는 인도에서 동료 장교였던 사람과 대화했다.

며칠 후 나는 영국을 떠났고, 이사벨 스미스 양을 다시 만나거나 소식을 듣게 될 거라는 예상은 하지 못했다. 그러나 운명은 다르게 정해져 있었다. 몇 주가 흐른 뒤, 오빠가 보낸 편지를 한 통 받았다. 이사벨 스미스 양과 서로 만나게 된 기이한 계기를 처음으로 듣고, 곧바로 편지를 보낸 것이다. 편지 말미에는 '글로 적기에는 너무 긴 사연이니 다음에 만나면 전부 이야기해 주마'라고 쓰여 있었다.

오빠를 만나서 들은 이야기는, 이 책에 싣기 위해 이사벨 스미스 양(현재 핀치 부인)이 글로 적어준 것과 정확히 일치한다. 그러므로 그 글에서 인용하여 소개하겠다. 우선 스미스 양이 투시력과 투청력을 타고난 사실을 우리는 뒤늦게 알았다. '미신'에 넘어가지 않는다는 소신을 가진 오빠는 그런 것들이라면 질색했다. 스미스 양의 이야기는 그 자체로 흥미로울 뿐 아니라, 심령 연구에서 기이하게 '적중하거나 빗나가는' 것을 보여주는 실제 사례다. 이 사례에서 영혼은 다른 사람을 사칭했다. 그런데 사칭한 그 사람은 오빠가 실제로 인도에서 알고 지내던 사람의 형제였다. 영혼과 소통할 당시 스미스 양은 우리 오빠를 만난 적이 없었기에, 그런 인연이 있다는 사실을 알 턱이 없었다. 이제 스미스 양의 이야기를 옮겨보겠다.

— 1900년에서 1901년 겨울에 그린델발트에서 죽은 자의 혼령이 나를 찾아와서 말을 걸어왔어요. 남아프리카 군사 작전에 대단히 흥미를 보이는 그는 자신이 군인이었으며, 처음에는 소총 여단에 있었고, 나중에는 인도에서 복무했다고 말했죠. 이름을 물어보자,

헨리 아서 촘리(유명한 대사의 이름이 제시되었어요)라고 대답했어요. 그리고 프레더릭 촘리 경의 형제이며, 소총 연대와 인도에 있다가 2, 3년 전에 사망했다고 하더군요.

얼마 지나지 않아 나는 케임브리지 테라스로 돌아왔어요. 그리고 환경이 달라진 것을 감지한 그가 물었어요. 내가 어디 있는지. 곧 셋방에 들어와 있다는 걸 알고는, 같은 집에 다른 사람은 없는지 묻기에 아래층에 몸이 마비된 베이츠라는 군인이 있다고 했지요. 그랬더니 '네? 찰리 베이츠? 인도에서 잘 알던 사이인데— 나를 기억하는지 물어봐 줘요!'라고 했어요.

그 사람을 잘 모르지만, 기회가 생기면 물어보겠다고 답했답니다.

며칠 후, 베이츠 대령이 버마에 있는 내 삼촌 프로퍼트 장군의 주소를 묻는 메모를 올려 보냈어요. 좋은 기회여서 주소를 알려주면서 내가 내려가서 이야기를 나눠도 괜찮겠냐고 제안했죠.

그 뒤 '촘리 대령'과 대화할 때 이런 이야기를 했더니 그가 또 당부했어요.

'나에 대해 물어보는 것, 잊지 말아요!'

나는 "베이츠 대령이 이런 일을 어떻게 생각하는지 모르는데 어떻게 물어보겠어요? 나를 위험한 정신병자 취급할 수도 있어요!"라고 답했고요.

촘리 대령의 답은 이러했어요.

'그 사람도 심령 문제에 관심이 많다는 걸 당신도 곧 알게 될 겁

니다.'

처음 방문한 날, 탁자에 S. P. R.(심령연구협회) 회보가 펼쳐져 있는 걸 보고 그 말이 사실이라는 걸 깨달았답니다.

그러나 그의 관심이 '식역하의식subliminal consciousness(의식과 무의식의 경계인 식역에서 무의식으로 넘어간 상태의 의식 – 옮긴이 주)' 이론의 범주를 넘어서진 못하는 걸 알게 되었죠.

며칠 뒤 베이츠 대령에게 혹시 인도에서 헨리 아서 촘리 대령을 만난 적이 있는지 물었더니, 그는 잠시 생각해 보다가 이렇게 말했어요.

"촘리? 물론 촘리를 압니다만, 세례명은 뭔지 모릅니다. 미안 미르에서 여단 부관인 친구였는데, 내가 그 자리를 물려받고 그의 말들도 사고 그랬지요. 촘리를 어떻게 아십니까?"

그래서 자신이 헨리 아서 촘리라고 말하는 혼령 이야기를 꺼냈죠. 인도에서 서로 알고 지낸 사이라고 혹시 기억하는지 베이츠 대령에게 물어봐달라고 누차 부탁했다는 말을 해주었죠.

이런 대화를 나눈 다음날, 베이츠 대령이 군인 명부를 올려 보냈더군요. 명부의 펼쳐진 면에는 월터 촘리라는 이름이 표시돼 있고, 자신이 미안 미르에서 알던 촘리는 헨리 아서가 아니라, '월터 촘리'라고 설명하는 메모도 있었어요.

그래서 '헨리 아서'에게 이름이 월터인지 헨리 아서인지 물었어요.

그는 '헨리 아서. 내가 내 이름도 모르겠습니까!'라고 답했죠.

베이츠 대령이 그 후 당신(E. K. 베이츠)에게 그 이야기를 했고, 우리

가 다시 만났을 때 그 문제로 의견을 나눈 게 기억납니다.

얼마 지나지 않아 당신이 1895년 디브렛(영국 귀족 연감 — 옮긴이 주)을 뒤져보다가 소총 연대 소속, 프레더릭 촘리 경의 형제인 헨리 아서 촘리 대령을 찾았다고 편지로 알려주셨죠. 그해에 헨리 아서 촘리라는 사람이 분명히 있었고, 소총 연대 소속인 것도 확실하다고.

베이츠 대령이 착각하는 바람에 이름을 혼동하는 일이 있긴 했지만, 이런 증거를 찾게 되어 정말 기뻤답니다. 보이지 않는 세상에 있는 헨리 아서 촘리 대령에게도 사과했어요.

그런데 몇 주 뒤, 당신은 같이 지내던 친구가 헨리 아서 촘리 대령 내외에게 데려다주었다는 편지를 내게 보내주었어요. 프레더릭 촘리 경의 형제인 그는 당신이 방문할 당시 집을 비우긴 했지만, 분명히 아직 살아있다고 말이죠.

너무 놀란 나는 어찌된 영문인지 알아보려고 내 수호령에게 부탁하여, 자칭 헨리 아서 대령이라는 그 혼령을 찾아냈답니다.

그는 친구의 이름을 빌렸다고 고백했어요. 그러면서 내가 처음 이름을 물었을 때, 갑자기 그런 충동이 일어서 거짓말을 했고 어쩔 수 없이 계속 거짓말을 이어가긴 했대요. 하지만 베이츠 대령과 헨리 아서 촘리를 인도에서 알았던 건 사실이며, 자신의 본명은 앤스트러더라고 했어요.

여기까지가 스미스 양의 글이다.

진실과 거짓이 뒤섞인 이 사연에서 두 가지는 명확하다.

첫째, 오빠가 인도에서 촘리라는 사람을 알았고, 그 사람으로부터 미안 미르에 있는 여단의 부관 자리를 물려받았다. 이 촘리는 유명한 외교관인 프레더릭 촘리의 형제인 건 맞지만, 이름은 헨리 아서가 아니라 월터였다. 하지만 프레더릭 경에게는 헨리 아서라는 이름의 형제도 있었다. 앤스트러더는 찰스 베이츠 대령의 친구인 척하려고 다른 사람을 사칭하면서 다른 형제의 이름을 댄 것이다. 혼란에 혼란을 더하자면, 월터 촘리는 물론이고 헨리 아서 역시 마벨 스미스 양이 혼령과 소통할 당시 살아 있었다! 지난 8개월 사이에 사망했으니!

둘째, 개인적으로 오빠와 나는 앤스트러더의 거짓말에 감사할 이유가 있었다. 그가 속인 덕분에 좋은 친구를 알게 되었으니 말이다.

그린델발트에서 시작된 마벨 스미스 양의 이야기를 하고 보니, 이듬해 같은 곳에서 내게도 특별한 일이 있었던 게 기억난다.

1902년 1월, 로마에서 돌아오는 길에 스케이트와 썰매를 타고 싶다고 성화인 사촌과 그곳에 갔다. 조용하고 편안한 호텔-알펜루헤 호텔이었던 것 같다-에서 기분 좋게 한 주를 보낸 후, 사촌이 시끄럽고 번잡하지만 더 유명한 호텔로 옮기길 원했다.

그래서 2월 3일 저녁부터 어마어마하게 큰 숙박 시설로 옮기는 바람에, 넓고 편안하며 난방도 잘되는 방 대신 좁은 직사각형 모양의 방에서 지내게 되었다. 각 방에는 창문과 세 개의 방문이 있었고, '한 통

에 5프랑'인 장작을 떼야 하는 난로가 있어서 계속 통을 채우러 들락 날락해야 했다.

숙소를 옮긴 날은 이미 땅에 눈이 수북한데, 앞이 보이지 않을 만큼 펑펑 더 내리고 있어서 썩 즐거운 기분은 아니었다. 게다가 온갖 부류의 모르는 사람들이 뒤섞인 대집단 속으로 갑자기 쑥 들어가는 게 대단히 신나는 일은 아니었다.

침실은 작고 특별히 편안하진 않아도 매우 평범한 분위기여서, 진기한 체험을 할 여건과는 거리가 한참 멀었다. 창문은 복도로 나가는 출입문과 마주보는 위치였고, 그 사이에 침대가 있었다. 그리고 침대 오른쪽과 왼쪽에는 옆방으로 통하는 문이 각각 하나씩 있었다.

따라서 첫째 날 밤에 가구를 옮기는 소리를 듣고서는 당연히 오른쪽이나 왼쪽 방에서 나는 소리라고 생각했다. 또 내 침대와 창문 사이에 있는 탁자와 의자를 옮기는 듯한 느낌이 드는 건 대기가 너무 쾌청한 탓이라고 여겼다.

그런데 이튿날(2월 4일), 이런 사실이 명백해졌다. 종일 스케이트와 썰매를 타다 보면 대부분 그렇듯이, 이웃 방 투숙객들은 밤 10시에 잠자리에 드는 소리가 들렸다. 나는 책을 보다가 30분쯤 뒤인 11시에 잠자리에 들었다. 별다른 행사가 없어서 호텔도 정적에 묻혀 있는 시간이었다.

금방 가구를 옮기는 소리가 또 시작되었고, 이번에는 의심할 여지없이 내 방에서 나는 소리였다. 기이한 일이긴 해도 무섭거나 강도가

든 것 같진 않았다. 나에겐 유령보다 훨씬 더 무서운 존재가 강도였다. 하도 오래 전 일이라서, 그 순간 왜 마이어스 씨와 상관있다는 생각이 들었는지 기억나지 않는다. 하지만 그때 분명히 마이어스 씨를 생각했고, 누군가 나와 이야기하고 싶은 거냐고, 내 주의를 끌려고 가구를 움직이는 거냐고 물으면 마이어스 씨의 이름이 나올 줄 알았다.

그러므로 기퍼드라는 이름이 나왔을 때 깜짝 놀랐다. 가명이 아니라 실제로 그 이름이었다. 그는 자신이 판사이고 5~60년 전에 살던 사람인데, 본의 아니게 무고한 사람을 교수형에 처하게 한 적이 있었다고 했다. 그래서 그 사실 때문에 여전히 심란하다고 자신을 위해 기도해 달라고 부탁했다.

그러다 보니 마이어스 씨는 완전히 잊었다. 불행히도.

기퍼드 판사와 다른 이야기도 나눴지만, 세세한 내용은 기억나지 않는다.

다음날 아침에 사촌에게 이 이야기를 했다. 그리고 저녁에는 식사 자리에서 같은 테이블에 앉은 사람들이 심령 문제를 화제로 삼기에 기퍼드 판사 이야기를 언급했다.

이 신사와 그의 아내는 매우 신기해하면서도 못 믿는 듯했다. 그때 내 사촌이 웃으면서 '기퍼드가 둘째 날 나한테 왔는데, 내가 너무 피곤해서 이야기를 못 들어주겠다고 말했다'고 했다. 우리 세 사람은 그녀가 장난스럽게 화제를 바꾸는 것이라고 받아들였다. 사촌은 원래 그런 성격이었다. 물론, 전부터 그녀에게 영매로서의 능력이 있다고

느꼈고, 그런 일에 발 들이지 말라고 조언하고 싶은 사람들 중 하나이기도 했다. 하지만 사촌의 말이 진담이라고는 생각하지 않았다. 내가 식탁의 다른 사람들에게 사촌이 뭐든 장난스럽게 과장을 잘한다고 이야기해도, 그녀가 아무 말이 없기에 더더욱 장난이었다고 확신했다.

하지만 그날 밤, 방으로 돌아와서 그녀가 조용히 말했다.

"에이미, 그 사람이 온 건 사실이야! 아까 식탁에서 과장하는 거라고 네가 말해도 가만히 있었던 건 실제로 내가 그러는 경우가 많기 때문이야. 하지만 오늘 밤에 한 이야기는 전적으로 사실이야. 물론 그 사람들은 믿지 않겠지. 어젯밤 누군가 내 침대 곁에 와서 이렇게 말했어. '내 이름은 기퍼드요. 내 이야기를 들어주겠소?' 그래서 내가 '아뇨, 오늘밤은 너무 피곤해요'라고 했지. 너한테 말한 것처럼."

이후 기퍼드는 몇 번 더 나를 찾아왔던 것 같다. 하지만 내가 그를 위해 할 수 있는 것을 다했고, 이런 사정을 잘 말하면서 이제 나를 내버려두라고 했더니 다시는 오지 않았다.

나중에 사촌은 파리로 돌아가고 나는 로마로 갔다. 그곳에서 파이퍼 부인이 심령 능력으로 받은 메시지를 동봉한 리처드 호지슨 박사의 편지를 받았다.

그것은 F. W. H. 마이어스의 영혼에게서 온 메시지였다. 마이어스 씨가 2월 4일 밤 나를 찾아왔는데, 내가 그의 존재를 감지하는 것 같았다는 것. 그리고 나를 통해 메시지를 보내는 데 성공한 것으로 보이니, 그 결과를 호지슨 박사에게 편지로 보내달라는 내용이었다.

내가 의식하는 범위 내에서는 마이어스 씨의 이야기가 틀렸다고 호지슨 박사에게 답장을 보냈다. 기퍼드 사건으로 다른 일은 전부 잊어버린 바람에, 그날 밤 처음 든 생각은 마이어스 씨였다는 말도 호지슨에게 하지 못했다.

어쨌든 보스턴에서 온 다음 편지에는 교령회에 마이어스 씨가 나타나서, 내가 인지하는 듯해서 호지슨에게 잘못 알려주었다고 사과했다는 내용이 들어 있었다.

마이어스 씨의 말은 다음과 같았다.

'호지슨, 베이츠 양 일은 정말 미안하게 됐네. 그녀가 나를 알아보는 느낌이 들지 않았다면 애초에 자네에게 말을 꺼내지도 않았을 걸세. *그녀의 아스트랄체(물질로서의 몸을 둘러싼 영적인 몸 ― 옮긴이 주)가 내 존재를 감지*하기에 물리적인 육신도 느꼈겠지 하고 생각했다네(이탤릭체는 내가 바꾼 것이다).'

마이어스의 메시지가 아스트랄체에서 의식까지 전달되는 와중에 문제가 생긴 것이다. 기퍼드라는 존재가 나타나는 바람에, 마이어스와의 연결이 끊기고, 대신 기퍼드와 연결된 것으로 추정되었다. 아마도 기퍼드의 고뇌가 깊은 탓에 둘 중 더 강한 힘을 발휘한 게 아닌가 싶다.

심령 연구를 하다보면, 이런 실망스런 상황을 자주 접하게 된다. 거의 성공할 듯하다가 결국은 실패하고 마는 경우도 비일비재하다. 요

구되는 조건은 까다롭고 미묘하여, 걸핏하면 어긋나 버린다. 그래서 꼭 필요한 요인이 뭔지 우리가 모르고 있는 게 너무 많다. 그러니 낙심하는 일이 잦을 수밖에!

후에 내 친구인 로마의 로젠크란츠 남작부인과 다른 방식으로 메시지를 얻으려고 시도했다. 즉 마이어스 씨와 내가 파이퍼 부인을 통해 호지슨 박사에게 메시지를 보내려 했던 것이다.

남작부인과 단둘이 교령회를 열어 메시지 한두 개를 받아 적고, 마이어스 씨가 집필한 글에서 두 개를 뽑아 봉투에 잘 봉한 다음, 호지슨 박사에게 보냈다.

그러나 실험은 실패였다. 2년 뒤, 호지슨 박사는 그 편지가 아직 그대로 있다고 말했다.

인도에 다시 방문한 것은 1903년 초이며, 이때는 버마(미얀마의 옛 이름 – 옮긴이 주)로 먼저 들어갔다. 필딩 홀의 『The soul of a people』에 완전히 매혹된 것도 있고, 그린로우 양도 나도 그 유명한 쉐다곤 사원을 보고 싶은 마음이 컸기 때문이다.

내가 보고 들은 것으로 결론을 내리자면, 필딩 홀은 이따금 본인의 상상력에 기대어 서술한 것 같고 거기에 뛰어난 시적 심상까지 동원하여 글의 매력을 끌어올린 듯했다. 그러나 랑군(미얀마 수도 양곤의 옛 이름 – 옮긴이 주)의 황금 사원의 아름다움은 아무리 과장해도 표현할 길이 없다. 우리는 몇 번이고 그곳에 가서 무수히 많이 있는 작은 사

원들 사이를 누비고 다녔다. 각기 다른 숭배의 형식을 대변하는 그 사원들 중에는 나에겐 재앙으로 각인되어 버린 중국 사원도 있었다. 순전히 미신이라고 해도 별 수 없지만, 그 사원과 재앙을 분리해서 생각하기란 불가능한 일이다.

우리는 이라와디 강 유역에서 몇 주를 보내고, 흙먼지 날리는 아름다운 만달레이를 거닐었다. 그리고 바모를 탐사하며 아침저녁 다른 빛으로 물드는 강가의 아름다운 풍경에 감탄하고, 마지막으로 캘커타로 떠나기 전에 며칠 쉬려고 랑군으로 돌아왔다.

랑군으로 돌아가기 전에 쉐다곤에 작별을 고하려고 석양이 질 무렵 나섰다. 동양의 태양이 길게 그림자를 드리우는 그 시간이면, 둥근 황금 지붕이 빛을 받아 환상적인 장관을 이루었다.

이 눈부신 장면을 잠시 지켜보는 사이, 후끈한 낮에 비해 날씨가 제법 쌀쌀해졌다. 그리고 돌아 나오는 길에는 어둠이 빠르게 내렸다.

한편, 며칠 전에는 쉐다곤이 올라앉은 너른 단의 한쪽 구석에 중국 사원이 있는 걸 보았다. 건물이 미로처럼 복잡하게 서 있고, 순식간에 어두워진 탓에 그 사원의 위치를 바로 가늠할 수가 없었다. 이따금 이럴 경우 발동하는 쓸데없는 고집이 문제였다. 그린로우 양과 둘이서 황금 사원을 나가기 전에, 그곳을 찾아보기로 작정한 것이 내게는 불운의 시작이었다. 이윽고 기쁨에 찬 탄성을 듣고서 그린로우 양이 사원을 찾아낸 것을 알았다.

이번 인도 여행 때 처음으로 이 사원을 보았던 순간이 떠오른다. 무턱대고 계단을 달려올라 갔다가 사원에 들어서는 순간, 기분 나쁜 기운이 느껴져서 곧장 돌아 나왔다. 이제 두 번째로 왔을 때도 똑같이 분별 있게 행동하지 못한 게 안타까울 뿐이다.

아직 흐릿하게 보이는 사원 안에서 그린로우 양이 모퉁이에 있는 괴상한 조각들을 쳐다보면서 나도 와서 보라고 불렀다. 내키지 않았지만, 옆으로 가서 그녀가 나가기를 몇 분 기다렸다.

땅거미가 진 시간에 그 사원은 너무나 음울하고 으스스한 느낌이었다. 심하게 말하면 악한 기운까지 느껴지는 터라 더 이상 견딜 수 없었다. 그래서 아직 나갈 생각이 없어 보이는 그린로우 양을 남겨두고 돌계단을 내려오면서 말했다.

"거기 더는 못 있겠어요! 대리석 계단 앞에서 기다릴게요."

부서지고 더러운 그 대리석 계단은 앞서 언급한 너른 단에서 사원으로 오르내리는 가파른 층계로 되어 있었다. 양옆에는 여러 사원의 모형은 물론이고, 온갖 종류의 장난감과 싸구려 장식품을 파는 부스가 줄지어 있었다. 그린로우 양이 나오자, 등불을 밝혀주는 소년들이 우르르 모여들어서 내려가는 계단을 비춰주겠다고 떠들었다. 아름답게 채색된 일몰이 빠르게 어둠으로 바뀌고 있어서, 안전을 위해 꼭 필요한 수단이었다.

나는 평소 매우 신중하게 발을 디디면서 걷는 사람이었다. 더구나 아이들이 등불로 계단을 충분히 밝히고 있어서 마음 편하게 막 계단을 내려서는 순간, 단단한 대리석 계단의 맨 아래로 나동그라져버렸

다. 그때 얼마나 놀랐는지 모른다! 발을 헛디딘 기억조차 없이, 멀쩡하게 서서 조심스레 내려가려다가 바로 다음 순간에 긴 층계 맨 아래 누워 있었던 것이다.

불을 밝히는 아이들조차 놀라서 입을 떡 하니 벌리고 있었다. 너무 순식간에 바닥까지 미끄러진 것이 오히려 도움이 된 것 같았다. 아니면 척추를 다쳤을 게 분명하다. 어쨌든 심하게 다쳐서 한동안 통증에 시달렸고, 등에 있는 근육이 퉁퉁 부어서 그 뒤로 오랫동안 큰 손가락 크기로 튀어나와 있었다. 그 부위가 낫는 데 6주 걸리고, 놀라서 받은 충격에서 회복하는 데 그보다 몇 주 더 걸렸다.

살면서 몇 번 넘어져보긴 해도 사전에 아차 싶은 느낌도 없고, 아무리 순식간이지만 넘어진다는 느낌도 없었던 건 그때가 처음이자 마지막이었다.

어떤 외부 힘에 의해 계단 아래로 패대기쳐진, 딱 그런 느낌이었다. 그 중국 사원에서 악한 기운이 느껴진다고 그린로우 양에게 경솔하게 말을 뱉은 걸 가슴 깊이 후회할 뿐, 달리 무슨 말을 하겠는가.

아마도 누군가 내 말이 옳다는 사실을 구체적으로 증명하고 싶었던 모양이다.

랑군에서 캘커타까지 가는 짧은 여정은 랑군에 사는 유럽인 친구의 친절 덕분에 즐거웠다. 우리를 배웅하러 나온 그 친구는 어떤 버마 여성을 소개해줘도 괜찮겠냐고 물었다. 그 버마 여성은 우리와 같은 배를 타고 캘커타에 사는 남편을 만나러 가는 길이라고 했다.

"버마 출신 거주민들 가운데 주요 인사인 여성이죠."

랑군에 사는 친구가 그녀를 소개시켜주기 전에 설명했다.

"그리고 독실한 불교 신자예요. 당신이 하는 연구를 고려해 보면, 당신도 흥미를 느낄 만하다는 생각이 들어요."

그리하여 소개받은 자그마한 버마 여성과 부드럽게 대화를 시작해 볼 심산으로, 종교적인 문제에 관심이 크다는 이야기를 로드웰 씨로부터 들었다고 말했다. 그리고 나 자신은 신지론자가 아니지만, 내 친구들 가운데 그런 사람을 몇 명 언급했다.

그런데 내가 방향을 완전히 잘못 잡았다는 걸 알았다. 그녀는 쓰디쓴 약을 맛본 것처럼 작은 입술을 일그러뜨리더니, 뛰어난 구어체 영어로 말했다.

"정말 돼먹지 못한 사람들이에요. 그 사람들은 모든 걸 뒤죽박죽으로 만들고, 전부 엉터리로 이해하고 있어요. 그래서 우리가 책자를 만들기 시작하고 선교사도 파견하는 거랍니다. 위대하신 부처님은 불교를 선전하지 않으셨어요. 수 세기 동안 우리도 마찬가지였죠. 우리는 사람들이 자연스럽게 불교를 알게 될 거라고 믿어요. 그런데 서양 사람들이 와서 불교의 논리를 조금씩 가져가서는 완전히 엉터리로 짜깁기를 해놨어요. 그러니 우리가 진실을 알리려고 나설 수밖에 없었던 거죠! 당신네들 신지론자들은 퍼즐로 된 지도를 들고 조각들을 뒤집어서 끼우려고 하고 있는 거예요."

그녀는 내가 그 '뒤죽박죽을 만드는 어리석은 자들'을 친구라고 말

한 것이 떠올랐는지, 사과하는 듯한 밝은 웃음으로 말을 마쳤다.

그리고 불교의 진실을 담은 '책자'를 아주 넉넉히 주었다. 주로 만 달레이에서 인쇄된 것이었다. 나는 그녀에게 말한 내 친구들에게 그 책자를 꼭 전하겠다고 약속했다.

그 책자가 진가를 발휘하여 동양의 신비주의를 서양에서 수용하면서 발생한 혼란을 줄였으리라 믿을 뿐이다.

우리의 대화가 더욱 흥미로워진 것은 따로 있었다. 마르세유에서 랑군까지 운행하는 데번서 호에 우리와 동승한 미스터리한 인물의 차비를, 이 버마 여성이 부담했다는 것을 알고 난 뒤였다. 유감스럽게도 그녀에게 용납하기 힘든 커다란 실망을 안겨주고 마무리된 사연이었다.

그 남자의 이름을 그라네 박사라고 해두자. 그라네 박사는 남유럽에서 이름 있는 대학의 교수였으며, 신사는 아닐지언정 분명 학자이긴 했다!

불교 문서를 심도 있게 연구한 그의 이름은 이 버마 여성의 귀에까지 들어갔다. 석가모니처럼 모든 인연을 떨쳐버리고 속세를 떠나, 버마 수도원에서 평화와 깨달음을 얻기를 갈구하는 자라고. 훌륭한 결심을 실행에 옮기는 데 단 한 가지 걸림돌은, 늘 그렇듯이 돈이었다.

학식 있는 신사가, 그것도 유럽에서 명예로운 지위를 가진 이가 불교로 개종하려 한다는 이야기를 듣고 이 버마 여성은 매우 기뻤다. 그래서 이 신사가 일련의 입문 과정을 거쳐 불교 수도승이 되는 것을 돕기 위해 만달레이까지 가는 경비를 지원했다. 또한 만달레이로 가는 길에 잠시 랑군에 머무는 비용까지 모두 책임져주기로 했다.

배에서 그를 모르는 사람은 없었다. 워낙 마르고 키가 큰 남자가 날씨가 좋건 나쁘건 가리지 않고, 꾸준히 갑판에서 걸어 다니기 때문이기도 했다. 그리고 홀로 순시하듯 이리저리 걸어 다닐 때면, 유난히 곱고 긴 수염이 바람에 나부끼며 갈라지는 모습 때문이기도 했다. 나와 같은 식탁에 앉는 기독교 선교회 총재 갤 박사 외에는, 그가 다른 사람과 이야기하는 걸 본 적이 없었다. 무척 재미있고 지적인 갤 박사는 이름난 아랍어 학자였다. 그래서 이슬람교에 관해 본인이 쓴 논문들도 내게 읽어보라고 빌려주었는데 실로 놀라웠다. 일반적으로 그가 속한 기독교 사회에선 찾아보기 힘든 학식과 폭넓은 시각과 관용 때문이었다.

갤 박사가 그라네 박사와 함께 있는 걸 본 게 한두 번이 아니었다. 그런데 콜롬보에 정박한 후 배에 들여온 신문에 이런 내용의 기사가 있었다. 우리 배에 탄 어느 유명한 유럽인 교수가 아내와 자식들에게 작별을 고하고, 불교 승려가 되기 위해 만달레이로 가고 있다는 것이었다. 이 기사를 보고 갤 박사는 놀라면서 못 미더워했다.

"그라네 박사에게 이런 말은 한 마디도 들어보지 못했습니다. 불교를 깊게 연구해온 사람인 건 알고 있지요. 그래서 버마에 있는 것으로 추정되는 어떤 문서들을 직접 보고 싶어 하는 것도요. 하지만 그건 승려가 되는 것과 다르지요. 이 신문이 사실을 과장한 것 같군요."

실제로 우리가 콜롬보에 도착한 날, 그곳에서 그라네 박사가 불교에 관해 강연하는 걸 호기심에 보러 간 다른 승객들도 강연자가 승려가 된다는 이야기는 금시초문이라고 했다.

나는 그 문제에 별로 관심이 없었다. 랑군에 도착하니, 유일하게 괜찮은 호텔은 이미 만원이었다. 그래서 우리들 대다수는 열악한 숙박 시설에 묵어야 했다.

이 숙소에서 몇 시간을 넘기지 못한 대부분의 승객들이 산골로, 강으로 떠나버렸다. 그러나 그린로우 양과 나는 랑군에서 사나흘을 머물 수밖에 없는 형편이었다. 또한 우리와 함께 거기 남은 사람은 그라네 박사뿐이었다.

그러므로 당연히 우리는 방어적인 자세로 서로 이야기를 나누었다. 그는 가정생활과 학교생활에 대해 말하면서, 무심코 아내가 5년 전 세상을 떠난 거며 집에서 기다리고 있는 자식들 이야기를 꺼냈다.

마치 석가모니처럼 처자식에게 영영 이별을 고했다는 자극적인 신문 기사보다, 갤 박사의 말과 더 부합되는 이야기였다. 그러나 너무 민감한 일이어서 더는 캐묻지 못하고, 그저 랑군에 얼마나 머물 예정이냐고 물었다. 놀랍게도 그는 얼마나 있을지 아직 정해지지 않아서, 빠르면 데번셔를 타고 돌아갈 수도 있다고 곧바로 대답했다. 데번셔호는 일주일 내에 돌아가기로 돼 있었다.

그렇게 단기간 머물기엔 너무나 긴 여정이고 경비도 비쌌지만, 그라네 박사는 업무와 관련된 볼일이 있는 게 명백하니 나도 그 문제는 더 이상 생각하지 않았다.

삼사 주 뒤에 우리가 랑군으로 돌아가니, 그라네 박사는 거기 없었다. 그리고 그 사람의 소식을 다시 듣게 되리란 예상은 하지 못했다.

그런데 그라네 박사의 미스터리를 해명해 준 사람은 바로 그 버마 여성이었다. 그녀가 씁쓸해 할 수밖에 없는 사연이었다.

앞서 말했다시피, 그 여성의 도움으로 공짜로 버마까지 온 그라네 박사에게 그녀는 호텔에 방을 얻어주었다. 그리고 처음 하는 만달레이 수도원 생활에 조금이라도 불편을 줄여주려고, 담요며 양탄자를 비롯해 소소한 사치품들을 사느라 바쁘게 지냈다.

사흘이 지나도록 그가 움직일 기미를 보이지 않자, 그녀는 더 이상 지체하지 말고 새 인생을 시작하는 게 어떻겠냐고 넌지시 권했다. 그러면서 그 수도원 승려인 친오빠에게 편지를 보내, 만달레이에서 그라네 박사를 만나 수도원 책임자들에게 데려다달라고 부탁했다고 말했다.

아마도 그때쯤 내가 아무것도 모르고, 그에게 랑군에 얼마나 있을 예정이냐고 물었던가 보다.

보아하니 만달레이에 가서 불교에 관심이 많은 일반인 신분으로 한동안 수도원에서 지내면서, 귀한 불교 문서를 볼 수 있는 기회를 엿볼 심산이었던 것 같다. 그러나 후원자의 오빠를 만나는 건 그의 계획에 어긋나는 일이었다. 그가 마르세유에서 그곳까지 어떻게 왔는지 빤히 아는 사람의 감시 하에 들어가는 꼴이었으니까 말이다.

그는 어느 모로 보나 신중한 자이니, 불가능한 상황을 간파하고 기회가 오는 즉시 내뺀 것이다. 돌아가는 여비를 어떻게 구했는지는 알 수 없다. 그 버마 여성의 생각으로는 영사관에 도움을 청한 것 같다고 했다. 대학에서 일하는 자이니, 대출을 받을 수 있었을 것이다.

어쨌든 그는 은밀하게 다시 데번셔 호에 탑승했다. 자신의 후원자에게 '마르세유에서 친척이 급사했다는 급한 전보가 왔다'고 핑계를 대는 편지는 데번셔 호가 출발한 뒤에 도착하도록 손을 써두었다. 비록 연구가 목적이었다고 하더라도 사기는 사기이니, 썩 유쾌한 이야기는 아니었다. 그나마 그라네 박사가 같은 나라 사람이 아니라서 다행이라고 느꼈다.

이렇게 한번 의분을 토해내고 마음의 짐을 내려놓은 그 버마 여성은 곧 아이처럼 밝고 생기가 넘쳤다. 그래서 웬만한 인형용 옷가방에도 충분히 들어갈 듯싶은 예쁜 버마 드레스 여러 벌로, 독특한 품위와 매력을 뽐내었다. 이윽고 부속선을 타고 캘커타에 내리니, 그녀의 남편이 와서 속전속결로 소개가 이루어졌다.

이윽고 며칠 뒤에는 그들의 근사한 캘커타 집에서 차를 마시면서, 그녀의 남편과 오래 흥미로운 대화를 나누기까지 했다. 그러다 보니 그는 매우 지적이고 열린 사람인 걸 알 수 있었다.

그는 필딩 홀의 저서를 높이 평가하면서도 약간 우습다는 기색을 보였다.

"필딩 홀은 이 나라에 여러 해 살았으면서도 여전히 외국인의 시선으로 우리를 평가하고 있지요."

그래도 버마인들은 어깨가 으쓱해질 만한 평가가 아니었냐고 말했더니, 이 버마 신사는 웃으면서 이렇게 말했다.

"어깨가 으쓱해져요? 그렇긴 하죠. 하지만 전부 진실은 아닙니다. 어떤 평가가 진실하려면 밖이 아니라 안에서 봐야 하는 법이죠. 외국인은 안에서 볼 수 없어요. 남의 나라에서 이십 년, 삼십 년, 아니 평생을 사는 게 문제가 아니라 혈통과 유전의 문제니까 말입니다."

나는 안에서만 볼 수 있는 사람 역시 정확한 판단을 내리는 데 필수적인 요소가 결여될 수 있다고 지적했다.

그는 진심으로 동의하고 덧붙여 말했다.

"맞습니다. 이상적인 평가를 내리려면 심적으로, 물리적으로 너무 가깝지도, 너무 멀지도 않은 곳에 살아야 하고 직관도 갖춰야 하죠. 필딩 홀 씨는 예술가이자 시인이지만, 이 나라를 평가하면서 종종 상상력과 직관이 멋대로 날뛰도록 두고 있지요."

이 대화를 기록하면서 한 가지 부연하자면, 이 버마 신사는 영어가 나보다 더 유창했다.

우리는 이어서 버마 여성의 지위가 널리 극찬을 받으면서 전 세계에 좋은 본보기가 되고 있다는 이야기를 주고받았다.

사람들이 자주 단언하듯이, 여성의 지위가 그 나라 문명의 척도가 된다면 버마가 모든 나라들 가운데 단연 선두를 차지할 것이다! 그런데 현실은 그렇다고 할 수 없었다.

최대한 예의를 갖춰서 이 점을 지적했다가, 전적으로 객관적인 태도로 답하는 것을 보고 즉시 마음이 놓였다.

"물론 우리나라가 선두는 아니지만, 버마 여성들의 지위가 특별한 것만은 사실입니다. 여성 참정권 운동가들이 구호로 외칠 만한 가치가 있죠! 네, 저도 영국에 가봤거든요."

그가 검은 눈동자를 즐겁게 반짝이며 말했다.

"그런데 버마 여성의 지위가 독특한 건 어쩌다 보니 그렇게 된 거랍니다. 남자들의 철학적·도덕적 믿음이 가져온 결과가 아니라, 상황이 불러온 결과라는 말이죠. 윤리보다 편의에 따라 그렇게 된 겁니다. 그러므로 그것이 진정한 '척도'라고 볼 순 없어요. 과거에 잦은 전쟁으로 남자들이 싸우러 나가고, 여자들만 집에 남겨진 그런 시절에 여자들은 집안일뿐만 아니라 농사일까지 혼자 감당해야 했죠. 뭐 하나 여자들 손을 거치치 않는 일이 없으니 시간이 가면서 여자들은 근면해지고, 판단력도 좋아지고, 책임지는 힘을 키운 겁니다. 안팎을 다 잘 돌보려면 꼭 필요한 능력이었죠. 그러다가 남편들이 돌아와서 보니, 모든 게 너무 잘 굴러가서 자기네들이 고생할 일이 없는 겁니다. 그러니 너무 좋아서 냉큼 그 상태를 받아들였어요. 결국 우리 버마 남자들이 게으른 거죠. 큰일에는 떨치고 일어나지만, 여자들이 우리 일을 대신해준다면 평화로이 담배나 피우면서 지켜보는 데 아주 만족하고 있거든요. 바퀴를 돌리는 사람이 실제로 마차를 운전하는 것이죠. 우리 남자들이 여자들을 생각하는 사고방식은 고결함이 아니라,

편의를 추구하고 있답니다. 어쩌면 그 두 가지보다 게으름이 더 클 겁니다. 필딩 홀은 불경한 생각이라고 부를지도 모르겠지만!"

이렇게 농담으로 우리의 흥미로운 대화가 마무리되었고, 나는 언젠가 다시 이 지적인 남편과 매력적인 아내를 만날 수 있기를 진심으로 바랐다.

한편, 심라의 공기가 심령 현상이 일어나기에 기막히게 좋은 것을 발견하고 굉장히 놀랐다. 단순히 고도나 건조한 대기 때문만은 아니었다. 미주리와 데라둔도 기후가 좋고 공기가 쾌청하지만, 기운이 사뭇 달랐으니까 말이다.

심지어 만년설로 덮인 산들이 있는 페샤와르에서도 심령에 관한 한 특별한 기운을 감지할 수 없었다. 과거의 유령을 만날 것 같은 기대를 잔뜩 갖게 한 카이베르 고개에서도 아무 일도 일어나지 않았다. 어느 아름다운 날, 이 역사적인 고개를 방문했더니 절경을 이룬 자연이 우리를 맞이할 뿐 그곳을 떠도는 과거의 흔적은 느끼지 못했다.

어쩌면 이 험난한 골짜기에서 하룻밤만 보내도 기이한 체험을 할 수 있겠지만, 아무리 심령 현상을 접하고픈 염원이 간절해도 유럽인에겐 그런 게 허락되지 않는 모양이다! 그곳에 오래 머물러 본 결과, 심령 현상은 기대가 크면 클수록 접하기 어렵다는 사실만 다시 한 번 입증되었다.

심라에 모이는 사람들, 심라의 스캔들에 관해선 귀가 닳도록 들어도 심라의 아름다움을 말하는 사람은 많지 않았다. 여기서 아름다움

이란 인간과 무관한 자연의 아름다움을 의미한다.

우리가 연중 가장 좋은 시기에 방문한 건 사실이다. 공기는 아직 상쾌하게 쌀쌀하고, 눈의 끝자락과 철쭉의 개화가 어우러져서 갈색, 보라색, 진녹색으로 물든 긴 골짜기가 저 멀리 지평선까지 부드러운 벨벳처럼 광활하게 펼쳐져 있었다.

이런 광경을 매일 보고 있자니 번잡하게 몰려다니는 사람들과 먼지와 파리떼, 그리고 거기 따라오는 열기까지 없으면 심라는 조물주가 생각해 낸 가장 아름다운 장소인 듯했다. 오르내리는 언덕과 완만한 경사를 이루는 산세가 벨벳을 깐 것 같은 효과를 내고, 선명한 대기 속에 다채로운 색깔과 아름다움이 느껴지는 곳은 심라 외에 본 적이 없었다.

우리가 가장 좋은 시기에 심라를 본 것이리라. 아니면, 사람들이 테니스 대회와 정부 관사에서 여는 연회 등 쓸데없는 행사들 때문에 무뎌져서 이곳의 숨 막히는 아름다움을 미처 보지 못한 것인지도 모른다.

카슈미르의 아름다움에도 심라의 기억은 퇴색되지 않았다. 하지만 내가 누릴 수 있는 것은 모두 누렸으니, 그곳에 다시 갈 일은 없을 것이다. 모든 아름다움은 신성하다. 그러기에 많은 이들에게는 허튼짓과 연애의 대명사에 불과한 이곳에 대한 혼자만의 신성한 기억을 고이 간직할 것이다. 물론, 이곳에서 자동 수기 등 두 가지 서로 다른 방식으로 기이한 체험을 했다. 그러나 책에 싣기에는 부적합한 사적인 내용이었다. 그러므로 심라의 아름다움과 카슈미르에서의 경험은 추억 속의 보석으로 간직하고, 두 번째 인도 방문기를 접어야겠다.

즐거운 일도 괴로운 일처럼 한번에 세 개씩 찾아온다고들 말한다. 나도 그렇다고 믿는다. 만약 그렇다면 언젠가 다시 한번 인도 땅을 밟을 기회가 온다는 뜻이리라.

워릭셔의 한가운데 유명한 엘름스 가를 따라가다 보면, 아름다운 반목조 저택인 그레바 홀이 나온다. 아버지가 아들에게 대대손손 직계로 물려준 세월이 600년 가까이 되는 것을 저택 정면에 새겨진 날짜로 알 수 있다.

현재 지주는 내 어릴 적 친구이면서 혼사로 친척이 된 사이이며, 그의 아내와도 늘 무척 가깝게 지냈다. 그는 여우 사냥을 다니고 치안 판사로 일하는 전형적인 대지주로서, 남아프리카 전쟁 때는 워릭셔에서 기마 의용병을 조직해 출정했다. 그리하여 나라를 위해 싸우고 무사히 돌아와서, 아내는 물론이고 워릭셔 사람들로부터 열렬한 환영을 받았다. 아름다운 그 저택에 헌신적인 그는 기이한 상상이나 미신을 그곳과 연관 지어 생각할 수 있는 사람이 아니었다.

비록 '분홍 외투와 승마장화' 차림의 지주라고 할지라도, 심령에 예민한 기질의 싹이라도 보이는 경우는 예외다. 하지만 보통은 '내가 겪은 일'을 이야기하기 전에 먼저 몇 마디 해명을 해야 하는 게 늘 고역이었다.

그레바 홀과 그곳에 있는 예스러운 가족 초상화들, 특히 참나무로 벽을 대고, 개방형 벽난로에, 15세기의 '개들'이 있는 현관홀의 초상화들은 어릴 때부터 본 것들이었다. 그러나 워낙 많은 그림들이 모여 있어서, 친구의 가까운 조상 몇 명의 초상화 외에는 뭐가 뭔지 구분하기 힘들었다.

몇 해 전, 그레바에서 5km 정도 떨어진 곳에 사는 어느 부인의 집에 머물 때였다. 둘이서 그레바 지주의 아내인 리온 부인(가명)과 차를 마시려고 갔다. 앞서 말한 지인은 나를 알고부터 심령 문제에 관심을 갖게 되었고, 나는 그녀에게 사이코메트리 능력이 있는 것을 발견했다.

비전문적인 독자들을 위해 설명하자면, 사이코메트리는 어떤 물체-편지, 반지, 조약돌, 조개껍데기 등-를 에워싸고 있는 기운을 읽어 내는 기술을 말한다. 사람은 모든 물체에 자신의 기운을 남기게 되는 듯하고, 당연히 직접 쓰고 서명한 편지가 특히 그러하다.

그때 같이 머물던 부인-피츠 허버트 부인-은 내 제안으로 편지의 기운을 읽는 것을 몇 번 시도하여 매번 거의 성공했다. 리온 부인과

그 이야기를 나누다가, 항상 호의적인 태도인 리온 부인이 자신에게
온 편지 한 통으로 피츠 허버트 부인이 사이코메트리를 시도해 보도
록 하자고 제안했다.

피츠 허버트 부인은 현관홀에서 내실로 들어가는 문과 마주보는
자리에 앉아 있었고, 그 문 위에 노신사를 그린 상반신 초상화가 걸려
있었다. 다소 높이 걸려 있고 얼굴에 별다른 특징이 없어서 이전까지
주목한 적이 없는 그림이었다.

피츠 허버트 부인은 편지를 손에 들고 한두 번 그 초상화를 올려다
보더니, 편지를 쓴 사람에 대해 이야기하기 시작했다. 나는 그저 우연
히 그 그림에 시선이 간 것이라고 여겼다.

아무튼 피츠 허버트 부인은 리온 부인에게 편지를 보낸 이의 성격
과, 그 사람이 처한 특수한 상황까지 매우 정확하게 묘사했다.

'제자'가 잘해내는 모습에 흐뭇하던 차에, 그녀가 갑자기 약간 앓는
소리를 내면서 두통이 심하다고 했다. 그녀가 이따금 두통에 시달리
는 것을 알기에 당장 마차를 부르러 가겠다고 해도 놀라지 않았고, 우
리는 곧 집으로 향했다.

피츠 허버트 부인은 조랑말이 끄는 마차를 몰아 긴 엘름스 가를 벗
어나자 안도하는 투로 중얼거렸다.

"그 노인에게서 벗어나서 얼마나 고마운지 몰라요! 그 사람이 편지
에 관해 말해준다는 걸 알았지만, 뒤에는 자기 메시지를 전하고 싶어
하는데 무슨 말인지 이해할 수가 없어서 두통이 아주 심해진 거예요."

어리둥절해 하는 나를 보고 그녀는 아까 말한 그 문 위에 걸린 초상
화의 노인을 말하는 거라고 설명했다.

나는 그 노인이 무슨 말을 하려는지 알아보는 게 좋겠다고 했고, 저
녁 식사 후에 그러기로 정했다. 그러나 피츠 허버트 씨(매력적인 테너
음성의 소유자)가 귀가한 뒤, 우리에게 노래를 들려주는 바람에 노인
과의 소통을 다음날 아침으로 미뤄야 했다.

다음날 피츠 허버트 부인의 집안일이 끝나자마자, 둘이 연필과 종
이를 준비해 응접실에 앉았다. 그녀는 굳이 나더러 메시지를 받으라
고 했으나, 그 그림에서 나는 어떠한 인상도 받은 적이 없었다. 그래
서 그 노인의 얼굴조차 기억나지 않는 내가 하는 건 터무니없어 보였
다. 마지못해 연필을 잡은 그녀는 어려움을 겪다가 리처드 리온이라
는 이름을 적었다. 한때 그레바의 주인으로, 130년쯤 전에 이 세상을
떠났다는 설명도 주어졌다. 그러나 그가 하고 싶은 말이 뭔지 알아내
려고 시도하다가, 피츠 허버트 부인이 도저히 모르겠다고 단호하게
연필을 내게 넘겼다.

너무나 놀랍게도(그 노인과는 아무런 소통도 없다고 생각했기에) 그 노
인은 수월하게 내 손을 빌어 메시지를 적어 내려갔다.

그는 그레바를 더 나은 곳으로 만드는 일에 인생을 다 바쳤다고 했
다. 그렇게 한 가지에만 매달려 살다보니 틀에 박힌 인생이 될 수밖에
없었으며, 지금도 이승에서의 기억과 자신이 사랑한 그레바에서 벗
어날 수가 없다고 했다.

"이승에 발이 묶였다는 이야기인가 봐요."

피츠 허버트 부인이 말했다.

'그렇다. 그것이 진실이다'라는 답이 내 손을 통해 바로 전해졌다.

'나를 이렇게 가두고 있는 것이 내 후손들이라고 생각하면 너무 슬프다. 잠시만이라도 그레바를 잊으면 여기서 말하는 진보를 나도 할 수 있으며, 그러면 훨씬 행복해진다고 들었다. 그레바가 예전과 너무 다르게 돌아가는 걸 보는 것도, 나는 그곳을 위해 아무것도 할 수 있는 게 없다는 것도 너무 힘들다. 이곳에서 나는 전혀 행복하지 않다. 나를 자유롭게 놓아달라고 그들에게 말해 달라.'

노인의 말은 애처롭게 이어졌다.

"하지만 그들이 당신을 잡아두고 싶어 하는 게 아니에요."

내가 대답했다.

"그들이 어떻게 하면 당신을 풀어줄 수 있는지, 그들이 뭘 해주길 바라는지 말해주세요."

노인은 현재의 처지를 주의 깊게, 합리적으로 설명했다. 그레바와 그곳의 환경을 너무나 사랑한 나머지, 다른 것에 깊은 사랑을 느끼지 못하고 살았던 자기 탓이 크다고 인정했다. 그러나 초상화가 후손들이 사는 그 집 현관에 걸려 있는 것 또한 자신에겐 매우 불운한 일이라고 덧붙였다.

'왜 그런지 몰라도 그 그림이 나를 끌어당긴다. 그 그림을 현관에 걸어두지 않으면 내가 더 쉽게 떠날 수 있다고 확신한다.'

몇 가지 질문을 통해 다음과 같은 지시 사항을 알아냈다.

— 그 그림이 리온 일가 소유인 집만 아니면 워릭셔 내에 있어도 괜찮다고 노인은 말했다(워릭셔에는 리온 일가가 몇 명 살고 있었다). 아니면 런던이나 다른 지역으로 보내서, 리온 가문의 일원인 자가 보관하고 있어야 한다고 했다. 단, 직계 후손이면 안 되고 워릭셔에 사는 사람도 안 된다고 했다.

우리는 그날 오후 메시지를 들고 그레바로 갔다. 사냥철에는 평일 오후 3시에 가면 여우 사냥을 다니는 친구의 비웃음을 피할 수 있다는 걸 알고 있었다.

리온 부인은 큰 관심을 보였다. 리처드 리온이라는 인물과 그가 말한 연대도 확인해주었을 뿐 아니라, 그레바를 위해 많은 일을 해낸 조상이라고 남편이 강조했다는 이야기도 했다. 그리고 130년 전에 그가 사망했을 때는 우리가 차를 마시던 바로 그 현관홀, 현재 그의 초상화가 걸려 있는 그곳에 사흘간 안치했다고 말했다. 이런 사실들에 고무된 우리는 그 가여운 노인의 청을 들어줄 수 있는 길을 함께 궁리했다.

리온 부인은 오래된 초상화 몇 점을 곧 이웃 마을(16㎞ 거리) 미술상에게 보내 손질할 예정인 것을 기억해냈다. 그러나 불행히도 이 노인의 초상화는 그럴 필요가 없었다.

"그래도 다른 그림들과 같이 워릭으로 보내서 미술상에게 그 그림은 손대지 말라고 말하면 돼요. 그런데 에드워드가 뭐라고 할까요?

에드워드가 이런 증거들 때문에 그림을 보내는 데 동의하는 게 상상이 되세요?"

오랜 세월 '에드워드'를 봐온 터라, 아무리 무모한 상상력을 동원해도 거기까진 상상이 안 된다고 인정하는 수밖에 없었다. 어릴 때부터 친구였다고 해도 그런 청을 하면, 잘해봐야 "싱거운 소리!" 혹은 "터무니없어!"라는 답이 돌아올 것이다. 화가 나면 그보다 더한 반응도 보일 수 있다는 생각까진 하고 싶지 않았다.

하지만 분명 외적인 힘이 그 메시지와 세부적인 지시 사항까지 쓰도록 했다는 확신이 너무 강했다. 그래서 결국 리온 부인을 설득하여 남편에게 그 문제를 언급해보겠다는 약속을 받았다. 그리하여 거절하더라도 그가 직접 거절하도록 책임을 넘겼다.

리온 부인은 약속을 지켰는데, 그레바 지주의 거절은 내가 상상한 그대로였다. 아니 그보다 더 심했다!

몇 달이 흘러 다시 찾아온 봄에 나는 다시 그 근처에서, 이번에는 지주 내외와도 친척지간인 내 친척과 지내게 되었다.

도착한 날 저녁을 먹으면서 들은 첫 소식은 그레바 홀의 초상화를 워릭으로 보냈다는 것이었다!

내 귀를 의심했다. 친척은 그 이상은 알지 못하여, 그 집 주인이 없을 때 일찍 그레바 홀에 가보라고 조언했다.

그 말대로 그레바 홀에 갔더니, 리온 부인이 아는 걸 전부 말해주었는데 별 내용은 없었다.

"지난번에 약속한 대로 에드워드에게 말했어요. 물론 에드워드는 우리 이야기를 비웃고 멍청한 소리라고 막말까지 하더군요."

"네, 그건 알고 있어요."

내가 다급하게 말했다.

"그런데 그 뒤에 어떻게 됐어요? 내가 워릭셔를 떠난 뒤에 말이에요."

"그게 가장 이상한 부분이에요. 당신이 떠나고 며칠 뒤, 에드워드가 밤에 사냥에서 돌아와 현관홀에서 차를 기다리다가 그 그림 앞에 서서 올려다보며 이렇게 말하는 거예요. '내가 초상화를 떼어내는 걸 허락해야 한다고 보십니까? 그레바를 위해 그렇게 많은 걸 이뤄내신 분인데요? 물론 아니겠죠!' 며칠 간격으로 한두 번 정도 이걸 반복하더군요. 그러고 나서는 아무 말도 하지 않았어요. 하지만 현관으로 들어오면서, 아니면 벽난로 앞에 서 있을 때 항상 그 그림을 쳐다보는 걸 알 수 있었죠. 결국 석 달 전에 휙 돌아서더니 그림들을 손질하러 언제 보낼 거냐고 묻더군요. 혹시 에드워드가 마음을 바꿀지 모른다는 실낱같은 희망 때문에 그림들을 안 보내고 있었거든요. 그런데 영 가망 없어 보여서 이튿날 보낼 거라고 대답했답니다. 그런데 에드워드가 깜짝 놀랄 소리를 하는 거예요. '그럼 이 그림도 같이 보내요. 아무것도 묻지 말고.' 이러는 거예요."

그 말을 바로 알아들은 아내는 고민하느라 한순간도 허비하지 않았다. 그렇게 그 초상화는 워릭의 미술상에게 보내져서 6개월간 그곳

에 보관되었다.

이윽고 그림이 돌아왔을 때, 그레바의 지주는 그 사안에 관해 의기양양했다. 하지만 처음에는 우리가 헛소리를 한다고 비웃었다가, 결국은 그 그림을 보냈다는 것만은 부정할 수 없는 사실이라고 나 역시 의기양양하게 지적했다.

또한 6개월이면 이 세상이든 저 세상이든 많은 일이 일어날 수 있는 기간이니, 후손의 까닭 모를 결정 덕분에 리처드 리온이 본인 말대로 자유로워지는 기회를 잡았을 거라고 말했다!

이 사연을 마지막 장에 실은 이유는 두 가지다. 하나는, 불과 몇 년 전에 있었던 일이기 때문이다. 정확한 날짜는 기억나지 않지만, 화를 잘 내는 그 친구에게 물어볼 엄두는 나지 않는다. 두 번째 이유는 이전에 말한 어느 내용과도 연관되지 않은 일이기 때문이다.

이제 1905년 가을로 넘어가 보자. 그 무렵 나는 친절한 친구들이 많이 살고 있는 이스트본에 있었다.

가족사로 인해 무척 근심이 깊었던 시기여서 휴식과 평화를 얻을 목적으로 이스트본에 가게 되었다. 11월 11일에 도착하여 처음 며칠은 바라던 그대로 흘러갔다.

그런데 뜻밖에도 설명할 길 없는 심각한 우울감이 나를 사로잡았다. 가족 문제로 인한 근심과 책임에서 홀가분해진 뒤였다. 몸이 불편한 오빠를 위해 시중들 사람을 새로 구하는 현명한 선택을 한 터라,

무한한 인내심과 요령이 필요했던 고생이 끝난 것에 감사했다. 그리고 그저 푹 쉬는 것 외엔 할 일이 없었다.

그런데 느닷없이 설명할 수 없는 우울감이 찾아왔을 때, 힘든 시기를 겪은 뒤에 나타나는 현상이려니 생각했다. 그래서 기운을 되찾으면 나아질 거라고 믿었다. 그러나 몇 주가 흘러서 12월로 접어들어도 더욱 심해지기만 하다가, 12월 22일 아침 8시에 증상이 싹 가셨다.

그때가 내 생애에서 가장 선명하게 각인된 순간들 가운데 하나다. 몇 주 전 불쑥 증상이 시작될 때처럼 예고 없이 무거운 구름이 걷히고, 좀처럼 느끼기 힘든 굉장한 해방감과 날아갈 듯한 행복감을 느꼈다. 그런 해방감, 기쁨, 행복감은 예사롭지 않아서, 아침 식사 후 나를 보러 온 친구에게 곧장 이야기했다.

"설명하자면 감옥에서 갑자기 풀려났거나, 어둡고 음산한 곳에 있다가 환하게 햇살이 비치는 창문이 있는 방으로, 살아있다는 느낌만으로도 충분히 기쁜 그런 곳으로 옮겨진 느낌이에요. 사실 내가 살아있다는 느낌을 이토록 절절하게 느껴본 적이 없어요. 이상한 점은 표면적으로는 그럴 만한 이유가 없다는 거예요. 아무것도 달라진 게 없고, 특별히 기분 좋은 편지를 받은 것도 아니에요. 외적으로는 똑같은 삶인데 내적으로는? 도저히 표현할 길이 없어요!"

"전혀 설명이 안 되나요?"

우울감에 사로잡혀 있는 몇 주 내내 옆에 있어준 친구는 내 기분이 알 수 없는 이유로 달라진 것에 몹시 놀라고 기뻐하며 물었다.

"일 년 중 낮이 가장 짧은 날이죠."

내가 웃으면서 말했다.

"하지만 전에는 특이한 영향을 받은 적이 없어요."

종일 넘치는 기쁨과 행복감이 지속되었다. 영적으로, 종교적으로 연관될 만한 일을 겪은 것도 아니었다. 어린 아이가 어딘지 모를 가시밭길을 헤매다가 아무런 노력 없이 어느 순간 갑자기 친숙하고 사랑이 가득한 집으로 돌아온 것을 알게 되었을 때 느끼는 행복한 자신감 같은 것이었다.

닷새 뒤, 사적인 편지에서 리처드 호지슨 박사가 사망했는지도 모른다는 소식을 처음 접했다. 그것은 포브스 부인이 보낸 편지였으며, 확인되지 않은 사실이니 아마도 뜬소문일 거라고 했다.

'오늘 아침 〈더 타임즈〉에도 그런 소식은 없으니 사실이 아닐 거예요.'

포브스 부인은 이렇게 적었다. 청천벽력 같은 소식이었으나, 사실이 아닐 거라는 의심은 잠시도 들지 않았다.

불과 며칠 전, 아메리카에 있는 호지슨 박사의 절친한 친구(호지슨 박사가 우리를 소개시켰다.)가 편지로 전하기를, 근래에 박사를 만났는데 일과 기타 문제들로 매우 침울한 것 같았다고 했다. '보나마나 내가 따져 물으면 그는 아니라고 말할 테지만, 내 느낌은 분명히 그랬어요.'

그때는 이것이 내가 느낀 기이한 우울감을 설명할 단서가 된다는 생각은 하지 않았다. 그러나 그가 사망했을지도 모른다는 소문을 처음 접한 순간, 곧바로 그것이 사실이라고 확신했다. 그리고 그가 자신이 다른 세상에 건너간 사실을 처음 깨닫고 느낀 환희가 내게까지 전해진 거라는 생각이 들었다. 따라서 내가 몇 주간 우울했던 것도 호지슨 박사의 친구가 알려준 감정 상태와 부합하는 것이라고 추정할 따름이다. 아무리 가까운 동료라도 그 친구처럼 직관이 뛰어나지 못했다면, 쾌활하고 다정한 평소 박사의 모습밖에 보지 못했을 것이다.

스테드 씨에게 전보를 보내 사정을 물었다가 그는 아무것도 모르고 있었다는 걸 알았다. 사실을 확인할 길이 막힌 나는 올리버 롯지 경에게 편지를 보냈다. 그는 친절하게도 바로 답장을 보내, 내가 두려워하는 일이 실제로 벌어졌다는 것을 알려주었다. 나중에 롯지 경은 윌리엄 제임스 교수에게 들은 대로 그 당시 상황을 세세하게 알려주었다.

우리에겐 엄청난 타격이었으나, 호지슨 박사에겐 그 얼마나 기쁜 각성이었으랴!

너무나 가슴 벅차고, 활기와 기쁨이 충만하여 그와 우정을 나눈 다른 이들의 가슴에까지 여파가 전해지는 그토록 멋진 새 세상을, 희미하게나마 개인적으로 느껴볼 수 있었던 것에 감사한다.

기록을 비교해 보니, 시차를 고려할 때 그가 이 세상을 떠난 시점부터 새로운 환경을 각성한 것을 내가 간접적으로 체험하기까지 마흔여덟 시간이 흘렀다.

여기에는 다양한 설명이 가능할 것이다. 육신과 영혼을 연결하는 끈이 갑자기 뚝 끊어져 버리면, 영혼이 육신이라는 껍데기로부터 단번에 완전히 자유로워지지 않고, 일종의 무의식 상태로 남아 있을 수도 있다.

주석　위의 글을 쓴 이후에 호지슨 박사가 사망한 1905년 12월 20일과, 내가 특별한 경험을 한 12월 22일, 이 두 사건의 시간 차이에 대한 해명을 얻었다.

1907년 2월 6일에 맥크레디 양과 교령회를 할 수 있는 기회를 얻었다. 맥크레디 양은 호지슨 박사의 외모와, 이 세상을 갑자기 떠난 것까지 정확하게 짚어내었다. 이뿐만 아니라, 육신이 사망한 뒤 이틀간 완전히 육신을 떠나지 못하고 혼수상태에 빠져 있었다고 한다. 이 사실을 그의 혼령이 내게 설명해주고 싶어 한다는 이야기도 덧붙였다. 맥크레디 양은 자신이 그처럼 정확하게 묘사한 혼령의 이름이 뭔지 알지 못해서 누구의 메시지를 내게 전하는지조차 몰랐다. ― E. K. B.

호지슨 박사가 우리 곁을 떠나고 얼마간 시간이 흐른 뒤, 런던에 있는 친구가 내게 편지를 보내왔다. 내용인즉, 박사의 영혼이 '자신의 일을 지적인 관점에서만 보았기에 그다지 행복하지 못했다'는 내용으로 메시지를 보내온 것을 읽었거나 들었다고 했다.

내가 보기에 그것은 호지슨 박사 같은 사람이 절대로 보내는 일이 없을 것 같은 메시지였다.

이럴 경우 그런 말을 한 장본인을 찾아가는 것이 최상의 길이다. 그렇게 해서 다음과 같이 그의 특성이 잘 드러나고 명백하게 합리적이라고 생각되는 답을 얻었다.

'내가 한 일은 지적인 작업이 맞으니 어떻게 다른 관점에서 볼 수 있겠습니까? 그건 영적인 측면과는 아무 상관없습니다. 나의 삶에서 영적인 측면이 활발하지 못했던 것은 사실이지만, 그런 한계가 허락하는 한 참된 것이었습니다. 그리고 이처럼 더욱 우호적인 여건에 처하니 봉오리가 열리고 있으며, 늘 어렴풋하게 가치를 인식했던 사랑과 지혜를 더욱 더 많이 배우고 있습니다. 중요한 것은 마음의 자세인데, 내 마음의 자세는 비판적이긴 해도 당신도 알다시피 폐쇄적인 적은 없었습니다.'

이제 미신에 관해 몇 마디 하려 한다. 우리는 '모두' 미신적이다. 서로 양상이 다르고, 적용하는 지점이 다를 뿐이다. 당신이 가진 미신은 내게는 무의미해 보여서 웃음거리가 될지도 모른다. 그러나 우리가 충분히 긴 시간을 같이 산다면 당신도 내 '아킬레스 건'을 찾아낼 게 틀림없다.

사람들 사이의 유일한 차이점은 자신이 가진 미신에 정직한 사람이 있는 반면, 그렇지 못한 사람이 있다는 것이다.

오래 전, 외국의 어느 저녁식사 테이블에서 한 여성을 알게 되었다.

그런데 그녀가 내게 처음 건넨 말이, 자신은 미신을 믿지 않는다고 말할 수 있어서 감사하다는 것이었다. 같은 지붕 아래에서 지낸 지 채 열흘이 지나기 전에 그녀가 여러 가지 징조, 행운석, 그 외 갖가지 것들을 믿고 있으며, 사람의 아스트랄체를 보는 능력도 가진 걸 알게 되었다.

이제 내가 가진 가장 강력한 미신을 소개하자면, 유리를 통해 초하루에 뜨는 초승달을 처음 보는 것을 극도로 두려워한다는 사실이다. 그리고 유리를 깨는 것 또한 그 물건 자체의 가격이 몇 푼 안 되더라도 내 경험상 큰 재앙을 의미한다.

이 두 가지 중 어느 하나가 그 뒤에 발생한 불운한 사건의 '원인'이라고 생각한 적은 없었다. 그처럼 유치한 생각을 하는 사람은 아무도 없을 것이다. 그런데도 내 방식, 내 생각이 어리석다는 것을 보여주려고 이런 점을 장황하게 설명하는 사람들도 있었다.

다시 말하지만, 어떤 사람들은 손에 망치가 달린 것처럼 유리나 도자기를 무수히 깨뜨리고, 평생 동안 유리를 통해 다달이 뜨는 초승달을 봐도 아무렇지 않다는 것을 나도 잘 알고 있다. 다만 단언하건대, 그 두 가지가 '나에게만큼은' 불운의 전조이다.

사람들은 내게 이렇게 말한다.

"당신처럼 합리적인 여성이 어떻게 그런 어리석은 생각을 할 수 있죠?"

그러면 나는 사건의 연속성을 인식하지 못하고 오랜 세월을 보냈더라면, 그게 훨씬 더 어리석은 거라고 진심으로 답할 뿐이다.

그러나 그 현상을 설명하는 건 완전히 다른 문제이다.

심각한 재앙에 대비하라고 저세상에서 우리에게 미리 경고해주는 신호-아무리 미약하더라도-일 가능성을 열어두는 것이 타당하다는 게 내 견해이다.

또 한 가지 신기한 점은, 유리를 통해 달을 보는 것을 인위적인 방법으로 피하는 것은 재앙을 막지 못한다는 사실이다. 이 '어리석은 미신'을 관대하게 인정해 준 어느 친구가, 내 눈을 가리고 창가로 데려간 뒤 창문을 활짝 열어젖혀 주기도 했다.

내 기억에 의하면, 가장 공을 들여 예방 조치를 취한 경우는 필라델피아에서 보스턴으로 가는 아메리카 열차 안이었다. 여성 참정권을 주제로 강연을 앞두고 있는 매력적인 아메리카 여성에게, 뉴질랜드 여성들의 사례로 몇 가지 조언을 해주었더니 고마워했다. 그리고 내가 가진 작은 약점을 알게 되자, 흑인 하인을 시켜 무거운 창문을 열어주었다.

모두 허사였다. 그때 혼자였더라면 유리를 통해 달을 보았을 게 분명했다. 친절한 아메리카 여성의 제안대로 창문을 열긴 했지만, 실제로는 아무것도 달라진 게 없다는 것을 느꼈다.

1906년 9월 벅스턴에서 온천욕을 하고 있을 때, 어느 일요일(9월 2일)에 침실 창문으로 너무나 또렷하게 달을 보았다. 가려줄 구름 한 점 없고, 주의를 분산시킬 반짝이는 별 하나 없었다. 같이 지내던 사

람들과 나의 '미신'을 두고 유쾌하게 웃긴 했지만, 곧 무슨 일이 벌어질 것을 예감했다. 그러나 그것이 내 인생을 통째로 바꿔놓을 일이라는 건 꿈에도 몰랐다.

수요일 아침(9월 5일), 30년 가까이 몸이 불편했던 오빠에게 생애 마지막 질환이 온 것 같다는 연락을 받았다. 여기서 주목할 점은 내가 신호를 받은 일요일에는 오빠의 건강이 평소와 다르지 않아서, 월요일에 마차를 타고 멀리 외출을 다녀오기도 했다. 협심증이 처음으로 오빠를 덮친 것은 9월 3일과 4일, 월요일과 화요일 사이 밤이었다.

나중에 오빠의 병이 더욱 중해져서 영국 남부에 있던 나는 한시도 긴장을 늦추지 못했다. 그리고 그 당시 하루에 몇 번씩 전보와 편지를 받을 때, 우리 주제와 관련된 또 하나의 기이한 일이 있었다.

아마 독자들은 이미 알고 있겠지만, 고통스러운 상태인 환자에게 이기심 없는 사랑을 보여주는 길은 한 가지밖에 없다. 그 환자가 최상의 치료와 보살핌을 받고 있다면 그 사람으로부터 가능한 한 멀리 있어 주는 것, 그 길뿐이다. 아주 작은 동요라도 느끼면 엄청난 통증이 찾아오는 게 거의 기정사실이다. 그러므로 회복할 가망이 아주 없는 게 아니라면, 혹은 더욱 심한 고통을 느낄 수 있는 의식이 있는 상태라면 실질적으로 꼭 필요한 사람들 외에는 누구든 환자와 거리를 두어야만 한다.

그러려면 긴장과 불안 속에서 하루하루를 보내고 있는 사람에겐 정신적인 고통이 따를 수밖에 없다.

희망과 두려움이 교차하는 시간이 보름 넘게 이어지니, 더 이상 참을 수 없는 지경이 되었다. 그래서 현명한 판단이 아닌 줄 알면서도 오빠를 보러 갈 채비를 시작했다. 만날 수 없다면 오빠가 있는 건물까지만 갈 작정이었다. 그러던 차에 다른 친척이 잠깐 들렀다가, 오빠에게 엄청난 통증이 닥치는 재앙이 시작되었다고 절대로 오지 말라는 편지와 전보를 받았다. 오빠는 결국 그 상태에서 회복되지 못했다.

이런 괴로운 상황에 내가 선택할 수 있는 길은 한 가지뿐이었다.

슬픔에 젖어 있던 이 시기에 나는 어스본 무어 장군 내외와 같이 지내고 있었다. 그들이 베풀어 준 친절과, 나의 괴로움에 같이 가슴 아파해 준 따뜻함은 무슨 말로도 충분히 감사할 수 없을 것이다.

어스본 무어 장군은 심령 과학 영역에서 가장 끈기 있는 학자로 정평이 나 있었다. 그리고 그가 나에게 알려준 뛰어난 투시력자 아놀드 부인(에드윈 아놀드 경의 며느리)을 만나러 가게 된 것도, 그가 제안한 일이거나 적어도 내가 가는 데 찬성했던 것으로 기억하고 있다.

그녀가 어스본 장군 내외와 관련짓지 않도록 나 혼자 그 집에 갔다. 면담은 놀랄 만한 것이었다.

증거가 될 만한 이야기들이 많았지만, 집안 사정 때문에 공개하는 것은 불가능하다. 그녀는 내게 수정 공을 주면서 내 기운이 충분히 스며들도록 5분간 잡고 있으라고 했다. 그런 다음, 공을 받아서 일련의 이야기를 시작했다. 잠시도 말을 멈추거나 '떠보려고' 시도하지 않았다.

나의 생애와, 연구와, 주된 관심사에 관한 이야기, 가까운 가족의 숫자와 성별, 가족 개개인이 나를 대하는 태도 등등, 하는 말마다 특수한 부분들이 정확하게 일치했다.

그녀의 첫 마디는 이러했다.

"굉장히 근심이 많군요. 나이가 연상인 남자의 질병 때문이에요. 아주 가까운 사람들 가운데 두 사람이 아픈데, 지금은 당신이 특히 알고 싶어 하는 사람에 대해 이야기할게요."

그녀는 그 당시 오빠의 상황이나 질병뿐 아니라, 영구적인 마비 상태인 것까지 묘사했다. 그리고 오빠 주위에 초록색 나무들과 물결치는 잔디가 보인다면서, 지금 있는 곳이 시골이라는 이야기도 했다. 오빠는 오랜 세월 런던이나 해안가에서만 살았던 터라, 이것 역시 좋은 증거가 될 만했다. 실제로 그때 오빠는 난생 처음 시골에 있는 집에서 몇 주간 지내고 있었다.

그녀가 틀린 단 한 가지는 오빠가 세상을 떠나는 시점이었다. 그녀는 단번에 오빠의 병이 영영 회복될 수 없는 것이라고 내다보고, 조심스럽게 대략적인 시기를 말해주었다.

"우리도 시간은 정확하게 보이지 않아요. 상징으로만 보이거든요. 이를테면, 지금은 떨어지는 낙엽이 보여요. 얼핏 보기에 가을 풍경 같으니까 이건 아마도 10월이나 11월경이겠어요."

앞서 말했듯이, 이것이 전체 면담에서 유일하게 틀린 부분이었다. 오빠는 9월 24일에 더 높은 생을 찾아 떠났다.

이후에 오빠의 시중을 들던 사람을 시내에서 만난 김에 나무들에 대해 물어봤더니, 찌는 듯한 더위 탓에 나뭇잎이 전부 땅에 흩어져서 마치 가을처럼 보였다고 대답했다.

1906년은 런던을 비롯한 다른 지역들도 9월 초부터 비슷한 형편이었다.

중병을 앓고 있는 두 번째 인물이 누구인지 그때는 몰랐는데, 오빠가 세상을 떠나고 닷새 뒤 아놀드 부인의 말처럼 아주 가까운 사람들 중 하나인 포브스 판사가 죽었다는 소식을 들었다. 판사는 오래 앓지 않았다. 그의 가족들과 기록을 비교해 보니, 내가 아놀드 부인을 만나러 가기 사흘 전부터 자리에서 일어나지 못했다. 그리고 그때 이미 위중한 상태였으나, 나는 아놀드 부인을 만나고 일주일이 지나도록 이런 사실을 알지 못했다.

사적인 체험을 기록한 이 글을 마무리하기 전에, 심령 사진이라는 매우 곤란한 문제에 관해 몇 마디 해야겠다.

어스본 무어 장군이 내게 보낸 편지에 적은 것처럼 '우리는 굉장한 미스터리를 다루고 있는 것이다.' 어스본 무어 장군 본인도 그 미스터리를 풀기 위해 끈기 있게 노력하는 사람들 중 한 명이다.

사진은 심령 과학에서 최상의 증거를 얻을 수 있는 영역임은 분명하지만, '개개인이 자신의 사진사'가 될 수밖에 없다.

인간은 천성적으로 자신의 성과는 지나치게 신뢰하고, 남의 성과는 지나치게 의심하는 경향이 있다.

그러므로 아마도 아주 오랜 기간 동안 우리는 자신이 '손수' 찍은 심령사진만 진짜라고 인정할 수 있었다. 그러나 개인적인 체험으로 확신을 갖게 된 사람들의 수가 충분히 많아지면, 이 영역도 다음과 같이 일반적인 단계를 밟아 나가리라는 희망이 생긴다.

(1) 불가능하고 터무니없다.
(2) 가능성이 있지만 유별난 경우이다.
(3) 가능성이 있고 이상한 일도 아니다.
(4) 정상이다. *우리가 애초부터 전부 알고 있었듯이!*

한편 전문적인 도움을 받아 실험을 진행하는 사람들도 있었다. 이런 경우에는 '그 사진들은 날조가 가능한가?'라는 것은 문제가 되지 않는다. 요즘은 사진을 날조하는 것이 가장 쉬운 속임수라는 것을 모르는 사람이 없다. 나도 의자에 한참 동안 앉아 있다가, 다른 '유령'을 위해 자리를 비우는 방법으로 30분 만에 사진을 날조하는 시도를 아마추어 사진사와 수없이 해보았다.

그러므로 이제는 사진이 날조인지 아닌지 따질 게 아니라, 사진에 나온 존재를 우리가 알아볼 수 있느냐, 없느냐 하는 것으로 판단해야 할 것이다.

버스넬 씨나 다른 사진사의 사진에 23년 전 사망했고, 평생 사진을 찍은 적이 없는 나의 유모가 나타났다면(실제로 그랬다.) '흔한 사기 수

법'이라는 말로는 미스터리를 풀 수 없으니, 다른 가능성을 찾아야 한다. 사진 속에서 유모는 생전에 그랬듯이, 자그마한 니트 숄을 어깨에 두른 채 앉아 있었고, 어린 아이의 머리가 그 무릎에 닿아 있었다. 두 눈은 감고 있고 얼굴은 죽은 자처럼 보이지만, 생김새는 틀림없었다. 사랑하는 그 노파를 나처럼 잘 아는 이는 이 세상에 없다.

또한 내가 가진 사진 중에는 유명한 노령의 옥스퍼드 교수가 찍힌 것도 있다.

여러 번 그 교수의 집에서 지낸 적이 있지만, 지난여름 버스넬 씨의 카메라 감광판에 교수가 나타난 것은 정말 뜻밖이었다. 유모의 사진보다 희미하긴 해도 의심으로 눈이 멀지 않고서야 그 교수와 닮았다는 것을 부정할 자는 없었다. 나는 그 교수를 모르는 예술가인 친구와 같이 그 사진을 교수가 훨씬 젊은 나이에 찍은 사진-그가 세상을 떠난 뒤 〈라이프〉 지에 출간된 것을 발견했다-과 비교했다. 우리는 이 목구비를 꼼꼼히 대조했고, 내 친구가 찾은 딱 한 가지 차이점은 윗입술의 길이였다. 두 사진 사이에 세월이 흐른 탓도 있고, 치아의 소실로 윗입술이 약간 길어졌을 거라고 친구는 말했다. 교수는 고령으로 세상을 떠났고, 〈라이프〉 지에 실린 사진은 그보다 20년 이상 전에 찍은 것이었다.

무엇보다 이 사진에서 눈길을 끄는 건, 그의 무릎에 무척 아끼던 개가 보인다는 것이다. 덩치가 큰 폭스테리어로 이름은 '밥'이었다. 교수의 딸이 알아보기 전에는 밥이 사진에 보인다는 것도 몰랐으나, 지

금은 어떻게 처음에는 몰랐는지 이해하기 힘들다.

옥스퍼드 교수의 집에서 밥은 가장 중요한 존재였을 뿐 아니라, 나를 무척 잘 따랐다. 그랬던 터라, 자기 주인과 함께 나를 찾아오는 게 너무나 당연한 것 같았다.

2년 만에 그 집을 찾아간 어느 캄캄한 겨울밤이 기억난다. 밥이 어찌나 좋아하면서 반기던지, 내 목에 앞발을 두르려다가 나를 거의 넘어뜨릴 뻔했다.

늘 밥이 나를 따르는 걸 약간 질투하던 교수가 그때 자기 아내에게 이렇게 속삭이는 것도 들었다.

"저 놈이 베이츠 양이 온 걸 저렇게 반기다니 가슴이 다 찡하군!"

사랑스러운 밥! 자기 주인과 더불어 나를 보러 올 수 있다는 게 얼마나 기쁜지.

여러 사진들을 뒤지다 보니 예쁘장한 소녀의 얼굴이 보인다. 열여섯이나 되었을까.

소녀가 처음 감광판에 나타난 건 1905년 여름이었으나, 얼굴이 너무 흐릿해서 누군지 알아볼 수 없었다.

몇 개월 뒤에 같은 인물이 다시 나타났는데, 이번에는 꽤 선명하여 사진을 들여다보다가 나도 모르게 이렇게 외쳤다.

"어머나, 이건 릴리 블레이크네!"

그 아이를 만난 건 약 30년 전, 처음으로 이집트를 방문할 때였다. 저명한 의사인 자기 아버지, 그리고 고모와 카이로에서 6주간 휴가를 보내는 그 아이를 유난히 자주 보게 된 것은 셰퍼드 호텔에 있는 내 친구들의 어린 딸과 놀이 친구였기 때문이다.

릴리는 예쁘장한 외모에 가냘프게 생긴 아이였고, 푸른 눈동자는 부드럽고 나른한 느낌을 주었으며, 옷차림은 늘 단순하면서도 미적 감각이 돋보였다. 영국으로 돌아와서 몇 달 뒤, 아직 어린 그 예쁜 소녀의 사망 소식을 신문에서 보았다. 나는 곧바로 위로의 편지를 보냈고, 아이의 고모에게서 따뜻한 답장이 바로 왔다. 그 이후 작년에 다시 내 인생의 범주에 등장하기 전에는 릴리를 떠올릴 만한 일이 없었다. 그토록 순수하고 아름다운 소녀의 기운이 일상의 어느 시점에 내 주변에 머물고 있을지도 모른다고 생각하면 너무나 감사하다.

어느 위대한 소설가의 말을 인용해야 할 시점인 듯하다.

'자, 아이들아, 놀이가 끝났으니 상자를 닫고 인형들을 치우자꾸나!'

다만 『허영의 시장(19세기 영국 소설가 윌리엄 새커리의 작품－옮긴이 주)』에 흐르는 전반적인 분위기보다 약간은 밝은 글이 되었다고 믿는다.

심령 연구의 목적은 '우리 안에 있는 희망'의 과학적 근거를 마련하는 것이다. 신의 은총으로 이미 종교적인 근거는 마련되어 있으므로.

심령 사진, 심령 체험, 이상한 환영, 이상한 소리 등을, '눈에 보이지 않고, 귀에 들리지 않아서 인간의 머리로는 이해하기 힘든' 위대한 진리를 드러내는 상징으로 보지 못하고, 그 자체가 끝이라고 간주한다면 그런 것들은 아무런 가치가 없다고 할 수 있다.

몇 년 전, 지금은 작고한 매사추세츠 주교 필립스 브룩스와 매우 흥미진진한 대화를 나누던 중에, 근래 보스턴에서 유행처럼 번지고 있는 신지학을 어떻게 생각하느냐고 내가 물었다. 그 무렵 그 새로운 철학과, 경이로운 현상들이 곁들여진 그들의 주장에 관해 많은 이야기들이 오가고 있었다. 에드윈 아놀드 경은 『아시아의 등불』을 집필했고, 올리버 웬델 홈즈는 그 내용이 새로운 진실에 한 발 다가가는 것이라며 놀라고 감탄했다. 또한 소수의 사람들은 역사적인 블라바츠키의 찻잔이며, 인도 정원에서 발견된 숨겨진 보물에 관해 이야기했다. 그리고 어떤 이들은 우리가 언제쯤 나는 법을 배우게 될지, 그 다음에는 뭐가 올지 궁금해 했다.

내 질문에 대한 주교의 대답은 따뜻하고, 그 사람 특유의 견해로 성직자다운 양식을 보여주었다.

"날 수 있다는 게 중요한 건 아닙니다. 나도 남들만큼이나 날고 싶어요. 꽤나 괴상한 새처럼 보이겠지만(그는 180cm를 너끈히 넘는 장신에 체격도 컸다)!

만약 갑자기 자신이 날 수 있다는 걸 알게 되면 월요일 아침에는 거기에만 몰두할 테고, 화요일에는 매우 흥미로울 테고, 수요일에는 그냥 흥미롭고, 목요일에는 즐거울 테지만, 주말이 되면 평범하게 느껴져서 또 다른 새로운 능력을 발견하고 싶어질 겁니다. 그러니 날 수 있다는 자체가 중요한 게 아니라, 날아서 *어디로* 갈지, 거기 가서 *무엇을* 할지가 중요한 거죠."

더없이 명쾌한 정리였으며, '과학적인 상징 아래 있는 영적인 의미를 잊지 마라'는 말을 달리 표현한 것처럼 보였다.

여기에 몇 마디 덧붙이자면, '우리가 받은 상징들이 과학의 범주에 들어갈 수 있도록 힘을 모아 노력하자. 그러려면 사랑과 법으로 이루어진 이 우주에서 다른 모든 것들과 함께 그 상징들을 지배하는 법칙을 알아내야 한다. 아마도 우리가 이 세상에 있는 이유는 다른 무엇보다, 사랑과 법이 하나라는 사실을 배우기 위해서일 것이다.'

나보다 훨씬 놀라운 체험을 한 사람들이 수두룩하다. 나는 타고난 심령 능력을 연마하거나, 더욱 높이려는 시도를 여러 가지 이유 때문에 삼갔기 때문이다.

독자들에게 한 가지 장담할 수 있는 것은, 여기 적은 내용들은 정확하게 기록되었다는 사실이다. 많은 경우 이야기를 더 극적인 형식으로 쓰면 훨씬 쉽지만, 그러면 이 책의 원래 목적과 취지가 전부 망가진다.

우리에게 지금 당장은 비정상이라고 간주되는 것들을 얇은 실 한 올처럼 잡고 따라가기를 바랐다. 한 생애의 실타래가 다하도록 해보

고, 그리하여 다른 사람들도 나처럼 해보도록 격려할 수 있기를 원했다.

그리고 꼭 출판할 목적이 아니더라도 일기나 비망록에 이런 일들을 기록해야만 또 다른 세계가 지금, 여기 우리의 정상적인 인생과 얼마나 깊숙이 서로 겹쳐져 있는지 깨달을 수 있다.

여기까지 내가 겪은 기이한 경험들을 끝까지 따라와 준 모든 독자들에게 작별을 고한다. *기이하다는 것은 결국 우리의 지식이 불완전하다는 뜻이다.*

내가 직접 받은 메시지

I.

보이지 않는 세상에서 오는, 혹은 오려고 시도하는 모든 메시지를 비웃거나 경시하는 말들을 많이 한다. 나는 같은 것끼리는 서로 통하며, 우리가 받을 자격이 되는 것만 받는다고 생각한다. 혹은 좀 더 철학적으로, 에머슨 식으로 말하자면, '우리 소유인 것만 우리가 받는 것이다.'

에머슨이 쓴 가장 계몽적인 글 가운데, 영적으로 우리 소유인 모든 것은 최대한 빠른 속도로 우리에게 오고 있다는 말이 있다. 그것은 허공을 가르는 바람을 타고, 땅 위를 흐르는 파도에 실려 우리에게 오고 있다. 우리가 우리 것을 받고, 우리 것이 아니면 물리치는 것은 천사도, 악마도 막지 못한다.

이것이 우주의 법칙이며, 다른 모든 것과 마찬가지로 자동 수기에도 적용된다. 단언하건대, 우리가 받는 것은 모두 우리의 영적 자산에 속하는 것이다.

그러므로 자동 수기를 어리석다고 대수롭지 않게 치부하는 사람들은 필시 이러한 영적 법칙에 무지하거나, 그런 메시지와 관련된 경험이 극히 제한적이다.

여기에 내가 직접 받은 메시지의 일부를 부록 형식으로 소개하려 한다. 하나를 제외하고 전부 아주 소중한 친구에게서 받은 것으로, 그 친구가 유난히 행복하게 세상을 떠난 뒤로 1년이 조금 지났다. 친구의 이름을 밝히면 글의 재미가 한층 더하겠지만, 그러고 싶지 않다. 따라서 그 친구를 '해리 덴튼'이라는 가명으로 부르겠다. 메시지는 편집하지 않고 내가 받은 그대로 실을 것이다. 우리는 특정한 종교적 교리의 관점에서 신학 사상을 두고 토론한 적이 없었다. 하지만 추측하기로, 그 친구는 생전에 예수 그리스도를 인류의 여러 위대한 스승들 가운데 한 사람이라고 보았다. 그리고 그의 관점은 좁은 의미로는 종교적이라기보다 우주적일 것이나, 신학을 떠나 보편적인 의미로 말하자면 분명히 종교적이었다.

첫 번째 대화(그 친구와 소통한 내용은 메시지보다 대화라고 부르는 게 더 정확하다.)는 나사렛 예수에 대한 내 마음의 태도를 내 여자 친구의 것과 비교하는 내용이었다.

　H. D.　케이트, 당신을 둘러싼 거대한 빛줄기가 보입니다. 예수 그리스도에 대한 당신의 참된 인식에서 비롯된 빛인 것 같아요. 당신 친구는 그 문제를 덮어두고 건드리고 싶어 하지 않는 게 옳은 선택이에요. 그것이 그녀가 할 수 있는 최선이며, 현재로선 그녀가 할 수 있는 유일한 일입니다.

　씨앗은 아직 땅속에 있고 싹이 트려면 멀었습니다. 지금 당장 그 씨앗을 땅 위로 꺼내려고 한다면 말라죽고 말 겁니다. 너무 이르고 불필요한 시도예요. 인간이 만들어낸 교리라는 낡은 껍질은 성급한 손길에 뜯겨나가선 안 됩니다. 그 껍질이 점차 저절로 벗겨지면, 그 안에서 보호받고 있던 싹이 모습을 드러낼 거예요.

　내가 보기에 그 친구의 직감은 맞습니다. 그러나 당신은 경우가 많이 달라요. 껍질은 이미 다 떨어졌고, 자신이 그 껍질을 필사적으로 붙잡고 있으려고 애쓰는 것을 깨달으면서 뭔가 잘못되었다는 느낌과 불편한 마음이 드는 거죠. 그 껍질 안에는 강인한 싹이 자기 몫의 햇살과 비를, 그리고 피할 수 없다면 와전과 오해의 차가운 바람마저 맞을 준비가 다 되어 있는데 말입니다.

　'용감하여라. 강건하여라(고린도전서 16장 13절-옮긴이 주).' 그것이 당신만의 교본이며, 그것을 배우지 않으면 절대로 행복과 만족을 느낄 수 없을 겁니다.

스스로의 현실을 직시한 이후, 얼마나 많은 걸 얻었는지 당신 자신
도 느끼고 있겠지요?

E. K. B. 그래요, 해리, 느끼고 있어요. 하지만 내가 이해할 수 없는
건 당신 입장이에요. 지금도 같은 관점인가요?

H. D. 아니오, 지금은 아닙니다. 이전에 품고 있던 관념과는 사뭇
다릅니다. 나는 나사렛의 예수가 인류의 위대한 스승들 중 하나라고
생각했지요. 그러나 우리가 사는 연쇄적인 여러 세상에서 그가 가지
는 독특한 지위는 미처 알지 못했습니다.

이곳에서 말하길, 그는 절대자가 생각하는 '신적인 인간'의 단계에
처음 도달한 자라고 합니다.

영적인 진화는 하나의 과정으로, 이런 의미에서의 신의 아들이 출
현할 수 있는 유일한 과정입니다. 이토록 훌륭한 인류의 꽃을 피우려
면 영겁의 시간이 필요합니다. 이걸 이해하도록 당신의 무리가 나를
돕고 있답니다. 먼저 도달한 자, 신의 부름을 받은 자로서 예수는 자
신이 걸어간 길로 전 인류를 이끌어야 합니다.

이전에 내가 가지고 있던 개념이나, 예전에 우리가 유니테리언(그
리스도의 신성을 부정하는 기독교 교파-옮긴이 주)이라고 불렀던 자들의
개념과도 다릅니다.

당신은 진실을 보호하고 있던 낡은 전통의 껍질에서 벗어났으며,

나는 아직도 진실을 향해 나아가는 중입니다. 그러나 북쪽에서 출발하든, 남쪽에서 출발하든 우리가 도달하는 지점은 같아요. 이해됩니까?

여기서 말하길, 우리는 예수 그리스도 안에서 모두 새로운 피조물이라고 합니다. 왜냐하면 의식적이든, 무의식적이든 우리는 하느님의 형상대로 만들어진 우리 자신의 실체를 깨닫고 그것을 드러내기 위해 그리스도와 같이 노력하고 있기 때문입니다.

그는 우리를 위한 본보기이자 서약입니다. 사도 바울은 이것을 알았고, 현재 당신이 가진 견해는 내가 그의 가르침을 이해하는 데 엄청난 도움을 주고 있습니다. 그러므로 케이트, 정말로 고맙습니다. 낯선 이들보다 잘 알고 믿는 사람들에게 배우는 게 훨씬 수월합니다.

그리고 더 나아가 우리가 여기 있는 사랑하는 이들로부터 배우듯이, 그곳 세상에 살아있는 사랑하는 이들로부터도 배울 수 있다면 황금 사슬의 고리가 완벽해질 것이며, 우리가 하느님 아버지 안에서 그 아들과 더불어 하나로 결속되어 있음을 깨닫는 데 도움이 될 것입니다.

II.

다른 날 아침에 〈나인틴스 센추리 앤 에프터The Nineteenth Century and after(영국 월간지 – 옮긴이 주)〉에서 '불가지론, 그리고 그 후'라는 제목의 기사를 읽고 있었다고 H. D.에게 말하고, 혹시 나를 통해 그것을 감지할 수 있느냐고 물었다.

H. D. 네. 오늘 아침은 그 이야기로 시작해봅시다. 당신이 그걸 읽어서 아주 기쁩니다. 같은 분야에서 내가 경험한 것과 신기할 정도로 유사하거든요. 이곳 세상으로 넘어와서 지금처럼 당신과 직접 소통할 수 있게 된 이후, 나는 그쪽 세상에서 품었던 많은 의문에 해답을 찾을 수 있었습니다. 나의 시각이 더욱 영적으로 바뀌니, 기독교에는 외부인이 짐작하는 것보다 더 많은 진실이 있음을 볼 수 있게 되었습니다. 그렇지만 전해 내려오는 그대로 전부 진실일 수 없다는 건 알고 있었습니다. 그대로가 진실이라는 건 나로선 상상도 할 수 없는 일이거든요. 법과 질서로 이루어진 우주를 느닷없이 침입한 게 될 테니까 말입니다.

만약 그렇다면 신은 높은 곳에서 창조에 힘을 쏟으면서, 낮은 곳은 거들떠보지도 않는다는 의미가 될 겁니다. 나의 신앙심이 그런 발상을 용납하지 않았습니다! 구원의 설계와 계획은 영적으로 완전히 자란 인간이 아니라, 상대적으로 미숙한 단계에 있는 자들에게 속하는 것입니다. 그들은 여전히 동화 속에 머무르며, 진실의 껍질에 불과한 것을 진실이라고 붙잡고 있습니다.

내가 그리스도와 사도들의 가르침에서 수용할 수 있는 것은 인류의 단일성, 그 단일성을 깨닫기 위해 필수적인 자기희생, 형제를 위해 생명을 버리면 우리 모두의 생명을 구하는 것이라는 데까지입니다. 그러나 나머지는, 그러니까 세부 내용들과, 신중하게 기획된 그리스도의 속죄 등의 교리는 전부 발달이 완성되지 못한 인간이 영적인 진실들을 가장 그럴듯한 이론에 끼워 맞추려고 하는 절박한 시도처럼 보입니다. 또한 이런 내용은 영감을 받은 사람들이 썼으므로, 틀림없다고 말하는 것이 터무니없어 보입니다. 내 인생이 그리 길지 않는데도 종교적 믿음이 여러 단계로 바뀌면서, 매번 그것을 자기 것으로 받아들이는 것을 목격했습니다. 어릴 때는, 사람들이 죄를 짓고 계명을 어기는 것에 신이 화가 나서 그 분노를 가라앉히기 위해 예수 그리스도가 와서 십자가에 못 박혀 죽었다고 들었습니다.

그건 도무지 이해하기 힘든 이야기였지요. 그리스도가 오기 전이나, 그가 온 시점까지 무슨 일이 있었는지는 그런 식으로 설명이 될지 몰라도, 왜 신은 세기가 거듭되어도 계명을 어기고 더욱 더 분노하게 만드는 인간들을 세상에 보내는지 이해할 수 없었습니다. 어린아이의 눈에는 정말 쓸데없는 일처럼 보였죠.

더 커서는 신의 분노가 아니라 정의감을 충족시키기 위해서라고 들었으니, 확실히 한 단계 나아간 것이지요.

조금 더 지나니, 그것이 교리에 숨은 진실이 아니라는 글을 읽을 수 있었습니다. 종교계의 사고는 이제 신의 분노나 정의감을 위해서가 아니라, '인간을 위한 것'으로 발전했습니다. 그래서 신이 세상을 받아주기 위한 게 아니라, 세상이 신과 화목하도록 하기 위해 신이-인간의 모습을 한 아들로-세상에 왔다고 했습니다.

아주 점진적으로 바뀌어서 그 사실을 인식하는 사람이 많지 않지만, 이는 전체 상황이 완전히 역전된 것이었습니다.

나에겐 마지막에 제시된 것이 가장 명쾌한 해석으로 보였습니다. 인간의 삶에서 달래고 화목하도록 이끌어야 하는 대상은 언제나 발달 단계가 낮은 쪽이며, 단계가 높은 쪽은 용서하고 참아주며 아량이 넓어서 스스로의 높은 정의감을 충족시켜 달라고 잔소리를 늘어놓는 법이 없습니다. 훌륭한 인간이 잘못을 저지르는 인간에게 벌을 주는 까닭은 더 나은 사람이 되어서 주위 사람들을 괴롭히고 못살게 굴지 않도록 하기 위해서이지, 스스로의 분노나 정의감을 달래기 위해서가 아닙니다. 그건 아무리 미화시켜도 결국 이기주의에 불과해요.

가장 훌륭한 인간에게도 오점이 될 만한 것이라면, 신에게는 어떠할지 말할 필요도 없습니다.

달리 생각하려면, 신을 높은 수준의 인간이 아니라 낮은 수준의 인간과 유사하다고 봐야 하겠죠. 그리하여 거기에 대한 생각은 전부 정리가 되었습니다.

그래도 여전히 풀리지 않는 문제가 남아 있었습니다. 역사상 임의적인 어느 시점에 느닷없이, 신이 신성한 당신의 일부를 그처럼 부득이하게 세상에 보낸다는 것은, 예견하지 못한 재앙을 맞닥뜨린 평범한 인간이 취할 법한 방안이며, 나머지 역사를 통틀어 신이 그런 행동을 취한 적은 없었습니다.

여러 스승들이 차례로 나타나서 조금씩 사람들을 일깨우고, 신의 부름을 받은 그 아들-인류의 꽃-이 정점을 찍는 것, 이는 우리가 아는 한 자연의 절차에도, 신의 법에도 잘 부합한다고 할 수 있습니다.

모든 진보에는 정점이 있습니다.

가장 뛰어난 수정을 만들기 위해, 가장 우수한 식물과, 동물과, 인간을 만들기 위해 억겁의 시간이 흘러야 했습니다. 그런 다음에 다시 인간을 교화하고 교육하는 느린 절차가 나타나고, 두려움과 속죄의 희미한 본능이 사랑이라는, 욕망과 동떨어진 개념 안에서 서서히 한 덩어리가 됩니다.

나는 이 모든 사실을 모른 체하고, 단 한 권의 책에 적혀 있는 이론들을 허겁지겁 받아들여야만 했을까요? 아무리 존경스럽다고 해도 그 책을 쓴 건 결국 사람인데 말입니다.

나는 결코 그럴 수 없었어요.

그러다가 다름 아닌 그런 교리들이 너무나 유동적인 상태여서, 내가 사는 오십 평생 최소한 네 번은 서로 다른 높이로 오르내린 자국을 본 것을 기억하고 마음이 놓였습니다!

바로 내 눈앞에서, 우주를 지배하는 진보의 법칙이, 정통 교리를 고집하는 한 고착화되어 있을 수밖에 없는 로마 기독교 교회라는 강보에서 벗어나서 자유로이 움직일 수 있을 때, 그 위력을 발휘하는 것을 다시 한번 보았습니다.

또한 정통 교리에 반대하는 무리 전체가 움직여서, 매번 조금씩 멀리까지 영역을 넓혀가다가 훨씬 확장된 신학 체계를 가진 시티 템플(영국 비국교파 교회 – 옮긴이 주)이 등장하는 것도 보았습니다.

진보는 느리지만 확실하게 사방에서 이루어지고 있으며, 그 속도가 점점 빨라지는 건 내 짧은 생애에도 느낄 수 있었지요! 그런데도 나사렛 예수의 독특성과 19세기에 미친 그의 영향력은 여전히 의문이었습니다.

석가모니의 영향력이 그보다 오랜 기간 지속되었고, 마호메트의 영향력도 비슷하게 오래갔지만(그 둘은 어차피 서로 상쇄), 예수 그리스도의 가르침이 더 앞서 있다는 것을 항상 인식했습니다. 그는 새로운 요소를 선보였으니, 바로 '신의 아들'이라는 개성이었습니다.

생각이 이 지점에 이르렀을 때, 내가 이곳으로 넘어왔지요. 나는 당신 영혼에 이미 파종되어 있는 씨앗을 당신의 마음을 통해 볼 수 있게 되었고, 신기하게도 그 씨앗을 소생시킬 수 있었습니다.

그들이 말하길, 당신이 깨달음을 얻은 것은 오래 전 오버라머가우Oberammergau에서라고 합니다. 아니요, 〈그리스도 수난극〉을 보러갔을 때가 아니라 그보다 4년 전입니다.

그때 당신은 그것을 머리로만 받아들이고, 가슴으로 받아들이지 않았지요. 내 짐작으로는 오래된 전통이 너무 강한 나머지, 마지막 결단을 내리지 못해서 광명을 구하는 기도를 통해 당신에게 주어진 확신에 충실하지 못한 것 같습니다.

그래서 당신은 낡은 정통 교리를 믿지 못하면서도 과감하게 버리진 못하고, 계속 앞으로 뒤로 흔들리기만 했습니다. 이미 열쇠는 당신 손에 있었는데, 지금까지 사용하지 못한 것이지요. 당신이 그 열쇠를 내게 주어서 마치 새해 선물을 받은 것처럼, 문에 그 열쇠를 꽂을 수 있었답니다.

예수 그리스도가 그렇게 오래 전부터 당신의 가슴속에 있는 문 앞에 서서 그 문을 두드리고 있었습니다. 그는 오직 하나의 문으로만 들어올 수 있습니다. 그것은 영적인 깨달음의 최고점에서 열리는 문입니다. 그 문을 통해 개개 영혼으로 그가 들어온다는 것을 이제 알고 있습니다. 각자의 가슴에서 영적인 진화가 이루어지면 그 문의 위치도 달라지지만, 무엇보다 중요한 것은 예수가 그곳에 있다는 사실입니다! 당신이 예수가 들어올 수 있는 유일한 문, 즉 진정한 깨달음에 단단히 빗장을 질러놓은 동안에는 예수로서는 자신의 얼굴을 숨기는 것 외에 다른 방법이 없었을 겁니다.

이제 모든 게 너무나 명료해 보입니다. 바로 이런 식으로 예수가 여러 가지 다른 모습으로 위장하고 많은 사람들에게 오는 겁니다.

그는 신적인 인간-인류의 꽃-으로서 신의 완벽한 현신입니다.

하지만 극도로 편협한 신앙을 가진 사람이라 할지라도 진정한 성장의 시점에 서 있고, 겁쟁이처럼 믿음이 부족하거나 지금 자신의 확신을 따르는 것이 결국 나쁜 결과를 초래할지도 모른다는 두려움 때문에 저 앞에서 빛나는 진실이라는 신의 선물을 묵살하지만 않는다면 그 사람의 가슴으로도 예수는 들어올 수 있습니다.

메시지가 길어져서 당신이 어설프게 받아쓴 부분이 많긴 하지만, 내가 하고 싶은 말은 잘 전달되었습니다.

III.

H. D. 구 세계와 이곳의 유사성이 당혹스럽다고 R양에게 말한 게 무슨 뜻인지 당신이 알고 싶어 하는 것을 느낄 수 있어요.

우리 모두는 선천적으로 전통적인 사상에 물들어 있습니다. 지성이 그것을 아무리 변형시켜도 마찬가지이지요. 본능은 지성보다 근원적이므로 더 강합니다.

내가 가장 먼저 발견한 사실은 그쪽 세상에서 잠재되어 있는 진리가 이곳에서는 환히 드러나 있다는 겁니다.

(여기서부터 잠깐 다른 이야기를 한다.)

당신은 내 말을 너무 수월하게 받아 적을 수 있으니 장황한 글로 시간을 낭비하지 않도록 주의해야겠습니다. 당신에게 더 압축해서 적는 법을 가르쳐야겠어요. 간결한 내 말과, 길게 풀어서 쓴 당신의 글 사이에 적정한 균형을 잡아야 합니다. 당장은 이런 세세한 부분들은 너무 걱정하지 말고 도구를 제대로 사용하도록 하는 게 좋겠어요.

(그가 다시 본론으로 돌아갔다.)

마치 구 세계의 옷을 뒤집어서, 베틀이 부린 씨실과 날실의 조화로 이제까지 감추었던 옷감의 실체가 고스란히 보이는 것과 같습니다.

이를테면, 그쪽 세상에서는 사고의 옳고 그름이 스스로의 미래 상황을 결정한다고 말합니다. 이곳에서는 옳은 사고와 그릇된 사고의 확고하고 물리적인 결과를 눈으로 볼 수 있습니다. 마치 서로 다른 두 일꾼이 짠, 서로 다른 두 가지 문양을 보는 것과 같습니다. 물리적인 결과라고 말한 까닭은 이곳도 그쪽 세상과 다를 바 없이 물질이 실재하며, 어떤 의미에서는 환상에 불과하다는 것도 두 세상이 똑같기 때문입니다. 그곳의 물질은 우리에게 현실이 아닙니다. 우리의 물질은 당신들에게 현실이 아닙니다. 사실은 둘 다 선행된 실재가 우주의 장막에 드리운 그림자입니다.

그 장막들은 인류가 지혜를 얻는 학교입니다.

걱정 말아요! 당신 손을 쓰는 데 실제로 어려움은 없습니다. 그저 나의 간결함과 당신의 장황함을 절충하기 위한 시도입니다.

세상은 조각품의 전시장과 같습니다.

(E. K. B.의 글 — 이런 비유가 뇌리를 스치자 H. D.가 지체 없이 말했다. "네, 아주 좋군요. 당신이 시작했으니 내가 받아서 적용해 보겠습니다.")

대리석, 청동, 테라코타 등 여러 가지 재료로 갖가지 무리의 조각상들이 완벽한 모습으로 완성되어 있습니다.

어떤 조각상들은 고귀하고, 다른 것들은 평범하며, 또 다른 것들은 감각적이고 저급하지만 한 가지 공통점은 있습니다. 좋든 나쁘든 이미 만들어져 있다는 사실이지요.

세상이라는 조각상의 거대한 전시실을 잘 살펴보았으니, 이제 조각가의 작업실로 들어가 봅시다. 그 작업실에 문하생으로 들어간다고 가정합시다. 조각가가 당신 손에 쥐어준 찰흙 덩어리로 난생 처음 당신만의 작품을 만들 기회를 얻습니다. 머릿속에 있는 아이디어를 찰흙으로 형상화시키는 것이지요. 그 찰흙이 이곳에서의 생각 재료에 해당합니다. 심지어 당신의 집도 당신 손으로 일해야 그럴 듯하게 가구를 갖출 수 있다는 걸 알게 됩니다. 이곳에서는 당신의 가슴이, 애정 어린 생각과 그렇지 못한 생각이 일을 합니다.

그러므로 이곳에서 우리가 첫 번째로 배우는 건 '생각'은 그쪽 세상에서 흔히 말하는 것처럼 창의적인 힘일 뿐만 아니라, 창작품을 만들어내는 재료 그 자체이기도 하다는 것입니다. 조각가의 손에 있는 찰흙인 셈이지요.

셰익스피어가 '우리는 꿈의 재료이다'라고 한 말은 참으로 진실이지만, 그가 의미한 것은 형체를 가진 우리 자신입니다.

내가 이 세상에 와서 지금까지 느낀 두 세상의 차이는, 문하생이 조각품 전시장과 실험적인 작업실에서 느끼는 차이와 같습니다. 그쪽 세상에서 조각품은 민족의 특성에 따라 서로 다른 사고 재료를 각기

다른 방식으로 조작하여 이미 대부분 완성된 상태입니다.

이곳 세상에서는 최초로 우리가 직접 팔을 걷어붙이고 나서서 작업해야 합니다. 여기보다 낮은 단계인 세상에서 개인에게 이런 힘이 허용될 수 없을 겁니다. 힘을 오용하여 끔찍한 비극을 불러올 테니까요.

고의적으로 남들에게 나쁜 일이 닥치도록 하거나, 마음에 그들의 가혹한 이미지를 심어주는 등 우리가 흑마법이라고 부르는 행위를 보면 어렴풋이 이해할 수 있습니다. 그러나 이곳에서처럼 절대적인 찰흙이 손에 쥐어졌을 때 발생할 수 있는 일에 비하면, 그 정도는 어린애 장난이에요.

그것은 흉한 그림을 생각하는 것과, 실제로 그려서 전시장에 거는 것의 차이입니다. 우리도 그쪽 세상처럼 물질의 실재성이 있으니까요. 객관적인 실재성을 갖는 것이 잠재되어 있는 것보다 더욱 큰 힘을 가지는 것은 당연한 일입니다. 잠재되어 있는 것은 남달리 예민한 영혼에게만 영향을 줄 수 있으며, 그런 사람들은 그리 많지 않습니다. 반면, 실재성을 갖는 것의 영향력은 훨씬 넓은 범위입니다.

그러므로 이런 종류의 화약은 우리가 폭죽을 만들다가 손가락을 데지 않을 정도로 충분히 나이를 먹어야만 주어집니다.

그러나 진보의 모든 단계는 서로 겹치는 부분이 있으므로, 그쪽 세상에서도 이러한 힘이 미약하게 감지될 수 있는 것은 어쩔 수 없습니다. 그것을 오용하는 자에겐 화가 닥칠지니!

오늘 아침은 이 정도로 충분합니다.

IV.

내가 해리 덴튼이라고 부르는 그 친구는 심령 연구를 하다가, 다른 숱한 사람들이 겪은 것처럼 스테인튼 모세스의 지배령 가운데 우두머리격인 '대장'의 강한 영향력을 받게 되었다.

그 친구의 생애에서 마지막 3, 4년간 그런 상태라는 걸 나는 알고 있었고, 늘 그 사실이 몹시 싫었다. 대장이 가진 한계가 언제나 너무 뚜렷하게 다가오고, 자신에게 고마워하라는 태도가 과한 것이 느껴졌기 때문이다.

스테인튼 모세스의 사적인 자료들을 많이 읽어 보았는데(그 자료들을 맡은 유언 집행인과의 친분 덕분이었다.) 대장과의 소통을 기록한 내용에서는 과도한 자신감과 정신적인 압제자의 태도가 변함없이 느껴졌다.

대장의 말은 나처럼 반항적인 사람이 보기에 지나치게 단호하고 자신만만하며, '주께서 말씀하시길'이라는 표현이 너무 자주 나왔다. 나는 아무리 존경스러운 사람이라도 충성과 복종을 노골적으로 요구하는 자에겐 감명을 받지 못했다. 이는 거룩한 진리의 가치를 찬양하는 무의식의 소산이며, 그러한 진리라면 절대로 우리에게 강요하지 않는다.

적어도 내 견해로는 그랬다. 독단적인 종교의 틀을 버리고 그 자리에 다른 독단적인 틀을 만들거나, 그 자리를 베전트 부인이나 에디 씨나 시네트 씨 등 인간이기에 허점이 있을 수 있는 존재로 채울 생각은 추호도 없었다. 아무리 대장이 스스로를 완벽한 존재로 굳게 믿고 있어도, 결국 허점이 있을 수 있다는 건 그들과 다를 게 없었다.

내 입장에서는 덴튼 씨처럼 인식의 범위가 방대하고 폭넓은 관점을 지닌 사람이, 제아무리 존경스러운 존재인 대장이라고 해도 어느 특정한 존재의 영향력에 지배당한다는 게 애석하기만 했다!

그래서 저세상으로 넘어간 지금은 그 문제를 어떻게 보는지 덴튼의 관점이 궁금했다. 여기서부터 덴튼의 말이다.

H. D. 이 세상으로 오기 전과 후, 대장 집단에 대한 내 입장을 말해달라고 했습니까? 어려울 것 없어요. 대장에게 배운 것이 실질적으로 내게는 최초의 영적인 가르침이었다는 것을 기억하세요. 최초라고 말한 건 물론 최초로 완전히 이해할 수 있었다는 의미입니다. 내가 느끼는 사물의 합리성에 부합하면서 이성적으로도 충분히 공감할 수 있었기 때문이지요. 그러므로 대장과 그의 집단에겐 아무리 감사해도 지나치지 않습니다. 그들은 영적인 가르침이 확고한 형태일 때, 잘 습득하는 많은 이들에게 가르침을 줄 수 있습니다.

대장은 강력한 힘으로 자기 방식을 밀고 나갑니다. 딱딱하게 굳어버린 땅을 쟁기처럼 갈아엎어서 햇살과, 비와, 자연의 아름다운 기운이 속속들이 스며들 수 있도록 하고, 그쪽 세상에 허락된 신의 영향력도 닿을 수 있도록 합니다.

그러나 당신이 계속 알고 있었던 대장의 한계가 지금은 내게도 명확하게 보입니다.

당신 말처럼 대장은 지나치게 단호하고 독단적입니다. 이것이 그의 약점인 동시에 강점이지요. 약점인 이유는 스스로의 영적인 감응력을 제한하기 때문이며, 강점인 이유는 물질주의적인 인간을 상대하는 데 힘을 집중할 수 있기 때문입니다.

대장이 진정 영적인 관점에서 가르침을 전했다면, 그것을 받은 사람들의 절반은 떨어져 나갔을 겁니다.

스테인튼 모세스 또한 대장의 영향력보다 더욱 진보했고, 그렇기 때문에 그 둘 사이의 소통이 순조롭지 못하고 오류가 많았던 겁니다.

모세스는 그들에 의해 식견의 한계가 결정되던 시절에 사용한 낡은 소통 경로를 더 이상 이용할 수 없게 되었습니다. 파이퍼 부인을 통해 받은 메시지에 잘못된 부분이 많고, 일관성이 떨어지는 것도 그것으로 설명될 수 있을 겁니다. 심령 연구자에겐 점점 더 낙담할 수밖에 없는 상황이었고, '빛'은 점점 더 가려져 버린 셈이지요. 그러다가 다른 일까지 겹쳤습니다. 바로 파이퍼 부인 자신이, 체력이 아니라 심적인 능력이 소진되어 이쪽에서 보내는 메시지를 받기가 어려워졌습니다.

죄는 그쪽 세상에만 존재한다고 프랭크 스트롱이 말한 것에 관해 알고 싶어 하는군요. 모세스가 프랭크의 도움을 받아 말한 것으로 알려져 있는 이전 가르침과 일관성이 없으니까요.

모든 걸 흑과 백으로 설명할 수는 없습니다. 그 사이에 무수히 많은 회색이 존재하니, 고려해야 할 정도의 차이가 너무 많습니다. 그것은 역학에서와 사정이 비슷합니다.

모멘텀(힘)이 증가하면 거기에 시간을 곱한 만큼 속도가 증가합니다. 내가 전문가는 아니지만 실제로 그렇습니다. 같은 방식으로, 영적인 통찰력은 모멘텀이 증가한 상태로 발휘됩니다.

영적인 통찰력으로 보면 모든 죄는 실패입니다. 영적인 통찰력은 역학에서 낙하하는 물체의 모멘텀에 해당합니다. 다만, 신성한 역학에서는 낙하하지 않고 상승하는 것이지요. 그래도 같은 법칙이 통합니다.

당신은 죄를 짓는 자가 더 높은 것을 알면서도 일부러 낮은 쪽을 택했을 때만 그 행동을 죄라고 부를 수 있다고 믿는군요.

맞는 말입니다만, 절반만 진실입니다. 지식이 부족하여 죄를 짓게 되었다는 것은 변함이 없습니다. 더 높은 것에 대한 지식이 완전하다면(영적인 통찰력이 완전하다는 말과 같은 의미입니다.) 올바른 인생을 살 수밖에 없습니다.

진정 위험한 것은 조각난 빛, 어설픈 지식입니다. 거기에는 책임이 따르며, 결과적으로 죄를 짓는 능력도 따라옵니다. 옳고 그름 사이에 선택이 내려지면, 그것이 신의 자식들이라는 우리 본성을 완전히 깨닫게 해주는 교사 역할을 합니다.

프랭크가 이쪽 세상으로 왔을 때, 영적인 통찰력의 역동적인 힘에 너무 크게 감명을 받은 나머지 한동안 판단의 균형 감각과 정확성을 모조리 상실했습니다. 그쪽 세상에 있는 유혹들이 그의 새로운 세상에는 없으면서, 선한 것을 향한 유혹은 엄청나게 증가한 것으로 보였지요.

오래된 족쇄에서 풀려난 도덕심과 영적인 해방감에 기뻐하며, 그가 열정적으로 이렇게 외친 건 당연합니다.

"죄는 오직 그쪽 세상에만 있습니다! 이곳에는 없어요!"

이처럼 우세한 한 가지 생각이 그가 보낸 모든 메시지에 필연적으로 스며들었습니다. 모든 것은 정도의 차이며, 프랭크도 이제 그것을 배우고 있습니다. 그는 이렇게 말합니다.

"왜 저쪽 세상에 있는 사람들은 우리가 아폴로 신전의 예언자라도 되는 양, 우리의 말을 인용할까?"

정말로, 왜 그럴까요? 하지만 나도 대장의 영향력을 강하게 받을 때 똑같이 행동했습니다.

E. K. B. 대장은 본인의 영적인 한계를 벗어나는 것이 왜 그렇게 느린가요?

H. D. 당신의 생각을 아주 쉽게 읽을 수 있습니다. 기민하고 뚜렷하거든요. 이미 답도 찾았군요. 대장은 그쪽 세상에서 더 높이 발달한 영적 기운을 접할 수 없는 사람들을 위해 해야 하는 일이 있기 때

문입니다. 과학을 위해 고난을 감수하는 자들이 있듯이, 영적인 영역에서도 그런 자들이 있습니다. 대장이 그중 하나이지요. 그러나 여기서 신의 섭리가 눈부시게 펼쳐집니다. 대장은 어떠한 영적 한계도 의식하지 못하기에, 행복하게 자기 임무를 수행하고 있으며 고난을 감수한다는 생각은 못합니다. 만약 그것을 의식할 수 있게 되면, 그것은 그곳에서 대장이 수행할 임무를 마쳤다는 뜻입니다. 그러므로 다른 차원에서 가르칠 준비가 되는 즉시, 그리로 옮겨가게 될 것입니다.

대장은 본질적으로 교사이며, 현재 그의 인식 수준을 넘어서지 못한 자들에겐 매우 소중한 존재입니다. 당신이 짐작하는 것보다 훨씬 더 단순하고 합리적입니다. 딱딱하게 굳어버린 낡은 교리가 실태를 왜곡하고 있습니다. 그러나 그것 또한 대장과 마찬가지로 일부 사람들에겐, 다음 단계로 오르기 위해 꼭 필요한 디딤돌로 제 역할을 하고 있는 것입니다.

오늘은 여기까지 할게요. 그만 쉬어요.

V.

덴튼 씨와 내가 나눈 다음 대화(여기 제시하는 시리즈의 마지막)는 1906년 9월 4일, 벅스턴에서 나눈 것이다.

〈더 데일리 텔레그래프〉에 시간이 네 번째 차원이라는 기사가 실려서, 혹시 이 주제에 관해 해줄 말이 없는지 그 친구에게 물었다. 그의 대답은 다음과 같았다.

시간은 실체를 가진 뭔가가 아니라, 인식의 형식입니다. 이해가 되나요?

당신의 인식을 제한하는 것을 당신은 '시간'이라고 부릅니다.

또 다른 제한은 '거리'라고 부릅니다.

이것 또한 착각입니다. 제한이라고 불러도 상관없으니, 어느 쪽이든 좋을 대로 고르면 됩니다.

백색 광선은 절대적입니다. 분광기는 인간의 눈으로 여러 색깔을 인식할 수 있도록 해 주는 제한입니다. 이 제한으로부터 자유로우면 모든 색깔이 실재하는 동시에 의식될 겁니다. 그러나 색깔이 의식으로 들어가려면 서로 분리되어서 개별적으로 보여야 합니다. 시간도 이것과 유사합니다.

시간상의 여러 사건들은 광선에 포함된 색깔들과 비슷합니다. 제한에서 자유로우면 전체가 동시에 실재합니다. 제한에 묶여 있는 자에겐 전체가 차례로 나열되어야 합니다.

이것이 수많은 수수께끼의 진정한 열쇠이며, 수많은 초자연적 현상의 원인입니다.

세상에 있는 정상적인 한계를 아주 조금만 뛰어넘어도, 사람들이 흔히 말하는 이상한 힘을 갖게 됩니다. 그러나 어디서나 그렇듯이, 여기서도 진실은 보이는 것과 정반대입니다.

사실 정상이란 완전한 광선―끊어지지 않는 소리―완전한 시력입니다. 그리고 비정상은 그쪽 세상이나 그 뒤에 이어지는, 절대적인 수준에 다다르지 못한 또 다른 세상에 존재하는 제한입니다. 그러나 우리는 그것을 정상으로 여기고, 당분간 그것이 우리의 관점일 수밖에 없습니다.

나는 이미 그쪽 세상에 있는 제한들이 비정상으로 보이고, 확장된 나의 역량에 의해 새로운 존재의 준거가 정해집니다. 당연한 일이겠지요.

예견_{prevision} **은 더 정확히 말하면, 통견**_{whole vision} **입니다. 작은 조각으로 나누어 보지 않고 전체를 한꺼번에 보는 것이지요.**

굉장히 기쁘거나 뭔가 강한 인식이 드는 순간에는 시간이 멈춘 것처럼 느껴지고, 순간은 영원이 됩니다. 슬픔이든 기쁨이든 어떤 감정에 몰입하면 이런 경험을 할 수 있습니다. 그 순간에 당신은 당신 자신으로부터 벗어나 있습니다. 말 그대로 진실입니다. 당신은 다음 차원에 살고 있습니다. 당신에게 시간과 공간은 더 이상 존재하지 않습니다. 대부분 이런 경험을 해봤겠지만, 정상적인 생을 살고 있는 동안에는 필연적으로 눈 깜짝할 새 지나가 버립니다. 이제 뭐든 질문해 보세요.

E. K. B. 최근 〈더 데일리 텔레그래프〉에 시간이 4번째 차원이라는 글을 발표한 사람이 말하길, 정육면체는 무한히 얇은 평면이 무한한 수로 차곡차곡 쌓인 것이라고 했어요. 가로와 세로밖에 모르는 사람에겐 정육면체라는 존재는 없고, 무한히 많은 평면을 차례로 인식할 수 있을 뿐이에요. 그렇지만 현재를 사는 3차원적 인간에겐 그 모든 평면이 공존해요.

이와 똑같은 방식으로, 3차원적 인간은 차례로 인식해야 하는 사건들이 4차원적 존재에겐 공존한다는 의견이었어요. 이것은 차례를 부여하는 시간의 소멸을 의미해요.

당신은 이 주장이 옳다고 보나요? 그리고 공간에도 이런 개념이 적용되는지 말해줄 수 있나요?

H. D.　물론입니다. 내가 거리에 대해서 한 이야기가 바로 그런 의미입니다. 사실 모든 제한은 마음에 있습니다. 여기 있는 우리에게도 제한이 존재하지만, 과거의 생에 비하면 지극히 미미한 수준입니다.

마음은 한 지점에서 다른 지점으로 순식간에 이동하여 먼 거리에 있는 것들에게 영향을 줄 수 있습니다. 왜냐하면 마음과 거리는 서로 다른 차원에 있기 때문입니다. 거리는 그쪽 세상에 존재하는 제약입니다. 당신이 있는 그쪽 세상에서도 베일을 약간만 들어 올리면 마음이 가진 이런 힘을 인지할 수 있을 겁니다. 하지만 그 힘은 항상 그곳에 있었으니, 그것은 당신이 마음의 능력을 조금이나마 의식했다는 의미에 불과하지요.

E. K. B.　계속 풀리지 않는 문제가 하나 있는데 도와줄 수 있어요? 한 사람의 생이 영원 속에서 왜 '지금'에 와서 진화하나요? 무슨 뜻인지 이해하겠어요?

H. D.　네. 그러나 나도 그 심오한 문제에 대한 답을 잘 모릅니다. 그래도 몇 가지 생각을 제안해보도록 하지요.

우리가 신성함과 미덕을 인식하려면 그 반대인 악함과 분리를 알고 있어야 합니다. 악함과 분리는 실제로 동의어입니다. 신성함으로부터 분리되는 것이 악함이니까요. 그것은 조건이며 제약입니다.

인간에게 시간이 제약이듯, 그것은 신성의 정수에 제약이 됩니다. 따라서 분리는 모든 제약의 선행 요인입니다. 온전함wholeness과 신성함holiness이 부재하는 곳에 그런 것들이 존재합니다.

당신이 이해하지 못할 수도 있으니, 그쪽 세상의 언어를 사용해야겠군요. 논리적으로 신성함은 모든 존재의 근거이므로 결코 부재할 수 없습니다. 하지만 겉으로 보기에 부재하므로, 이러한 외형적 부재, 이러한 분리, 이러한 악함이 분광기가 됩니다. 그것이 신성한 백색 광선을 분해하여 우리가 의식할 수 있도록 해줍니다.

우리는 그 이상은 갈 수 없습니다. 그 너머에 있는 신의 섭리는 아마 앞으로도 오랫동안 미스터리로 남을 겁니다.

우리는 왜 그런지 이치는 알지 못합니다. 그냥 그렇다는 사실만 알고 있습니다.

왜 백색 광선이 분리되어야만 색깔을 드러내는지도 마찬가지입니다.

그러나 사건들이 어떻게 조화를 이루는지 설명하는 건 훨씬 쉽습니다. 당신이 말한 정육면체를 예로 들어보면 도움이 될 겁니다.

개개인의 인생을 평면이 쌓인 정육면체, 즉 경험이 쌓인 정육면체라고 생각합시다. 이런 경험들은 공존하며 서로 긴밀하게 연결되어 있습니다. 수많은 평면들이 공존하면서 정육면체 안에서 긴밀하게 연결되어 있는 것과 같습니다. 그 정육면체는 극도로 얇은 평면으로 잘라서 나눌 수 있습니다.

개인의 인생도 시간 순서대로(3차원적 조건) 무수히 많은 면으로 잘라서 분리할 수 있습니다.

그러나 이러한 경험들은 크든 작든, 중요하든 사소하든(당신의 관점에서) 그 사람의 생애라는 정육면체 안에 존재합니다. 여러 색깔이 백색 광선 안에 존재하는 것처럼 말입니다.

광선은 순서대로 나누어도 그 안에 색깔들이 존재한다는 사실에는 변함이 없습니다. 완벽하게 볼 수 있는 눈을 가졌다면 분광기의 도움 없이도 그것을 알아볼 수 있을 겁니다.

진정으로 볼 수 있는 자는 당신 인생의 정육면체를 보는 사람입니다. 그 사람의 눈에는 그 정육면체가 시간에 따라 분리되지 않고, 경험의 평면들로 죽 펼쳐져서 보입니다. 이것이 모든 예언의 비결입니다. 그런 자들은, 속이는 게 아니라면, 정도의 차이는 있겠지만 생의 정육면체에 어느 정도 접근할 수 있습니다.

많은 이들이 자신이 본 것을 제대로 정리하지 못하거나 혼동합니다. 하지만 그들은 시간이 평범한 인간에게 허락하는 절단된(또 다른 의미로, 분리된) 평면 이상을 본다는 것은 진실입니다.

오늘은 이 정도면 충분한 것 같군요.

한 가지만 추가하자면, 당신도 알다시피 생의 정육면체에 무단으로 들어간 건 하나도 없습니다. 불가피한 경험들과 불가피한 결과들이 쌓인 것이지요. 우리가 살아가고, 움직이고, 존재를 이어가는 근본인 신성의 두 가지 요소, 사랑과 지혜에 의해 쌓인 것입니다.

VI.

내가 자동 수기한 다음 글은 전혀 다른 사람으로부터 받은 것으로, E. G.라는 이니셜로 표기하면 족할 것이다.

E. G. 숭배는 개개 영혼을 훈련하는 데 꼭 필요한 부분이며, 우리는 오직 우리 자신보다 우위에 있거나 우리를 초월한 대상만 숭배할 수 있습니다. 나이를 먹으면서 영적인 인식이 발달할수록, 외적이고 분명한 것보다 내적이고 불명료한 것을 숭배하는 경향이 있습니다. 그러므로 숭배하고자 하는 본성은 항상 그대로이나, 우리 자신의 인식이 발달하고 의식이 깨어나면서 그 대상과 방법은 지속적으로 바뀝니다.

한때 경외심을 위해 만들어진 제약들은 시간이 흐르면서 구속이 되고 미신으로 이어집니다.

어린이나, 어린애처럼 미숙한 나라의 사람들을 교육할 때도 같습
니다.

둘 다 복종을 시키기 위해선 힘을 드러내 보여야 합니다. 유치한 자
의 마음은 외적인 것만 이해할 수 있으며, 물리적으로 드러나 보여야
그 존재를 인식할 수 있기 때문입니다. 어린 아이에게 버릇없이 굴면
불행하다고 말해보세요. 백에 아흔아홉은 그 말을 이해하지도, 믿지
도 못할 겁니다. 그러나 사탕이나 장난감을 치워버리거나 구석에 세
워놓아 보세요. 버릇없이 굴면 불쾌한 결과가 따라온다는 것을 물리
적으로 인식시키는 것이며, 아이의 의식 수준에서 깨달음이 가능한
유일한 방법입니다.

이것이 아이 수준의 발달 단계인 특정 나라들을 아이처럼 다뤄야
하는 까닭입니다. 그들은 영적인 수준으로 접근하면 당신의 의도를
오해하고, 자신들이 도달하지 못한 지점에서 이루어지는 당신의 시
도를 소심하다고 느낄 것입니다.

종교에서도 마찬가지이며, 이것이 선교에 실패하는 주된 원인입
니다.

상대적으로 미성숙한 마음에는 신지학과 천주교가 강한 힘을 발휘
합니다.

본질보다 형식에 더 치중하는 사람들은 언제나 미성숙한 단계입
니다.

그들은 거창한 말과 신비로운 언행을 매우 좋아합니다. 남들과 다

른 것—그것이 행복이든 지식이든—을 갖는 게 그들이 생각하는 축복입니다. 따라서 천주교 개종자들이나 대부분의 신지론자들에게서 이러한 미성숙함과 독점하려는 성향을 발견할 수 있습니다. 개종자라고 말한 이유는 천주교 모태신앙인들은 사정이 다르기 때문입니다. 운명이 정해준 교리의 제약에도 불구하고 그들의 영적인 삶은 성장하고 발달하지만, 자기 의지로 그러한 제약들을 '선택'한 자들은 어떤 관점을 갖고 있는지 확실하게 입증한 셈입니다. 엄격한 교리가 있는 다른 종교들도 똑같습니다.

그런 종교들은 막중한 역할을 담당합니다. 이웃의 권리와 재산을 존중하는 법을 배우지 못한 사회에서 감옥의 역할과 같습니다.

철창을 없애면 살인자들, 약탈자들 같은 범죄자들의 무리를 사회에 풀어놓게 됩니다. 교리의 철창이 느슨해져도 같은 결과를 초래합니다. 그러나 성숙한 자들은 남을 살인하고 약탈하면 적발되어 처벌받는 것과 무관하게 자기 자신이 비참해진다는 것을 알고 있으며, 영적 직관의 진화로 이런 사회적·도덕적 직관이 생겼다면 교리는 더 이상 필요 없습니다.

영적인 관점에서 성년이 되었다고 말할 수 있는 이런 경우에는 감옥에서의 노역을 없앨 수 있듯이, 영적 법칙을 어기는 죄인을 가르치고 벌주기 위한 수단으로서의 신학도 버릴 수 있습니다.

그들은 신의 아들로서 완벽한 자유를 누리게 되므로, 어느 사도의 표현처럼 종이 아니라 아들로 대우받습니다.

이쯤에서 중요한 문제를 거론해야겠습니다.

크고 초월적인 의미를 갖는 일들 가운데 어린 아이들에게 비밀로 해야 하는 것들이 많습니다. 아이들이 이해하지 못하기 때문이기도 하지만, 더 중요한 이유는 아이들이 잘못 이해할 수 있기 때문입니다. 그럴 경우 다른 사람들이 다칠 수 있는 것은 물론이고, 아이들 스스로에게도 해롭습니다.

영적 진화는 참된 원칙이지만, 영적인 생에서 아기들이 먹을 수 있는 양식은 아닙니다.

끝없이 이어지며 나아가는 여러 단계의 생을, 그 경험들을 아이들의 눈앞에 펼쳐놓으면 불안과 혼란을 일으킬 뿐 아니라 선을 추구하는 동력이 마비되고 악-선하지 않음-을 행하는 능력이 증폭될 겁니다.

영적 경험이 충분히 쌓여서 순수와 불순, 선과 악, 신과 현세, 명성과 평화, 즐거움과 행복의 차이를 알고, 이해를 초월하는 평화와, 감각적인 열정이나 방종의 헛된 화려함을 구별할 수 있기 전까지 생의 진실을 알려주는 것은 명백하게 위험한 짓입니다.

불멸의 벌레들이 꿈틀거리는 지옥의 끝없는 불구덩이를 묘사한 끔찍하고 혐오스러운 그림들도 나름대로 쓰임새가 있습니다.

철저하게 미성숙한 마음의 소유자는 그 한 가지만으로도 잘못을 저지르면 불쾌하고 비참한 상태를 피할 수 없다는 것을 알게 됩니다. 글자 그대로 진실은 아닐지라도 진실인 건 맞습니다. 글자 그대로의 진실은 많은 경우 미성숙한 마음에 잘못된 인상을 줄 수 있는 데 비해, 미성숙한 마음도 이해할 수 있는 상징적 진실은 참된 인상을 줄 수 있습니다.

천국과 지옥이라는 낡은 관념은 이미 생명력을 잃었습니다. 그러나 문자 그대로만 보면 그것 못지않게 허위인 다른 관념들은 여전히 쓸모가 있으며 훨씬 천천히 없어질 것입니다. 그러는 편이 좋습니다. 대체로 세상은 아직 그처럼 멀리까지 나아갈 준비가 되지 않았습니다.

학교 교육에서는 진보의 정도를 알아보고 격려하기 위해 자주 시험을 치는 것이 유용하고 필수적입니다.

만약 1월에 학생들에게 큰 시험이 12월에 있을 거라고 말한다면, 학생들은 부활절에 간단한 시험이 있고 한여름에 그보다 더 중요한 시험이 있다고 알고 있을 때와 똑같이 열심히 공부할까요?

또한 간략한 역사, 지리, 비례법과 단분수 수준의 연산, 그리고 어쩌면 약간의 라틴어를 배우고 있는 10살 먹은 아이들에게, 언젠가 공부해야 하는 대수학, 유클리드 기하학, 원뿔 곡선, 고등 수학, 라틴어와 그리스어로 된 운문, 히브리어, 철학 등에 관해 이야기해주면 아이들의 두뇌는 혼란에 빠져 마비를 일으키고 결국 비참함, 반항심, 무기력감만 남아서 현재 자기 힘으로 충분히 해결할 수 있는 과제도 포기해 버리는 지경에 이릅니다.

무한히 지혜로우신 신은 현명한 아버지, 현명한 교사와 똑같은 방식을 취합니다.

당신이 사는 그쪽 세상은 유치원이라고 할 수 있습니다. 그러나 그곳을 떠나기 전에 더 높은 수준을 학습하기 위한 준비를 갖추고, 스스로의 영적 책임을 배워야 하는 사람들도 있습니다.

반발과 조정이 이루어지는 요즘 시기에는 오래된 교리에 혼란을 느끼고 당혹스러워하는 사람들을 많이 볼 수 있습니다. 그들은 내부의 알맹이를 보호하는 껍질, 즉 영적 진실이라는 보석을 담은 상자에 불과한 그 교리를 뛰어넘어 성장했습니다.

한 차례의 시련—진보를 위한 한 번의 기회—천국 아니면 지옥—즉각적이고 불가피한 흰 왕좌의 심판—이 모든 것들이 매학기 말에 학업의 성과를 점수로 판단하는 잦은 시험에 해당합니다. 유일한 차이점은 학생은 다음 학기가 기다리고 있다는 것을 알고 있다는 것입니다. 나태한 학생에게는 매우 불행한 사실이라는 것을 우리 모두 압니다.

그런 학생들이 이렇게 말하는 것을 얼마나 자주 들었던가요.

"괜찮아! 지금 약간 뒤떨어져 있지만, 3년이나 남았으니 나중에 따라잡으면 돼."

그리고 이 말은 지켜지지 않을 가능성이 큽니다. 왜냐하면 이런 성향인 사람은 항상 '내일' 달라지겠다고 마음먹지만, 그 내일이란 시간은 인생이 나태한 자에게 호된 교훈을 안겨준 뒤에 찾아오기 때문입니다.

그러니 신학의 오류와 착각에도 지혜와 이점이 있다는 게 명확해지지 않았습니까?

영적인 가르침에 대한 반감에도 좋은 점과 건강한 측면이 있습니다. 발달하지 못한 인간이 자신의 발달 단계보다 앞서는 진실을 어렴풋이 접하면 강한 적대감을 느끼게 됩니다. 성가신 면이 있긴 하지만, 다른 관점에서 보면 세상 전체를 위한 최선의 안전장치입니다.

발달이 덜 된 미숙한 자의 손에 힘과 지식이 주어지면 상상할 수 없는 공포가 세상을 덮칠 겁니다. 미개인을 원체스터 연발총과 속사포로 무장시키는 것이 될 테니까요.

그러므로 개인적으로 이런 반감에 맞서 싸울 때에도 절대로 안타까워하지 마십시오.

잡초와 밀, 미성숙한 자와 성숙한 자는 같이 성장하는 수밖에 없습니다. 언제나 잡초와 미성숙한 쪽이 대다수를 차지합니다.

이것이 진리가 세상에 전해지려면 반드시 다툼과 고통을 거쳐야 하는 까닭입니다. 어떤 단계에 있는 세상이든, 진리는 항상 정상적인 것보다 앞서 있기 때문입니다. 투쟁이 있어야 승리가 찾아오고 빛이 나타나는 법입니다.

사람들이 현세와 그리 다를 것 없이 건물이 있고, 강연이 있고, 선박과 말이 있고, 애완동물이 있는 미래의 생에 관해 듣고 비웃고 조롱하도록 내버려 두십시오.

비웃고 조롱하고 신성모독을 말하는 사람들은 아직 정통 신앙의 단계를 벗어나지 못했으므로 오직 하나의 학교, 한 번의 학기, 한 번의 기회, 살아온 삶에 대한 즉각적이고 최종적인 심판만 알고 있는 편이 좋습니다.

진실을 알아도 좋을 만큼 나이가 든(영적인 의미에서) 사람들은 모든 것에 신이 있으며, 개개인의 영혼은 연속적으로 이어지는 무한히 많은 단계의 세상을 통과하면서 새로운 빛을 얻고, 새로운 지식을 쌓으며, 신성한 아름다움과 신의 사랑을 깨닫게 된다는 것을 알게 됩니다. 각각의 세상은 겉보기로는 이전 세상과 별로 다를 게 없으나, 그런 세상을 차례로 통과하면서 영혼은 점점 더 커다란 역량과 자질을 갖추게 됩니다.

외면은 갈수록 더 내면이 잘 반영된 결실이 되고, 나선을 그리며 상승하는 과정에 원래는 당신에게 없었던 창조적인 능력이 생겨납니다. 아래에 있는 이곳 세상에서 당신은 아기여서 누군가 옷을 만들어 입혀야 하고, 젖병을 채워줘야 하며, 살아가기 위해 타인에게 의지할 수밖에 없지만, 점차 올라가면서 온전하게 자신을 책임질 수 있는 능력이 생기고, 독립된 존재로서 광영과 온전한 기쁨을 맛보게 됩니다. 그 독립된 존재는 더 나아가 하나가 될 것이니, 먼저 친화의 생-참되고 완전한 존재-에서 하나 되고 그리스도의 몸으로 하나가 됩니다. 사도 바울의 예언처럼 '그리스인도, 유대인도, 이교도도, 스키타이인도 따로 없을 것이며, 속박 받는 자도 자유로운 자도 따로 없이' 오직 그리스도, 영광에 빛나는 인류의 정점인 그리스도가 전부 됩니다. 인간 안에 깃든 신, 이것이 바로 신 안의 인간(신의 모습을 본떠서 만들어진 인간)이 초석이 된 건물을 완성하는 갓돌입니다. 〈끝〉

진실은 어차피
그 산을 넘어간 뒤에야 알게 될 터

삶과 죽음,

육체와 영혼,

이승과 저승.

전자는 모두 실체가 있거나 우리가 비교적 확실하게 아는 것들이다. 그렇지만 후자는 알고자 해도 쉽게 알 수 없는 미지의 영역이라서 두렵거나 신비롭거나 불가해한 것들이다. 보인다고 다 믿을 수 있는 게 아니며, 보이지 않는다고 다 불신할 수도 없는 법이다. 사막의 신기루처럼 눈에 보이는 허상이 있는가 하면, 대기를 채우고 있는 분자들처럼 보이지 않지만 분명히 존재하는 것들도 있으니. 보이는 것만 믿는 우를 범하지 않는다면, 또 각자의 가치관에 얽매이지 않고 열린 마음이 될 수 있다면 에밀리 캐서린 베이츠는 보이지 않는 세계, 그 무한한 가능성의 공간으로 독자를 이끄는 정말로 매력이 넘치는 저자가 아닐 수 없다.

유럽과 미국의 19세기는 '심령의 시대'라고 해도 과언이 아니다. 망자의 영혼을 불러내는 교령회가 다과회처럼 흔하게 열렸고, 지금은 과학자로 더 유명한 사람들이 심령에 관심을 갖고서 그것 또한 과학의 일부로 수용하려고 시도했다. 그러나 우주의 거대한 미스터리가 그처럼 간단히 해결될 수는 없기에, 인간의 능력으로 모든 걸 밝혀내고 이해하겠다는 것은 처음부터 불가능한 도전이었다. 침침한 가스등의 효과를 톡톡히 보며, 사람들의 눈을 속인 사기꾼들도 있어서 심령 현상 전반에 대한 불신도 적지 않았다. 그런 가운데 나름의 실험을 통해 끊임없이 검증하며 심령에 대한 믿음이 굳건해진 이들은 회의적인 세상의 비웃음에도 굴하지 않았으니, 저자가 바로 그들 중 한 사람이다.

머리는 차갑게, 그러나 가슴은 뜨겁게

사람이 죽으면 어떻게 될까. 누구나 한번쯤은 궁금해 할 문제이다. 죽은 자의 영혼과 소통하는 능력을 타고난 저자는 어느 누구보다 죽음 이후의 세계에 가깝게 다가갔다. 심령 현상을 과학적인 방법으로 검증하고 해석하고자 노력했던 심령연구협회의 회원답게 머리는 차갑게, 그러나 가슴은 뜨겁게, 진실과 허구의 돌다리를 하나하나 두드려가며 전 세계를 누비면서 신비로운 여행을 이어갔다. 그런 노력과 경험이 축적되어, 누구보다 진지하고 심오한 인생관과 세계관을 가질 수 있었을 것으로 짐작된다. 죽음으로 생이 소멸되는 게 아니라, 새로운 생이 시작되어 영적인 발달을 이어간다는 관점은 영혼이 알려준 비밀이자, 저자의 가슴 깊이 뿌리내린 철학으로 해석할 수 있다.

저자는 종교를 초월한 종교를 믿었고, 현생을 초월한 세계관의 소유자였으니 죽음조차 너무나 담담하게, 어쩌면 기쁜 마음으로 받아들이지 않았을까 상상하게 된다. 먼저 세상을 떠난 지인들의 영혼과 소통하면서 죽음의 의미, 그 후에 오는 생의 모습을 추상적으로나마 전해 들었으니, 아무것도 모르는 우리와는 달랐으리라. 또한 죽음이 코앞에 닥친 것을 느끼고도 시커먼 심연의 나락을 앞에 두고 서 있는 듯한 막연한 공포에 시달리진 않았으리라. 한 발 내디디면 어둠 속으로 추락하고 말 것 같은 두려움 대신, 육신의 껍데기를 훨훨 벗어던지고 더욱 높은 곳으로 올라갈 수 있다는 굳센 믿음이 있었으리라. 죽음

의 공포에서 자유로울 수 있다면, 그것만으로도 얼마나 성공한 인생
인가.

어디까지 믿는가는 순전히 개인의 선택일 수밖에

눈에 보이지 않는 것들의 세상은 두려움과 기대를 동시에 불러일
으킨다. 공기 중의 산소가 눈에 보이지 않아도 존재함을 아는 것은 충
분한 과학적 근거가 마련되었기 때문이다. 그러나 삶과 죽음, 영혼,
내세는 살아있는 동안 그 진실을 파악하기 힘든 영역이므로 영원히
풀리지 않을 수수께끼인지도 모른다. 과연 믿을 수 있는가, 믿는다면
어디까지 믿는가는 순전히 개인의 선택일 수밖에 없다.
　높은 산이 하나 있다. 그 산을 넘어가면 듣도 보도 못한 새로운 세
상이라고 한다. 그러나 산을 한 번 넘어가면 다시는 돌아오지 못한
다. 산을 절반쯤 넘어갔다가 돌아온 소수의 사람들이 하는 말을 당신
은 믿을 것인가? 저자가 굳게 믿는 영혼들의 세상, 현생 이후에 온다
는 영적인 그 세계를 당신은 믿을 수 있는가? 누구나 언젠가는 반드
시 그 산을 넘어가야 한다면, 시커먼 어둠이 기다리고 있다는 무시무
시한 이야기보다 멋진 새 세상을 그려보는 쪽이 현명하리라.
　진실은 어차피 그 산을 넘어간 뒤에야 알게 될 터, 미리부터 공포로
거부감을 키우는 건 무의미한 소모이다. 우리는 저자를 만나는 행운

을 얻어 영혼 세상의 비밀을 살짝 엿보았으니 먼 훗날 때가 오면 담
담하게, 가능하면 행복하게 그 산을 넘어가게 되기를 바란다.

2017년 5월
- 김지은

보이지 않는 세계로의 여행
Seen and unseen

초 판 1쇄 인쇄 | 2017년 5월 2일
초 판 1쇄 발행 | 2017년 5월 10일

지은이 | E. 캐서린 베이츠 • 옮긴이 | 김지은
펴낸이 | 조선우 • 펴낸곳 | 책읽는귀족

등록 | 2012년 2월 17일 제396-2012-000041호
주소 | 경기도 고양시 일산동구 장백로 19(백석동, 더루벤스카운티 901호)

전화 | 031-908-6907 • 팩스 | 031-908-6908
홈페이지 | www.noblewithbooks.com
E-mail | idea444@naver.com

출판 기획 | 조선우 • 책임 편집 | 조선우
표지 & 본문 디자인 | twoesdesign

값 18,000원
ISBN 978-89-97863-76-1 (03210)

이 도서의 국립중앙도서관 출판예정도서목록(CIP)은
서지정보유통지원시스템 홈페이지(http://seoji.nl.go.kr)와
국가자료공동목록시스템(http://www.nl.go.kr/kolisnet)에서
이용하실 수 있습니다.(CIP제어번호: CIP2017009872)

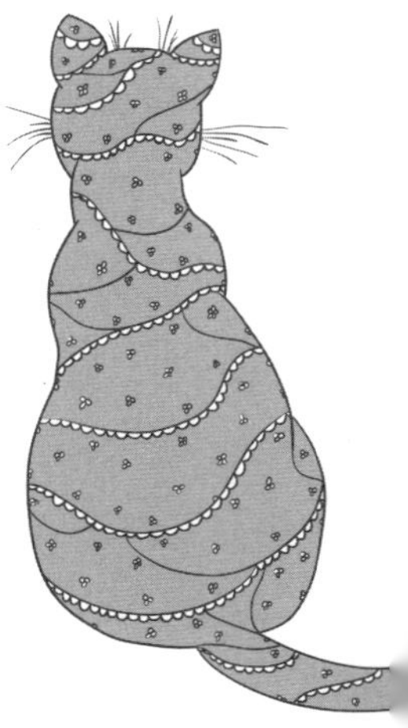